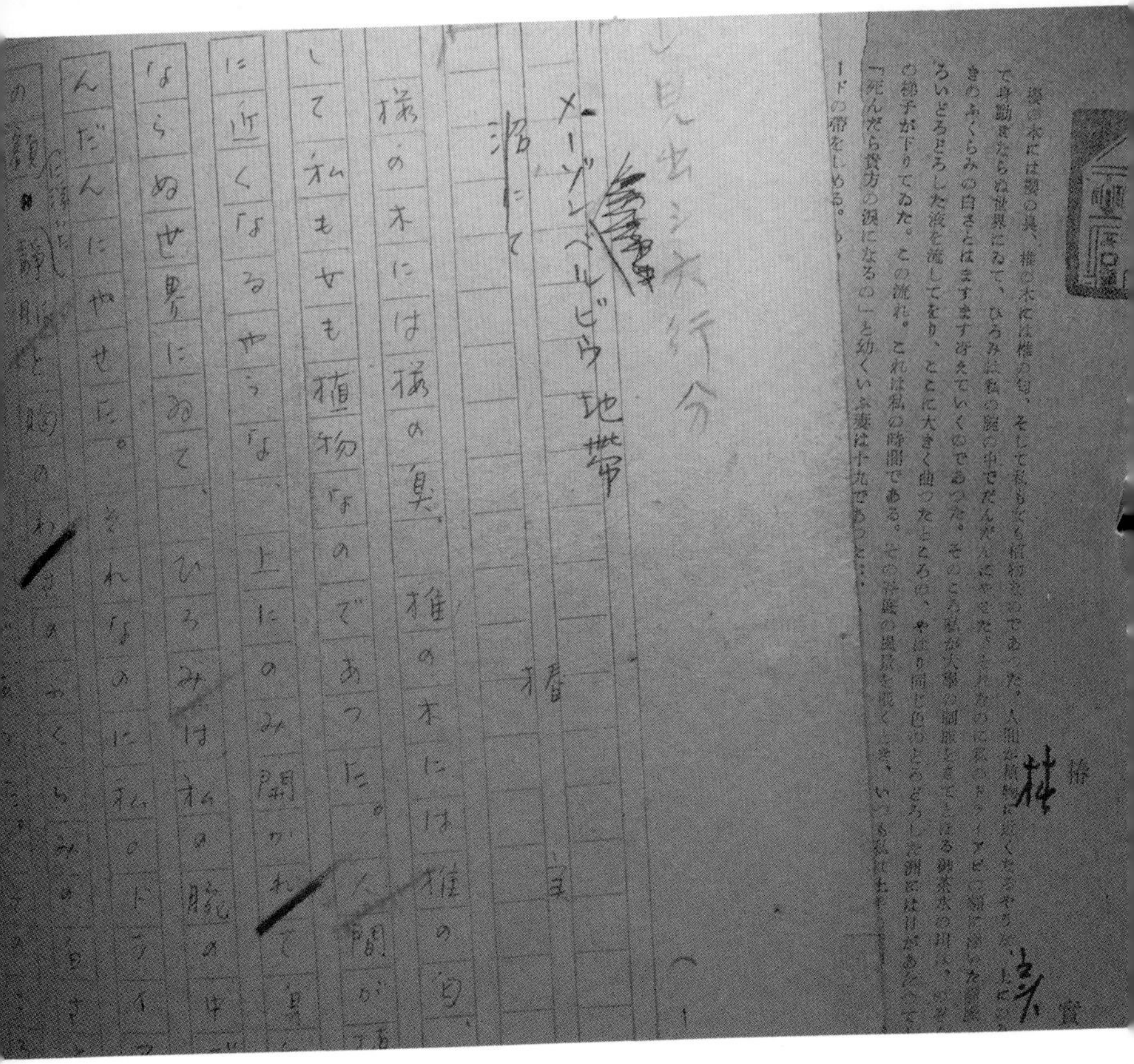

メーゾン・ベルビウの猫

Minoru Tsubaki

椿實

幻戯書房

目次

I

II

V

附編

メーゾン・ベルビウの猫

本書は、『椿實全作品』に未収録の作品の内、小説を中心に収録したものです。

各章は基本的に、Ⅰ＝詩および詩的散文、Ⅱ＝一九四〇〜五〇年代の作品、Ⅲ＝一九八〇年代の作品、Ⅳ＝ポルノグラフィーを主題とした作品、Ⅴ＝「メー（エ）ゾン・ベルビウの猫」として構想されていた複数の草稿の内二篇、という方針で構成しています。なお、「白鳥の湖」から「お伝の毛皮」までの作品ならびに収録順は、著者本人が生前「椿實全作品拾遺」として編んだものに基づいています。

各作品の表記は原則的に初出に従い、漢字や送り仮名などの統一は行なっていませんが、便宜上、旧漢字を新漢字に改め、また、明らかな誤記や脱字などを訂正し、補足説明を〔 〕内および【註】として追加した箇所があります。

本文中、今日では不適切と思われる表現がありますが、原文が書かれた時代背景や、著者が故人である事情に鑑み、そのままとしました。

I

金魚風美人

それは奇妙な夜で、冬のさ中に時ならず南風が吹きだし、なま温い湯気をはらんだ空気は、気味が悪いやうな日だつたが、

――思ひ越す、京橋、地下鉄駅の鏡ばりの歩廊は、一面に曇つて銀の板とみえた、その日のことで。

実はそこが京橋であらうと思ふのも、鏡ばりの駅はそこ以外にないからなのだが、鏡の面にはさまざまの花文字が恋人の名を指で書き連ねてゐるのであつた。私は私の顔が、それらの銀色の文字の間に、きれぎれに暗く映つたのを記憶するばかりである。

私の背後は、オーバアやファアを抜いだ人波が、間断なく流れてゆくのであつたが、それはこのあたりのダンサア達のひけどきの群であるかと思はれた。

花紐のやうに手を結《ゆ》み合はせて銀色の廊下をゆく恋人達は魚の群をみるやうである。あの女はカレヒのやうに歩いてゆくよと思つてゐると、ギヤザアだらけのワンピイス、フリルのひらひらは、紅にほふ花オコゼ。

人間の属性が魚の性と大差はないといふやうなことを考へながら、相変らず私は鏡の壁をみつめて、ゐたのである。

女は着物によつて性格を変へるやうである。人間は季節によつて性格を変へてゆくやうである。

誰しもかかるアイディアをかかる境遇で思ひつくときには、粋な文句を鏡の曇に書きたくなるものであるらしい。

一匹の金魚を、洗面器へつまみ入れたやうに、ぱあつとあたりは赤く染まつたと、思つたのは、緋色の着物を着た女が流れから抜け出して私の後へ近づいたからである。

——お待ちになりまして。

と、大きなしめつぽい眼をあげて女はいふので、これはどうも誰でも驚ろく。人ちがひだなとテレることもなく

――いや、お待ちいたしました。

と、答へてしまつたのだからおかしいといへば私もおかしいのだが、どうも女の浮きたつた声につりこまれた形であつた。女も、別に不思議はない顔で、だから我等も亦花紐のやうに手を組んで、人波の中へ、夜の街へ出ていつたのである。地下鉄を出ると、相変らず顔に湯気の浮く、春の風であつた。

あれはたしかに、京橋であつたに違ひない。

セメントの橋の下には掘割ごとに灯は流れてゐたし、暗いビルの重さを支えたやうな、地下のキャバレーからは、熱い人いきれが、溢れでてゐるのであつた。

南風の蠱惑《こわく》の中で私は正気であると思つてゐたが、私の投げた煙草の火が、街路樹に当つて火の粉を飛ばして砕けたところをみれば、いささか平静をかいてゐたらしく、和服をきた女のコートの肩を妙に寂しいと思つたところをみれば、これは大分、いけない。女の肩は震へてゐたのである。緋色の着物は女を大胆にするものであるらしい。

ところで、私の眼の前には見なれぬ仏蘭西料亭が口をひらいてゐて、ブドオ蔓をからませた形の石柱の尽くるところ、地階への入口は玄武岩板に POISSON と刻られた酒場になつてゐるのであつた。その階段のつきあたりは、大きな鏡の嵌込《はめこみ》になつてゐたが、これも時ならぬ南風の故か、一面に汗を噴いてゐる。

私達はためらはずに其の穴蔵へ入つていつたわけであるが、左へ折れるとこれは意外な天井の高さで、桃色の壁には大きな絵が幾枚か掛つて、人はゐないのである。青空を背景に異国の女が立つて、女の髪は女のシヤツよりも白く画かれてある。机の上には白い春のにはとこがあつて、鈴を鳴らすと、女の子が現れる仕組になつてゐた。

女は私の真正面に坐つて私の眼をじつとみてゐるのである。天井の高さが女を臆病にしたのであるか、彼女はハンドバツクを指先で握りしめてゐた。

小鼻が丸くふくらんだ凡そ何事ない容貌ながら、見るものをくれなゐに染めてしまふ女といふものは、何程かのソクソクたるものを見るものに投げるのであらうか。

唇は別れの接吻で濡れてゐるらしい。……

——君は最初に口をきいた男に抱かれてしまふつもりで、今前の恋人に別れてきたといふ顔をしてゐる。

——君の口紅は乱れてゐますね。

——だつて……夜ですもの。

彼女は相変らず私の眼にみいりながら

——あたしの方が、当てるのは上手よ。あなたはご本を訳しておいでせう。

——トラクタアの本なのです。

――あなたは扉に鍵をかけて、幾日も幾日も街へはお出にならない。街では貴方は古風なガス燈だの碧白い顔の猫だのをみるでせう。

――マネキン人形造りの暗い細工場《さいくば》をみるのが好きです。

――ね、何でも知つてゐるでせう。私はあなたの上の部屋に住んでゐるんだもの。

――残念ながら、私は屋根裏に住んでゐるのです。

――それじや私は、あなたと向合ひの窓にゐるんだと思つてね。

――空間は歪んでゐると、いふわけなんだな。前にゐることと、上にゐることと同時存在だといふやうな。


これらの会話は、いささか酩酊して上層気流に乗つた気分の私が、無言でなしたものとお考へになるならば、それはリアリズムである。不思議な夜の女は、いやに黒くしめつた眼を光らせながら、占ひ女のやうに取りとめもないことを言ひ出した。例へば、私の部屋の、椅子をつなげたベッドの位置と、小窓に向つた机の鍵形の構図、赤い箱に煙草が何本、蠟燭が半分で消えてゐるといふことまでを、確信を以て断言したのである。それは仮空のことであつたが、女がいふにつれ現実の記憶であるやうに思はれて来るのであつた。

私は女の碍子《がいし》のやうな眼の暗示《サジエスチヨン》に憑かれてゐたのであつたか、女がまばたきをするなと、思ふ瞬間に私も瞬いてゐたのである。私が唇を曲げると女も唇をさしだして私と同じやうに曲げてゆくのであつた。それは映画のフィルムの中の出来事のやうでもあつた。天井の高い桃色の壁の部屋で私達はこのやうにして音もなく唇を合はせたのである。

しかしながら私と女の間には歴然と樫《オーク》の机とにはとこの花があつたのであつて、私が彼女の髪を抱いたのは、いづれの夜のことであるのか、更に分明ではないのである。

こゝまで来られた読者にとつて、作者の意図はもはや明瞭となつたことであらう。例へば夕日の坂を陽を背にして登つてゆくとき、路にあふれた椎の葉が、あかあかと染まつてゐるときには、——このやうな坂を登られたことがあるに違ひない——必ず一つの固定した心象が私には浮んだのである。それは私の投げすてた煙草が、五月の花壇の中で長いけむりを上げてゐるといふやうな連想を鮮かに画き出すのである。我等をとりまく環境《ミリユ》のうちで、特にあざやかに我等に一定の心象を想超させる配置を、これを絵描きは構図《コンポジシオン》と呼ぶのであらうが、もしさうでないとするならば、何人もピカソやマチスの静物に共感するところはない筈であつた。

——一定の構図は私にある種のムードを構成させる。

そのやうなことは実はどうでもよろしい。ともあれ、今や五月であつて、私の四角い小窓からみやるもろもろの木は白い花をつけ始め、私はトラクタアの本を訳し終つたのである。

五月よ。俺の身体の中身は空気のやうに軽く軽く、皮膚だけを暗く重く化する季節よ。

と私は書いて、これにイギリス組曲と題をつけよう。そのやうにつぶやくやいなや、私の身体の中身はシャンパンのやうに噴き上つて、湯気を帯びた皮膚だけが重くビール瓶のやうにしぼんで残つてしまふのである。

雄翡翠《をんかはせみ》とも身と化したや
雌翡翠《ハルキユオネス》をうち連れて

と、アルクマアンの歌を歌へば、私はたちまちに雄翡翠と化して、雌翡翠と水面をかすめて飛ぶのであつた。

かかる気分の私は、又地下鉄にのつて、白昼の銀座街頭に顔を出したのであつたが、私は其処で、くだんの夜の女に再会したのであつた。

誠にまぶしいばかり、白い道であつて、私が横切るP・X前の歩道を、向ふから、異国の兵隊がやつてきたのであるが、驚くまいか彼は胸に金魚鉢をかかへてゐたのであつて、そのジヤボジヤボと蕩れてゐる水をくれなゐに染めて、金魚が、五月の陽に輝いてゐたのであつた。――五月よ。俺の身体の中身は……と歌はざるを得ないではないか。

再び、私の前にはくだんの仏蘭西料亭が、現れて、――これはひるまみると、上は木造の、黒い柱の間はしつくひで固め、蔦は片面に這ひ上つた建物であると判明したが、POISSONと刻られた地下室へ、私はためらはず入つていつたのである。

暗い鏡の前に凝然と立つて私をみたのは、疑もなく、南風の街で別れた夜の女なのであつた。左へ折れると、そこは相変らず天井の高い桃色に塗つた部屋であつて、私のモーローたる頭は、瞬時、この環境《ミリユ》が彼女を存在させてゐるのであるか、或は彼女の存在がこの環境《ミリユ》を構成してゐるのであるかを、いぶかつたのであつた。

――君はなぜ、白いエプロンに黒いポケツトをつけたものだらう。

――これは、ね、

と彼女は、黒いポケツトから出した小さなセンヌキで私のビールの口を、あけてくれたのである。それには鈴がついてゐて、鈴には又、エンピツがついてゐるのであつた。

彼女はカカトの高い黒い靴をはいていて、それは黒いリボンで結んでゐるらしい。

――洋服の君は、着物をきてゐた夜のことをもう憶えてはゐないのだね。

少女は、しばらくきよとんとして、そして私の顔をみながら大笑ひに笑ひ出したのである。俺はどうも、あまりに記憶しすぎて、ゐるらしい。だから、私は、一匹の金魚を買ひ、それをかかへて帰つたのである。金魚がいつも、同じ様子をしてゐるとは、限らないではないか。ぴちぴちしてゐるやつもあれば、あきらめたやうに、動かないのもある。私はカルコ[*1]の短篇を憶ひ出して、一番あきらめたやうな様子をしてゐるやつを抱いて帰つた。カルコはレストランのおまへを粋にギユスターヴと名づけた。俺はおまへをベエルとよんでやらうか。

金魚は私の机の右側に浮んで、やはり、あきらめ果てたやうすをして、ヒレも動かさず時々、私におじぎをするのである。五月の雨の降る日は、本箱のガラスの前にぶら下つた私の傘、それと水底に沈んだ赤い魚の構図は、私にくだんの夜の女を思ひ抱かせるに充分である。

私は相変らずドアに鍵をかけつぱなしで、夜は仕事を、してゐるのであるが、さうすると、くだんの黒いリボンをつけた靴が、真鍮《しんちゆう》の横板を鳴らしながら、上つてくるやうな気配がするのである。時々はドアを軽く、ノックするやうな気分にさへなるのである。

こゝで私は、私の生活について、無念ながらいささか語らざるを得ないであらう。私はこの都会の中産階級に属する孤独の一大学生であつて、私がどのやうにして配給物をとつてゐるかといふやうなことを御心配下さる向があるならば、それはこのアパートの管理人なる水道局公吏の女房が、私の望通り、時々は望通りでなく、私の食糧をドアのノツブにぶら下げて置いてくれるのである。

この、ダボハゼの相の女については、その胸に可憐な附属物がついてゐるといふことを、その御亭主までがわすれてゐるかもしれぬのであつた。

　ところでその女房の妹といふ、近所の化粧品会社に勤める娘が、近頃このアパートに住んでゐる筈であるから、現実にその足音は、その娘の靴であるかとも、聞きなされたのである。夜昼さかさまである私が、何故、他人の生活について、これ程の関心を、余儀なくされたのであるかといふと、それは管理人の女房が、先日私に数個の白粉の箱を渡して、その効能書を訳してくれと、たのんだからなので、その時、妹が化粧品会社で、たのまれてきたからだといふやうなことをしやべつたからである。


　一匹の赤い魚と、雨に濡れた傘を、にらまへながら、相変らず私は金魚風美人の夢にふけつて、幾夜を明かしたわけであるが、その日も五月の雨が、巷の屋根を濡らして、窓に雫する夜で、私は又もや真鍮を鳴らす深夜の靴音をきき、ドアを軽くノックする音をきいた。

靴音は、私の部屋より更に上にある物置へ消えて、私はいささか無気味の念にとらはれたのであるが、たちまち私は、奇妙な物音を私の窓ガラスにきいたのである。

　それはたしかに若い娘の声であつて、ぱるれぶう何とかかと、異邦の言葉をさけんだかと思はれた。驚き、且《かつ》あはてて、私が窓を押しあけると、雨の雫とともに私の腕にさはつたのは、網でぶら下げた新しい買物カゴなのであつた。

物置の人影は私が見上げるやたちまちかくれてしまつたから、私は買物カゴをかかへて、しばしば、途方に暮れてゐたのであるが、おほよそは下の娘のいたづらであらうかと大していぶかることもなく、なかを覗くといふと、中からは真赤な苺のつぶつぶがこぼれるばかり現れたのである。

相変らず傘は重く、光つたガラスの前にぶら下り、金魚は水底から浮いて、水面にあぶくを吹き出しつつある。雨に濡れたる屋根の下で、私は一人深夜の苺を食べた。

私の部屋に、いろいろふしぎが起つたのはそれからである。私はこれはアパート管理人の妹のしわざであるかと考へて、いささかめいわくでもあり、昨夜のお礼をいひに女房の部屋をおとづれたのであるが、女房のいふことに、そんな夜中に彼女がおきてゐる筈はあるまい。娘はすでに出かけた後であるから、帰つてきたら直接きいてごらんなさいなといふのである。

未知の娘にそれもめんどう故、私はカゴにありがとうと書き、ドアのノッブに新しいカゴをぶら下げて、置いた。

私はひるま起きてゐる時には、このあたりのまちをあてもなく歩きまはるくせがあるので、私が部屋をあけるのはその時位である筈だが、その私の外出中に、金魚の水が代へられてゐたり、机の上にたれた蠟涙《ろうるい》がきれいにはがしてあつたりする。これは私の性としては、心苦しい限りのことで、おちおち書きかけの原稿をさらして置くことも出来ない。これはどうしても断ると、私は紙にかいておいて出掛けた。しかしながら幽霊は相変らず現れるのである。

私が夜、うたたねして、きがついてみると、床に、蠟涙が点々と散らばつてゐたり、管理人の妹でないとすれば、コの字に向合ひの女のしわざであるのか、彼女は時々違つた男と寝て、夜うがひをする時に、私の方を向いてわざと胸のシミーズを落したりするから、左右の空を向いて突つた彼女の乳首は、あきらめ果てた様子の金魚を愛する私を悩ますのである。


露地の細い廂間《ひあはひ》を通りすぎる電車の窓が、一つ一つずれて重なつて、フイルムの中のやうに見えるところに、このアパートは建つてゐる。空気が縹色《はなだいろ》にみえるある五月の夕方、私が、私の部屋の鍵をあけると、これはどうも俺の部屋ではないらしい。金魚もゐたし傘もぶら下がつてゐたが、どうも調子がおかしいのである。

それは私の上にあたる部屋であるらしかつた。私の部屋も、私の上の部屋も、まつたく同じであると思はれたが、異なつてゐるのは雨漏りの具合と、壁に掛つて揺れてゐる娘の赤い着物なのである。


洗ひつかれたカアテンであつたが、レエスの目からは淡水色の外気を透かして。

この着物は、あの女のものに違ひないと、私は銀色に曇つた鏡の中で、出逢つた女をあざやかに思ひ起した。みなれた女の着物が壁にかかつてゐるといふことは、なつかしい感じのものである。向ふでは瑣細《ささい》のことまで知つてゐるのに、こちらでは何もしらない、そんな女がゐるといふことは、なつかしい感じのものである。

その部屋にゐるとこの着物の女が果して、下の娘であるのか、或は窓の前の女であるのか、そのやうなことは大して問題ではなくなつてゐた。

三日月は星を一つ絲でぶらさげてゐるやうにも思はれるし、夜空には白馬が逆立して昇天してゐるやうにも見受られる。かかる深夜、くだんの金魚は、紅の裳をゆらしながら、おもむろに私の気分の階層をゆらゆらと上下するのであつた。

それは主として深夜の出来事であつて、ひるまはPOISSONの鏡の前に凝然としてゐる女であるから。女は黒い花をもつて夜になるとスリッパを鳴らして降りてくる。細い茎の切口は濡れてゐた。女は白い敷布の上に花びらを散らす。花はみるみるくれなゐと化して、黒い色はただ薄い花びらの隈取のやうに残る。それは女のまぶたの色であらう。

――貴方のことは何でも知つてゐてよとベエルはいふのである。

月光はあまりに青く、壁を透すので、私と女は一つになつたまま、この街の青白い空に浮んでゐる。――さう思ふと、えたいのしれない私の憂欝は、ドーナツのやうな光暈《こううん》を浮かした夜空に、形をとつて現れ初めた。

夜の街を歩いてゐて、いきなり片側の家のあかりがぽちりと消える事がある。橙色だつた窓がみんな次々に暗くなつてしまふと、水たまりは月光の青白い色に輝き渡る。さういふ夜道を歩いてゐた私は、白絹のマントをなよなよとなびかせて、肩には二つ、黒い百合の刺繍をつけた伊達姿だが、このやうに疑もなく私が水たまりの上を平気で行くのは、反射する月光の圧力に乗つてゐる故なのだ。古風なガス燈の町、蒼白い顔の猫が露地を横切るが、敏捷な猫のやつも白いフカフカな足で月光に乗つて、地上一尺程を駆けぬけてゆくではないか。金魚の予言は今や次々に現実となつて来たと思つた。

すると私の前に三度《たび》、地下の穴ぐらの酒場が口を開き、入口の白壁に刻んだ金箔の紋章は月光に濡れ、階段下の姿見の前には緋色の着物の女が凝然としてゐたのである。

女は南風の夜のやうに、じーつと私の眼をみつめながら、すそをゆらしておじぎをした。女の背後の鏡は今宵も銀色に煙つてゐて、poisson rouge と私が指でかくと、暗い文字の中には、きれぎれに私の顔が映つてゐた。

——金魚よ。おまへは娼婦であつて、子供を生めない女であるから、そのやうに必死の眼をするのだらうか。おまへの毒はどうもおまへのふくらんだおなかのせゐであるらしい。おまへの毒はみるものをくれなゐに染めて、人を死にたく、させてしまふ。

——月は白いメダルのやうだと、ボオドレエルはいつた。おまへを抱いてゐると、白いメダルの月を仰いだ詩人の気持になるのだよ。腐つてゐるのはむしろ俺のあたまか、あきらめたやうなおまへの眼をみてゐると、俺は水晶を抱く淫売婦。

そのやうな文句を、毎夜私は、金魚に向つてつぶやいてゐたのである。

そもそも始めから、あきらめたやうな奴だつたが、この頃はヒレもろくに動かさず、エラも片つ方しかパクパクしなくなつてしまつた。

——金魚の死ぬ時は俺の死ぬ時、あるひは俺が現実界の女どもの魅力に、正体を失つてしまふ時かもしれぬと、私は疲れて、街々をうろつき歩いた。

斜いた街は大学の高台と、博物館のある丘との谷にあつた。そこではミシン加工致しますと書いた家のガラス戸があいて、ミシンを踏む少女の足先だけが動いてゐるやうに見える。私が西日を長く影に落して通ると、少女は顔をあげて、まぶしく夕日をみやつた。

例へば前面の白壁を埋めた蔦の葉が、潮騒のやうに戦《そよ》ぎながら、葉ずれの音一つ、私には聞えてこない。マネキン人形師が、白い綿布を白膏で固めて、女の胸を乾してゐた。仏具師の細工場には、はげちよろけた白象の上に金色の仏がゐて、そのとなり長唄舞踊師匠の家では、てらてらした板の間に、緋鹿子《ひがのこ》の子供が二十位の大きな女と一しよに踊りを踊つてゐる。この暗い家では娘の背丈までが、不釣合に高すぎて悲しい。

斜いた町の木々の枝は、夕日の紅《あか》に染つて、陶画風の街と見えた。

——金魚が死んでしまつたら私はどうするつもりなのだらう。わけもなくそんなことを考へ、うろうろ歩いてゐるといつか夜になつてゐた。風が出て来た。私が歩くにつれ、露地に散らばつたガラスの破片が次々に月光に光り始めた。

屋根から煉瓦が落ちてくるやうな月下の惨死を私は考へる。幾枚もの鏡をのぞいてみると、俺の顔はみんな違ふやうなのだ。この陶画の皿の中には、いやに眼の大きいコケトリイな女の子が、黒髪を額にかぶせてのぞいてゐる。

これはどうもアパート管理人の妹であるらしい。黒い着物の襟は三角にあいてゐたが、そこにエノグのトバシリかと思はれる黒子がついてゐた。

下半身は、ハアト形に近いハコベラの唐草になつてゐて、その少女の真下に、鏡にうつるやうに対称にもう一人の少女が逆立してゐる。二つの顔は大変似てゐたが、何よりも影の方には黒子がない。

このやうに埒もないことを考へながら、うろうろ歩いてゐると、いきなり高い二階の窓が外れて、路上にモザイクのガラスを散らした。セメントブロックが鉄のワクの角の衝撃で生々しく掘れた。重い窓だから、もう三秒遅かつたら、私にとつて惨劇は確実であつた。

通行人は驚いて駆け寄つて来たが、私は表情も動かさず、通りすぎたのである。頭が割れてしまつても私はうつすら笑つたらうと思ひ返した。

――かうして死にたかつたのです。

さう言つて私は死んだことであらう。さわいでも助かる筈はないから、さうしたに違ひなかつた。

季節の崩れる時。この構図の中で未来をもたぬ女の毒が、私の憂鬱を完成する。

月は――これは塗りたての白ペンキ。月はペンキをぬれぬれ光らせながら深夜の頭上を振動しはじめる。俺の机の上に無性な息をして、死にかけの金魚。お前と俺は花紐のやうに手をからみ合はせて、このおかしな街にたたずむ時、

白々と象牙の玉をころがす月に、野猿のやうにぶら下つた私は、揺れゆく果で、とび下りよう。その街は三流のホテルにとまるべき町で、そのいささかかたい寝台で、おまへのつめたい身体を俺は再び抱き上げてやらう。

淡青い春、紅紫の晩春、黄色い夏、晩夏は黒であとは色もなし。

ところで作者は人間の性格について、心理について、はた小説の筋書について一言も語らない不親切を、許して頂かねばならぬ。我等人間は、実はこのやうな意識の流れを本当はただよつてゆくんじやないかと考へてゐる。記憶は外界にある、らしい。

青空を無数の金魚がおよいでゆくやうな気分になるための小説。こんなのが一つ位あつてもよからうと思つてゐます。私なる人物は、アパート管理人の妹が、実は恋人に外ならぬことを発見して、めでたくなると、お考へ下さつてもそれは、かまはない。瀕死の金魚は、おそかれ早かれ死んじま

ふのであらう。

駅の鏡。黄色い海が見えてくる。バッテーラが浮んで、これは、夕陽なのか朝日なのか。

鏡の中に揺れる潮騒。

《意識への興件に関する習作Ⅱ　1949》

【註】

＊1　フランシス・カルコ（一八八六―一九五八）フランスの作家・詩人。

色彩詩

透きとほる水色に画面は塗られてゐて、そこに鮮紅の壺がある。壺なのか花なのか、或は女の着物であるのか、はつきりしないけれども、確かにピカソの小品だつたと思ひます。ピカソはこのごろヴイロリウスといふ名の陶器の街に秘密のアトリエをこしらへて、陶器をつかつて画をかいてゐるらしいと、いつかの新聞で見たことがあります。私の記憶もはつきりしませんけれども、それには彼の近況が書かれてゐて、地中海に面した古城の美術館、緑色に壁を塗つた長方形の部屋で、ピカソは灰色と黒の絵を描いたと書いてありました。褐色の絵は曾ての大作ゲルニカを思はせるもので、その美術館に彼の残したピカソ室には、署名はなく、唯製作の年号ばかりを記した数枚の絵があるといふことです。

ピカソの絵を見てゐると、雄勁《ゆうけい》で繊細な線が、叡智の極限を示す正確な造型を試みてゐるのだけれど、やや離れて、褐色を鋭くけずつた線や、水色を限る毛細管のやうな線が次第にぼんやりして来ると、褐色と白の色調が、何か近代の悲愁といつた冷い意味を語つてゐるのを、胸苦しく思はずには居られません。

緑の女のおなかのまん中に灰色の大きな花の咲いたマチスの色彩の氾濫の中に、一つのレモンイエロウが、金の卵のやうに置かれてゐる。背景は群青の縞なのです。

又、まつ黒いテーブルの上に桃色の花があふれるやうに盛られて、背景も亦、まつ黒。

テーブルの弧の後の壁は、網目にけづられて、白いカンバスの地を覗かせてゐる。そんなマチスも見たことがありました。

色彩といふものは、それぞれの意味を表現してゐるのでありませう。

〝長いこと私の窓の前には、不調和な緑と赤で半分づつ塗られた酒場があつて、それは私の眼には気持の好い苦痛だつた〟

と、ボオドレエルは書いてゐます。（千八百四十六年のサロン　三、色彩に就て）

その美術論の中で彼は、色には調和《ハアモニイ》と旋律《メロディ》と、対位法《カウンタアポイント》があると述べてゐるので、

〝例へば一寸《ちよつと》血色のよい、少し痩せた、肌理《きめ》の細かい女の手について、微に入り細を穿つて験べてみるなら、その手を縦横に走つてゐる多くの静脈の緑色と、関節を示してゐる血の色をした色調の間には、完全な調和のあることに気がつくと思ふ。薔薇色の爪は、多少灰色味と褐色味を帯びた指先ではつきり際立つてゐる。掌《てのひら》についていへば、より薔薇色で、更にブドオ酒色の生命線が、それと交錯する緑か青の静脈組織によつて、おたがひに区別されてゐる。この同じものを廓大鏡《かくだいきよう》でしら

べてみるなら、どんな部分をとらうと、又それがどんなに小さくても、……色調の完全な調和が、発見されるだらう。――その調和は、影と結びついて、色彩絵家の肉付けの効果を出す。……だから、色彩は、二個の色調の和合である。〟

色の旋律《メロディ》といふのは、〝色彩の統一、或ひは一般的色彩〟のことなので、

〝主題も線もわからない程遠くから画を眺めた場合に、もしその画に旋律があれば、それは一つの意味を持ち、それは記憶の目録の中に、その地位を占めたことになる〟

とボオドレエルは言ふのです。

〝色彩は二個の色調の和合であつて、暖い色調と、冷い色調は、絶対的な方法では定義することが出来ない〟

〝それらはただ相対的にしか存在しない〟

さういふ色のコントラストのことを、対位法《カウンタア・ポイント》と彼はいつたのであらうかと思ひます。

外界の色は、光線の反射につれて、複雑微妙な変化を見せてゐて、たとへば今私が居る北上川のデルタ地方は、城址の山に立つて見わたすと、緑色の河が両側に見え、丘陵を埋める穂麦の銀色、りんご畑の、濃い緑色、その葉陰には夏りんごが小さく、もうふくらんでゐる、一望の風景が、赤と緑を基調として、もろもろの揺れる色彩、流動する光と影はボオドレエル風にいふなら〝加速度で動かされるため、灰色に見える〟独楽《こま》に似てゐるとも見ることが出来ます。

この町は妻の郷里で城を移した旧めかしい館に我等は居るのだけれども、デルタにはアカシアの

聚落《じゆらく》が、むせるやうな白い匂を、光まだらの下草に落してゐるし、アカシヤの花房は、六月の昆虫が集つて、アカシヤの花が唸つてゐるやうだわと、妻は言ひ、曾て私は山道に白い花が散つて、濃密な匂をはき出してゐる上を、彼女と歩いた記憶があつて、その匂はアカシヤの花であつたことが判明し、白い色は、そのやうな意味を、私には憶ひ起させるのであります。

外光は、いろいろな色の調和であると、知覚されるけれども、絵を描かうとする場合に、我々は普通、混合してゐる物体の色を、より純粋な色に還元しようと、無意識に努力してゐると思ひます。そしてその色彩の配置が、ある意味を構成しながら、一定の構図に置かれるならば、色彩は色だけでも、一つの詩を表現しうる筈であります。詩といふのは、こんな美しさもあつたといふことの発見であると私は考へてゐます。

色彩が、それぞれの意味を持つてゐるといふのは、フランスの旗が自由、平等、博愛を意味したりするやうに、例へばブラッドレイの色紙をつかつて、印象の統計をとつてみるならば、我々は色への関心の度合にしたがつて、緑が希望を、赤が熱情を、青が冷淡を、といふ風に意味づけてゆきます。その思はれ方は、各人の経験やメンタリテイで、さまざまな方向をとつてゆきませうけれど、色彩がある意味を表現しうるといふことは、紅白が吉を、黒白が凶をあらはすといふことでも明かなことです。

近代の絵家達は、外光の調和を破つた、逆説の対位法《カウンタア・ポイント》で、新しい色彩の意味、色彩の詩を、つくり出さうと試みてゐるらしい。

＊

短歌の場合にもほぼ同様のことが言へるかもしれません。言葉の詩は、色彩と、音と、想念と、形式を、同時に存在させることが出来ますから、絵画の場合よりも、時間と、運動を表現しやすいと思ひます。趣味的な解釈を許されるなら、

茜《あかね》さす紫野ゆきしめ野ゆき野守は見ずや君が袖ふる（額田王）

といふ歌も、赤と紫の世界で古代の恋愛を想定すると、大変美しく思はれます。言葉の意味だけならば、しめ野ゆき、君が袖ふる、野守は見ずやといふことで、大したことはないと思ふけれど、音と色の描き出す明るい世界が又なく美しいので、この歌は大変いゝ気持がするのであらうかと思ひます。ついでに、〝紅と紫の世界〟といふのは、マルセル・プルウストが、スタンダアルの小説を評した言葉で、万葉の歌人は、そんな事は考へないけれど、少くとも赤と紫の袖の色位は聯想したでありませう。

我々が短歌といふ、一つの小景詩を構成する場合に、この詩形は素描するばかりでなく、鮮かな言葉の色彩画を構成することも亦可能でありませう。

ロベリヤの紫いろがしつかりとその位置占めて咲けるくもり日（木下利玄『紅玉』）

うす水色の湿度と、その中に、一点を占める紫の色は、いかにも可憐な構図だと私は思ひます。構図といへば、後から日の光が射して、前のおむすびだの紙片だのがまぶしく輝くといふやうなコンポジションを利玄は好んでつかひました。

牡丹花《ぼたんくわ》は咲き定まりて静かなり花の占めたる位置のたしかさ（木下利玄『一路』）

花びらの匂ひ映りあひくれなゐの牡丹の奥のかゞよひの濃さ（同）

紅の幾種類かの階調が、完璧な配置に静止してゐる、牡丹の歌の品格は、決して言葉の意味だけの効果ではありますまい。白い牡丹だと思つてみると、さかりの花の紅の幻覚は半減するやうであります。

アララギはリアリズムといはれるけれど、そのリアリズムといふ意味は、小説の場合とは大変違ふと思ひます。ゴッホの色が茂吉を照らしたと、曾て芥川龍之介が言つたやうに、写生に立つてゐる短歌は造形美の世界から、不断のエネルギイを得て来てゐるのでありませう。装飾過度になると困るけれども、造型のめどさへおさへてゐるならば、短歌作者が色彩の意味に注意することは、短歌のジャンルとしての衰頽《すいたい》を意味しないばかりか、短歌が、新しい表現世界を截《き》り出す、強力なエネルギイになるだらうと考へてゐます。

とほき彼方の壁の上にはくれなゐの衣を着たるマリア・マグダレナ（斎藤茂吉）

むらさきの葡萄のたねはとほき世のアナクレオンの咽を塞ぎき（同）

長方型の部屋に立つ眼と、向ひの壁までの暗い空間、壁面の上方に掛る紅衣のマリア・マグダレナ像。色彩と構図の醸し出すえたいの知れぬ効果といふものは鬼気せまるものがあります。アナクレオンの歌は又、サテイルス詩人の俤《おもかげ》さへ思はせる紫と白のギリシヤ風の色彩詩で、この明るさは、地中海の明るさでありませう。

言葉の表現力といふものは、時間、空間、あるひは運動の持続《デユレ》と静止《ポオズ》に関して、音、想念、色彩、形式といろいろな面からの考察が出来ると思ふけれど、今はとりとめもなく、色彩の断面から、詩を眺めてみたわけであります。

青空を無数の金魚が泳ぎ渡るやうなムードを、短歌形式でつくり出すことが出来たら面白いだらうと甚だのんきなことをこの町で私は考へてゐます。庭前、牡丹はすでに散り、絢婉たる芍薬《しやくやく》は、地に低く咲いて、旧めかしい館の茶屋で、地中海の明るさなど憶つてゐる、まことにおかしな、今は午後であります。

（一九四九年六月）

石の中の鳥

雪花石膏《アラバスター》のランプに灯をつけると、鳥の形に黒い影が浮かぶ。ランプは上を向いた花の形をしている。葉脈のようにアラバスターは光を透かし、石の中の鳥は、今にも翔び出しそうな姿で、凝固している。おそらく、数千年、数万年の昔から、黒い鳥はアラバスターにとじこめられたまま。このランプはビルの十階と十一階の間に置いてある。ランプの隣りでは、腰ばかり太いブロンズの女が恥かしそうに身をすくめているが、黒い鳥はそんなものには眼もくれず、階の四方にはられた、鏡を凝視している。ここは鏡の間になっていて、あわせ鏡の光学的現象で、ランプは左右と天井に向って、無限に奥深く反射している。ランプは次第に小さな映像となって左右の壁にすい込まれるが、その先はどうなってしまうのかは鳥にもわからない。十一階はホールになっているので、「アーレルーヤ。アーアレルーヤ。」とモーツァルトの鎮魂曲が、涙の日の絶唱をくり返している。この七小節を書いてモーツァルトは死んだ。モーツァルトの声は、思いもかけぬ天の一方から聴こえてくる。二重唱が三重唱になり、四重唱、五重唱になり、と物狂しく断末魔のモーツァルトがサリエリに口述している姿が見える。サリエリは悪魔の正確さで、それを五線譜に書く。8分の12拍子、ニ短調、ラルゲット。「これでいいか」と譜面を渡すと、瀕死のモーツァルトはうなづく。

モーツァルトの天上の声を理解できたのは、モーツァルトを嫉妬のあまり殺さんとする宮廷楽士長サリエリ唯一人である。天上の声を奪おうと、大海蛇の姿となった魔王は、ミカエル大天使との凄絶な戦闘を続ける。電光の如き旋律でのたうちながら暗黒をギザギザに引き裂く。怒りの声は、天国と地獄の雷鳴と電光である。レクイエム K.626　第三曲　絶唱　第六節　涙の日は、魔王によって記録されたのである。一七九一年十二月五日　午前零時五五分、モーツァルトの息は絶えた。

「かの日や、涙の日なる哉
人罪ありて　裁きを受けんとて
灰より　よみがえらん」

この後は、モーツァルトの作ではない。弟子ジュッスマイアの模作である。これは天来の曲ではない。悪魔が天上の曲を引き裂いてしまったのだ。

雪花石膏のランプには、ホラティウスの詩句が刻まれている。

micat inter omnes Julium sidus,
velut inter ignes luna minores.
(Horatius, Carmina I, 12,46)

すべての中にユリウス（カエサル）の星は、
さながら天の小さき光体の中に月が輝くごとく輝く。
（ホラティウス　詩歌一）

雪花石膏の結晶の劈開《へきかい》面に、黒大理石が混じって、奇しき怪鳥を画きだしているので、黒い鳥はJulius星を現わさんと、彫刻者が考えた影であろう。翼を正面に向って広げ、その両端は鷲の風切羽のように上にはね上がり、脚は何物かを摑まんとする形の暗黒の鳥だ。くちばしはするどいカギ形で、ハプスブルクの紋章のように双頭であるように見える。人の顔とすれば、狂躁のモーツァルトのするどいカギ鼻と、後ろに巻き上がったカツラのシルエットともみえる。これはモーツァルトが、死の灰からよみがえったようである。「これは天上の曲ではない」。私がつぶやくと愚劣と卑俗の中に閉じこめられたモーツァルトは猛禽のように黒い鳥影となって、左右の鏡の奥に翔び去った。あわせ鏡になった鏡の殿堂の左右に飛び散ったのはモーツァルトの横顔の黒い切り抜きの肖像であったようにも思える。

天来の曲は悪魔のみぞ知り、神の声は魔王のみぞ知る。

イエル大学が所蔵する、サリエリ自筆のレクイエムの楽譜というものの写真を、彼の地にいる娘に見せてもらったが

Ars non habet osorem nisi

ignorantem.

芸術はそを知らざるものの他、そを憎むものなし。サリエリ

とサリエリは第三曲の頭に書いている。

モーツァルトを理解できるものは、所詮モーツァルトを憎むものだけである。

鎮魂曲を、魂の安らぎときくものにわざわいあれ。K.626のレクイエムをきいたら黒鳥となって翔び上ってしまう程のおののきを君は感じないものであろうか。

石の中の鳥は、魔王海蛇の尾の一閃《いっせん》によって、無限の天空に翔び散った。

〔一九八五年頃〕

【註（椿紅子）】

お読みになってすぐ気付く方もあろうが、ラクリモサ（涙の日）のみならず、レクイエム・ミサ全体の詞にアレルヤという言葉はない。表現から推察すれば有名なK.165の最終部分のアレルヤだろうか。これはモーツァルトの短い生涯では早い時期に書かれた曲だ。ホラティウスを引用するなら典礼文も調べるべきだが、作家にはアレルヤの歌詞が聴こえたのだ、ということにしよう。又サリエリの楽譜云々も勿論脚色で、娘はイェールでなくそのライバル大学に居たことは間違えていないと思う。研究者の方々は礼儀正しく、「椿氏の記憶は時々曖昧」と云われるが、著作を引用する場合には、cum grano salis にてお願いしたい。

夜の黄金

自閉症のように雨戸をとざし、人知れず深夜、財産しらべをする。暗夜のシャンデリアの光に、黄金の懐中時計がうかび上る。ここにしまってあった。この黄金の輝き、ロンジンの針がばらばらになってしまったような幻覚、時間からの解放か。これは何だろう。

ウージェニー・グランデの爺さんが、深夜金貨をチャラチャラやっている気持というのはこれだな。たのむものは黄金しかないという孤独。それも置いて死なねばならんが、だがこの一瞬の輝き。それが所有ということではないのだろうか。永遠の中で人間ができることは、一瞬の所有と黄金の輝きである。さもあらばあれ、ないよりは確実によいではないか。

乳首三十年史

汝《な》が乳首は　はじめ小豆の如く
　新月の先にひそみ入りたり
我それを引きいだし　ことごとに口に含む
汝が顔に老の刻めるとき
我今更に汝が乳首を見る。みよ。汝は
雄大にして豊満なる　新しきカマボコの
先に紅なるを
カマボコは板をはなれてヒサゴの形に突出す。砲弾の先なる汝は、えぐれたる乳の先に紅なり。
こは我が引き出しの結実なり。
　汝は日本の女の最も美しき典型なりと認む
ながかがむ時　乳首は我が胸を撫《ぶ》す
なが尻の二つの突起をかげば　汝は絶命の
声をあげ　我が腹に吸いつくなり。

乳房よ。我が飼育せる高貴なるものよ。
汝は確実に我のものなり。グレイトオンマン。
万才。

II

プロタゴラス先生その他――或る古典学者のノートより

――所謂世の諸先生方に捧ぐ

そのころ、アテナイの市場《アゴラ》には、その大門に文化国家といふ看板が出てをつた。ペロポンネソスの終戦後は、（誇高いアテナイ人はそれを敗戦後とは決して言はなかつた）マルクスキントの浮浪児や、食はねば生きられぬパン助や、エギジスタンシヤリズムの手あかでよごれた風船屋、これまた古ネクタイを蝶にむすび、心理がなければしたがつて思想もないといつてゐる詭弁家。又又肉体が思考する[*1]などと、手の込んだ観念論を思ひついて、ダラクダラクと称して酒ばかりのんでゐるデイオニユゾス崇拝《カルト》の闇師たちで、市場は喧々としてをつたが、いかに古代都市でも、名にし負ふ民主主義《デモクラシイ》国家であつたゆえ、芸術家、哲学者といへども政治への関心は深くもつてをつた。

こゝにプロタゴラス先生は、新しい都市国家《ポリス》の啓蒙家であつて、アテナイの市場や国民議会に立つて活躍するに必要な、ハツタリ能弁修辞術の教師であつた。哲学史によると彼はソピステスの親分であるといふことになつてゐるが、それは詭弁家といふのではなく、識者といふ意味なので、プロタゴラスやゴルギアスが詭弁家であるといふことになつてしまつたのは、後世の誤解ださうである。それにはプラトンやアリストテレスの宣伝のせゐもあるので、詭弁逆説の破壊的弁証法で争論したのはかへつてソクラテスの一派である。

ともあれプロタゴラス篇[*2]や、テアイテトス篇[*2]に現れる先生は、なかなか立派な美文家ではないか。弱き論を転じて強き論とする相対主義の処世術は、生活に追はれる今の文壇にもなかなか必要と思はれる。もつともそのころといへども文士が大学入学式に於る如く、年功順にヒナ壇に並んでゐたわけではなかつたが、やつぱり古代のことであるから、近代文学などといふ旗じるしもなかつた。ちなみに異邦日本国に於て藤原定家が近代秀歌といふのをかいたのもずつと後のことである。

それはともかくアテナイはルネサンス以前であるから、内なる権威の自覚は望まれず、それ故であらうか私小説と申してもイヒ・ロマンのことではないらしく、ヤミ商売の連中はジャズかきならして時代錯誤《アナクロニズム》も甚だしく、ローマ帝国実現の暁は、とやつてゐるし、マルクスキントの一派は、今に見てをれ原始共産制になつたらば、第二の官僚は俺達だぞとすごみをみせて、右へ行つたり左へ行つたり、あるまいことか株式会社を創立して、独占マルクス会社をつくつたらしい。その株券といふのがふるつてゐて、階級といふのと生産といふのが刷つてある赤い免罪符なのだ。それで何でもチョン切れるといふ便利なホーチョーなのだが、やつぱりかなしい紙片《きれ》なのであつた。

今時ならそんなのを殊更仮想的に仕立てる程のもんでもなく、歯がゆいけれども、これはむかしの話だからで、BC1世紀のころともなればスパルタクス団はローマ共和国の資本主義に反逆してをるし、頭にバタなんぞぬらねえといばつたランボオが現れるにはまだ大分ひまどつたわけであるから、かういつた無気力で楽天的な、それでゐてひどく窮乏してゐる混乱の文化国家アテナイに、アブデラの知識人プロタゴラス先生が、人間の場で真理の相対性を説いたときには、大いにもてはやされたわけである。先生の真理《アレーテイア》なる著作の巻頭には、「万物の尺度は人間也。有ることについては有るといふことの、有らざることについては有らずといふことの」とかかれてあつたさうである。これは一寸《ちよつと》カントを思はせるが、彼の人間標準説は生活上の実用を目的として教育者として言つたにすぎないので、啓蒙家としての限界はその辺にあるのかもしれない。先生が晩年七十過ぎてからアテナイに行き、富豪カリアス邸で、ソクラテス、プロヂコス、ヒピアス、それから美青年アルキビアデスと美の概念を論じた話はプラトンの本で有名だが、ソクラテスが老馬アテナイにくつつけられた虻だとすれば先生はそれでも眼位であつたかどうか。もつとも年のせゐであんまりよく見えない眼ではあつたらうけれども。

そのソクラテスは七十すぎて毒をのんだので有名になつたが、それは霊魂《プシユチエ》の善さ《アレテエ》といつたのがアテナイ人に奇怪なものに思はれた為かもしれない。ソクラテスに就てはすでにヴィンデルバンドが躍如と書いてゐる*3ので別に言ふことはないけれども、彼は「俺は知らない」といふ逆説が好きだつたので、当時アテナイでは「私は頭が悪いので」とか「俺は傷ついてゐる」とか「俺はヤミ屋の子孫だ」などとふてくされるのが大いに流行したらしい。

一方宗教の方はといふと、石器時代からの神様がオサイセンで神託を下したのは昔だからやむを得まいが、何しろ昔のことであるから、ソクラテス迄が変てこな神様をひつぱりこんだといふわけで、死刑にされてしまつた位である。もつともその神託のカラクリは後のルキアノスなんぞの知性のまへには、一たまりもなく馬脚をあらはして、偽予言者アレクサンドロス*4はいい笑ひものにされたのであるが。

アテナイ人の国家はそんな状態で、昔だからのんきにしてゐられたのだらうが、そんなのんきなアテナイ人でも、文学は音楽や絵と同様芸術だといふことは知つてゐたので、さすがのマルクスキント達も、革命歌だけが音楽で、赤い絵だけがいい絵じやないのと同じに、文学の価値はそのプロさだとは考へなかつた。それで同じ文学を対象としても、社会現象として社会学の方法でやれば社会学で、資料としてつかへば歴史なんだといふことは知らなかつたけれども、芸術として文学を取扱はない文学論はまだ現れなかつたのである。

アテナイの市場は喧々たる騒ぎであつて例の風船屋は盛にゲロをはいてをつた。みんながまねしたら大変なことになつたらうが、これはキタナイのであんまり流行らなかつたらしい。何しろ近代の超克はおろか近代でさへもない古代のことであるから、彼一人カンゼンとしてゲロをはくのは悲愴であつた。もつともゲロをはくのに嘔吐するところまでいけば死なねばなるまいが、彼は得々としてゲロを吐いてみせたのであつた。


【註】
＊1　坂口安吾「肉体自体が思考する」一九四六
＊2　ともにプラトン著
＊3　「ソクラテスに就て」原著　一九〇七／岩波文庫　一九三八
＊4　ルキアノス『偽預言者アレクサンドロス』二世紀頃

我身ひとつは

髪の毛の薄い女だつたから、別れは一層あはれである。女は涙も浮べずに唯白いうすべつたい顔をして夕ぐれの鉱石のやうに光る空をみてゐた。普段から口数の少い女だつたから、胸一ぱいの感情をきりりとこらへて今更何も言はなかつた。額のところで大きく二つ渦を巻いた女の髪の頭の地まで透いて見えるのが貧弱な肩をよけいみすぼらしくして、省線の窓から女のバスケットと大きな手下げを入れてやつた時に「すみません」とそれだけつぶやいた。「じや」といつて走り去る電車を見返りもせずに歩く。駅を出るとポケットから白線帽を出して深くかぶつた。君代はこれから北国の名も知らぬ街へ行くのである。遠い昔に別れた男をたよつて行くのである。そこはあの女の故郷で君代の棄てた子供もゐるといふのである。非力な自分を思ふまい思ふまいとして又これから一体どうしたらいゝんだとくどくど思ひ返してゐた。

君代は父の盛だつたころの妾である。耕一の父が負債を残して死んだときも君代の名儀にしてあつた妾宅は差押を免れた。その後は知らぬ。姉二人がうるさく君代をめのかたきにして、父の法事にも君代が来ると泣いて怒つた位だから、耕一の家とはすつかり切れてゐたらしい。それが東横線でなつかしさうに「耕ちやん」と声をかけられて、父の形見を預つてゐるから是非寄つて——といはれてみると、何となく女恋しい憶《おもい》も手伝つて九品仏《くほんぶつ》の君代の家までうやむやにさそはれてしまつた。女の家は同じやうなヒバ垣の並んだ構《かまえ》の一つで、霜どけでブクブクもぐる小路を二つばかり折れた角だつた。門前の枯れた芝で草履をすばやくぬぐつて上ると、「どうぞ」と強い抑揚で言つて耕一のカバンとマントを持つて奥へ入つてしまふ。てもちぶさたにして緋色の三味線覆なんかみてゐると「お気楽に」などといひながら埋火《うずみび》をかきたてて茶を入れた。いつまでも三味線掛をみやつてゐる耕一に気づくと、「あら　もうそんなもの　とうに忘れちまひましたわ」と言つてあかくなつた。「お好き」と眼を流すから「いやわからない」と困ると、ツと立つて三味線をかかへるとツンツンと三下がりにしてペタリと横坐りにすはつた。死んだ親父のこれが愛人かと思ふと、なまめかしい思が一寸流れた。「ね、だめでしよ」と何か弾きさしてそのまま三味線を置いて、「もう何年も弾かないもんですから」と長火鉢に手をかざす、その手があれて爪の色も悪かつた。このごろのことなど、話したくもないのにポツポツ話しあつてゐるうちに、水商売をしたらしくもない妙に素朴なしみじみした君代のよさもわかつてきた。二番目の姉のやうな軽躁な熱情的な女も、嫁にいつた一番上の姉のやうな気位の高いおびんなりもいやなものに思つてゐた耕一だから、めだたぬやうにみえて、だんだんにしみ込んで来る女の情緒がうれしく、耕一が夜店でかつた真鍮ぎせるでしけたキザミを吸ふと、簞笥の細い引出しから、金の豪奢《ごうしや》なきせると鉄斎の緒じめの煙草入を出してきて、「お形見ですのよ」といつてくれた。精巧な般若の面の根じめは耕一も見憶えがあつた。「よくこんなもんが残つてましたね」「僕にはもつたいない」といふと、「坊チヤマがそれ位のものおもちになるのあたりまへですわ」といつてうれしさうに笑つた。あまり君代がうれしさうなので、ずしりと重い父の金ぎせるですつてみて「やつぱりうまいね」と笑ひかへす。君代とはこんなことから深くなつた。その女は教育のない女だつたけれども、自分の限界といふものをよく承知してゐて、それ以上に出しやばらうとは思いもよらぬ女だつたから、ゆかしい陰影がいつも残つた。二言めには詩だとか、悲劇だとかいひだす二番目の姉よりも耕一には君代の人情をかみしめたやうな教養が美しく思はれた。父の残した石川光明作の象牙ぼりの観音を、後生大事にまつつてをゐたり、歯がいたむといつて梨だちをしたりする君代の渋い迷信も、彼が帰るとき、きまつて打つてくれる切火で、けがれを清めるといふ女の真面目な顔をみては笑へなかつた。そのころ女に他の男があることもうすうす知つてはゐたがとがめる気もしなかつた。すつかり板についた女の生活をみだすのも心ないことに思つたのである。そのころ君代は俺に惚れてゐるんだと耕一は知つてゐながら、義理が立たぬと耐えてゐる君代に子供あしらひされるのがいやだから別にどうしようとも思はなかつた。それが姉たちに感づかれ、母にまでひどく心配されて、涙ながらに「あんな女とはキッパリ別れておくれ」「傾いたこの家を興さねばならない唯一人のおまへにまちがひでもあつたら私は生きてはゐられない」などと激しておろおろ言はれると、むしろ迷惑でいまはしい関係なんぞこれぽつちもないのだつたが、そんな「世が世であつたら」式の芝居がかつた母や姉をいやだいやだと思つて鼻じろんだ。上の姉は義兄までつれて「あんなけがらはしいとこへよくも行けたもんだわ」と言ひに来た。京都の法科を出て父の後盾でめんだうをみてもらつてゐたおとなしい義兄はしきりに「弱つた。弱りました」と一人で恥入つてゐた。二番目の姉とはあれ以来一度も口をきかない。自分のスエーターをほどいて編みかけてゐた耕一の靴下も、これみよがしに人形のガラス箱の上にほこりにまみれてほつぽらかしてある。母や義兄が君代へぢかに談判に行つた様子で、そんなにまでして寄つてたかつて君代を辱かしめる家族達へもやりばのない憤激が湧いて、今はあの女をつれて何処へでもかけ落したかつた。家を出掛けようとする耕一に「何処へ行くのよ」と泣顔で言つた下の姉へのつらあてに、「君代のとこ」と言ひすててガシガシ歩く。

君代は丁度母達をかへした後と見えて、さすがに青い顔をしてゐたが、いつものやうに迎へた。「おい、どこへでも行かうよ。」と言つて女の手を引張つて外へ出ると、君代は「えゝ」と素直についてきた。それからあてもなく船橋で省線を下りて、ドブくさい宿屋に二晩寝た。それでも女は「大事なおからだだから」と言つて決してすべてを許さうとしない。潮くさい入江の貝殻の上を歩きながら、こんなにも女をいとしいと思つたことはなかつた。けれども二晩目には女のそらぞらしさにかんしやくをおこしてひどい喧嘩をしてしまつた。「わがままなところがお父様そつくり」などと水をさされると女の愛想をつかされようとする芝居なんだとは重々意識しながら、二十才も年上の女の愛情が急にいまいましくなつて、「そんなら別れてやる」とばかり、夕陽をうつした蓮田の中の道を一人で帰つてしまつた。

すつかりあきらめたやうな君代と、愛想をつかしたと思ひ込みたい耕一はそれでまもなく別れたのである。わかりきつた自分のみれんが煙草のやにのくすぶるやうにジリジリ鳴つてゐた。

しんかんと静まつた家へ帰つて、だまつて玄関からとつつきの自分の部屋に入つてスタンドランプをひねると、オレンヂ色のその光が白い壁に双曲線を截つてうつつた。「耕ちやん？」といつておづおづ入つてきた姉がみじろぎもしない耕一を椅子の後ろから抱くと、そのままオイオイ泣き出した。スウエーターをきただけの姉の乳房が、肩をぐんぐんおして、しめつぽい髪が頸《くび》すぢにへばりついた。立上がつて「ごめんね」と耳こすりして、背の低い姉を抱きしめると、「もういやよ。もういやよ」といつて頭をかすかにふるはせながら、母を呼びにかけて行つた。家が破産して婚期の後れた姉を、新しく憐む気持が、せきを切つたやうにぐいぐいと甘ずつぱく溢れてきた。

白鳥の湖

一、理髪師と踊子の話

理髪店ヴェラは室町三丁目にあつて、四角い針金を鳥籠のやうな螺旋に巻き、その上に木の王冠をつけて、この風変りな看板が、三井別館の横通りに顔を出してゐる。

そのセメント路地を、マンホールの蓋をふみ越えながら入つてゆくと、左手のきたなく赤さびた洗濯屋や、レストランの間にはさまつて、小さなトコヤを見出すであらう。店は六畳程もない四角いタタキであるけれども、立派なのは鏡であつて、これは天井まで、二つの壁を完全にはりつめて、彫刻のついたマホガニイ製の堂々たるワクに嵌込まれてゐる。

ヴェラの椅子に坐つてゐると、狭い部屋全体が、黒いマホガニイぶちの鏡に吸ひ込まれてしまつて、化粧水の切子や夏の花、或は後ろの革椅子にパイプをくゆらす男、麻服にきちんとアイロンをかけてゐるくせに、自分のノドボトケに生えた鬚は剃らないヴェラの親爺までが、額ぶちに嵌まつたガラス絵のやうに見受けられるのであつた。

伊作が、格別の興味を持つて、このトコヤを眺め渡したといふのは、長いこと恋愛とも何ともつかぬやうな関係のつづいた従妹の藍子と妙なことになつてしまつて、所在なく、見知らぬ街を歩きまはるのがくせのやうになり、どこともわからぬ街の風呂屋だの、トコヤだの、ふらりと入つてしまふのが、趣味といへば安直な趣味になつてゐたからである。

この暗い四角い部屋に居ると、何だか己の憂鬱が覗かれるやうな気がする。あの花模様のカアテンの後ろは、狭い台所からすぐ急なハシゴになつてゐるらしいが、こゝにはトコヤの家族が棲んでゐるのだな。そんなことを考へながら頭をカラれてゐる、まだ伊作が学生時分の、のんきな世の中であつた。


伊作の頭が石ケンの泡でシウクリームのやうになつた時であつたが、いきなり、まひるの日の落ちた路地が、プリントの服地に染められて、鮮かに明るくなつたと思ふと、長い髪の少女が一人、乱暴に飛び込んで参つた。少女はヒザ小僧までの派手な黄色のスカアトをして、その先が地面まで、すらりと伸びた細い脚である。

暗い部屋のお客に気付かなかつたものか、少女はつま先で一つくるりと廻ると、少女は白鳥の湖を口笛で吹きながら、掌《てのひら》の花束を振りまはしたものである。

ヴェラのおやぢにどなられて、少女は驚いたやうな眼を見開いてゐる。伊作は少女と鏡の中で眼を見あはせて妙に息がつまるやうであつた。上まぶたが弧を画く形の、いつも驚いたやうな眼でじーつと少女は見てゐる。後ろから陽が来て、少女の髪は、陽の輪廓をつけてゐるやうに見受けられた。あまり伊作がじろ〳〵見たもので、顔をあかくすると、女の子はオン・ドウ・トロウと、二階へかけ上つてしまつた。


「天晴れバレリーナの卵だね」

「ねっから、子供なんで」

と親爺は余程この女の子が自慢であるらしく、のど仏がヒゲの中でゴロ〳〵する。このおやぢが、あわてて己の耳を切つてしまふならば、血は肩掛けにたれるだらうが、あの少女が又、カアテンから顔を出すかもしれぬ。

伊作が、一寸おしばゐの気持で、頭にシャワアをかけながら、カアテンをのぞくと、急な階段の中途から、少女は又例の眼でキラ〳〵見てゐるたではないか。


冴子は姪で、松竹歌劇の踊子二期生だと、ヴェラの親爺が吹聴したので、伊作は楽しくなつて、従妹との憂鬱な間柄も一寸忘れる思ひであつた。

二、伊作と藍子の奇妙な話

従妹の藍子は、伊作の家のすぢ向ひに黒塗の倉庫と、白壁をみせてゐる、本町の製薬会社の娘で、好きなのは分つてゐるのだが、今更らしく口にも出せずに、逢へば外の、たあいないのろけばかり、きかせ合つて、あてつけるといつた調子で、いつもケンカ別れになつてしまふので、これには伊作も大分神経を参らされてゐた。

例へば、おもだかの袋物、菓子器の類を集めた位、藍子がひいきしてゐる、猿之助は、どうも伊作の気に入らぬ所で、故橘家をもち出してまで、気品がなくては困るといふと、折角、有楽座の切符をとつてやつても、染五郎と約束があるとごねて、人の前でわざわざ染五郎を電話で呼び出し、甘ッたれた声を、出してみせたりする。日本橋でも旧い薬種問屋だから、役者関係の出入りも多かつた。

伊作が高等学生の時分、同級生達の歌舞伎の通がりにいや気がさして、ひそかに新生新派をみにいつた、伊作の花章びいきをいつのまにかさぐり出すと、

「何さ、新派の女達はみんな死んじまふなんて哀しすぎる。お蔦が好きだなんていふ残酷な男は大嫌ひ」と藍子に言はれて、それきり、当時明治座が焼け、新宿の第一で続けてゐた新派へ足が向かなくなつたりした。

藍子は家政学院へ遊びに行き出して、一しよに芝居を見に、築地や、浜町河岸をねり歩いた。色

は浅黒く、面長で、耳のおくれ毛を下げると、小村雪岱《せったい》風の美少女だったが、洋服より着物の方が似合ふといつてから、いつも着物ばかり着て歩いた。そのたもとを河風にふくらませて、袂《たもと》の中に手を入れあひながら歩く、世話物のあとなんか、堀割ごとにともる灯に感傷すると、しをらしく、見えたものである。

銀座裏では、又、わがまゝを言ひ出して、キュラソを飲むといつてきかず、上はビルで地下が酒場になつてゐるあたり、むりに手を引つぱつて入つてしまふと、従妹は酒場と女給の雰囲気に、急に気弱になつてしまつて、赤い酒をなめ、顔をしかめながら、黙つて、机の下からハンドバッグ押してよこしたりする女なので、そのとき従妹のハンドバックを開けてみたら、名寄岩《なよろいわ》のブロマイドが出てきた。

室町のトコヤの娘、五月冴子のことは、後まはしになつてしまつたが、冴子とのことはどうやらこの従妹のおせつかいに始まるらしく、トコヤであつてからその次までは、大分の時日がたつてゐる。それは伊作が従妹に、

「室町のトコヤで可愛いシャンをみたよ」

と話したからで、

「日本橋を、まだ観てないんなら、行かないか。二等ならおごつてやらう。一等なら、ワリカンだよ」話のいきがかりで、

「五月冴子をつれてきて上げるから、一等、おごつて」といふやうな次第であつたらうと思ふ。

冗談にしてゐたら、本当に藍子はムキになると、国際へ出掛けたらしく、電話を掛けてよこすから、何事かと思つて行つてみると、藍子の部屋に、先日の踊子がゐたのである。

そこは数寄屋風に祖母が建増した離れで、セメントのビルは納戸《なんど》蔵にかくれるから、前栽《せんざい》のあたり、一寸都会のどまん中とは思はれぬ趣がある。秋の七草を植ゑて、穂を出したすゝきに、椽木《たるき》越しの日がカッと照つた。部屋の内は、昼間でも電気をつけてゐる位暗く、つめたい。

踊子は緑のベレエを冠つてゐたから秋も闌《た》けてゐたのであらう。まへと同じやうに櫛のやうに上ぞりになつた眼で、驚いたやうに伊作をじつとみた。血の引いたおでこの平たい顔で、やけにまつ毛が長く、細い頸をかしげてやゝたいぎさうに、長い脚を曲げてもぢ〳〵してゐた。緑の洋服を、竹のボタンで止めてゐて、それに百合の模様がついてゐるのを見付けた。小さな声で

「まつげが長すぎるので、つけまつげはいりません」

などと、冴子は話してゐたと思ふ。

「可愛い方ぢやなくつて」とにや〳〵してゐる藍子がつらにくくもあり、柱にてりかへす電燈をみながら気まづくなつてゐたが、伊作が歌劇の楽屋裏へ、出入りするやうになつたのも、始めは藍子に案内させたのであつた。

従妹は一つ違ひのくせに、冴子を子供か人形のやうに扱つてゐたが、冴子の方が余程大人で、藍

子とは姉妹のやうにしてゐたけれど、猫のやうに、本能的な敏感さで、従妹の前では容易に伊作に近づいて来なかつた。

従妹は鼻つぱりが強く、意地張りな割に子供じみて、すぐ夢中になつてしまふ質《たち》故、冴子も自分で発見したやうに得意になつて、ブロマイドを作らせて、サインさせたりしてゐた。

国際劇場の裏の廊下は、二階のガラス越しに踊子達が、出の衣裳で通るのが見えるので、ファンの小娘達が見上げて、さわいでゐるところだが、楽屋へ大きなチョコレートの箱をかかへていつて、大きなパフで冴子の顔をたたいてやつたりするのが、従妹の趣味なので、こり性で口紅もルージュはいやだといひ出して、自分は京紅を筆でかいてゐた。

それが、色の浅黒い細面《ほそおもて》に古風な趣を描き出すので、伊作は大変感心したものである。

歌劇の楽屋といふのは、パンツとブラジェアだけの女の子ばかり、ごろ〳〵して、白粉《おしろい》が飛んで、衣裳をかけたガラスは曇り、大へんな景観を呈してゐる。

伊作は後年、楽屋裏へすみついて、台詞を読んでやつたり、裸で出る踊子達の乳首に紅を丸く、ぬつてやつたりして暮してゐたが、そんなことでもしてゐないと、伊作の憂鬱は、やり場がないのであつた。

三、タップの靴

地下鉄、神田駅は、すいてゐた電車がたちまち、すしづめに混むところ故、ホームに並んだ乗客は我れ勝に、弾丸みたいにとびこんでまゐる。伊作は勢ひ込んでとびこんで来た女の子が、胸につかまると「きやーつ」といふので、よくみると長い髪の女の子が、後生大事、手下げカバンを胸に抱いて、胸に引つ掛つてゐるのである。手下げには歌劇の四つ葉のクローバーが大きく、くつ付いてゐて、「あら、どうしよう」と泣顔して髪を引つぱつてゐるのは、外ならぬ五月冴子であつた。

「や、しばらく」と身を引くと、冴子の髪がポケットにくつついて、釣れてしまつてゐる。万年筆のキャップが、髪のカールに引つ掛つて、どうしてもとれない。

冴子は「タップの練習なんです。築地で」といひながら、カバンの中の金《かね》を打つた靴をのぞかせてみせた。

こんな妙ないきさつで、冴子を始めて抱いてしまつて、従妹には秘密の二人だけの関係が出来上つたのである。

スポットライトで光るやうにガラスのブローチを買つてくれといふから、ダイヤなら八十万円位しさうなやつを買つてやると、靴をカタ〳〵いはせる位喜んで、東劇の地下へ伊作をつれていつてくれる。「旅がらす」何とかいふ映画だつたが、踊子は「歌劇です」と得意にバッヂをみせて、二人で入つた。

「本当に旅はつらくて、今日は豪華版な宿屋だと思つてゐても、その次の土地で入りがないと、みんな木賃宿に雑魚寝するんです」踊子は、旅がらすの旅芸人にひどく同情していつた。

踊子が寝てゐるので伊作がヴェラへ頭をかりにゆくのは朝だつたが、ヴェラの親爺が、もつたいぶつて、「貴方に夢中なんだ」と教へてくれた頃は、伊作は冴子の細い肩を本当に抱いてみた後なのであつた。

楽屋でおはぎを食べた後だつたので、冴子が始めて唇を開いた時には、丸い前歯にゴマが一つぶついてゐたものである。

「お姉さんに言つてはいや」と藍子に秘密なのがうれしいらしく、急になれ〳〵しくいつも身体にふれて、ものを言ふくせのこの少女は、もう処女ぢやないのかと、思はせる程のあどけなさであつた。

四、S

伊作が、藍子に大分参つている、これは彼自身よく承知してゐる所だが、藍子の気持は、まるで、鏡に映つたけしの花の影のやうにとらへやうがない。従妹は、着物が似合ふよといふと着物ばかり着てくるし、京紅がいゝといふと、筆で唇を描き出す、少しうぬぼれてもいゝかなとも思へるし、単純に、わがままな従妹の意地つ張りにすぎないのかとも思つた。
従妹は月のさはりがひどくて、いつも茶室で寝てゐたが、伊作が行くと、ひどく怒つて
「ヘントウ腺よ。あつちへいつていらつしやい」

と金切声を立てる。藍子の部屋は、茶色い武田製薬と、白い山の内製薬の倉庫の谷にある、油でりした冠木門《かぶき》の中なのだが、冴子はよく、茶室にとまつてゐて、藍子は冴子の髪かたちから、男の子みたいな洋服の裁断まで、自分の好みを押し通して、イギリス風の麦ワラ帽に紫と空色の條をきせ、人形のやうにかざり立ててゐた。

従妹の恋愛は、一種病的に美しい白熱した蠱惑《こわく》のやうなものが感じられる程で、夜は冴子を抱いてねると、冴子は言つてゐた。奇妙な三角関係が出来上つて、伊作は藍子を、藍子は冴子を、冴子は伊作を次々に恋してゆく、巴のやうな危険な安定をどうどう廻りしてゐた。

伊作は冴子を抱いてゐても少女の唇を求める藍子の、京紅で描いたうすい唇や、女二人抱き合つて寝る乳房の触感など妙に感じないわけにゆかぬ。女二人の寝てゐる部屋は、どこかお城の茶屋を移した由で、黒檀《こくたん》を象牙で止めたり、桐の柾《まさ》を矢絣《やがすり》に組んだ古めかした木口で、襖の金箔もさびてゐた。

江戸以来の習俗故、伊作がとまつて、顔を洗ふ時にも、黒塗の定紋《じようもん》の小桶に半分水をはつて、口すゝぎには塩を盛つて出されるので閉口してゐたが、藍子の病的な偏執も、重くるしい問屋の家風への、反逆の気持もたしかにあつた。

さうはいふものの、面白半分に唐桟《とうざん》の前掛などして、店の奥の板の間に居る時は、藍子の紅の最も美しく見える時でもあつて、従妹はこり出すと、山本山の玉露に山本の海苔でわさびの茶づけばかり一週間も食べてゐた。

冴子はその油でりした門の中に、とまることが多くなつて伊作は、朝トコヤへゆくのも無駄になる事が多くなつたが、冴子の話によると、藍子はこのごろ塩桜をさ湯に開かせて、そればかり食べてゐるといふのである。

日本橋角の食品屋で、浴衣をきて買出し姿の従妹に時々逢つたが、桜の花びらのせゐか少し痩せて見えた。日本橋辺では余程の大家でも買物を女中まかせにするといふことをしない。八百屋は大抵三越か、橋のたもとのマアケットを用ひるので鮮かな浴衣がけに日より下駄の人種は外出着をきた山の手の奥さん連中と、容易に見別けられるであらう。

五、接吻変化

その年の大学は試験もあり、伊作は大磯に一軒借りて、面白くもない参考書ばかり読んで暮したのだが、小磯の松並木に近い、温室のついた小さな家でたいくつしてゐると、藍子が一人でいきなりやつてきて、もう東京へは帰らないとごねだした。冴子のことで叔父が心配しはじめて、家に入れてはいかんとしかられたのださうで、いゝかげんに早く家庭をもちなさいつて、いはれたわと笑つてゐる。

「候補者は誰なんだい」とひやかすと、

「知らない」とすねていたが「誰でもいゝつて、写真をこんなにみせたわ」などとケロケロしてゐる。

　アスファルトの国道のまんなかに松が連つてゐるあたり、別荘の高いセメントの塀の間、松葉に掃き目を立てた道を抜けると、大きな眺望の、砂山の上に出る。小松原が夕ぐれの色になると、真《ま》鶴《な》
鶴《づる》岬の彼方、箱根には夕雲が白く沈んでゆく。見渡す一望の浜には人一人ゐない秋である。

　黒く見える波打際に下駄のあとがのびて、白い鳥は、波が打つと低く立ち、波が引くと又同じところへ下りた。それらの風景が望遠鏡を逆さにのぞいた遠近感で砂山からみえる。

「お前もいつか、結婚するわけだね。一寸寂しくなるだらうな」

「明治新派。結婚なんて、誰ともしない」

　さういつて従妹は砂をかけ下りてゆく。波のかぶさる岩をはだしで飛んでゆく藍子の手を、岩の上から引上げてやると、着物のすそから血が失せて紫色になった従妹のふくらはぎが覗いた。

「家で心配してるだらうな」

「お兄さんとこへ行くつて言つてきたから平気」

「平気でもあるめえ」

　藍子は肩を抱かれてもいつものことで何とも言はない。

「俺はきらひかね」

「きらひぢやない」

「他にすきな奴でもゐるか」

「馬鹿にしないでよ」

「まて〳〵、それならユークリッドの証明だ。すべてのAならざるものはBに非ず……」

「いやだ、いやだ」

藍子は頸を左右に振つて唇を逃げながら「きらひぢやない。けど結婚なんてしらない。本当に考へたこともないんだもの、どうしたらいゝか分らない」肩をふるはせながら「ちつとも、さう、仰しやらないいんだもの」と泣き出しさうな声でいった。

次の間で夜中に、電燈をコーコーつけて小さい時のやうに安心して従妹は寝てしまつた。

藍子は昨晩、何もなかつた様子で、伊作のふとんをはがしに来て、パタ〳〵掃除を始め、世話女房ぶりを発揮しはじめたが、どうしてもいやだといつて唇はそらしてしまふのである。

カレヒの黒い所は気味が悪いといつて白い方ばかり従妹は食べる。

「お前みたいな奴を細君にするのは、大変だな」といふと、「冴子さんがいゝでせう」と真向から来た。それで朝からふくれてゐたが、お昼頃叔父が来て、藍子をつれて行つてしまつた。

六、断髪少女

叔父が帰ると、入れ違ひに冴子が従妹を尋ねて来て、しばらく会はずにゐた冴子は、長かつた髪を切落して、見違へるやうに背丈がのびてゐた。

「昨夜、髪を截《き》つて、変じやなくて。恥かしいからこれをかぶつて来た」

と、桃色の布で頭髪をしばつてゐる。

「出世したな。お目出たう」

冴子は、のどで笑つて、頸にかじりついて来た。準幹部に入つた踊子は男装するので髪を断髪にするか切つてアップにする。もうセリフがつくから踊子ではない。

藍子は帰つたといふと、一寸蒼白くなつたが、すぐ笑ひ出して、上ぞりの眼を上げた。

「やいてるか」「ちつとも」

と眼をつむると、小鼻が一寸上を向いてゐる。この同じ姿勢で、昨夜烈しく拒絶した従妹を思つた。


浴衣の帯が結べないといつて、冴子は背中をよぢらせてゐる。しめ上げてやると、脇へ伊作の手をはさんでしまふ。伊作のあごの下で冴子は「半分頂戴」といひ、「半分て何だ」ときくと、「藍子さんの半分よ」とせき上げる。「みんなやらう」と伊作は言つた。

女の身体が倒れると、ぬれた目じりが見えた。ドーランとネオンの光で濡れた肌である。お腹や脇の下がもう少女ではなく女のやはらかさになつてゐた。冴子は全く身体の力を抜いてしまつて、つめたい脚である。下着は自分でとつてしまつた。

伊作が気楽に女を抱いたのは、処女ぢやあるまいと思つてゐたからに違ひない。女はいかにも安らかな顔で眼をつむつてゐたし、何の抵抗もせず、かすかに脚をひらいてゐた。

それが、急に伊作の指を握りしめると、アア、いたと、あへいで、身をのけぞる。歯がガチ〳〵鳴つて、机のうしろで唇を求めた。

「よさうか」とゆるめると、「いゝの、死んでもいゝ」さう言つて油汗を流し、身をふるはせながら、つめたい両脚を力一ぱい巻きつけてきた。

血が一点、敷布に落ちて、女は朝まで震へてゐた。翌日から烈しく血が下り出したが、断髪のあたまをネッカチーフで巻いて、寝てゐろといふのに、食事の仕度をした。憶えば冴子には、ひどい仕打ばかり重ねた、それでもうれしいといひ、「幸せですわ」とこらへてゐた。

冴子は全く偶然の連続で伊作のものになつたやうな気がする。冴子の信頼し切つた眼をみてゐると、水晶を抱く淫売婦の気持であつた。

もし昨夜従妹が唇を許してゐたなら、こんなことにはならなかつたらうと伊作は思ひ、偶然一夜をへだてて、別々の女と寝て、今からうなつた以上、愛情の巴に歪《ゆがみ》が来て、新しい愛情が胸の底に湧いてゐた。もし許さぬといふなら、ヴェラでトコヤをやつて一生暮してもよからう。さう言ふと女はうれしさうに、碧い顔して、寝る時も白鳥の湖のトーシャ版の台本を読んでゐる。冴子の休暇は一週間しかなかつた。

冴子は旅まはりで月の半分は東京に居らぬ。冴子はその年、みごもつたが、まだ早すぎるといつておろしてしまつた。この間のことも書けば無限の愛惜で切りがない。心臓が弱つてゐて、子宮口を切開する程の大手術になつてしまつた。冴子は旅先へあみものをもつていつて、出来上ると小包で送つてよこした。

藍子は、急に歌劇熱がさめると、「子供じみてて、つまらなくなつた」などといひ、叔父の清元を一しよにやり出して、卯の花をさらつてゐた。ムキになり出すと、三味線も鬼気を感じる程の冴えた音じめで、爪を紅色に染めながら、叔父の居間で終日、歌つてゐた。習慣故、芝居ではよく逢つたが、冴子のことはあまりきかなかつた。お互に大人になつたものか、ケンカもすることがなくなり、景色が遠くなつたやうな寂しさもあつた。

七、靴下

三年、続いた冴子と、どういふいきさつで、そのやうなことになつたのか伊作はかへりみて夢のやうな気がする。

三越劇場で清唱会があつて、冴子をつれていつたのが原因かとも思つてみた。舞台の従妹は盛装して叔父と「十六夜《いざよひ》」を唱つた。筆で京紅をかいた藍子の口紅が、丸く開いたり閉ぢたりしてゐるのを白色光でみると、大磯の夜の事など思ひ、やゝ上向いて一心に唱つてゐる、従妹の帯の厚みや着物の押し出しのやうなものが、変に伊作を抑圧して、ナイロンのハンドバックに断髪といふ姿のやつれた恋人を異族のやうに思つたりした。

白タビの番頭どもが声をかけるたびに一寸緊張して胸元で息をしてゐる。

伊作は妙に沈んで帰つたが、冴子は「意地悪」と一ことだけもらした。

それから、冴子に目をかけてくれる演出の先生と、変なうはさが立つてゴシップにも出だし、「歌劇が大切だから、結婚は当分あきらめた」と冴子はよく言つた。休暇にも家には居ず築地で何かやつてゐた。

そんなことで気まづくなつてゐたのだと思ふ。これといつて、はつきりした理由もなかつた。旅立つまへ、夜の駅で、やはり何か言ひ争つて、烈しく伊作の手を振り切つて別れ、それきりになつた。

その春、大学を出た伊作が、藍子と約束したのも、主として、家同志の話し合ひである。

理髪ヴェラの親父に、「今度国際だね、たうとう、俺は歌劇にみかへられたらしい。」といふと、親父はのどひげをならしながら、冴子の化粧箱を出して来た。冴子は甲府のアトラクションで足をくじき、そのまま頑張つて、一度帰つてきたが、結婚のことをきくと、これを渡してくれと言つた由である。そのまま大阪へ立つて市立病院で敗血症を起したといふ。

「死んだか」といふと黙つて化粧箱をあけた。伊作が学生時分、買つてやつたガラスのブローチだのピン止めだのの一かたまりであつた。
十九、この店へ花束を振りながらかけこんだ少女の薔薇のつぼみをむしつたのは自分だと思ふと、言葉もなかつた。

冴子の次の公演のブロマイドは京橋の角に出てゐる。あの眼をし、タキシイドを着て、往来へ笑ひかけてゐた。冴子の死はまだ誰も知らない。

一週間たつと冴子の写真ははづされて、新しい写真が、やはりタキシイド姿で笑つて入れてあつた。冴子の名前の上には、はり紙して、新しい名前がかいてある。

葬式の後、だいぶたつてから、どこをどう廻つたのか、たどたどしい冴子の筆の上書きで、小包がとどいた。伊作がいぶかつてあけてみると、伊作の冬の靴下を二足あみなほして、毛糸が足りなくなつたものか、自分のセータアの下の方を取つてあんであつた。

だいぶ以前に伊作が脱ぎ棄てたもので、いつのまに冴子がもつて旅に出たのかも覚えてをらぬ。病院の看護婦か何か、たのまれて、しばらく出し忘れてゐたのかもしれぬ。手紙は別になかつた。外にしみの出たハンケチが、一枚、洗つて入れてあつた。

たそがれ東京

一、男ならやつてみな

最後の畳句《ルフラン》を尻上りに、男なら、男ならやつてみなあ。

と叫んで、スカアトをあげ、腰をつき出してみせた女形《によぎやう》は、ラン子姐さんだが、行きすぎる男達を軽蔑して、ケッ、と唾を吐いた。

たちまち、大笑ひ。街の女達は笑ふのである。

「今日は、大晦日ぢやないか。今日は浮気をしようよ。」

女達は、ささやき交した。つめたく、光つてみえる不忍池を越して、大学病院の窓の灯が、今日は夜宵《よふ》けても黄色い。若い学生の腕を、乳首に押しつけてテル子は言つた。

「貴男の下宿にとめて頂戴よ。ねえ、サービスするわよ。」「どうせ宿屋で寝たつて、二百円とられるもの、本当にただでいゝのよ。」

けげんな顔の学生は、オーバーも着てゐない女の胸に手をやつて、ヤッと言つた。指先が裸の乳房をつかまへたのだ。

「下着は洗たく中よ。明日はお正月だもの。」

さういへば学生も、ネクタイをしてゐない。「俺もネクタイは洗濯中だ。」

学生、名前を神原俠介として置かう。医学部学生でもう少しい丶名前の本名も作者は知つてゐる。その夜、大晦日の殺人事件の真相は実は彼から聞いたのである。学生といつても研究室勤めで、インタアンを首席でとつたといふ男である。本職は伝染病だが、下宿の位置の関係か、パン助達の私立病院となつて薬価でペニシリンも打つてやるらしい。若い彼の下宿には貧乏な病人達が自ら集つてくる。浅黒い顔の磊落《らいらく》な男で、熊本に田舎がある。貧乏だが、時々不敵な人間愛《ヒユマニズム》に燃える眼をして、その貧乏たい手術着に惚れる娘も稀ではない。

彼の下宿は、上野アパアトである。動物園裏に、将棋の駒の断面をなして、スレエト葺《ぶき》の、その将棋の頭の斜面に、屋根裏部屋がいくつか並んでゐる。

下着を持たぬテル子は、俠介にぶら下つてそのアパアトの階段を上つた。始めて浮気をする女のためらひで、テル子はがらになく胸をはずませ、診察台兼用の鉄のベッドで、ズロースを脱ぐ処女の姿であつたといふ。それから、彼女は今日のかせぎで、正月のしめ飾りと、きんとんなど、買つて来て、部屋の大掃除までやつてくれたよと、俠介は言つた。二人の正月、

それは、さて置き。……

二、ラン子の情人

夜の上野は、いかなる公達《きんだち》が、徘徊するか分らない。大学には宮様も、来てゐるといふではないか。上野には今様《いまやう》自殺倶楽部も、右翼左翼の政争を舞台にする、テロ団も、存在すると聞く。下山事件も、三鷹事件も、実は左にも右にも属さぬ、或るテロリストの謀略だらうと、これは俠介の意見だが。

ラン子が抱きついて「よお。」と甘え、いきなりそのパロスを引っぱったのは、素敵な美少年だ。蒼白いやうな美少年だ。ギョッとラン子がする位の、眼は涼しい。堂々たるラグラン外套で仕立はどうも和製ではなささうだ。おびえる顔で、

「金はない。気の毒だけど。」

といつた。ラン子は一眼で参つた。

「ね、私の部屋へ来て頂戴。お金なんか、いらないわよ。」

水商売の女に惚れられる秘術がある。彼女に金づくでなしにすがりついたらどうだらうか。始めは彼女の誇《プライド》を、いたはつてやるならば、恋愛は、金がかゝらぬ。商売女を金で自由にしようなどと、もつての外で、色事師の風上に置けぬ。といふのは水原の信条だが、ラン子もそれで参つたに違ひない。水原は経済学部学生で、平中《へいちゆう》と自称してゐる。平中は平中納言。いはずとしれた天下の色事

師で、さう自称する位だから予も公然と平中とよばせてもらつてゐる。

「俺が好色であると言ふことを、女が知つてゐてくれた方が有難い。その方が張合がある。」水原は正々堂々正面から行く。その好色、いささかも嫌味がない。いやみな色男には色事師の資格はないらしい。


上野のラン子の情人となつて、奇禍を蒙つた水原は本篇の最重要な登場人物であるから、あらかじめ紹介しておく。

彼も亦、光クラブの法学部学生と同様、戦後発生的な一人物と言へよう。ヒステリックな野心に燃えて世間の常識を蹂躙し、自分の力量の限界を求めて、燃えるのである。その奇怪な情熱は熔接の火花のやうに凄絶である。予は二人を共通に知つてゐるが、彼等は、本で読んだ知識以外に知らないから、その本質に於て、合理主義者である。ゆがんだ社会は、彼等の象牙の塔の合理主義を以てみれば、むしろ笑止である。

敗戦後、一切の権力も、道徳も、崩壊し去つたこの現実社会を見れば、人々は食へない、金が欲しい、女が欲しいと狂奔して、しかも見当違ひをうろうろしてゐる如く見受けられる。欲望を実現しようと思ふならやつてみればいゝではないか、一押し、二金、で女は得られるといふなら、金色夜叉となつて金を攫《つか》んだらよからう。光君《ヒカリ》は法科の学生だから、法律の規範が正義であつて、法律に抵触するものはすべて悪であると信じてゐた。社会の規約に違反しない限り、非人情も亦悪ではあり得ない。

金が入用といふなら金融資本家が一番の勝者であることは自明の理である。プロレタリアが産業資本家に搾取され、産業資本家が又、金融資本家に搾取されると知つてゐながら、プロレタリアを志望するのは、当人の好みである。金がないのは当り前で、金が入用ならば、金貸しになればよろしい。

自分に金がなければ、使い途のない遊金を借りればよろしい。そして、借手よりも高い利子を以て、資金がなくて事業を継続出来ない、産業資本に貸しつければいゝ。銀行のヤミ利息が、月一割を上廻つてゐたから、その程度の高利は、充分支払ひうるのである。株価はインフレ終焉期のブームをなして、高騰の一途を示し、各会社は増資に狂奔してゐるから、新株の払込金を、貸付けて、親株を担保に取れば、月一割はおろか三割でも、借り手は充分有利であるし、又この確実な担保があれば、安心して低利で金を貸す大衆もゐるわけである。

光君は株券を担保に、月七分で金を借り、一割三分でこれを貸付けた。天引きで、利子を先取りしてしまへば、法律はいかなる高利といへど、これを取締ることは出来ない。もし万が一、株価が暴落しても、株券の所有者は、金の貸手であるから、危険はない。彼は、ボロ洋服一枚で数百万の利鞘《りざや》を取得したのである。

ボロ洋服は、最初に彼が売りとばして、これを広告代としたのであつた。この、自殺した世間周知の人物の最初の企図は、別段、何の新奇もない。銀行業がやつてゐるのと同じことであつて、彼の話しによれば「何が出来るか。自分の力をためしてみたい。」といふ単純な一つの野心に外ならない。彼は法律学生だから、法律の前に、不合理な人情如きものは、むしろ笑ふべきものと考へたのである。

経済学生の水原は、その辺のところをよく体得してゐた。彼は女を得ようとしたのである。ある女を心理的に崩壊させようと計画したのである。光君程、派手には行かなかつたがと、彼が、予に示した、当座預金の額面は、八桁であつて、彼は数年にして三千万の富豪になつてをつた。モンテ・クリストといへども軍資金がなくてはだめだといつて、彼は数年でその金を握つたのである。

予が水原を見知つたのは、高等学校の入学式で、あの年はたしか戦争で文科が圧縮され、文科は一学年三十人しか取らなかつた筈である。兵隊覚悟の決死の入学者達は、風変りな人物が多かつたが、彼はその、稀代の美貌と四年修了といふ経歴が、花開いたやうに、見事な奴であつた。一年浪人して、低空で入つた予と、寮で同室だつたが、その当時はまさに純情型の紅顔の美少年といつた趣で、彼に煙草を吸はせたのも外ならぬ予であつた。

近県の、県庁吏員の息子らしく、ひどく貧乏な男で、常に嚢中《のうちゅう》無一文である。一文ももたぬ方がむしろ気楽だよと、サイフといふものを持たぬ彼は、家から、送金があると、月謝、寮費等はらつて、そのわづかな残りで、皆本を買つてしまつた。帰省する時は、その本を売つて、汽車賃だけ金をつくるといつた男で、それでも死なずに居たのは恐らく、彼の人がらで、友人がいつも世話をしてやつてゐたからであらう。勿論当時はこの純情少年を平中といふものもなく、至極当り前な、生真面目な男であつた筈である。陽子陽子といつてゐたその恋人のこともあまり話したがらず、むつつり思い入つてゐるといふ風だつた。

ところが、予が兵隊から帰つて驚いたのは、この水原が、あれ程愛惜した書物を皆売はらつて、安つぽいバイオリンを一つ、買込んでゐたことである。郷里の街は焼け、父親は病死し、彼の愛着した母親は、弾片が、腹に入つて死んだ。「傷は小さくて、一寸した火傷みたいだつたよ。おふくろも、元気で、焼けた県庁の親父の方を心配して『何でもないさ』と笑つてゐたが、腹の中に弾片があるのだから助からない。病院も焼けてゐてひどい死に方だつたよ。」と水原はいふ。「陽子さんがバイオリンでもはじめたわけかい。」ときくと、

「あれとは別れた。そもそも何でもなかつたのだよ。」といつた。彼のペシミズムはこの辺が原因と思はれたが、陽子といふのは水原の遠縁に当る彼より年上の娘で、戦争中は父親の化学工業会社が隆盛で、水原のパトロン格であつた。予も一度、学校が近かつたし、自由ヶ丘の彼女の誕生日に招待された事があり、豪壮なかまへに威圧された記憶がある。食堂には霞草が盛られてゐたから初夏であつたか、大柄な娘で、顔をやゝかしげて、ひどく愛想よく笑ふと、豪華な、大輪の花の感じがした。娘の豊かな胸は、帯にしめ上げられて、当時一年生の予等をまぶしく思はせた。恐縮してゐる予等に比べて、水原は、明かに彼女を支配してゐて、彼がいふと、陽子は、華麗なワルツを弾いた。

彼女の爪がピアノの鍵に触れる度に、カッカッと鳴る音まで聞えたから、我等も又ひどく緊張してゐたものであらう。嫁入前の商品といふ感じの娘であつた。

「陽子はなかなかちやつかりしてゐるからね。」と水原もぼやいてゐたが、両親の死と恋人の結婚が、彼に異常な衝撃を与へたらしく、「あの女は、実利家の伯父の商品なのだよ。今度の亭主をこ

き下ろして、貴方とは格段につまらぬ男だと俺に言ひ、結婚したつて貴男のものだといひ、貴男はその証拠をもつてゐるぢやないのと言ひながら、猶且、親父のいふなりに、しぶしぶといふ顔をして、結婚したりするのは、彼女はちやんと計算してゐるからなんだよ。その点はお宮なんかより、余程現代的だね。彼女はダイヤモンドに目がくれたりはしない。彼女はそんなものは既にもつてゐるし、その値段も、大して高価なものではないことを承知してゐやがる。彼女の俺に対する不信用は、要するに俺の彼女を幸福にする力量をみくびつてゐるからなのだ。この辺の心理はえらく微妙だが、彼女には、俺が無一物の高校生で全く生活力がないといふ事が気に入らない以上に、自分の方が年上だといふことが気にいらないのだ。優越から転落の予想がたまらないのだ。陽子は彼女が俺に惚れてゐるといふこと自体が、口惜しいのだね。それに伯父のいふなりに従へば、我がままをいつて、ごねた揚句、大分いろんなものが貰へるから得だ。彼女はさう計算したのだよ。

さう、見くびられてみれば、俺も男だ。彼女の計算の誤を、実証してみせなきやならん。俺が、経済を受けたりするのは、その復讐の気持なのだ。」

そんなことを水原は予に話したことがある。

しかしながら彼は相変らず二十一歳の無一文の学生で、アルバイトに保険の外交をやり、一箇のバイオリンしか持つてゐないといふ始末だつたが、今年二十三歳の彼は、現実に三千万円を握つてゐた。

水原といふ男は、異常な才能を持つた男で、一年一学期の試験の後で、俺はどうも一題も間違へてをらないから、多分全部優だらうとぽつりと言つた事がある。高等学校の試験で、全部満点といふ男は、先づ考へられないが、彼はさういつたのである。ところが彼は首席で、学科は見事に全部優が並んでゐた。成績にみれんがあるわけではない。唯、自分の力量をためしてみたかつたのだ。と予にもらしたことがある。

経済に入つた後で、銀杏の下で予に、「陽子のやつは、目下亭主に首つたけだが、しかも俺と浮気をしようと思へば出来るといふ優越を享楽してゐるのだね。

あの女はちやつかりしてやがるから、絶対に俺を許さないにきまつてゐる。その優越を俺は崩してやらうと思ふのだ。」と言つて、又例の調子で「復讐には軍用金がいるからね。モンテ・クリストだつて、裸一貫では何も出来まい。雄大な計画があるのだよ。俺は、少くとも一千万円こしらへようと思ふ。」それを試験の時と同じ、何気ない調子で言つた。

思へばその時、彼には慎重を極めた計画と、確実な出発点とが、あつたのである。計算は狂はない。彼は第一番に、最も信用ある、最も巨大な、T火災保険の外交にもぐり込んだ。ケチな会社や、生命保険を選ばなかつたのは彼の計画のスケールである。彼は自分の家を焼くやうな拙劣な真似はしない。彼は、入社直後も、親戚や友人宅を廻ることをしない。彼の眼をつけたのは、彼の郷里の新築中の県庁の建物であつた。

工事予算数千万円と聞いてゐた。彼は彼の父親の関係もあつて、見事に県庁の約一億円の火災保険契約を取ることに成功し、これで毎年、契約更新の度毎に約十数万の歩合定収を得ることになつたわけである。彼は、更に、戦後急速に資本を増大しつつあつた石油会社、油脂会社等の、戦災を受けた十数の大会社に食ひ込んで、その割戻歩合だけでも年百万を越える額を取得したのである。

彼の外交手腕は驚異的といつてよいが、時代も亦彼に幸ひしたのであらう。闇ブロオカアの横行した時代であつて、学生で、闇会社を造つた男は、予の友人にも数人ゐたが、多くは泡沫の如く、消え去つてしまつた。家産をすりつぶした奴だの、不渡小切手でつかまつたやつだのゐるけれども、水原は、冷静に、狸会社を軽蔑してゐた。

彼の目的は、現代のモンテ・クリストたる事である。彼は宝島を理智と手腕で乗取らうと試みた。そして、その目的は、陽子なる、自分の力量を見限つた女を、心理的に崩壊させる、一つの、手段にすぎない。彼にとつて陽子の身体を再び得ることは、さして困難な事ではあるまい。世の女房なるものは、男がどういふ風にして自分を陥落させに来るか、自分はどういふ具合で、浮気をさせられてしまふかといふことに絶大な興味を有してゐるものである。一切の人妻は、夫以外の男との性交には大した興味を有してゐないにせよ、夫以外の男が如何にして自分に罪を犯さ、せ、て、しまふかという事には、誰しも魅力を有してゐるものであるから。

けれども水原は、彼にふさはしく、亭主の旅行中を見計らつて、くどきに行くことを軽蔑し、押入に隠れることを嫌ひ、雄大なスケールで復讐を計つたのである。それ程迄に彼は陽子に惚れ、対手を尊敬してゐたものであらう。現代の平中は、恋人の糞尿位では満足しきれぬ気持があつた。彼は色男を軽蔑する。彼は色事師になつたのである。

彼は銀座裏に小さな保険事務所を借りてゐたが「三千万円は、これは計算外の怪我の功名だ……」と云つて、それは彼が、石油会社に出入してゐるうちに、義理で買つた株が暴騰したのであるらしい。七十円の昭和石油が、四百円になつたのだと言ふ。百万円は一挙に六百万円になつた。三井船舶も八十円が六百円になつたといふ。六百万は四千万許《ばか》りになる勘定である。保険屋だから、上る株と売時は大体解るが、こんなに上るとは彼も思つてゐなかつたらしく、昭石では百万ばかり損をしたといつてゐたが、それは、四百円で、まだ上るのを売つたことを意味するらしく、驚嘆すべき彼の見通しであつた。

「光君より鮮かだな。」といふと「光倶楽部は俺も利用させてもらつたよ。」といひ、銀行の信用で、光から取つた株を、銀行の闇金融の担保にして、銀行からは三分で借り、これを光へ七分で貸したといふのである。「もつとも光君が警告してくれたので、短期で回収したのだが、あいつはえらい奴ぢやないか、あいつの死んだ気持は分るよ。」と光倶楽部君を傷むのであつた。

三、色事師手帳

水原の軍資金三千万円の出所は、それで判明したが、彼、相変らず、サイフは持歩かぬらしく、ラン子にひねられた夜も、

「金は持つてない。」と言つたらしい。水原は彼の言ふ巨大な資本金を投下して、大分遊蕩を試み

たらしいが、一押し、二金は女を手に入れる一応の真理だね。と語つたことがある。「俺は、この女は五万円、この女は十万円と、予算を立ててみる。その金を最も有効に用ひると、どんな女でも必ず一定の期間内に身体を許すよ。」とうそ寒い顔でぼつり言つた。

彼はダンサア如きを軽蔑する。あまりに容易であるからである。一万円ホオルで撒いて、更に女をつれて一万円おごり、終電車まで引つぱつて家まで送つてやればいゝのさといふ。電車がないからとまつてといふことに必ずなる。「途中で撒かれたら男がゐるのさ。何回もくり返して機時《しほ》でつれ出しちまへばいゝんだよ。」といふのである。彼は美貌の女学生を数人、試みて、女のもろさにあきれた。女学生はしみつたれで慾張りで、おまけに我こそ美人と思つてゐるからね。「きれいだね。」と言つてやれば、すぐほのぼのしちまふのだ。俺はさういふ女をみると面《つら》にくくなる。さう言ふ女の子は大抵キッス位は経験ずみだから、「キスは初めて。」なんていやがるが、本当に惚れた女の「クッ」とこみ上げるあの息づまるやうな手ごたへがない。そのくせめん当なことに、処女なんだ。だから俺は、女を抱きながら、慾張りのくせに、おまへはたつた二千円と思ふのだよ。

処女の場合はどうするかつて。キスは女の部屋でした方がいゝ。安心してゐるからね。あの時は、絶対に女を家庭から離して男の部屋でサシにならなきやいけないよ。「キスしながら寒いねといひ、一しよに毛布をかぶつちまへばそれ迄さ。旅館なんてとこはそれから行くところだらう。女がおどおどして可哀さうだよ。」といふのである。予は彼の非道な色魔ぶりを、あながち批難することが出来ないでゐる。彼に征服された数十人の女達を、予は知つてゐるが、彼女達は彼との情事を、恐らく生涯の最も甘美な時間と記憶して、晴がましく水原を回想するのである。彼女達は水原の好色といふ看板を、知つてゐる。自分の反撥される限界を求めて、強引にのしかかつてくる男を感じてゐる。水原は、女をだましたり、狡猾な逃げをうつたりはしない。水原の心理は如何に冷酷に動かうとも、女は夢中になり、限りなく楽しい時間をもつ。荒れるのは水原の心情であつて、女達はいささかもそれを推察し得ない。俺のこの心理を洞察出来たのは、陽子だけだと水原は述懐した。思ふに水原は、陽子以外の女に惚れようとあせつたが、女がもろすぎて、惚れ得ることが出来なかつたのであらう。

金は女の身体しか、齎《もたら》さない。女を金で征服しようなどとは、色事師の名に恥ぢると、水原は考へるやうになつた。無一文で、新橋柳橋辺のピカ一を惚れさせてみようと、彼は計画し初めた。ある映画女優をいかにして手に入れるかと考へてゐた。ラン子にタダでいゝから、家へ来いといはれて、ふらふらと歩きだしたその夜は、水原は以上の如き、状態にあつたのである。

四、ラン子の秘密

上野のガアドから浅草へ、夜の電車線路をてろてろ光らせながら、ゆく道、右手に宝ホテルと、赤いネオンが街の神経のやうに震へてゐるあたり、車坂といふ。昼ならば、焼残つた家々が、ゴミゴミと、煤《すす》けた屋根を晒《さら》してゐるあたりが、ラン子達の棲家である。

「小母さん、たゞ今。」と声をかけて、これだけは真新らしい台所口の木戸をあけ、ラン子は水原を二階の六畳へ通した。煉炭火鉢には、やかんが湯気を立ててをり、一面の壁は、タンス・ラジオ・洗面器・花瓶・鏡台等、一式の世帯道具が並んで、派手なめいせんの着物が掛けてある。だいぶ資本家だ。と水原は考へる。

「あんた、失業したの。」といはれて「いやまだ商売はない。」と苦笑すると「それぢやあ大変だわね。」とラン子は疑はない。

リンゴを出してきてむきながら「あんたがもし、いやぢやなかつたら、ずーつとつきあつてね。」「む。」「あんたがおよめさんをもらふまで、あたし、力になるわ。あんたがおよめさんをもらつても、私はやかない。私のことなんか平気だから、ちやんとした女のひとをもらふのよ。でも時々は遊びに来てね。あんたがいやぢやなかつたらよ。」

水原は、ラン子がいやに真剣なので、これは惚れられたなと思つた。

「それぢや商売になるめえ。」といふと、

「いゝのよ。あたしだつて食はせられるわよ。」「向ふの部屋のお玉さんだつて、学生を養つてるわよ。お小使位いつだつて、あげられる。」などとラン子は言つた。

その時、ガラガラと台所があいて、お玉といふのが上つてきたらしく「だめだめ、大しけ。あら、お客さん。」とのぞいて、火ばちにあたりに来た。ラン子もお玉も、夜のてあいの中では、一流の美人だが、から、明るい所でみると、顔はしわがよつて、そそけ立ち、職業がら野性のものの、肌であつた。「今日、大変なもの、預つちやつた。手袋の片つ方よ。約束のしるしに、これ預けとくつて、立派な紳士。あれ、日本仕込ぢやないね。それが……来ないのよ。ぐるぐる駅前から、松坂屋までさがしたけど、たうとう待ちぼうけ。これさ。」

といつてテケツの中から、コンドオムや紙一式をかきわけて、キッドの手袋をぽいと出した。「……。」血が、べつとり、手袋の指の股に残つてゐた。「なんだか、にちやにちやすると思つたら。しけちやふね。何て気味悪い。どうする。」

「大変なもの預つたね。でもいゝさ。取つときなよ。みつけたら、おどかしてやりな。」

「こんなことは、よくあるのか。」水原は、好奇心できくと、

「自殺倶楽部よ。」とラン子はおだやかならぬ事を言ひ出した。「あんたも、死にたくなつたら入るといゝ。百万円もらへるよ。」

「浮気倶楽部なら死ぬ気で入るがね。こはいのはごめんだ。」水原が弱気をよそほふと「下山さんも会員らしかつたね。」とラン子はいよいよ気がかりなことを言ひ出して、お玉と一しよに笑ひ出した。

「命売りたし」の一党が、いよいよ不穏なことをやり出したかと、自殺、他殺、いずれともわからず、迷宮に入るらしい、最近相次ぐ怪死事件を水原は思ひ出したが「俺は色事師、政治向のことは知つちやあ居ねえ。」と高をくくつた。

水原が、さらに驚いたのはその夜のことで、ふとんはもとより、一組しかないがその中で、ラン子の胸をさぐつた時で、乳房はブラジェアで、乳首には、ボタンがついてゐる。

「こんなんぢや嫌だ。」と水原がブラジェアの下を探らうとすると、

「だからさつき、いやぢやなかつたらつていつたでしよ。女よりかも味が深いわよ、ねえ。」と身

もだえるのだ。

これは、男娼ホテルであつたかと、さしもの水原この時気がついた位、ラン子は女よりも女らしい。

「してみると、お玉さんも、やつぱり男か。」

「えゝ、さう。分つたでしよ。」とラン子は気楽なものだ。

「ねえ、やらなくちや、情が移らないわよ。」と、てざはりは、まさに女である。一件を腹へ上げて、腹巻でしめているとさ覚しい。濡れてゐるのは、これはクリームだ。

「一本やられた。」と水原は、暗然としたが、ラン子は一体、どうして満足するのであらう。一つそれを、試みてやれと、この男、さすが天下の色事師で、色ごとにかけては、断じて退かぬ。

「俺は酔つてててだめだが……」と、もぢもぢしながら、ラン子を、秘術をつくして、くどきにかゝつたので「ぢやあ私が先に。」と腹巻から小さな一物を取出させてしまふと、「やつた、やつた。」と水原は有頂天に得意であつた。闇の男の閨房の秘密を誰も知るまい。

「お前、女は、だめなのか。」「女なんてつまらないよ。」「成程、女はさういふ器械があるんだから、くどくのも簡単だが、男をくどくのはむづかしいや。」と水原は、パロスにクリームをぬってかゝつて来たラン子を、

「ぢが悪いのでね。かんべんしてくれよ。」とそらしたところ、仲々鮮かであった。

「女にされる気持といふのも、一寸乙だな。」と水原は思つたが、どうもうまくなかつたらしく、水原の上であへいでゐるラン子の様子は奇怪とも何とも、いゝ難き図であつた。

五、ラン子の情人

水原とラン子の交情はこんな具合に始まつたが、ラン子はノートにエンピツで家計簿をつけてゐて「ね、一月三万円にはなるでしよ。残そうと思へば残るのよ。あんたにみつぐわ。」と百円札を二枚くれ、

「いつでも上野にゐるから、ゐる時は声を掛けてね。」と言つた。

そのノートの後ろの方は「たねねぎ、にぐ、リンゴ、にぐ」といつた具合に記されて「いくらかせいだつて、みんな、なくなる。」と言つてゐた。夜が白むと、ガラス戸の隣りにくつついた、向ふの家の物干しで、パタパタ火をおこす気配がきこえ、屋根へ水を流す音がきこえるやうな地帯である。

粉白粉の飛んだ鏡台の上に、昨夜お玉が持つて来た、片つ方の革手袋があり、水原は何気なくそれをオーバーのポケットにつつこんで、街へ出た。自殺倶楽部に魅かれたのである。

ボヘミヤの王子を巻込んだその奇怪な徒党は、自殺倶楽部と称する。誰も知るスティブンスンの物語だが、自殺したい男達は十三日金曜日の夜な夜な地下室に集つて、トランプをする。スペードの女王を引き当てた男は翌日殺される。自殺であるか他殺であるかわからない。不意の突発事故が、楽に自殺者を殺してくれるのである。その一味に気まぐれに入り込んだプリンスが引きあてたのは、

スペードのクキンであつたが……。

街は元日の朝であつた。水原は昨夜来の異様な事件の連続を思ひ、これはうそのやうな街々の静けさであると思つた。家庭もない自分の孤独を思ふこんな朝で、水原といへどもいささか人恋しく、陽子の身体を思ひ返すのである。

陽子は二十三歳の処女であり、水原も亦純情な未経験の二十歳の少年であつた頃は、始めて手を握つたのも年上の女であつたし、みんな差上げますといつたのもあの女の方からであつた。女が上になつてやうやく遂げることの出来た、その夜は、もはや女が、自分が処女であることの重さに耐へぬ態であった。

水原は、陽子の亭主に対して、いささかも嫉妬の情を感じたことはない。陽子の夫君は、染料会社の社長の長男で、ラグビイを好む、温雅なるイギリス風の紳士である。イギリスの大学仕立の、好青年であつた。水原は最近彼に同情の気持を禁じ得ない。三国人のバイヤアから高利を借りて、輸出は返品されひどい目にあつてゐるらしい。

外国染料の輸入で、国内染料は値下りして、しかも動かず持株の暴落で、大分参つてゐるのを知つてゐたし、陽子の実家も戦争の余波で破綻に瀕してゐることも知つてゐる。そろそろモンテ・クリストの現れる舞台かもしれぬ。

「とにかく年始に行つて、形勢をみてやらう。」俺が昨夜どうして明かしたか、彼女は知らない。これは一寸皮肉ではないかと、水原は思ひたつとすぐすたすた、歩きだす男である。

六、手袋をなくした男

大晦日の一夜は、奇妙な夜であつた。ラン子とテル子の二人の闇の男女が、浮気をした夜である。読者は、第一章にモンタージュした、ネクタイ洗濯中の医学士と、テル子の夜を、想ひ出していただきたい。この一夜の新婚夫婦が、素裸で、抱き合つてゐる時、突然、異様な落下音がして、窓の下で男のうめき声が起つた。

窓の外は、非道い風である。屋根のスレートが飛んだらしい。二分程で神原医学士の扉を烈しくたゝく音がした。「や、これは大変なところを、先生、怪我人だ。一寸顔を貸して下さいよ。」とアパアト管理人が顔を出す。かつぎ込まれたのは蒼白の紳士で、左手にだけ、キッドの手袋をしてゐた。右手と後頭部から血が流れてゐる。右手のは一寸した裂傷である。後頭部の裂傷は骨膜に至つてゐるが、生命には別状あるまい。

屋根のスレートにしては傷が非道すぎる。「名刺あるか。紙入れは。」「すぐ上野署へ電話だ。」裸の上に、男のオーバーを着込んだテル子が、「名刺はない。お金はあるわよ。」と大きな紙幣のたばをつかみ出してみせる。洋服に大磯と縫取があった。

「ポリスはやめてよ。」とこれはテル子で、「つかまるよ。」と流し眼をする。

「電話はやめた方がいい。通りがかりに瓦が落ちてきたらしいです。不可抗力だがアパアトにも迷惑がかゝるといけない。」

いつのまにか、男は意識を回復してゐて言つた。

「お宅へ電話を……」「いや、大丈夫。翌日の朝でかまいません。大したことはない。家へは旅行中と言つてあるのでね。」男は繃帯を巻かれながら、うすく笑つて、「折角おそろひのところをこれは何とも……」と立上り、「先刻のは除夜の鐘でせう。これは貴女へお年玉だ。」そう男は言つて札束をくれた由である。

血が止まると、神原が止めるのもきかずその男は、そそくさと風の街へ出て行つてしまつた。

神原は、いはくあり気な紳士を風でばたばた鳴る窓から見送つて、眉をひそめた。

それはとも角。男は陽子の夫君。工業倶楽部の常連で、東洋化学工業の大磯重彦であつたらしい。もとより神原やテル子には、彼が何者であるか、見当がつかなかつた。

七、陽子の裏書した手形

大磯氏は、戦争中、大磯財閥と称された父君の二世で、戦後は、財産税、財閥解体と相次ぐ、悲運に見舞はれ、さしもの東洋化学も、地方工場の身売りで、どうやら維持してゐる状態、工場財団は数億の負債を負ひ、満身創痍のありさまであつた。おまけに、その主要な製品である染料は、戦後一時的に動いたが、外国染料の大量の流入で、コストは急落し、輸出は止り、厖大な量の滞荷をかゝへて、給料も利払も出来ぬ窮状にあつた。

そこへ持込まれたのが、第三国のバイヤア黄を通しての、ポンド域への化学薬品輸出計画で、香港の商社と、数億円に上る契約が成立し、銀行の貸出は停止されてゐる折柄、バイヤアが自費で、三千万円程融資しようといふ耳よりな話であつた。製品のコストは底値までたゝかれた取引であつたが、頽勢を回復する好材料として、若い専務は乗気になつたのである。しかしながら、この融資には条件があつて、東洋化学の工場財団、滞荷等は、すでに手一ぱいに社債の担保を負つてゐる故、大磯氏個人の負債として、同族の裏書した手形を頂きたいといふのであつた。大磯氏は自分の功名を誇りたかつたし、第三国人との初めての取引であるから、これもやむを得まいと思ひ、又、輸出が出てしまへば彼自身の莫大な利得であるから大磯氏はこれを承諾し、御信用を感謝する旨答へたのであつた。いよいよとなれば持株を手放す位で、返済は容易であつたからである。

ところが、出荷後、香港の相手方商社が、革命の影響で、倒産しかかり、製品を品質不良の名目で、全部返品して出るといふ事態が発生し、バイヤア亦その引取を拒絶した上、借入金の返済を要求して来たので大磯氏の立場はなくなつた。会社の株は暴落し、製品は国内市場へは全く向かぬ品種故、これは数億円を煙にしたと同じことで、債権者は、会社を乗取り、よしんば工場を競売に付したとしても、会社から今になつて三千万円を回収することは容易でない事態となつた。大磯氏は、対手が三国人故自分名義の手形を不渡にすることは出来ない。

訴訟になれば自分のみならず、義父、細君迄、破産はまぬがれない。金融は完全にとざされて、八方奔走も空しかつた。

南千住の工場街に近く、地獄橋といふのがある。下を常磐線が驀進《ばくしん》し、鉄のアーチの上に立つと煤煙が、大磯氏の身体をつつむ形になる。東洋化学の巨大なガスタンクと、林立した壮大な煙突が、たそがれの中にかすかながら煙をあげてゐるのが見渡されるが、あれはもはや、自分のものではないと思ふと大磯氏は感慨深かつた。こゝで死ぬならば、実業家の最後にはふさはしい。商業道徳を無視した、悪辣極まるバイヤアへの屈辱も、それは戦敗れた国の当然の責苦であつて今更うらむ所もない。

その重彦氏の肩をぽんとたゝいた男がある。人相よからぬ、彼のバイヤアの経理部長で、工場の経理でも見に来てゐたものと見える。

「保険がついてゐますか。」

と蔡は謎のやうなことを言つた。

「死ぬはまだ早い。今度の取引では、思はぬ損をかけましたが、あの位のことで参るとは思ひませんでしたよ。手形のことを御心配のやうですが、その事で一寸話ししたい。」と、大磯氏を、自分の車へのせた。エンヂ色のイギリス車は宵やみの道を、じぐざぐにはしりだし、大磯氏は蔡に、あの手形を手附金として、返却してくれる様、懇願してゐたが、その内、日頃の疲労と憔悴で、睡気をもよほして来た。恐らく、麻薬の所為ではなかつたらうか。

八、自殺倶楽部

何処の街の地下であるか、それは分らぬ。大磯氏の覚醒したのは、見知らぬビルの地下室であつた。数人の男が居て、中国語で会話をしてゐた。机の上にはトランプが撒いてあり、中央に居るのはかのバイヤアである。

「地獄橋で、自殺なさるおつもりでしたか。」

と彼は英語で話しかけてきた。「死んで破産の責任を取らうとなさつても。」と彼はゆつくり言つた。「しかし債権は、奥さんにかかりますよ。」「左様。」「それでは破産はまぬがれませんな。」「その責任は負ふつもりでゐます。」「失礼乍ら、お屋敷其他の不動産は問題になりません。」「持株がります。」「株数は。」「三十万株、額面は千五百万円程になります。此の夏は三千万円位のものでしたが。」「東洋化学の今の株価はその十分の一になりました。」蔡が言った「しかし今はかういふ事態で暴落の底です。いづれ回復しませう。政府が会社をつぶさぬといつてをります。」「しかし暴落の底で大量の株を放出するといふことになれば、三百万もあぶないことになりませう。」蔡が又言つた。

「貴男はそれで自殺なさるおつもりでしたな。貴男名儀でお貸した三千万円を差上げることに致しませうか。御損の上ぬりはお気の毒だし、当公司としてもその責任上その程度の損害は引受けてもよろしい。たゞし条件があるのです。一つの取引だが、それを承知してくれますか。」

「私個人として、出来ることならば……」

「お丶、貴方個人で出来る事なのですよ。」

「それでは承諾しませう。」

「自殺で責をふさがうとした位、貴男が信義を重んずるならば。」蔡が言った。

「命がけの仕事をやつて頂きたいのです。三千万円は差上げませう。」

「一体？」

「自殺倶楽部の会員になつて頂きたい。」

さう、彼は言つた。

「自殺倶楽部。ほう。それは一体？」

「命がけの仕事といつたが、しかし何でもない仕事です。会員は、人を一人だけ殺す義務があるので、そして何時か、当人の知らぬ間に、死なせてもらふ権利があるのですよ。如何ですか。絶対に、貴男の名誉は保証しませう。又御入用な丈の金子は、予め御用立しませう。奥さん迄破産させるのは、実業家の恥です。」

「面白いね。どうせ諸君はいやだといふ私を、生きて外へは出すまい。しかし、……人を殺すのにはもう三千万円程頂きたいものだが。」大磯氏は冷笑して言つた。

「三千万でならやりますか。」まさか、と大磯氏はたかをくつてゐた。たかが、一バイヤア。三千万でごたごた言ふ位だから、出しはすまいと考へた。

ところが、蔡が差出す小切手帳に、毛筆で三阡萬円也と彼の男は書き出したのである。

大磯氏は何故影を売る気で数億とふつかけなかつたかと後悔したが、

「万一不渡になつたら、貴方の義務は消失する筈です。」と彼の男は極めて事務的に言った。「貴男の三千万の手形はこれです。貴男が義務を遂行なさつた時に差上げませう。受取はこれに御署名願ひたい。掛金は私が負担します。」といふ。それは、金数千万円に上る生命保険の申込書であつた。「貴男なら、どこでも信用するでせう。又、信用させますが、受取人は私名儀にして置いて頂きたい。」

「しかし、そんな馬鹿げた高額の保険を、引受ける会社はありますまい。又保険会社は死因をうるさく捜査するにきまつてゐる。大体貴男が受取人になり得るのか。」

「それは貴男の知つたことではありますまい。手続はこちらでします。しかし万一、貴男が義務を遂行しない場合、この取引は私の欠損になりますから、この手形は、貴方が義務を果してから、御返ししませう。」

大磯氏は狐につままれた面持であつた。

「しかしその三千万円が不渡りになり、貴男方が私を殺害した場合は、負債は依然として私の妻にかかりますな。」

「その御疑は不必要でせう。貴男が先刻、地獄橋から、飛込まれたとしてもそれは同じことだ。それに、その小切手は明かな債権となりますから差引き貴男の御損はないでせう。又保険はいづれ数日後でなければ契約出来ませんから、その前に貴方は現金を引出すことが出来ると思ひます。貴男が金を引出される前に私共が貴男を殺すやうな場合は、手形の三千万円は私の損害になりますから、そんな馬鹿な真似はする道理がない。自殺倶楽部の規約は、御信用下すつてよろしい。」

大磯氏は、メンバアにさせられたのである。金を引出した後で、警察をわずらはせば、済むことではないかと、考へたからである。口外すればどうせ、やられるかも知れないが、もともと死ぬ気である。

彼はまだ半信半疑であつたが、翌々日、香港銀行は黄の小切手で三千万円を渡した。重彦氏は諸方の負債を皆済し、銀行の信用は見事に回復した。殺されることは必至である彼は万一をおもんぱかつて、陽子を受取人とする多額の傷害保険を別にうけて置いたのである。いざ、さうなつてみると、彼は、黄と名乗るそのバイヤアを、警察へ売ることは出来なかつた。約束を破つて密告しても、日本の警察につかまる相手とは思へなかつたし、黄も亦相当の人物であつて、単純な詐欺漢とは受取れぬ謎の男である。危害は近親、妻子にも及びかねない。大磯氏は、一切自分一人で責任を取らうと決意したのである。

自殺倶楽部。面白いではないか。そもそも一体彼等は何を謀《たくら》むのであらう。首魁黄は尋常一様のバイヤアではあるまい。そのイギリス語は、ロンドンの方言であつて、生粋のものである。その財は数億に上るらしく、香港銀行の信用は絶大な男である。何となれば、彼の小切手は即日立替払で、代理店が支払ふからである。疑惑もなく、保険会社が奇妙な保険契約を納得したからである。

大磯氏の自邸へ、或夜、見覚えのあるエンヂ色の英国車が止まつた。来るものが来た気持で、大磯氏はそれに乗込んで「一寸旅行する。」と陽子には言つてあつた。暗い道の途中で、車は止り、黄と蔡が乗込んで来る。「スペードのクキンは今夜貴男が引いた。」と黄は洒落たことを言つた。「何も質問してはいけない。」と蔡は低く言つて、しばらく行くと横合から、別の自動車が現れ、衝突する位近づいて、急ブレーキをきつた。場所はもはや都会ではない。近郊の山の中と思はれた。四つのヘッドライトが交錯して消えると、大きな旅行用鞄がシートに押し込まれ、再び、車は全速力でアスファルト路をはしり出してゐた。「この鞄を指定する所まで運ぶ。」「そして中味を河の中へ投棄てるのだ。」自動車は止まつた。彼方に黒々と鉄橋がシルエットをなしてゐる。いづれの河であるか解らない。鉄橋の中央から、「中味だけ投入れろ。」「靴はぬいで行け、手袋をはめてゐるか。」「早くやれよ、今後三分間は人が通らぬ。周囲は見晴しだ。」

大磯氏は命令通り行つた。中身は中年の男であつた。頭髪をぐしよぬれにして、死んでゐる。河中に落すと、自動車が後ろから来て、大磯氏と鞄を拾つて行つた。

大磯氏は、水死人の自他殺を見分ける法医学の鑑定法を知つてゐる。死体の肺や胃にその河水と同じプランクトン、藻其他が発見されれば、他殺とはならず、自殺もしくは過失死と鑑定されることを。

恐らく、この巧妙なる方法は、バケツに、その河の水をはつて置いてその中に被害者は何の抵抗もなく頭を突込まされたのであらう。頭髪はしどろに濡れて、藻の匂がした。

翌日の新聞は、右翼政界の大物R氏の失踪を報じてゐた。夕刊は、彼の死を懸念して、恐らく左翼テロのしわざではないかと懸念してゐた。彼は、労働争議の強力な弾圧者であつたからである。翌々日の朝刊はR氏と覚しき死体が、R河の放水路で発見されたと報じ、政治的な他殺の疑を強調してゐた。遺族及検察庁は他殺を主張する。自殺すべき原因がないからである。

世論は、左翼テロの暴力に憤慨し、労働攻勢は分裂して一頓挫を来した。しかるに解剖の所見は自殺乃至過失死であつた。河水と同一のプランクトンが肺の気泡から検出されたのである。警察は自殺を主張し、与論はR氏が首切の自責から自殺したものとみて、R氏に同情的であつた。鑑定の結果は明かな自殺である。R氏は水泳の心得があるから、過失とは考へられぬ。又何の為に、政務繁忙の中をそのやうな場所に単身出かける理由があらう。

左翼側も亦氏の自殺に弔意を表し、右翼側の謀略であると一応は主張しながら、R氏の死因については一言もなく、組合の歩調も乱れ、遂に組合側の総敗退となつた。右翼側にしてみたところで、何も知らぬことである。R氏は真実つめ腹を切つたものと思ひこみ、更にその効果を政策に利用すべく、最大限に活動した。

R氏程、常に身の危険にさらされてゐる人物なら、当然のことであらうと、百万円の保険金も別に疑惑を生まなかつたのである。

その経過を、新聞で読みながら、大磯氏は自分の搬ばされた死体がR氏であつたことを知り、その結果に舌を巻いた。黄なる人物の謀略は、何を目的とするのであらうか。彼は国民政府派の黒幕なのではあるまいか、彼は日本の中共化を手段をえらばす阻止せんと策するのである。その左翼にも右翼にも属さぬ厖大なテロ団を自殺倶楽部と彼は洒落たのであるかもしれぬ。犯行の秘密を知る下手人は、次々に殺さねばならぬ。自分も恐らく、日ならずして殺されるであらう。自分が助かる為には、一味をすべて殺さねばならぬ。R氏は恐らく、自分の死の効果を黄に説かれて、甘んじて死んだものにちがひない。これは、他殺的自殺と考へるより理解の仕様がない。客観的には他殺であらうけれども、主観的には自殺である。かかる事件を法律はどうして裁くことが出来よう。

自分も亦、日ならずして、他殺的自殺を遂げるに違ひない。大磯氏は観念した。

九、香港銀行

どうせ助からぬならば、黄を殺す方法はないものか。黄が大磯氏を下手人に選んだのは、大磯氏の階級及その地位が、自分の仕事を遂行する上に、適当と考へたのであるかもしれぬ。

しかしながら大磯氏は、かゝる殺人を黙認することが出来ない。目的の為に手段を選ばず、あまつさへ人命を犠牲にしても政治目的をとげようとするテロ行為は、烈しく悪《にく》むべき行為である。目的の如何を問はず、許さるべきではない。

それに大磯氏は何とか自分が助かる方法はないかと考へる。銀行の地下金庫へでも入つて名探偵の力でも借りたい気持である。自殺者を止めれば「死なせてくれ。」といふであらうが「それでは殺すぞ。」と殺意を示せば、自殺者は「助けてくれ。」といふかもしれない。「有難う。」とは言はないであらう。

大磯氏は、黄を殺す必要があつた。負債がなくなれば、何も死にたくはない。彼は黄の商社を訪ねてみた。中華貿易公司は築地に事務所がある。彼等の陰謀を警察へ密告すれば、かへつて彼等を警戒させるばかり、逮捕したところで、この見事な犯罪の証拠は何一つないのである。警察は一笑に附するであらう。

中華貿易公司には経理部長の蔡がゐた。黄は不在である。アメリカへ商用旅行中だと答へた。敵もさるものである。大磯氏は「義務は遂行した筈だから、手形を返還してもらひたい。」旨を蔡に言つた。蔡は極めて事務的にいふのである。

「貴男の義務はまだ果されてをらない。倶楽部の規約は、指定されたメンバアを一人殺す義務があるからだ。貴男は、殺人を手伝はされたにすぎないではないか。」といふのである。「倶楽部のメンバアとは、例へば貴男でもいゝわけだね。」と大磯氏が冷笑すると「貴男は殺人罪を構成した上、貴男の遺族は香港銀行の差押を食ふことにならう。」といふ。

大磯氏、個人名義の三千万円の手形は、既にイギリス銀行に割引されて渡されてゐるといふのである。死ぬ気の大磯氏は既に負債を返済して無一文である。

取引はまだ終つてゐない。大磯氏は再び観念せざるを得なかつた。

その後も、相次ぐ怪死事件。相次ぐ列車顚覆事件、暴走電車事件が新聞紙上を、血なまぐさく色どつて行つた。証拠は、何一つ残さぬ、見事な犯罪である。大磯氏はそれ等が、黄一味のテロ団、自殺倶楽部の所業であることを推測することが出来た。大小の自殺事件が三面記事に何気なくのせられてゐる。大磯氏は、自殺の文字をみる度に戦慄するのである。

この内、何件かは巧妙な他殺あるひは他殺的自殺であらう。それは恐ろしい事であつた。思へば、純粋の自殺といふものは、精神病者以外に考へられない。自殺者の殆んどすべては、他の人間の圧力による他殺的自殺であらう。

大磯氏は、自分に颪のやうにせまつて来る死の影を予感して、暗然とした。

十、陽子夫妻

大磯氏夫妻の関係は、世の常の夫婦と大差はなかつた。夫も細君も浮気を考へながら、結構細君の方は浮気もせず、又ひどく愛し合つてもをらず、男の子を一人生んだ。家庭の幸福とはかくの如きものであつたかと、陽子は常に失望を禁ずることが出来ない。大磯氏は死の足音のせまつて来る形勢の下でも妻には一言ももらさず、陽子は夫の焦燥を単純に事業上の失敗と考へて、大して意に介してゐない。旅行勝の夫の留守どうせ新橋、柳橋あたり旅行中だらうと陽子は水原のことを考へてゐたのである。

陽子の最初の計算は、陽子が人妻になれば水原が、いよいよ陽子に恋ひ入るだらうといふことであつた。道ならぬ恋は一層趣が深い。もし無一物の水原と結婚するなら、これは冒険である上に、彼は彼女に興味を失ひ、他の女を恋ひるに至るであらう。彼女の年齢は彼の愛情をつないで、彼を支配することが出来なくなる。生涯彼から愛されてゐようとするならば、彼と結婚することは最大の損害である。

彼女は先づ、豪華な家庭生活を自分の為に安定させねばならぬ。大磯は、一寸好ましい男であるし、何よりも夫として対外的に立派である。彼を夢中にさせて置けば、自分の幸福は先づ充分である。

水原は、それでも自分を棄てることは出来まい。いよいよ深く、自分に言ひ寄つてくるに相違ない。これはうれしい気持である。恋しい男をそつと拒絶しつづけて、たうとう、彼の情熱に負けてしまふ。その時何を言はうか。と考へるだけでもその刹那は何といふ濃蜜な幸福であらう。水原は生涯、自分にこがれつづけるに相違ない。

陽子の幸福の設計はだから、先づ恋人に対して、人妻になつてみせることだつたのである。夫に対していへば、「処女ではない。」と知つた男を、夢中にさせる手くだは何と、彼女にとつて魅力のある、冒険であつたことであらう。夫は怒って、私も水原も殺すと言ふかもしれない。しびれるやうなスリルがあつた。年上の女の本能は、さういふ行動を彼女にとらせたのである。

水原が大学に入った時、彼女は、「ゴニウガクココロヨリシユクス　ヨウコ」と電報をうつた。ココロヨリが彼女のさりげない求愛を示すのである。ヨウコと書いて大磯の姓を記さないのは彼女のデリカシイである。

水原は女の気持を理解することが出来る。水原の第一の復讐は、彼女を忘れたといふそぶりをみせて、女のさそひに乗らないといふことであつた。陽子は又それを知つてゐたから、そつぽを向いた男に、巧緻をきはめた何気ない恋文を送つたことになる。男は、人妻となつた女の自分への愛情を確認し、触れ得ざる恋人へいよいよ想ひをつのらすのである。第一のポーズは、どうやら水原の敗けであつた。この勝負に勝味はない。水原が、陽子を口どけば、先づ、やはらかに拒絶されるであらう。そして女は許してもいゝわといふ風を続けるであらう。重ね重ね、男の下る仕打である。水原は冷汗をかいた。

十一、モンテ・クリスト

無一物の水原がモンテ・クリストを志したのは、どうもあの電報の所為らしい。彼は少くとも数千万の富を急速に（陽子の若いうちに）腕一本で握つてやらうと思つた。そして、色事師として、女の渦の中にとび込み、陽子如きは何でもないといふ顔をしてみせねばならない。彼の目的は――陽子を見返し、しかも彼女の方から、彼の愛情を懇願させることである。その時初めて、現代のモンテ・クリストは陽子を心理的に崩壊させることが出来るであらう。

さうでなければ、水原は単なる、色男にすぎない。亭主の被護を蒙る女の、その又、ペットにすぎない。

彼が年齢二十三歳にして巨万の富を得、次々に女を征服する色事師となつたのは、水原のかかる計画の一手段なのであつた。水原は金をでもなく女を、でもなく、唯一の女の情を得たかつたものであらう。

大学の銀杏が黄熟する頃になると、普段姿を見せぬ水原が、ひよつこり、聴講カアドを出しに大学へ現れる。平生かけ違つて顔を合はす機会もない怠惰なる予等は「このごろどうしてゐる。」とそのやうな折近況を中間報告し合ふのであるが、その日は彼の好色の話がつきず、銀座まで出て、珍しくも彼と映画を見た。スチールの女優の顔が、水原には気がかりであつたらしく「お前はこの女をどう思ふ。」ときくのである。「この女ならば惚れてみてもいゝと思はないかね。」「ま、とにかく入つて話さう。」そんなことで、その恋愛映画をみせられた次第だつたが、「俺はあの女に惚れたよ。」と時しも、婉然と笑つたスクリインを指して言つた。「あれは――子じやないか。」と予は高名な映画スタアをみて、陽子と同じ笑ひ方だといふ水原の倒錯をひやかしたが、水原は意外に真剣で、

「あの女をものにするのに幾日かかると思ふか。」

「――子は相当なリアリストだといふぜ。」と予は冗談に聞き流したが、「それなら案外楽だな、四十七日。賭けようか。」「ま、よからう。お前が勝つたら紹介してくれ。負けたら、ふられつ振りを話すんだね。」さう言ふと水原はひどく考へ込んで、館を出てからも上眼瞼を時々緊張させて歩き、むつすり黙りこんでゐたが、「うむ。」とうなづくとたちまち眉をあげて、銀座四丁目の裏通りへためらはず入つていつたのである。「こゝだ。」といふビルを見上げると、三階のガラス戸には映画雑誌の名を記した事務所があつた。「あの雑誌、売掛の回収がつかず大分ピイピイなのだ。先づジャアナリズムを乗取らう。」

私はそれで別れたが、私が見たその雑誌の翌月号は豪華な――子の特輯をやつてゐて、一流の評

論家、映画監督をぞろりと並べ、筆をきはめて――子をほめ出してゐた。――子の婉然たる頭をかしげた笑顔を刷つた広告は、全東京の町角にはり出され、新聞ラジオ等々気狂ひじみた派手な宣伝は、――子に満都の人気を湧き立たせるに充分であつた。「いよいよ始めたな。」予が彼の肩をたたいていふと「うん雑誌屋は、あれで、大もうけをしたよ。あやふく潰れかかつたのがもちなほした。もちろん、借金は回収したがね。傑作なのは、俺はあの雑誌の編輯顧問に祭り上げられて、大変な人気だ。もちろん――子は、あらゆる媚態を俺に示して来るよ。人気が生命の映画スタアだから、俺は今全スタアの生殺与奪を握つたも同様なのだ。おまけに俺は――映画の社長から、軽少ですがと金一封を頂戴に及んだ。彼女の映画が俺の宣伝のおかげで大当りしたのだ。百万円の小切手をもらつたから、これでおごらう。――子にはその時紹介するが、思つたよりつまらぬ女だつたよ。」といふ。その又翌月の映画雑誌のあちこちに、予は――子の恋愛ゴシップを見出すやうになり、――子を陥落させた対手は絶世の美少年、巨万の財を有する水原某なる貴公子だとあつた。

水原が予を熱海の別荘に招待したのは、まさに、映画館での会話以来、四十九日目であつて「ニュウ・フェイス」中に君の興味を覚ゆる子がゐたら、名を示せといつて、きれいな子を一人別に予の為によんでくれるといふ労を取つてくれた次第である。――子は既に水原の女房格で、彼につきまとひ水原は浴槽の中から手をのばして予の面前で彼女の背中をながしてやるといふむつまじさであつた。

そのころ水原が、奇妙な趣味にこりだして、しきりと花園家は正親町《おおぎまち》家の出で、裏辻家は万里小路《までのこう》の、なんとかだといふ話をはじめたのは、恐らく彼が熱海に新しく買つた別荘と隣り合はせた旧公卿華族末亡人の影響であらうと思はれた。

彼女の姿は予も、水原別荘のみかん越しに垣間見て、感嘆措くあたはざる京風美人であつたが、清く住みなした邸内は、竹藪に日が射して庭木も動かず物音一つ起らぬていであつた。

「あれは重要美術品級だ。手を触るべからず。」と水原は言つてゐたが「実に感じのしつとりしたひとだよ。」と、讃嘆するばかり、「当分俺は平中と化して、彼女の影を追つて暮すよ。この窓から一日みてゐると、彼女が見える日もあり、見えぬ日もあり。」と二階の洋風応接の緞帳《どんちょう》の陰にぼんやりして水原は終日暮してゐた。こゝから丹念に見てゐると、彼女の生活のこまかいきれぎれが次第に集つて、美しい絵模様が出来上る。

彼女の起きるのは九時だ。あの角が寝室で箒の音は九時すぎに起る。夜具は大抵毎日乾されるが、一寸来い。晴れた日は俺はこの窓から覗くのだ。まはり縁に乾される夜具は菊の紋を散らした緋色の方形なので彼女の枕は小さいよ。ところで、あの広縁の物干竿に、彼女の肌着が並ぶ日を思つてみたまへ。

俺はそれが知りたい。彼女がたゞの生々しい女である証拠を見るまで、俺は東京へは帰らないよ。俺は――子をつかつて、彼女を家に招待するつもりだ。夫人はまだ俺には眼もくれないが、時々我等の寝室をうかがつて、平常しめ立ててある茶室の雨戸をあけたからね。

そして冬休に予が、ある期待を禁じ得ず水原別荘に現れた頃には、隣家との垣根には粋な柴折戸《しおりど》がつき水原は隣の夫人の手料理で予を饗応してくれたのである。

夫人手づからの酌で、予は恐縮の限りであつたが、近々とみるその人は、卵形のやゝ卵白色味を帯びた人形のやうな眼鼻立で、その会話は、ゆるやかに予を夢幻の境に引き入れる温い音調で、予をうらやましがらせた。

「重要美術、いや、国宝を手に入れたな。」と予が言ふと、

「やっぱり唯の女だつたよ。つめたい足をして、彼女は夜の行儀がうるさい。」と平中はいつてゐた。「俺は女が欲しいわけではなかつたのだ。あらゆる女はすべて男を許す可能性を持つてゐる。例へば電車の中ででも、さう思つてみたまへ。この抵抗は感動的ではないか。忍耐をつくして、俺はこれならばと思ふ女に全身を傾倒する。そして女が最後のものを許す覚悟をきめて、俺をみる時、俺に抵抗する女の心理の壁が目前に崩れる時、俺はたゞその感動だけを求めてゐるのだらう。」その日、水原はさう予に話したのを憶えてゐる。


水原が江戸小唄にこりだし、若柳流の舞踊をはじめたのは、その次であつた。彼は常に新しい女に惚れてゐないではゐられないらしい。金春《コンパル》の芸者の踊りの会に、藍大島など着込みチョクチョク平中は出入りするらしかつたが、彼の念願とするところは栄屋の栄姐さんなる美しいのに、金銭づくでなしに、惚れられたい、と、それは大それた悲願であつた。栄姐さんにはレッキとして、思ひ思はれる木場の旦那があり、さしもの平中、ハタと行づまつたが、かれこれ一月余、下手な奴さんばかり習ひつづけてゐた。

「芸事は万事年期を入れないと、ハバがきかぬよ。」といふから、「首尾はどうなんだ。」といへば「とてもとても、彼等二人がアツアツだよ。俺は追込みの見物あしらひ『おとぼけでないよ』とや

られさうだ。芸者ばかりはフトコロを見すかされると手に負へねえ。」「金なんぞはもともとつかはぬ覚悟なのだ。売物と買物、それぢや色事師が泣く。」年の暮も御苦労に、熱海からせつせと師走の東京に通つてゐたとみえる。

十二、栄屋の栄さん

チャッカリの当代気質は、花柳界でも流行である。栄屋の栄姐さんといふのは自前の腕一本で、新橋に一軒、芸妓屋を建てた以上、いずれ鮮かな腕前、若柳流は名取の芸だが、それ以上に、彼女に入れあげた当代の名士、数を知らない。れつきとした旦那は木場の若殿だが、工業倶楽部の常連も大分彼女にはしぼられるといふうはさで、東洋化学の大磯氏も、彼女を名指しだ。

よせばいゝのに年よりの冷水、陽子の父親、東邦合成の山内氏も、彼女には大分てごはくハネられつづけらしい。彼女はお客をつかまへて掌をひらきながら「ね、この運命線はまつすぐに、中指までのびてゐるでせう。」といふのだ。

水原は、それを知つてゐたから、金春の踊りの会、プログラムに栄屋栄とあるのに目をつけないわけにゆかない。鷺娘を踊つてあでやかに舞台に佇《たたず》む、栄さん、虫もころさぬ美しさであつたといふが、その衣裳他の芸者から抜群の立派さは、目じりの涼しいぱらりとした顔立、彼女の姿に似合《ふさわ》しかつたといふ。水原は、これは相手に取つて不足はなささうだと、思つたが、金で買はれるはかない家業、金で攻めるのは味気ない、ひとつ素手で行かうと覚悟をきめたらしい。

大磯氏に抜駈は気の毒だが、と予に話した最初の勢は勇しかつたが、いぢらしくも平中、今回は大分慎重をきはめて栄の師匠、若柳勘亭に弟子入して、先づしをらしく彼女を眺めてゐたのである。

どうせ苦労して待合へよんだ所で、夜は傍輩に任せて、さつと切上げる売れつ妓の手口を、水原は先刻承知で、表通りは一切敬遠して、鼻もひつかけられぬは覚悟の上、無一文で踊修行と遠大な計画を立てた所、相当なものだが。

同門でもどうする連の若旦那達が、栄さんをチヤホヤして、送り迎へと彼女の塵をはらふのも見流して、水原は真面目一方の踊修行、芸者に目もくれぬ風情とみえた。彼の経歴身分一切だんまりで、栄からは口をきかれても、やつと返事だけするといふ形で、無言の彼のしをらしいこと、勘亭が内弟子にすゝめた位で、この真面目な芸道修行者に岡惚れの芸者達ばかり、陰でこそこそ、いい出したといふ。

「一体あの人は、どういふ人なの。」

何を感ずる所あつたかそのころ水原は隣の夫人と真面目くさつた式を挙げて、籍まで几帳面に移したらしく、名前も苗字も変へてしまつた。「芸者を口説くのに独身といふのは一番弱味なんだよ。」といふ理由であつたが、意外に真面目な夫人にほだされた形もあつたらしい。

「観修寺《カンジユジ》公紀《キミノリ》」といふその名刺は予も見せられてゐたが、Yシャツのカフスに、金の菊をつけたりして怪しからぬ、モンテ・クリスト伯であつた。

「これは必要な衣裳なのだ。」

その衣裳を、栄がどう取つたか。芸者連中に悲鳴を上げさせるにはそんな衣裳が必要らしい彼の人気は、女達の嘆息のまとで、「どうして一体、……」と陰でうるさいのなんの。さしもの栄さんも、一寸、この貴公子に興味を動かした形とみえた。栄とほぼ同じ位、名声高い新橋の照葉さんが、どうやら観修寺こと水原に岡惚れのといふ評ばんで彼の事だから、よろしく照葉に気心を示したものであらうが。

照葉と栄は、本数もほぼ伯仲する競争の仲であつて、その照葉が、岡惚れと、傍輩達に公言してゐたから、栄も水原にいよいよ興味を感じ出したらしい。新橋一の二人の芸者の眼は、じつと水原こと観修寺の舞踊に向けられ始めたといふ。とに角器用な男であるから、踊りも一応みられる上達ぶりであつたらしく、温習会《おんしゆうかい》の後見を師匠にたのまれる程になつたらしい。

松の内のおさらひは、金春で行はれる筈で、栄は道成寺を踊る予定になつたが、水原は、是非にも栄が踊る時の黒ん坊をやらせてくれと、師匠にたのんだのである。勘亭師匠は、にやりとして、それを許したのである。

新年松の内の温習会は、最も華麗且、盛大に行はれる。それは芸妓達の、鎬《しのぎ》をけづる晴の舞台である。さり気なく見せてゐるが稽古の時も、栄は、水原の手が触れると、ぽつと、上瞼を染める。女は自分の後見を是非にもと望む男の気合を満身に感じ出してゐた。

女の気持は、一言も話さずとも、それは彼女が、職業意識で今迄男に甘えて来たのとは全く違ふ、生れて初めての晴がましい本格のものであつたに違ひない。

もうこつちのものだと水原は思つた。金春の舞台の、衆人環視の中で、栄の旦那も鼻の下を長くして観てゐる中で、俺は黒帽子を冠り、栄の着物も帯も、一枚づつぬがせてやる。女は、その度にまぶたをそめることであらう。俺と女との気持の流は、誰も気づかぬ。「この日の為に、こがれつづけた。」と耳もとでさゝやいてやるならば、女は舞台で倒れるかもしれぬ。俺は栄を舞台で抱き上げ、黒ん坊は帽子をハネ上げて、……と、その光景が眼に見えるやうであつた。

事実彼は数日後、それを実行し、舞台で目ざす女の帯をときながら、舞台の上で女を始めてくどいたのである。その夜女を栄屋へ送つていつた水原は、そのまま栄屋へすみついて、栄の箱屋みたいになつてしまつた。旦那にも公然、栄は水原に首つたけになつてしまつたのである。惚も得も今はなかつた。

それは後日の話だが、大晦日の夜は、まだ栄は、水原こと観修寺にとつて、とどかぬ花であつた筈である。大晦日の上野ラン子の部屋で一夜をあかして、よせばいゝのに闇の男に小使までもらつてしまふと、彼は陽子の顔を見たくなつたのである。

モンテ・クリストの置石は、ほゞ、完成して、彼は彼の最も手強い、彼の方から惚れてゐる女に、実に二年ぶりに対面しようと思つたのであつた。平中も寂しくなつたにちがひない。

十三、札束の中の遺書

上野アパアトの神原俠介は、風の街に姿を消した紳士を怪しみ、翌朝彼がテル子にくれた、一万円許の札束をもう一度しらべてみた。

昨夜、ざつと数へた時は、それは何事ない札束であつたが、その札の裏に彼は鉛筆書きの奇妙な文字を認めたのである。

予ハ、予ノ周縁ニメグラサレタ、死ノ網ヲ所詮ノガレルコトガ出来ナイデアラウ。予ハ過失死体アルヒハ自殺死体トシテ発見サレルデアラウガ、ソレハ目下米国ニウヨーク市、××街、キウガーデンPO・BO×——番ナル黄××ノ使嗾ニヨツテ、殺害セラレタノデアル。予ハR氏殺人事件ノ真相ヲ、右手袋ノ裏面ニ書記シテオイタ。予ハR氏事件及自殺倶楽部ノ真相ヲ知ルモノデアル故ニ、黄××一味ニ殺害セラレルデアラウ。如何ナル方法モソノ謀略ヲ暴露シ、一味ヲトラヘルコトハ不可能デアツタ。予ハ殺人ヲコバンダ故ニ当然来ルベキ死ヲ覚悟シテキル。香港銀行ハ予及妻及義父ノ財産ヲ差オサヘルデアラウガソレハ保険金ヲ以テ代ヘラレル筈デアル。コノ旨、芝白金御殿××番地、大磯陽子宛御通知願ヒタイ。(電話芝、××××番)

十四、大磯氏失踪

神原の電話は、既に早朝、陽子を驚かしてゐた。非常線がはられ、上野及白金御殿附近に大磯氏の捜索網がはられた。

観修寺こと水原は、その中を、大磯邸の呼鈴を押したのである。名刺は観修寺公紀であつた。

蒼白の陽子が、自ら現れ水原を見ると、ぎよつとして思ひなほしたやうに応接に通す。水原は無言でゐると、奥で、赤ん坊が泣いた。

水原は陽子の眼をみつめて無言である。陽子も亦、血の気を失つて、彼の顔を凝視してゐた。

「大磯さんは……」

「昨夜、何かあつたらしいのよ。」

「…………」

「あなたが、なさつたのね。」

陽子は肩で息をしてゐる。

「昨夜？」

「上野で殺されたらしいの。手袋を片つ方御存じでせう。」

「手袋。……これですか。」

観修寺氏は、狐につままれたおももちでオーバアから、昨夜の手袋をつかみ出してみせた。血は手袋に凝固してゐる。

いきなり、刑事がふみ込んで、手袋を裏返してみた。中指に巻込まれた紙片に大磯氏の筆跡でR氏怪死事件と功妙をきはめた黄一味の謀略を記してあつた。

水原こと観修寺氏が、訊問されたのはいふ迄もないが、ラン子とお玉が呼ばれて、一応言開《いいひら》きが立つた。大磯氏の行方は杳《よう》として知れなかつたが、やうやく正月五日に至つて新年の業務を開始した、帝銀上野支店の地下金庫から、頭に繃帯を巻いた大磯氏の死体が発見せられたのである。

頭の打撲傷は、神原医学士の口述で、明かとなつたが、死因は一見凍死と推定せられた。地下金庫は、銀行主任の証言によれば、除夜の鐘が鳴り終つた十二時すぎに閉められ、五日の朝迄九十六時間以上完全な密室であつた筈である。主任は大晦日鉄扉《てつび》を下す時は特別入念に検べたのだが何の異常もなかつたといふ。

神原医学士は、大磯氏を最後に見た時間を正月元日の早朝と証言してゐる。他殺の疑が濃厚であつた。大磯氏はオーバアのポケットにサントリイ・ウイスキイの角瓶を所持してをり、それは完全に空にされてゐたが、大磯氏の胃壁からは、メチル・アルコオルをおびただしく検出することが出来た。

帝銀上野支店は大磯氏の取引銀行であつて、私用金庫の鍵を彼は所持してゐる。しかしながら地下金庫の大戸は、もとより外側からでなければ、開閉することが出来ない。九十六時間、密閉されるこの地下金庫に、あやまつて閉込まれたとするなら、凍死は必至である。金庫の大戸からは大磯氏の指紋を検出することが出来なかつた。

鉄扉の内側にはおびただしい、大磯氏の指紋が残つてゐる。

大磯氏の記述により即日、築地の中華貿易公司は警官隊に包囲されたが、鎧戸を下した正月休業中の建物には、何もしらぬ留守番が居たのみであつた。黄・蔡の一味は、沖縄経由の、香港密貿易団の黒幕として、既に警視庁及海上保安庁の内偵中であつたが、巧妙に何の証拠も残さぬ一味は、既に風をくらつて高飛中とみられた。

地下金庫の現場から推定せられた犯行は、犯人が意識不明中の大磯氏を、何等かの手段によつて、地下金庫にとぢこめたものであらう。恐らくその時ウイスキイ瓶の中味には、メチル・アルコオルが致死量以上混入されたのである。やがて覚醒した大磯氏は、密告の返報を最も残酷な方法で報復せられたことであらう。

如何にもがき絶叫しようとも、銀行の地下金庫は、完全な密室であつて、真冬の寒さは、九十六時間の生存を許さない。ウイスキイは、劇薬ならぬ毒物であるから、少くとも死の前の数時間、氏は最も凄惨な時間を持つた筈である。大磯氏の右手袋の血痕の人血はO型であつて、大磯氏のAB型ではなかつた。恐らく彼等は、猶一つの陰謀を大磯氏を使嗾して、実現しようとたくらみ、大磯氏はそれを拒絶して、一味の何人かを傷つけたものであらう。死を覚悟した大磯氏は、先づ手袋をお玉に預け、ついで、紙幣の裏に記述して、これで買物か何かをするつもりだつたのであらう。

一味はそれと知つて、大磯氏を事故死とみせて殺害しようとし、上野アパアトの犯行は行はれたのであらう。神原の逢つた大磯氏は明らかに死を決意してゐたから、或は彼等の手にかからず、自殺する目的で、地下金庫に自ら入つたのかもしれぬ。

氏の他殺的自殺の目的は、三千万円の保険金詐取とも考へられた。

他殺か自殺か、決定的な判定は不可能である。警察は黄一味による他殺を主張し、保険会社は自殺を主張してゐた。一切は大磯氏の、他殺と見せかける自殺のトリックだといふのである。

R氏事件にも、大磯氏の関与した証拠は、大磯氏の手記以外になく、亦あまりに巧妙すぎて、自殺倶楽部はあり得ないといふのである。帝国銀行は、その信用上からも、銀行の地下金庫は絶対に第三者には開かれぬことを証明した。大磯氏は、明かに自殺の意図を以て、上述のトリックを用ひ、お玉に「除夜の鐘が鳴り終つた。」ことを暗示しておいて、銀行か地下金庫の鉄扉を降す寸前に、金庫中に潜伏した、とするのである。風の夜は寛永寺の除夜の鐘を、明瞭には、伝へない。当日は北風であつて、帝銀支店には明瞭に聞えたが、上野アパアトではそれは鮮明でない。裸で抱擁中の男女はラヂオの時報までの、除夜の鐘放送を、明瞭に記憶してゐなかつた。

アパアトから、銀行迄、快速に自動車をとばせば、三分はかからぬ。歩いても十五分である。

アパアトの小使は次のやうに証言した。

「私は、事務室で、火ばちをかかへながら、もうぢき除夜の鐘だらうと思つてゐました。風がひどい外は暗く、何だか落ちる音がして、男のうめき声がきこえたのです。驚いて出てみると、屋根のスレートが、落ち道でくだけて、散乱してをり、大磯さんが、途にうづくまつてゐました。私が出てゆく迄、四十秒程で、通りに人影はみえませんでした。大晦日のことで、みんな起き出してきまして、私は、大変なことになつたと、大磯氏をかかへ、二三人に手伝つてもらつて、三階の先生を起こしたのです。」

神原医学士は、「大磯氏の手当の時間を、十分間位、氏が再び外に出ていつたのを傷害から十五分位」だと言つてゐる。この間に十二時一分前からのラヂオ放送をきいたといふアパアトの住人が多く、神原医学士も「大磯氏が外へ出たのはどうも、十二時は少し廻つてゐたと思ふ。」と答へた。

銀行の主任は、「当日は徹夜の決算があり、金庫をしめるのは後れたが、私は寛永寺の鐘が今夜はよく聞えると思ひながら、金庫の中を見まはり、異常がないのをたしかめてから、自分で鉄扉を降した。その時鐘は鳴りをはつてゐて、〇時六分位だつたと思ふ。」と答へた。それから「慰労の酒が出たが、私は地下金庫の鉄扉の三つの鍵を大金庫にしまひ、大金庫の鍵は確実に、腰につけてゐた筈である。」と答へた。

時間的に見て、大磯氏は、自分で地下金庫へ入り込む余裕がある。同時に快速な自動車は大磯氏を途中で拾ひ、その中で催眠させ、主任が扉を下す前に彼の所持してゐた私用金庫の鍵をつかつて彼を、彼自身の私用金庫中にとぢこめておくことも出来る。その夜は銀行は決算で多忙をきはめ、地下金庫の警戒は、厳重でなく、少くとも十二時から〇時六分迄は、明かに鉄扉は開いてゐた筈である。

しかも主任は今迄、自分の責任上言はなかつたが、大晦日は書類の出し入れが烈しいので、地下金庫の鉄扉はしばらく開放されて主任もこの六分間内に一度所用で金庫をはなれてゐたことを語つた。行員たちが決算に忙殺されてゐる最中、大磯氏の身体は、地下金庫の中にある私用金庫に入れられてゐた為主任の最後の見廻りの際も見落されたとより外に考へられない。

大磯氏の私用金庫の内容には別段異常が認められない。

自殺、他殺の決定的なキメ手はなかつた。

検察庁は、「アパアトの小使が四十秒内に加害者の人影を認めなかつたこと。大磯氏私用金庫内に異常を認めなかつたこと。巨額の障害保険金を必要とする大磯氏の事業上の失敗。」を理由として、氏の死因を事業上の負債による神経衰弱のための自殺と推定した。

保険会社はこれを幸として、見舞金程度の少額しか、保険金を支払はないですんだのである。

十五、他殺的自殺

けれども神原医学士は予に語るのである。「この事件には裏がある。凡そ、自殺とみせかける為に、被害者自ら、自分に巨額の保険金をかけさせて置く位、巧妙な手口があるだらうか。黄一味はそれをはかつたのだらう。黄一味は、政治的な犯罪を企図してゐるので、金が目的ではないのだ。彼等は保険金などに、もとより用はない。遺族の手に入つた保険金で債権を回収しようとした如くよそほふのは、大磯氏を自ら傷害保険に入らせようとする暗示ではないかね。事実、大磯氏は、自分で保険をつけてゐる。彼等は大磯氏の周囲に死の網を張つて、被害者を彼等の自由な方向に、あやつることが出来た。R氏殺人の幇助を彼等は大磯氏に行はせたではないか。

彼等は次々に政治目的を遂げることが出来たではないか。

彼等は、自分達の陰謀の手先を、亡きものにする必要がある。自殺倶楽部はその為に必要だ。彼等の殺人幇助者は、外見は自殺とみせて殺害されねばならない。

この犯罪が、最も完璧な成功をみる為には被害者自身に死を志向させなければならない。外的な圧力で、被害者に、他殺的自殺を行はしめれば、それは最も都合がよいわけだ。

大磯氏は既に地獄橋で自殺しようとした位だから、自殺する外的要因は既に充分だつたのだ。そこへ持つて来て、巨額の保険金は、いよいよ彼を自殺したくさせる。下山氏にしてもR氏にしても、彼等自身、自殺したかつたのだ。

これを利用して、黄一味は、彼等の自殺を完璧に幇助してゐる。大磯氏を、スレート瓦で撲殺しようとして失敗し、四十秒以内に露地へ隠れる事はすばやい男なら可能だ。大磯氏は俺の部屋で蘇生して、『風で瓦が落ちて来た』と言つた。

電話を掛けるな。といつた。彼は死を覚悟してゐたのだ。むしろ自殺したくなつたのだ。じたばたしても所詮彼等の手からはのがれられぬし、彼の死は彼の家族の破産を救ふであらうことを考へるのだ。彼は再び風の中へ出てゆく。自動車が止まれば、彼は抵抗せず、それに乗込むだらう。眠らされた彼は金庫の鍵を持つてゐる。一味が彼の鍵をさがし出し、彼をトランクか何かに入れて、警戒のゆるんだ地下金庫へ彼を入れて来てしまふ。それには、大磯氏の意志も全くなかつたとは言へまい。第三者が彼を搬んだ形跡が少しでも残れば、彼は他殺といふことにならう。彼はむしろそれを希望したのかもしれぬ。ところが一味鮮かにやつてのけて何の証拠も残さぬ。金庫の書類なんかに用はないからもちろん手をつけぬ。大磯氏が気がついてみれば既に地下金庫の鉄扉は閉められてしまつてゐる。

寒いから彼はポケットのウイスキイを飲む。

大磯氏は、前後不覚に酔つぱらつて密室中で昇天したのだ。

これは俺の推定だが、自殺倶楽部の自殺的他殺は、その位の芸当はやりかねないよ。ウイスキイに入れたメチル・アルコオルは一党の大磯氏への好意だね。さうでなくても九十六時間、この寒夜で人命が持つ道理がない。九十六時間内に、彼等一味は恐らく得意の海賊船で、それは恐らく百トン位の機帆船《きはんせん》だらうが、今は香港へ向つてゐるだらうよ。」

神原医学士の推定は、なまじつかな探偵小説の密室殺人よりも巧妙だ。成程「メチルアルコオル密室殺人は斬新だが、それはたしかに内側から鍵を下しそれをさし込んだままの密室でも相手を殺せる術《て》だが、俺には一寸、きがかりなことがあるのだ。例の水原、今は観修寺が、何か計画したんぢやないか。」と予は、ひそかにそれを怖れたのである。

十六、心理崩壊

水原は、容疑が晴れて、相変らず、栄家の栄をねらつてゐたが、金春新年の温習会《おさらひ》には、満座の中で、道成寺を踊る目ざす女の帯をとき、着物をぬぎながら、たうとう女を口どき落すのに成功した。芸者のいろに、なりおほせたのである。しばらく栄屋に居候して、女の箱屋みたいになつてゐたが、大磯氏と、陽子のその後が気がかりでならなくなつたらしい。

未亡人になつた陽子はたうとう水原を訪ねて来て、いろいろあつた揚句、

「本当のことを教へて。大磯はあんたがやつたのね。」

といつた。

水原は、とぼけてゐたが、女がひどく思いつめて言ふので、まんざら大磯事件に関係ないわけでもなささうな顔をしてみせたところ、

「やつぱり。」と陽子は肩を崩して、「そんなに迄して……私が一切のたねをまいたのね。」と泣きだした。不渡手形でおびえてゐる女の前に水原は「お前が担保なら貸してやらう。」と、三千万円の小切手をつきだす。

水原は何ともかんとも、溜飲が下る思ひであつたといふ。

「何でも俺のいふ事を聞くか。」「はい。」

「きつとか。」「はい。」

と陽子は今はしをらしい。その夜は陽子を栄家に泊らせて置いて水原は栄と寝た。次の日は熱海につれだして、いざといふせつぱつまつたあたりで、「これは、女房です。」と夫人を陽子に紹介したのだといふ。陽子はやつれて蒼白くなつた。


陽子は今は何でも水原の言ふなりに従ふ義務があつた。女はどうでも水原を自分のものにして置きたい。「どんなにされても私はうれしい。」とじつと水原を見つめるのである。陽子の眼に哀願の色が見え、女は猶、水原の愛情を確信してたぢろがない。

「うぬぼれないでくれよ。」

女が高潮してゐゝ気になつてゐるどたん場で水原ははねつけたのである。モンテ・クリストの最後の毒矢であった。

「もうお眼にかかりません。私は消えてなくなります。」女はさう言つて泣き続ける。女の誇は崩れて、見るも無残である。陽子を心理的に崩壊させ水原は勝ち誇つて却つて苦しかつたであらう。

陽子と重なつて、水原は死んでゐた。

情交のあとは認められなかつた。

大磯氏自殺事件に続く、水原と陽子の死は、真相は不明のまま、迷宮に入つたのである。水原は、何の証拠も、残さないで死んだ。

「現代の復讐は、相手を心理的に殺すことだ。」と水原は予に語つてゐた。陽子を完全に得た彼は、もはや生きる興味を失つたのであらう。彼は心理派であつて、究極に於て生活派にはなれなかつたのである。

東京は、たそがれてゐる。異様なモラルを持つた人間達が、ラン子にしてもお玉にしても、又水原にしても、虚無的な、しかも凄惨にも鮮かな、生命を生きてゐる。男ならやつてみな、と彼等は、暮せまる都会の叫びを歌ひ、熔接の火のやうに、輝いては又消えてゆく。水原の話が信じられぬといふなら、駅で夕刊を買ひ、上野駅前に壁のやうに突つ立つ聚楽にのぼり、三面記事を拾い読みしながら、黄昏の街を見晴してみられよ。数々の怪死事件、自殺事件の背景は、この巨大な、えたいのしれぬ街々である。ネオンを光らせた街々は、上野アパアトであり、帝銀上野支店であり、宝ホテルであり、男娼の棲む街である。暮せまる大東京が吐き出した汚物を吸つて、人間達は生きてゐるのである。

花の咲く駅にて

連絡船を下りると、一つのフォームだけが灯をとぼす。函館の夜中だつた。駅の灯には円錐型に蛾が舞つてゐて、その蛾は客車の中にも夥しかつた。黄色い電燈の光を截つて、九月の蛾が舞ひ狂ふ姿は、死を予感した季節の盛装、黄色の対流が空気を淀ませると憶えた。だから啓一は学生マントの両前をあはせて、じつとうつむいてゐたらしい。

その啓一の前に黄色い服の少女が立つ。橙に近い黄色のハーフコートには、大きな黄色のボタンが三つ並んでゐた。黄色く透きとほつたセルロイドの中に白い雲が凍つてゐるのだつた。

ボタンの事などはつきり覚えてゐるといふ事は、啓一が前の座席の少女の顔を、まともに見られなかつた証拠かもしれない。

太い紺のリボンを巻いた、イギリス風の帽子が、やゝ広すぎる額をかくし、心持上にそつた鼻すじの両側に、まつすぐに人を見る大きな眼があつた。

少女の帽子のひさしを風で飛ばしさうにしながら、汽車は暗い霧の中を北上しつゝある。ドアが開くたびに舞ひ込む白い気体を、はじめ煙かと思つてゐたが、それは濃い霧なのだ。蛾の輪舞も、やはり、車内の空気を対流させながら、北へ運ばれてゆくのである。

啓一の頰をかすめてとんだ白い蛾を、ぞつとして払ひ落すと、白い生き物は、少女の膝の上に飛んだ。「失礼」と蛾を落さうとして啓一はためらはざるを得ない。細い手首に比べて、意外な厚みのある少女の膝だつた。

「いゝえ」と妙に真剣に彼女は言つた。触れられるのを拒絶した声である。血が頰にのぼつた。

白い翅をふるはせてゐる灯取蛾《ひとりが》の眼は、宝石のやうな桃色である。綿毛に包まれた太いおなかに、翅をふるはせてゐた蛾は、いきなり光をめざして舞ひ上つたけれども、少女の眼は、蛾の画く弧《こ》を追ひもしない。輝やく雪の結晶のやうな鱗粉《りんぷん》がふりかかつて、啓一のマントも少女の髪も、蛾の粉で輝くかと思はれる。少女は赤革のスーツケースをあけて薬包紙を出すと、黙つて洗面所に立つていつた。大きな駅の拡声機はオシヤマンベ、オシヤマンベとくり返して、駅の時計は12の所で重ならうとして動いた。

異常な夜である。啓一はかつて、このやうな空間につれ去られた事がない。自分の前に偶然座つた女の子は、一体、自分の運命に何を暗示するのだらうか。大きなとがつた、外套の襟元を、金の小さな鍵で止めてゐる少女は、「この鍵で私をあけて下さい」といつてゐるかの様に、或は、「この鍵で私はあきます」といつてゐる風である。朝迄の間に、何事か起るであらうか。いや、何事も恐らくは起らずに過ぎ去るであらう。それにしても彼女は、啓一の運命に既に鮮やかな影を落し始めてゐるではないか。彼女は、座席にもどると、やはり同じスーツケースから、小さな文庫本を出して開いた。

そのぼんやりかすんだ標題の探究すら、少女は拒絶してゐる様な構図を取つてゐた。このにらみ合ひに、一つの事件が起つたのである。

といふのは、和服姿の中年の男が、彼女の脇にすはり、ぢきにいびきを立てて、ねむつてしまつたからである。男の頑丈な身体が次第に少女の上に崩れかかり、少女の眼は、いくらか啓一に対して、同情を求め始めてゐた。もう、彼女は本を読むことを断念し、爽昧《そうまい》の来るのを、窓ガラスにひたひを押しつけて待望んでゐる。その額の上のススよけの網戸には、小さな灰色の蛾が細いヒゲを動かしてゆるやかに前後しながら交尾してゐた。

唐突に、

「ニセコアン、ヌプリですわ」

と少女は言つた。霧の底に朝の光がさして秀麗な山々が見えだしてゐたが、そのつぶやきは、啓一に向つて不用意に投出されたとより解しようがない。

「もう十日もしたら雪が降るんですね」

と啓一は答を拾つた。お互ひに一睡もしなかつたのだから、それは何となく二人を親近させたのである。隣の男は眼をさまし、背すじをあはてて伸した。座席の二人が話を始めると、となりの人は仲間入り出来なくなるらしい。啓一が顔を洗ひに立つと、少女もついて来た。彼らは至極自然のつれのやうに立上つてゐたのである。

「食堂車へいらつしやらない」

と彼女が言つたのは、二人とも甚だ周囲が恥かしかつたからに相違ない。ところで食堂車に向きあつてすはると、

「私、サイダーをいただくわ。外のものはいらない」と、彼女はあどけなく言ふのである。

その為に二人でサイダーばかり二本もあけることになつた。彼女が大変に無邪気に、変な気持になつたといつては笑ひ転げるので、隣に坐つた夫人が
「御兄妹でいらつしやるの。本当によく似ていらつしやる」

と尋ねた位である。

「ええ」と、すまして彼女は答へて、いたずらな眼を挙げた。遂に事件は起つたなと啓一は思つたし、彼女も亦上気して胸が烈しく上下してゐた。

孤りでゐると、成熟した女でありながら、二人になると童女のやうに幼い、少女の一時期があるらしい。彼女は昨夜の薬包紙で丹念に鶴を折り出してゐた。「どこか悪いんですか」ときくと、「何でもなくてよ」とアスピリンの粉をみせた。いづれにせよ彼等は有頂天になりすぎて、第一のてぬかりは啓一が彼女の名前さへ聞いて置かなかつた事である。

ポプラが葉を戦《そよ》がす牧草地へ入ると、このあたりへすずらんをつみに来たら、大きな熊の足跡があつたと彼女は話してゐたが、桑園といふ駅で彼女はあわてて、汽車を下りてしまつた。白くぬつた駅に黄色い外套の少女が花びらのやうに立つた。駅にはコスモスが、倒れたまま、枝を伸して、空気に浮くやうに群り咲いてをり、仰げば高い晩秋の空がある。

少女の居なくなつた座席には、薬包紙の鶴があつた。手にとると、軽い、しかするどい後悔がおしよせてきて、そのまま鶴を二つにたゝむと、何となく本の頁にはさんでしまつた。啓一のせめてものてがらは、彼女が読んでゐた本の題名を、「かもめ」と読んで置いた事であらう。昨夜、蛾の交尾してゐたあたりには、もう、蛾の卵が平らに産みつけてあるのを啓一は見つけた。

戦争や、疎開や、いろいろの事が重なり、啓一の度々の引込しにもかかはらず、チエホフの「かもめ」の間から先日黄ばんだ薬包紙の鶴が出て来た。そのきつかりした鶴の折目は、この少女が細い手首で自ら折つたものに間違ひないのである。

III

神桃記

八つ口から、こういう姿勢で、巫女《みこ》さんの胸を見上げると、本当にそれは、桃の実であった。白いうちぎに緋の袴を穿《は》いている。緋色に映えて、金色に生毛《うぶげ》の巻く、そのふくらみといい、突出部が、乳房にのめり込んで、おひな様の口のように笑み割れた火口といい、

——ごめんね。

と言って、私は真白い官女の姿の、胸のふくらみを、外側からおさえてみた。下は緋の裳《も》の帯がぐるぐるに巻いている。

そのわりに手応えはなかった。期待した程の弾力も反発力もなく、フワフワと消えてしまったみたいである。これはおかしい。この赤い紐の下に入ってしまったのかな。と白い袿《うちぎ》の袖から手を入れて、

——あった。あった。やっぱり桃の実だ。

と神様の桃の実を、襟を推し開いてたしかめた。

この世のものならぬ天津桃《てんしんとう》の突出部に吸いつくと、これはもう純粋無垢、赤ん坊の気持である。桃はみるみるうす紅に染まった。巫女さんはもとより抵抗したが、襟が破れそうになったので、あきらめた感じである。きつく巻いた巫女さんの裳を解くのは、神様の帯を解くようで、まことに恐れ多いことである。

私は、かなりまじめな有神論者であるから、この巫女さんが神様の妻であると、半分は信じているのである。神様の貞操帯を解くのは、恐れ多い限り、恐懼《きょうく》感激。

——『春の雪』のようだわ。

と巫女さんは落ち着いたものである。彼女は三島由紀夫のファンなので、はじめて重い帯を解く、聡子《さとこ》姫になったつもりである。ほのぼのと目をとじた顔は、日やけしてあまり美人とは言えないが、そのことを決心した女性は、崇高なものと見えた。

長い髪は、これはカモジである。取り外せばオカッパの、何のことはない迦陵頻伽《かりょうびんが》のような鼻をした女子学生である。迦陵頻伽というのは音楽を奏する極楽の鳥だが、巫女さんの横顔は、雅楽のお面のようであった。彼女は、ヌルマ湯で、日に三度ミソギをし、どこもかしこも洗い清めている身体である。巫女さんは、この姿で抱かれてみたいと思ったのである。願いがかなったのだから度胸をきめている。宝物殿は内側から鍵をかけてしまった。印鎰《いんやく》は彼女が胸に下げている。

——これはよくないことである。

私はそう思ったが、据膳食わぬは男の恥ということがある。神様もそれは御承知のはずだ。私は心にかしわ手を打って、紫紅に斑点をうかべた桃の実をいただいた。核はびっくりするほど小さい。

——子供ができるといけないわ。

と巫女さんはあやうんでいた。聡子姫の話、浜松中納言の大姫の話を思いだしたのである。悲劇の発端は、処女の姿で子供ができることにある。

——それは出来ないことになっている。

神様の御意志である。神様の桃の実に、おのが身を埋めて、ただじっと唇を合わせていた。

巫女さんは、うっとり、天人のように柔和な顔になった。鬱蒼《うっそう》たる神域は、みたらしの音がするだけである。吉哉《きっさい》。吉哉。

私は、寝殿《しんでん》の廊下から掌を伸ばして、みたらしの水で、さらさらと不浄を洗い清め、口を漱《そそ》いだ。水は、みぎりの玉砂利の中に消える。

どういうわけで、こういうことになったのか説明を要するが、あまりくわしく言えない。

私は大学院の学生で、あちらこちらの古社寺をまわって、伝来の古文書を探求して歩いていたころのことである。かりに三島大社としておこう。いずれの社でも同じことだが、神への仕え女《め》は禁男の掟があって、処女たちは過飽和の情態にある。事は重大であって、学芸の秘事に属するが、神宝を開くには、巫女さんの厚意が不可欠である。その巫女さんが純愛を告げ、私は恐懼して巫女さんの純情をいただくことになったのである。巫女さんは、

——この秋、神戸の末社にお嫁にゆきます。

と言った。

——だから、いけない。

と私は神様に嫉妬を感じ、櫛稲田姫《くしいなだひめ》のように、巫女さんを背負って逃げだしたい気持になった。

——お許し下さい。

と祈る気持で目をつぶり、乙女の徴《しるし》に、一寸《ちょっと》、歯を立ててみると、その場所は渋い味がした。泡のような血がしたたって、緋色のハカマを汚したが、緋色にかくれてみえない。

——すまないことをした。

妻問いの名残に、巫女さんの八つ口が一寸破れていた。

巫女さんは、その姿で、去り難くついてくる。私は三島の町の化粧品屋で、金の小さな蝶のブローチを買い、ほつれた八つ口をそれで留めた。

神婚は、それで終りである。

巫女さんは、迦陵頻伽のように飛び去ってしまい、私が呼んでも、また逢おうとはしないのである。

——いけない。もういけない。

と、今度は彼女が言っているように思われる。

だが、神様の緋の糸は、いまだに蜘蛛《くも》の糸のように、私と巫女さんを結びつけていることは疑いない。この呪縛から逃れることは、出来ないだろう。

金の蝶は、きわめてありふれた図柄なので、さる高貴なかたの胸もとに、同じ金の蝶をみつけて、私は、はっとしたことがある。

黒いエメラルド

♠毛ガニの如き我が腕を巻き　汝《な》が
　エメラルドの乳首をはさみ截る♠

俊作君は、鉱山大学を出てから、北大の大学院に在籍している地学の学究である。火口湖の研究をしているときいた。姻戚をたどっていくと、私の遠縁に当たるのだそうで、何やらうろんくさいが、私は同君から黒いエメラルドをもらった。正確に言えばクリソ・ベリル〈緑柱石〉である。それは柱状直六面体の側稜をカットした形の結晶で、長さ4糎《センチ》、幅1・5糎程の漆黒に輝いている。断面を見ると、これはたしかにエメラルドで、独得の罅《ひび》割れを示して虹色の光輝がすばらしい。屈折率は1・75、比重は、2・70であると俊作君は目を輝かして説明した。

「これは、北海道大沼の底から採集したものです。長径三〇糎、高さ二五糎位のもありました。それは透明なエメラルド・グリーンです。」

「本当かね。日本には透明なクリソ・ベリルは、ほとんど産出しないということだが。」
「福島県石川町で、大きな緑柱石の結晶が出たことがあります。大学の研究室で見ましたが、それは不透明で、とてもエメラルドとは思えません。だが、私が大沼の底で見たものは、たしかに透明な緑色をしていました。」
「それは、大変なことだぞ。エメラルドは国禁で、南米の産出国では、国外に持出せないという話をきいた。だから、本もののエメラルドは、ローマ法王の宝冠についているもの位で、ダイヤモンドより高価なのはざらにある。カラット百万円クラスのものは、くず石を溶解してつくったものだから、硬度も輝きも劣る。本ものは一千万クラスのものだというではないか。そんなでかいエメラルドがあるとしたら、何兆円というもので、地上の富を尽くしても手に入れることはできないだろう。」

　俊作君はアルバイトに大沼湖畔のボートの番人をしながら、道水産試験所からたのまれて、湖の透明度の検査をやっている。白いペンキ塗りの円盤を湖に下ろして、見えなくなるまで沈めて、その深さを計るのである。水深一三一米《メートル》、湖底の噴火口壁で、くだんのクリソ・ベリルを発見したという。だがしかし、大沼の透明度は、せいぜい三〇米位のものだから、肉眼で見たというのは、はなはだあやしい。その場所でドレッヂして網で引き上げたのがこの黒いエメラルドだというから、本尊も黒い緑柱石である可能性が高いと思われる。

　だがしかし、本人のたっての願いであるから、私は潜水具やヘッドライトを買うための、若干の小遣いを俊作君に贈った。だめでもともとと私は思っている。同君のくれたクリソ・ベリルを金の板で巻いて、ボオ・タイというものにしてぶら下げると、たしかに黒水晶やオニキスとは、一味違う趣きがある。エメラルドは何も緑《グリーン》に限るものではない。この妖しい輝きは、まちがいなく本ものである。

冒頭の文句♠♠は、遺書めいた手紙を私に残して所在不明となった俊作君の暑中見舞のハガキである。仄聞《そくぶん》する同君の話や、手紙の内容から察するに、俊作君は、七年前の夏、小樽でゆきずりに出逢った医師夫人に、ぞっこん参ってしまって、湖底のエメラルド探しに、うき身をやつすこととなったようである。丸ポチャ色白の美人というだけで、理学士の描写はあいまいを極めるが、同君は一九五五年八月七日、小樽からニセコ一号に乗り、停車場でエメラルドの指環をつけた婦人に出逢った。小樽の医師夫人で、白地に藍の、大輪花柄のワンピースを着た婦人と、隣り合わせて座ることとなり、オシャマンベでは、毛ガニのべんとうを買いに使いに走り、ともかくもその後、急速に親しくなった二人は、大沼公園のすそを廻る車中、人影少なきを幸い、相擁《あいよう》して、正確に言えば、俊作君は、毛ガニの如き右腕を婦人の脇の下にまわして、その乳首をつまぐったというのである。

夫人は「幸福なる妻」の標《しるし》であるエメラルドの指環を抜いて、中指にさしなおした。それからどうしたのか、いろいろ明らかでないが、函館駅で夫人の掌にキスをして別れて、それっきりだという。何というせつれつなる若い出逢いであるか。とも思うが、思いつめた青年の純愛を助けるため、心当たりの御婦人は、作者までお便りを賜わりたいのである。

小樽市在住の医師夫人で、エメラルドの指環を持つ方は、そう多くないから、お差支えなくば微細な情報でもお知らせ願いたい。あるいは青年の生命を救うことになるかもしれぬ。わかったところでどうしたらよいのか。私は方法を知らぬが、以下はその手紙の抄録である。

『この世に唯一人しかいない女性であるから、この小説風の手紙を読んだエメラルドの奥さんは、きっと小樽から手紙をくれるでしょう。そういう期待をもって、私はこれを書いて置くのです。北海道の大沼には、たしかに大きなエメラルドが沈んでいて、それは沼の、一番深い火口にあるから、みどり藻もほとんど附着することはありません。水の屈折を計算に入れても、長径三〇糎、高さ二五糎程の、巨大なエメラルドでありました。それは、頂上を吹きとばされた、駒ヶ岳から降ってきたのかもしれませんし、泥流に押し流されてきたのかも知れません。火成岩の褐色の泥の中に、安山岩に抱かれるようにして、立っていたのです。透明な結晶のために、それは光の方向によって、透明な八角の箱となって消えうせたり、万華鏡《カレイド・スコオプ》のように燦爛《さんらん》と輝いたりしていました。私は眼を疑い、こんなに深い処が見えるわけがないから、駒ヶ岳にかかる雲が木々の緑を映して、それがまた反射している光学現象かと思いました。私は突風の為、ボートで吹き流されたのですが、丁度持ち合わせたガラス張りの覗き箱で、じっと水底を覗いていたのでした。透明度計の白い円盤をつけた綱の先に、舟の碇をつないで、とりあえずそれで、エメラルドを引っかけようと試みました。けれどもそれは、もうもうたる泥流を巻きおこしただけで、エメラルドは土砂の煙の中に、たちまち見えなくなってしまいました。私は、その位置に、目印のブイをつけ、興奮の息をこらえながら、岸にこぎ帰ったのです。水深一三一米、駒ヶ岳山頂、一、一三一米から直下の地点です。私が計測した湖底の地図によると、そこは旧噴火口の壁にあたります。残念ながら現在の潜水技術では、百米以上の探索は不可能に近いのです。加圧タンクをつかって、潜水病を防ぎながらやらねばならぬ。それで、翌日は更に慎重に身づくろいして、アクアラングに身をかため、数種のドレッヂ用碇と、底引網を用意して、くだんの地点を探索しました。その時採集したのが黒いエメラルド（緑柱石）の数片であります。これは黒燿石と見えますが、まちがいないクリソ・ベリルで、屈折率1・75、比重2・70であります。襟裳岬に日が昇ると、私は底引網を引いて湖にこぎ出します。絵鞆《えとも》岬の方角は、その時黄金の海と化し、その黄金色の中に深緑に輝くエメラルドを、私はいつも夢に見ます。旭日は緑柱玉に反射して、大沼の底が緑のステインド・グラスのように覗けるのです。そして日が沈むと、今度は月が、緑の柱をかすかに明るく、石花石膏のランプのようにとぼらせる。このステインド・グラスの秘儀は、地上の誰も知りません。この祝祭の時、深層の時間は垂直に流れ、私と奥さんだけの神話となります。私はあなたの乳首を、エメラルドの如く硬質なものと感じました。「幸福なる妻」という名のエメラルドの指環を、薬指から抜いて、中指にさしかえたということは、それは許すということでありますか。唇はだめで、掌にキスを許されたということは、人が見ているからでしょう。連絡船に乗る客が立ち上りはじめていました。

私の話をだれも信用しませんが、水深五〇米を超えれば、暗夜の如く光を透さないので、反射光はおこりようがないというのです。私は、あの石の見える時間が、一年のうちほんの数分に限られることを、鏡を用いて、太陽の反射光を測定して知りました。その不可思議のひと時、旧火口全体が凸レンズの作用をして水深一三一米に焦点を結ぶのです。エメラルドは数十年、いや数百年でも大沼の底で、一年に数分だけ静かに輝いていることでしょう。大型のドレッヂ機械を入れて、湖底を削るとか、地盤測定のように鉄パイプを打ち込むとかいう方法も考えられますが、私は地上でもっとも美しいものは、やはり、地上でもっとも美しい場所に置くのがよいのだと思うようになりました。それは、誰の所有でもありません。そうは言っても、人間の業《ごう》として、永遠に触れることのできない緑の宝玉に、限りなく近づきたいとは思うのです。私の技術では、現在五〇米の水深に潜るのがやっとのことで、潜水服を用いても一〇〇米以上はとても無理といわれています。訓練によって、だんだん深くもぐれるようになりましたが、しかし、私がエメラルドに触れる時は、私はきっと水圧の為に生きてはいないと思います。
　だから、見ず知らずの名も知らぬ奥さんから、さりげないお便りが届くかもしれないと、あてのないこの手紙を、あなたに書いておくのです。』

〈一九八二・一一・一四〉

人魚不倫

本邦産人魚は、北欧産人魚と異なり、全身柔毛で水を防ぎ、頭部・背部暗灰色であって、乳房ある胸部および、性器ある腹部は、黄白色である。尾は双翼状をなし、尾鰭《ひれ》の交叉部に陰門開孔し、陰阜《いんぶ》は柔毛なめらかな括約筋となって、大陰唇に連続している。国立公文書館所蔵の、江戸城紅葉《もみじ》山《やま》文庫の古説[*1]によれば、二つの角あり、身の丈三丈（三米《メートル》）の古図を示すが、これは画工の恐怖による見誤りで、雌雄角なき姿が普通であり、魚食のため三角の歯牙は鋭く、爪もまた鋭いので、これを般若の角のように幻視したものと思われる。

身長一米五〇糎《センチ》、長大なるものは三米に達するが、体重は九〇瓩《キログラム》程度、肥満した女性と思えばよろしい。幕府に献上する調書に、誤りは許されないので、この図は大真面目に見聞を記録したものと考えられる。

磯の岩礁に於て、人間と交接すること可能であるが、恥骨突出して陰茎を嚙むので、澁澤龍彦説[*2]の如く、事前に精を脱して、柔軟なる具を以て交接せねば、陰茎を失うおそれがある。波間に於ける海獣の交接に際し、精を逸脱せぬ様、特別の括約筋を配せるものであろう。

人魚能《よ》く、人語を解すと。


時は秋天、満天の星にうかれて、夕まずめ夜釣としゃれこんだ私は、網代《あじろ》岬の尖端、屏風岩から、大洋に面する絶壁下の丸石を伝って、カサゴをねらっていったのだが、岩礁の間に、何やら白っぽい女人が引っかかっているのを認めた。大潮の満潮とて、海そのものが、海坊主となって盛り上り来るような油なぎの海面、髪をふさふさと肩に掛けた、血だらけの女人の死体である。口から三筋の血の糸が、というのは「眉かくしの霊」だが、こいつはどうも生きているらしい。半死半生のていで、爪のある手であがいて、逃げの姿勢に移る。だが、逃げれば死ぬぞと、私は夜釣り用のアノラックをかぶせ、チャックで両鰭をしめ上げた。食いつかれてはかなわんから、頭にはアノラックのフードをかぶせ、ナイロンの御高祖《おこそ》頭巾の姿にして、いやがる女体を、無理無体に水あげしたが、その重いこと、なにしろ尾鰭まで胴長の女体なんだから、鯉に抱きつく、金太郎の姿勢で磯を脱し、細々と続いている丸石の間に押し込めて、巨石を以て押さえておき、車のシートをもってきて、スシ巻きとし、

「おとなしくしていろよ。あばれると死んでしまうぞ」

と烈しく尾を振りまわす水虎を背負って、車のトランクに押し込んだ。私が興奮したのは漁師の習性で、海のものは拾得者のものだから、スキーのシールにしてやろうと、正直のところ、色気というより不気味な恐怖が私の野性をかりたてた。

鏡花先生の遺作に、熱海から網代へ向う、幽霊のような美女に出逢う話がある。話の美女は紅い櫛をくわえていた。熱海へお針を習いに行く娘さんだったというのだが、この恐怖は色気よりも強烈で、人魚の眼は涙に濡れて、猫に似た愛くるしい面相であったが、鋭い三角のキバで噛みつかれたらオダブツだと思った。人魚を拾ったところは、網代長谷観音の断崖の下、白波十字に打ち込む、亀甲の淵であった。ここに亀の墓がある。大謀網《だいぼうあみ》にかかった正覚坊《しょうがくぼう》が時々、魚がしにあがって、それは吉兆として丁重に酒を飲ませて沖へ放すのだが、なかには網に巻かれて死んでしまう海亀もある。亀の肩肉はなかなかの珍味であるが、その亀甲をみがいて、亀鑑《かめのかがみ》という五角形のノシ型のものをつくり、その他の内臓は、この亀の墓におさめるのが漁村のならいである。昔、寛保の頃に、イコナヒメ神社の社僧が、この亀鑑に四角い孔をノミで掘り、この鑿孔《さつこう》に、次々にハハカ桜の枝の炎を吹きつけて、そのヒビワレによって吉凶を占ったと、正卜《せいぼく》考*3にある。網代長谷観音は大永元年（一五二一）、僧大祝が、屏風岩の洞穴にあった行基作という長谷観音を奉斎したのがはじまりと伝え、山頂にあるアチコ神社の奥の院には、五角形、亀甲型の棟札があって、「明治三十三年再建亀鑑に供ふ」と記している。アチコ神社は延喜の式にも明記される式内社である。

この神域に現れた人魚は「何としても助けてやらねばならぬ」と私は亀卜《きぼく》の告知を祈った。

ついでに言うと、三浦半島の間口《まぐち》洞穴でも、弥生時代の初期の土層から、亀の鑑が出土しており、三島大社は、賀茂郡のイコナヒメ神社を国府の地に移したもので、三島の横穴式の古墳からは、亀甲を三連鑚式に三つ並べて焼いた卜甲が出ている。伊豆の亀卜は「東《あずま》の亀の鑑《かがみ》」と十六夜日記にもあるように、弥生時代かられんめんと江戸時代明治まで続いた、神意を問う太占《ふとまに》であった。大祝という僧も、祝《ハフリ》という神官ではなかったかと考えている。

私は国手《こくしゅ》の心得とてないが、医療器を業とするので、人魚をば風呂場へころがして、先ず、頭と、肩の傷に赤チンをかけ、綿糸を煮沸して傷口を子宮用縫合針《ユーテリン》で縫合した。この傷はキンチャク網にかかって、スクリューに巻かれたとおぼしく、側頭部の打傷痕はかなり深く、頭骨に達していて、これでは記憶喪失のおそれあり、絶対安静が必要であると診断した。可哀そうだが、犬の口輪をはめ、ヒビが入っている肩の骨を固定して、石膏に漬けた包帯で鰭を巻いた。人魚はムチウチ症の患者の姿となったが、出血多量で失神の状態。化膿止めの注射を馬匹《ばひつ》用の針で注射したが、痛覚がマヒしてしまったのか、骨折部を固定したので痛みが安らいだのか、しごく大人しい。大分喉が枯乾しているもようなので、哺乳瓶で牛乳を口へ流し込んでやるが、はき出してしまうので、灌腸器に牛乳を入れ、食道へ注入した。歯が鋭いのでガラス筒は嚙みくだかれそうであったが、口輪のおかげで注入できた。つらつら観察するに、これは何やらアザラシの幼獣であって、ワモンアザラシ Phoca hispida Schreber というのであるようだ。斑紋は明らかでないが、日本近海の亜種は、フイリアザラシ Phoca hispida ochotensis PALLAS で、他のアザラシに比べ、体が細く、四肢と尾がやや長く、頭は小さく、吻《ふん》が尖る。猫みたいな顔つきで、ブルドッグ的愛嬌がある。体の上面はゾウゲ色。体側および背には不明瞭な焦茶色の斑点があり、淡色の縁取がある。下面は斑点を欠き、白色を帯びる、と図鑑にある。頭胴♀一三五〇、体重♀九一kg前後、宮城県女川沖で捕獲された幼獣は頭胴六六一、体重九kg、サハリン及び千島に多いが、北海道および、稀に本州沿岸まで南下するという。彼女は体重四〇kgであるから、未成年の人魚姫で、親潮に乗って、魚群を追って南下し、網代沖に漂着したものと思われる。

このままの姿で一ヶ月、生きていれば骨折はなおる。抜糸の時験べてみたが、野生の生命力で回復は順調である。魚は丸ごと食うようになったが、堤防に寄って来るマイワシをタモですくってやる位ではまにあわず、アジ・サバの小魚をザル一ぱい買って来て食餌とした。米穀も食わせれば食うし、バナナや海草、貝類も食うので、だんだん人間なみの食事となってきて世話は楽になった。この幼獣はギブスに巻かれたまま、北洋の記憶を喪失したらしく思われた。風呂場のタイルに身をすりつけるようにしているのは、安心と親愛の行動で、なんとなく性的求愛行動をとるようになってきたのは驚きである。

人魚姫に出て来るような、中世のお姫さまも、エプタメロンによると、かなりしたたか者で、功利的邪悪に満ちている。動物の愛恋の方がよほど深いところに行くものだと私は思う。

人語を解すると言うべきか、主人の感情には敏感に反応するので、私の顔をみて、承認をえてから行動を起すから、突飛な行動に及ぶことはない。ギブスを外してやると、右手を振って「コレ、コレ」と言う。肩をなでてやって、リハビリに移った。「コレ」という指示代名詞で、対応する人語の名詞をくり返すと、発音はできないが、理解の身振りで頸を振って答えること、アシカの芸と同様である。我が家の浴槽には、網代温泉の塩水が満たしてあるが、彼女は廃湯の中へ飛び込み、一撃の遊泳をこころみる。尾の一撃で湯は振盪《しんとう》するので、これはそろそろ海が恋しくなったなと共感した。浴場の壁には、熱帯海水魚の水槽がビルトインされているので、彼女が立ち上ると、三方に網代の海が見渡せる。晴れた日の網代湾は、方解石の平面に似て輝き、黒岳と明神岳の凹みには、富士山が顔を出している。富士のカケラはもう少し登ると全容をあらわすが、カケラといえども、赤富士であって、朝夕には薔薇色に輝く。私が家を海薔薇荘と名づける所以である。

東に面する窓の下は、直下一〇〇米の断崖となっており、昔網代城の望楼であったと思われる。網代城は菊地武敏の一族、聞間《キクマ》七郎大夫実次の築城になる。

天正十七年（一五八九）三月、里見義頼来攻の事、関八州古戦録に載す、と網代城趾の碑に刻まれている。天正といえば小田原攻めの頃だろう。里見は源家の分脈、小田原北条とは国府台《こうのだい》で対戦した一族だ。城主であれば、人魚を召使にしても漁業組合も大目にみてくれよう。断崖の下は褐藻《かっそう》をつけた丸石の浜がネックレスのようにつながっている。丸石は満潮時には海底に没し、干潮には褐藻の上に緑藻や紅いテングサをつけて、ラクダの背のような磯を現出する。サザエはのうのうと樺色の襟を広げ、アワビ・トコブシ・シッタカという貝もいるし、タコ・イセエビも生息するので人魚の好物には事欠かない。

この磯へは、浜づたいには行かれず、細い道を我が家の庭先から降りてゆくのだが、人魚の遊泳池としては絶好の入江をなしているのである。海は沖へ、無限に開けているわけだが、「コレ・コレ」と哀切なる声で、人魚は私にすがりついてきて、いっかな彼女は岸を去ろうとしない。こうして私と人魚は、形影相弔《けいえいあいとむら》う仲となったのである。人魚の名前はCorretである。漁業組合にあいさつして、国際保護獣のＷＷＦの記章をつけてやった。これは世界野性動物基金からもらったのである。

冬の海は澄明の度を増し、直下の丸石がはるか先まで見透せる。その先はエメラルドのすりばちとなって沖へ沈み込む。このころ、網代湾には何千羽というウミネコが飛来して、沖のイケスの竹ワクにとまって壮観をきわめる。海の暖気に、箱根おろしが吹き渡ると、水蒸気は湾に満ち、日の出、日の入りには湾をまたいで虹が立つ。一列になって飛んでゆくかもめが虹の脚に入ると、列の一羽だけがダイヤモンドのように輝く。こんなに鳥が来るのはイケスの魚をねらって来るわけで、養魚用のミンチもねらわれるが、鳥は魚群《ナブラ》を教えてくれるので、漁師はきわめて寛大である。鉄砲や風船の大目玉でおどかしても、どうなるものでもないのだ。南町の崖には五位鷺《ごいさぎ》の営巣地があって、

「ぬば玉の夜のふけぬれば久木生《ひさきお》ふる清き河原に千鳥しば鳴く」（山部赤人）

という聖なる霊魂の通うところとなる。千鳥は夜も怪奇な声で鳴く。信じ難いことだが、大鷺も南下してきて、カラスに鷺が襲撃されているところの和田木の杜の写真が新聞に出たことがある。鷺山には、マナヅルも来ていると私は見るのだが、それは鷺の一種だろうと、あまり信じられない。北洋の人魚と暮しているといっても、まず疑わしいと、WWFの係の女性も取合わない。

「愛とは肉感である」と三島由紀夫は言った。私は葉隠流に「恋とは死ぬことである」と言っておこう。

人魚の陰門は、この春カーネーションのように花開き、その求愛の真情に私は感動のあまり、生命の危険を冒して、ひそかに細やかなものを挿入するの不倫を犯してしまった。体温の差で、人魚の熱き血潮は、私を人外の夢幻にさそったのであるが、これは命がけの破瓜《はか》であって、ベルベット

のイソギンチャクで私の具を嚙むのはまさしく人魚姫、シールをまとった裸の貴夫人は、たしかに愛としか思われない肉感的行動を示したのである。

私は、昭和二十年の出征を前にして、今生の名残として、全裸の女性というものを確認しておきたいと思った。従姉にそのお願いをしたところ、

「いゝわ。見せてあげる」

と、年上の度胸のよさで、大きな乳房を見せてくれた。それは、双方に突出する見事な砲弾型で、下方が連続すると格好がよくないが、口唇でよく確認した上で、

「この世の憶いに、すべていただきたいのです」と無理なおねがいをしたところ、

「今日はダメ」

としぶっていたが、そのうち決然として、

「いゝわ。みんな差上げるわ」

と言って、私の上にまたがってきた。この時、彼女は日本女性を代表して、出征兵士にはなむけをしようと決意したのである。私は驚異の念をもって、いと細きわがものを、白い餅の中に包み込んだのであるが、彼女は春の如き人魚となり、私は、松の木にとまった蟬のようにはかない存在となった。

海岸の松の木の下で、戦時中の要塞地帯は人気とてないのは幸であった。

「カンニンシテ」

と言ったが、動いているのは彼女なのであって、私は何もできないのだ。彼女のワギナは小田原

提灯のように吸いついていたのだが、そのワギナから、こんこんと経水が湧き出てきて、私はジン血に濡れながら、愛とは、壮麗な流血であるとみつけた。戦争が終ったら、死に至る愛も空しくなってしまったのは、俗世の功利が優先したからである。好きでも何でもないのに、下宿の女の子に小指のようなものを入れてしまったという、慙愧《ザンキ》の念にかられて、海軍兵学校へ入った友人がいる。

動物的な不純・最低の死に至る愛と言わば言え、人魚のワギナは小田原提灯の段々のシワで私をしめ上げたのである。

かかる原始的不倫の天罰はテキメンで、その夜は人魚とともに、白浜の海底を遊泳する夢を見た。お釜と呼ばれる海食洞が三つ並んでいて、これは噴火口だという説もあるが、海水は奔流となって流入し、波が引くと噴出する。一の釜・二の釜・三の釜という恐ろしい難所だが、三の釜からひらひらと出現したのは、巨大な赤エイであった。その尾の棘《とげ》は有毒の恐ろしいムチだが、そのムチを振りまわしながら、巨大なバケモノが私の顔面にはりついた。エイの口は、白い腹部にあって、三角の歯を鳴らして、水中メガネに喰いついてくる。メガネはガリガリと音を立てた。私は腰の水中ナイフを引き抜き、エイの尾をゴシゴシと切り放った。エイの軟骨が、よくも鈍刀で切れたものだと感心していると、まっ赤な血が黒煙となってパッと上った。エイの毒棘《どくきょく》で頸を巻かれたら致命的である。その時血煙めがけておそいかかったのは二の釜から出現した人魚姫で、アカエイに噛みついて尾の一撃で身をくねらせて引っぱった。赤エイと見た背中には赤黒い毛がザラザラと密生したヒトデのような怪魚なのであった。

海中では鯛のような赤色も黒く見えるので、これは真赤な怪魚の女陰である。だが、人魚は、ヒトデを食ってしまうと、セイウチの姿の婬獣となって、私を抑えつけ、私は巨大な人魚の、十五糎砲弾を並べたような乳房に圧殺され、息も出来ないのであった。乳房の谷間にようやく鼻を出した私は、乳首の毛に噛みついたのである。

人魚はメルヘンのように甘手のものではなかった。人魚との性交は凄絶なる海の格闘である。月の夜、大島桜の落花の下で、人魚は丸い石の上に座っている。髪の毛をすくが如くに見えるのは、襟首の柔毛が肩に掛かったように、うねりながら月明に光るからだ。人魚の野生の美は、このなで肩の流麗な輝きにある。ローレライの岩は、あまりに巨大な島であるが、「黄金《こがね》の櫛とり　髪の乱れを」と唱ったハイネは、肩の頸飾をよくみている。

春の潮とともに人魚は北洋へ去った。「消えつつ遠くなりにけるかも」と唱いたいが、沖の潮合いの十字に寄せるところの、潮泡になったと私は憶おう。

アンデルセンの誤伝を一つ。人魚はたしかに涙を流す。

【註（著者）】

＊1 『日本山海名物図会』『水虎考略』『蜷川家古文書』

＊2 澁澤龍彦『うつろ舟』より「菊燈台」

＊3 『伴信友全集』第二巻「白浜縁起」「八丈伝」

紅唇——ニオイエビネの物語

橋は、焼け跡を残している。たとえば、千代田橋という、高島屋から山種美術館へ行く道路の異常な隆起、これはかっての橋なので、上は高速道路になっているが、戦災を受けたままの姿で、みかげ石は割れ、欄干のガラスも煤ぼけて割れている。日銀の前には、常盤橋という、江戸城の立派な石橋が焼け残っているし、聖橋の、湯島聖堂寄りのアーケードは、戦火の火ぶくれをガン吹きで化粧したままのケロイド姿である。モダンな都心のビルの谷間に放置された残橋は、四十年の空隙を透過して、匂いの記憶を渡るが、この大川はもはや流れない。

そのころ、昭和二十二、三年の頃は、上野駅のガードの向うは、魑魅魍魎《ちみもうりょう》の世界であった。夜な夜な現れる長身黒衣の美女は、すれちがいざまに、米軍のジープのヘッドライトの明りでみると、中高《なかだか》の色白で、聖母マリア様に似ていた。こういうインノセンスの顔に出逢うと、男は精気を抜かれて、献身してしまわざるをえない。

「オー　フェア。ユー　スイ。」

これはクリスティナ・ロセチの桜の詩である。黒衣は、「つき合わない。」ときた。「ウン。」と生返事して、広小路の方へ歩いた。

「ハウ　マッチ。」

「ショート　五百円でいいよ。」とさばさばしたものである。銀座のYシャツが千円の頃で、三越の絹のパンツが百円であった。黒衣は、交通公社のビルを右へ曲って、本牧亭のすじ向いのスシ屋に入った。そこはモーロースシ屋であって、奥座敷が出合茶屋風になっていた。「前金よ。」というからサメ皮のどでかい札入れから百円札を五枚だして渡した。このドル入れにも憶いがあって、たしかに中身よりも高価なのであった。縁《ふち》のところが組紐風になっていた。塩原の温泉芸者が、しきりに欲しがったところのものである。中身はいらないからサイフだけくれという。まあ中身だけにしといてくれよ。といって空のサイフはもどったのだが、ただでは悪いと思ったのか、翌朝も押しかけてきて、入浴サービスをしてくれた。女のヘアは栗の毬《いが》の如く露天風呂で開いたのである。

その得意のサイフを、そっくりマリア様に差上げたような気がする。明るいところで見るとこれがめっぽうの美形で、顔は卵形に、顎《おとがい》薄くしゃくれ、色あくまで白く、半透明なのは、あまり陽に当らないせいだろう。中世のマドンナ像の如く、波打った栗色の髪を耳の後ろへかき上げる姿態など、ふるいつきたくなる黒のワンピースで、黒いナイロンの靴下をはいている。黒ナイロンの靴下などは、当時学習院の女の子位しかはけない頃であった。欠点といえば、頤《おとがい》のあたり、やや無器用に突出していて、ものを言うと鳥が頸を振る趣きであった。マリア様も、聖像のようにうつ向いている時はいいが、動けばこんな風に、パクパクあごを振るのではなかろうか。マリア様と知り合った男性こそさいなんであろう。完全なる献身を遂げ、聖母をつなぎ止めるために次々に子を宿し、少くとも我が児を宿すうちは我が妻であると、フヌケの如く死に果てるであろうと思われた。その半透明の頤がポーッと桜色に染まると、

「一寸、オトイレ。」

といって立ち去った。便所はL字形になった店の、ネタを並べたショオケース、その右奥にある。女はなかなか出てこない。一人で寝ころんでいるのも変なものである。

スシ屋の亭主にきくと、女は横の出口から「靴はいて出ていきましたよ。」という。

「ヤラレタ。」

カゴ抜けというやつである。土地っ子たるもの、何たるザマであるか。だが、パクパクと頤を振るマリア様の神聖を犯す意志などは、もとより失せていたのである。露地の角店だからL字形の先の方から宝丹の方へ出られるわけで、今でもこの店の構造をみると、ラムネのようなゲップが出る。

そのころ進駐軍が興味をもつので、人力車というものが増え、花街ならぬ上野駅ガード下にも、人力車《リキシヤ》が客待ちをしていた。

「いいの紹介しますぜ。気に入らなければタダで結構。またここまでお送りしますから。」といやに律儀なことを言う爺さんだ。押問答の末、

「お気に召さなければ、無理にとは申しません。」という人力に乗せられ、つれてゆかれたのは、今、東上野というあたり、山下のドヤ街で、灰色の木賃宿の並んだ、その長屋の二階に通された。驚いたことに、赤いフトンの上に座っていたのは、十三、四の少女なんで、台所口では、車夫が何

やら言っている。真鍮の蛇口のついた、長屋のせまい台所で、

「金は払いますよ。だがあの子はまだ子供じゃないか。可哀そうだからカンベンしてくれ。」と五百円渡すと、

「いや、お気に召さないのなら、お金はいただきません。また駅まで乗って下さい。」

ということで、気の弱そうな江戸っ子爺さんのいうとおり上野駅まで乗せてもらった。

タマにけちをつけたのだから、私は少女を恥かしめたことになるわけなのだ。

何だか狐につつまれたような春の夜だが、ホントの話、栄養失調の少女は、小学生風で、あれは爺さんの肉親かもしれぬ様子だったが、うすい桃色のワンピースをきていて、人絹の胸のあたりが、箱庭の富士山の細工物のように、薄べったい三角であった。こういう子は結婚してはじめてヘアも生え、乳房もふくらむということであった。

乱世のこととて、ギオンとても格式などというものおかまいなしで、

「エエノ、オマッセ。」というヤリテが、仲々の丸ポチャで、竹のスノコを、張形のように並べた長屋門の中に入っていくと、どうもあの竹細工は立小便よけのように思われるのだが、舞妓はんはただ今お仕事中で、

「そいなら、ワテが上るわ。」

というわけで、ヤリテが仲居に変身して出てくる御時世であった。

「子供ができちゃうわ。」

なんていう声も、ごく正直のところなんで、こっちもなりふりかまわず、台所の流しの上にまた

がって、真鍮の水道栓からジャーと水を流して、ていねいに洗浄を行った。あとは力一ぱい放尿すると、リンにはならないよと宗教的暗示を与えた友人がいるので、れいの竹製の張型にひっかけたものである。この格式高いギオンのお茶屋は今も実在しているので、カレンダーに舞妓が赤い傘をさしているバックの竹のスノコを見ると、そのことを思いだす。

浅草の橋場という、いゝ名前のところに立つと、キタナイ鼠色の隅田川には、戦火のあとも生々しくみかげ石が割れた白髭橋から、言問橋、吾妻橋が見渡せる。桜橋というX型の橋ができようというところで、隅田川へ突っこんで、街を焼かなかった心意気の戦闘機があったが、焼跡の練瓦の臭のする街にいて、やけに白い肌をしていた女性達には、独得のしびれるような匂いがあったことを忘れない。

たとえば、大門《おおもん》入った吉原の角海老のお職《しょく》にしてからが、どうしてこう左右の乳房の大きさが違うのかといぶかって、お茶を上るだけで帰るわけだが、キャラの如く、沈香《じんこう》のごとくまつわる匂いがあった。新吉原という大門の中には、焼けビル建ち並ぶ、おどろおどろしき魔都そのものであって、板張りの囲いの中には、匂いの魔女がいるのであった。そのころ、牛太郎などの用はなくて、女が直接、街頭に出て客を腕力で魔窟に引きずり込む。これは青天井の実力社会であった。

私は、浜松の航空隊でもらった、夏の兵隊服を着ていたが、その胸には銀色の飛行機がついていた。この服も松坂屋で、ジャガイモ10kgに化けてしまった。松坂屋が物資の交換所になっていたわけで、その前には、ショウ油のようなヒリヒリする味の粉位しか売るものもなかったのである。そのガラクタの中から梶原完吾画くところの鴫《しぎ》の画を買ったが、さかさにつるした軽井沢の猟鳥を

「焼き鳥が売れたわ。」と店員が言ったものである。たしかジャガイモ10kgまで、私はまた学生服を手に入れたのだが、この学生服は三島由紀夫君に売却したのをおぼえている。弟さんはこれを着て法科をでられたわけで、母君が、お三宝に乗せて、金二百円を賜わったのには恐縮した。梶原先生の絵も二百円であったと記憶する。

女の子はいやにたくさん余っていた。戦死者と未帰還者を差引くと女の子は男一人にトラック一ぱいだという話があった。そのわりには、どうもてなかったもので、れいの黒衣の美女にまた出逢った時も話がうますぎた。

「あら、このあいだの兄さんね。失礼しちゃったわ。」

と上野の山の橡《とち》の木の下で、声をかけられた。マロニエの下というときこえはいいのだが、公衆便所のある所で、

「ただでいいからサ。サービスするわよ。」

と口説かれた。なにしろ不忍池の中通りは、男女男女と目白押しのアベックで、石段の上の燈籠にも、座ったり、頼りかかったりして、家のない男女がからみ合っていた。GIやパン助もいるが、それらは大抵ジープで安ホテルへ出かける。池の小道の夾竹桃の茂みの中に女は上半身を埋めて、ズボンを押し下げ、用をたすのであるが、どうにも落着かない青カン場になっていた。ノゾキ専門に中道を通るのもいた。黒衣のマリアは、今日は、黒いヒラヒラ襟のセーターを着ていた。その前びらきのセーターから手をすべり込ませると、うずくまったマリアはいよいよ背を低く身をかがめる。乳房にさわられるのがこわいのか、胸のあたりにはサラシを巻いていた。

「こんなことでは降参しないよ。」というと、

「じゃあ家へ行きましょ。サービスするわよ。本当にタダでいゝんだから。」

とこれはどうも、本気のようだ。「それじゃつき合うか。」ということで、マリアの家へ連れていかれた。オッカないが、山下はわが庭のうちである。その木賃宿の二階というものは、赤いうるし塗りの鏡台に、コールド・クリームなどが置いてあった。こまごまとした家計簿もあって、「ニグ一〇〇円」てなことが並んでいる。「仲々景気がいいんだね。」

マリアは東北出身であるようだ。なすところ売春ではないから、ポリスにつかまることもない。ところが男性を満足させるだけで、自分の内には慾求が高まるばかりで、自分自身を鎮静させる必要がある。それで、タダでいいからと哀願するわけだ。

「痔の気味で。」

ということで、あやうく処女性は全うしたが、マリア様の断末魔の凄まじい呼吸は、犯される処女の感覚とはこんなものかなとケゲンに思った。なにしろこっちは、ちっとも興奮しないのだから索漠たるものである。それにしても乳房を絶対にさわらせないで、「女であること」を張り通すのがエチケットであるようだ。

みんな、タケノコ暮しで生きていた。原宿辺でフーセンふくらませたようなかっこうの今のタケノコ族と違って、身ぐるみ、一枚ずつ売りはらって、タケノコの皮を剝ぐ如く、アメ横でヤミの食糧を買うのである。百円でピーナツを買い、一寸歩いて、半分を百円で売ったりするやつもいた。私は戦争中のボロレコード数百枚あったやつと、疎開先から担《か》ついできた数百冊の岩波文庫を売っ

て、インフレ・ヘッジとした。レコードは定価の十倍位になったし、文庫本も、焼けあとから拾ってきた、タイヤのないリヤカーに乗せて、本郷台に引きずってゆき、赤門前に開店した玉屋眼鏡店に並べてもらって売ったのである。玉屋は商品がなくて困っていたから、10％のマージンで小売値で売った。インフレというものは、資本金《キャピタル》を食いつぶしてしまったらおしまいだから、これでニッサン・マルセル石鹸だのメッサー・シュミットの脚だのを買って、回転してゆく必要があった。メッサー・シュミットはまぎれもないクルップ・エッセン工場製のステンレスであったが、これでペニシリン用の注射の針をこしらえた。ペニシリンはどろどろのピーナッツ油の中にとかしてあって、この油で固めて血中濃度を三十時間位もたせると、一日で化膿症はピタリと治った。「驚異的効果の確認」である。ところが国産の注射針では、パイプの中に焼もどしのアニーリングのカスが残っていて、油を押出すと、ドロドロと黒いカスが出てしまい、検定を通らない。ペニシリンは注射筒の容器に入っていて、特製の太い針が附属していた。ペニシリンの結晶が大きいと細い針では通らないのである。家業がら工学部の冶金の教室に通って、針の内面を電解する研究をやった。小川芳樹先生は湯川さんの兄さんだということだが、文学部の学生が妙なたのみをしても、こころよく引受けて下された。電解は簡単にできたが、問題は材質である。国産のステンレスでは内面までは磨けず、刃先だけがキラキラになった。そこでV2Aステンレスを用いたのである。プラチナ線を電極にするとよいと小川先生は御教示下された。そのころから製薬メーカー、大手化学会社、製菓会社まで、そろってペニシリンの量産をはじめ、一アンプルにつき一本の針が必要なのだから、到底製造はまにあわぬ次第となった。前記百円の絹製パンツを、三越地下で買い、ヤードレー・ブリヤンチンという緑色のポマードをアメ横で買った。そのころのポマードは、石油会社が廃油でつくるひどい匂いのものだった。

そういえばマリア様は、石鹸の匂いがした。

資生堂でもイカの油で石ケンを製造していたころである。

「女を口説くのは、そのようにできているのだから簡単だ。男を口説く方がよほどむずかしい。」

とワセダの籠居《ろうきょ》で稲垣足穂先生は申された。晩年のタルホ先生は、京都の尼寺にもぐり込んで往生を遂げられたが、弥勒《みろく》の浄土というところであろう。薬師の浄土というのもあって、薬師寺の尊像の台座がそれである。タルホ先生は尼僧によって浄瑠璃光の世界に入られたが、私にとって浄瑠璃光のスポットライトは、松竹歌劇の踊り子に当てられたのである。

小夜奈々というその踊子は、従妹と小学校が一しょだという縁で、そろそろ少女歌劇ばなれのした年ごろの従妹に、無理に紹介させたわけなのだが、ブロマイドでみると、中高に三角の鼻がとんがって、狐《フオツクス》に近いフェイス、ドーラン焼けのニキビ顔だが、肌は餅のごとき八等身で、ライン・ダンスを踊るのでお尻が丸かった。身長《タツパ》をそろえた少女達がエイヤッとばかり脚をあげると、ドロッドロッと音がした。この娘の感じが、男装のマリア様というところで、やっぱり女の方が具合がよかった。

並木路子が「りんごの歌」を唱いだした頃で、小夜奈々も一しょに神田駅頭で「りんごの歌」を唱い、道行く人にりんごを投げたりしていた。緑の四つ葉のクローバのＳＫＤの徽章をつけて、築地の教習所に通っていたころ、奈々の耳の後ろは、いつも石ケンの匂いがした。

話は前後するが、浅草は、焼跡に一列の仮普請ができて、観音通りというのであろう、レンガ塀をむき出した仲見世の焼けあとから、常盤座の方へと、飲食の店が並んだ。思えば大学の入学試験のあとで、浅草でビールを飲むやつは「合格確実」であるという迷信がある由で、神谷バーの息子や、六法全書を全部暗記してしまった記憶術のW君と、かかる喫茶店で踊子を交えて祝盃を挙げたものである。

私どもの合格は、はなはだおぼつかなかったが、W君は「合格確実」と怪気焔をあげていた。神谷君も私も沈みこむ一方で、こんな気違いみたいな記憶術の天才と、一しょに試験を受けることになった身の不運をなげいた。W君は仏文出身の数少い弁護士の一人であろう。当時既に、手形不渡りになったらどうしたらよいか、といった法律書を、親父の代筆で出して、売れっこになっていた。そのW君が奈々と結婚したいと言いだしたのである。不忍池の中道で奈々と一しょにベンチにこしかけ、

「実は、君と結婚したいという男がいるんだが。」

と切出したものである。奈々はケラケラと笑って、「本当に結婚してくれるんならいいよ。」といって私の膝の上に乗っかってきた。

こうなればいたし方ない。キッスというものを行なったが、さっぱりいゝ気持のものではない。作法通り、女のズボンに手をすべり込ませたが、みんなそうしていたのである。ところが女のはいた黒ズボンには、頑丈な兵隊ベルトがしまっていて、我が手は抜きさしがならない。女はのけぞって、「タバコくさいよう。」といった。その指を私は無残なことになめてしまったのであるが、女は

気がつかないのであった。

W君は、さる老練の女性に双子が出来てしまったので、求婚話はさたやみとなったが、小夜奈々は結婚をしたいという年来の思いをとげて、吉原の板前と結婚することができた。忠君愛国の乙女達の洪水の時代で、RAAという米軍の慰安施設に応募した七万人の女性たちの半数以上が処女だったそうで、未熟練のためまったく能率が上らないので、ヤリテが69《シックスナイン》という方法を教えた。生活のため女達には結婚が第一の目標であった。後で奈々が述懐するところによれば、柳葉ホーチョーでおどかされて、強姦されたのだということだが、米軍のオンリーにならなかったのはまず出世というべき世相なのであった。板サンの姉は新橋の芸者上りで、水商売が向いていたのか、奈々は吉原の社交喫茶に出ているぞとWが言っていたが、吉原はアル・サロと称する戦争未亡人のアルバイト・サロンになっていた。売春はいかんが、お茶を飲みながら意気投合すれば、これは恋愛であるから自由であるという仕組であった。赤い灯、青い灯のボックスで、私は奈々のヒジを強く握って、「結婚はやめろよ。」と言った。だが板前サンは

「この子のお尻は丸ポチャで。」

と得意気にノロけてみせたので、気が大きくなったり、小さくなったりする江戸っ子の特性として女房をいばって売りだすのだろうと思った。

あるいは吉原芸者の心意気として、芸は売るけど身体は売らないということなのかもしれない。その姉さんが、烏森に小料理屋を開いたから来てくれと、奈々は言う。これはどういう粋な趣向であるのか、サービスとして烏森のお座敷ストリップというものを呼んでくれた。煙草を股間には

さんでプカプカ吹かす芸である。煙草の火が赤くなったり消えたりしていた。そもいかなる術によってかかる芸をなすのであるか。とにかくその夜は大いに乱れて、烏森ストリッパーのパンティを巻揚げたので、泥酔者を介抱するというかっこうで奈々は奥の待合についてきた。その夜の奈々のいでたちは、緋ぢりめんの長襦袢を着ていて、帯はしっかりとしめている。振袖のままではまずかろう、俺はハコヤの心得があるから、帯はあとでしめてやるよと言ったのだが、帯はとかない。

そういう鎧を着ているものだから、無理な姿勢となって、女の下半身がつって、強直してしまった。

「あっ痛、どうしてこうなっちまうんだろう。浮気のバチだ。」

と女は言うが、八ツ口から手を入れてみると、胸にはサラシ布を、ミイラのように巻いている。

「あの時、あなたに処女をあげたと思ったのよ。だから私はあんたのものよ。」

と女は言う。冗談じゃない。こっちは匂いだけのことで、あとで女は夜も寝れずに恋い恋がれたということだが、これはかなりあやしいものだ。奈々の乳は観音様のような皿パイで、カマボコを二本並べたような地ばれの先を、ブラジェアで大きくふくらませていた。バストの突出が異様であったので、ストリップを主とするスターにはなれなかったのであろう。乳房を上から押えると、火がつくように「痛い。」と言った。そのカマボコの先端に、申しわけの乳首がついていたのだが、奈々は乳腺炎で手術をしたのだと言った。それがミイラのごとく、布を巻く姿となって、

「これを見せたら、おしまいよ。」

と奈々は言った。乳腺炎だけで両乳房を抉り取る手術はすまい。あるいは乳ガンだったのかと疑

いだすと、これは女の生死をかけた哀訴なのかもしれぬ。

「亭主と別れたいの。」とこれは真顔の相談事で、乳房がなくても煙草ストリップならやれるわけだが、

「そんなに嫌がられるなら、別れてしまえよ。」と言ったが、女が生命がけなので亭主の方がこわくなったのだろう。幾重にも巻かれた女の帯は貞操のあかしである。強直した下半身というものは凄いもので、唇弁《しんべん》は紅く隠微な匂を放つニオイエビネの花である。

帯に封印した亭主も、そのころすでに死病にかかっていて、心不全で長いこと入院していた。その間、付添い婦の替りに奈々が看護に当っていたのである。つきそい婦の支払は月三十万にもなるので、亭主が退院してから二十年、奈々は病院の付添看護婦になって亭主を養い、金をためた。病院では食事は無料だし、正規の支払は看護婦会に歩合をとられるが、チップは丸残りである。二十年もやったら数千万にはなったろう。

「株を買おうと思うのだが。」と時々相談を受けた。家業がら薬品株をすゝめたので、エーザイや緑十字の株をかなりもっていた。小田急の上原に小料理屋の売物があるので、株を売りたいと言っていたが、本当に小料理屋を買ったので、私にも景気づけに来てくれという。開店まもなく退院した亭主は心臓麻痺でなくなったそうだが、これはやきもちの余りの憤死ではないかと私はおだやかでない。魔女の亭主はしっぽの生えた悪魔である筈だが、死んでも生きているように私には思われる。

妙なもので、亭主が生きているうちは、「別れたい。別れたい。」といって浮気を求めたが、未亡

人になるといやにお固くなってしまった。セミプロの属性であろう。相変らず胸はかたくなに見せないし、こんどは彼女も重症の心臓弁膜症なのだという。坂道も階段も登れなくなった。

「キッスをしたら、それこそ死んでしまう。」

と彼女は言うのだ。それでも逢う前には、長いことトイレで下《しも》を洗って来るあたりやはりプロである。

彼女は東大病院で、心臓外科の手術を受けたので、弁膜の代りにステンレスの弁が入っている。ステンレスの弁が動かなくなると生命取りだから、コレステロールには気をつけねばならない。烈しいことは慎まねばならぬ。

彼女の胸に耳を当てると、懐中時計を埋めたようなコチコチという音がした。

彼女の鳩胸には、みみずばれのような傷痕が縦についている。それを見て私はおののいたが、それでもなお奈々は女である。乳房なく、心臓なく、匂いのフェロモンを送ってよこす。

どうして、独り身になったら貞操堅固になったのかというと、彼女は結婚というものがしたいので、未だに男は独身でなければ失格であると思っている。これは色気を通りこして、ケナゲとも言うべき戦争の生んだシツケである。

「結婚あいてをさがしてくれ。」と言われて、

「天晴れなことである。」と感心している私もあほうだが、風見鶏に尻尾をからませるように、男にからみついていたい魔女の願望である。

マリアは女装の男性であり、小夜奈々は歌劇の男装の女であった。二つの性が、私の記憶で交錯するのは、同質の匂いのフェロモンなのである。

記憶の累積が意識となり、意識の連続・非連続が生命であるなら、その匂いは私の生命の源であろうと気がついた。これは唯識に言うアーラヤ識というもので、五感がその先端にあるのだが、現代人は嗅覚を失っている。私はブロッケン山に翔び行く魔女の箒にすぎないが、モーゼル・ワインにリープフラオ・ミルヒというのがあって、訳すれば聖母の乳とでもいうところだろうか。「あなたのミルヒを飲んじゃった。私は夫のだって飲んだことはないのよ。」と奈々は言ったことがある。何で今さら夫をもちだすのか不思議であったが、マリアと奈々はそれぞれに口唇のわざの名手で、マリリン・モンローといえどもベーゴマをひねるが如きその旋速にかかれば男女の性などはクラゲの如く空しきものと化するであろう。魔女は乳房なく、心臓なくして膏血《こうけつ》を吸うとはこのことで、私は鬼女に肝を取られた形である。

マリアは新吉原の一角で、ゲイバーのマネージャーをやっている。何しろ大したみなりで、黒ミンクのロングコートに黒てんの帽子、ブレスレットの時計はバセロンという貴婦人スタイルで、もうかなりの年令《とし》だが、険の出た美人で、横顔は香川京子といった趣きがでてきた。家計簿をメンメンとつけていたその蓄財力は、金利だけでも私の月給など遠く及ばない。彼の自慢はエヴァ・ガードナーの黒レースのパンティで、「裸足の伯爵夫人」が落していったものだという。昭和二九年の暮、朝鮮戦争からベトナム戦争へと戦火は続き、米兵の慰問に来た時にイタダいたのだということであった。マリリン・モンローにも術をほどこしたことがあるというから、小夜奈々とマリアの組合せはどんなものであろう。似合いの婦夫というものではないか。

キンシ町の駅ビルに、ロマンス会館なるものがあって、入会資格は学歴、年令、子供の有無にかかわらず、離婚、再婚、未亡人、やもめを問わず、条件は現在独身ということだけである。観音通りの入口にロマンス会の看板がでている。ロという字のまん中はハート形に切りぬいてある。まことしやかな結婚相談所だが、茶飲み友達結構ということだから、紅《くれない》族ならぬ、シルバー族の巣であろう。奈々などここに入会すれば白金族《ホワイト・ゴールド》とでも称すべきか。入会資格は充分である。

今年の一の酉は、よく晴れた日で、暖い日だったが、大鷲神社で熊手を買い、「シャン・シャン」と〆めてもらってから裏門を出て、吉原と思わしき方角へ歩いた。大音寺前といえるあたりで、樋口一葉記念館へ出た。菊地寛に追記する川口松太郎の記念碑が建っている。菊地寛の碑は戦火に焼失し、これはおろかなる軍人の所為だと川口松太郎はうらみを込めて書いている。ここ竜泉のあたりは、完全な焼野と化したのである。だが米本土に焼夷弾を落したイ25号潜の偵察機だって、たしかに一矢は報いているぞと、ここで方角をたしかめて、観音様への道を歩いた。二十軒位の植木屋が出ていたが、シャボテンや観葉を並べて、エビネ売りは出ていない。先年の夏、お富士さんの植木市で裏通りのそのまた露地に荷をひろげていたトクノシマの爺さんから、エビネの根を買ったことがある。それが今年の五月に咲いた。咲き出しは緑だが唇弁が紅である。緑はだんだんにあせて黄色となり、絶妙の匂いを放った。トクノシマ・ニオイエビネとも称すべき銘花である。だいたいお酉様というのに、屋台はタコ焼きかヤキソバ屋で、同じような店が群居してよく商売になるものだと、チョウチン並べた通りをゆくと、突然に通りはうす暗いビルの建ち並ぶ一角に入る。ビルの入口には、タキシード姿の牛太郎が一人一人立っていて、

「おめあてはどちらで。お上りになって写真を見て下さい。」と写真帳を押しつける。見合写真のようなものだ。登楼したところで、ソープランドとかいう首だけ出したむし風呂で、短パンの女の子がレモンリンスで洗ってくれる。短パンの脇は固くて、この前バリの中へ侵入することは個室といえども不可能である。

「お酉さまだよ。」

とでもいって通りすぎなければ、シカゴのギャングの如き蝶ネクタイの牛太郎に罵声をあびせられるであろう。ここは素人衆には近づけぬ恐ろしげな街である。

「深いと浅いは客と間夫《まぶ》。」

と助六のセリフにあるが、サウナの女性は恐ろしく健康である。間夫《まぶ》とはナメてくれる人のことよとあっさり言ってのけた。

マリアのゲイ・バアは日本堤に向う露地にあって、興味本位でやってくる紅族のたまり場になっていた。気色《きしょく》は悪いが、ここは上野広小路からバス一本の地の利にある。

「どうだい。一つ結婚というものをしてみる気はないかね。」

といささかヴァットという名のスカッチに浮れた感じでマリアを口説くと

「あなたは奥さんがいるからダメよ。」とどやされた。

「いや、あいては独身貴族。歌劇の男装の麗人だぞ。」と仲人口をきいた、

「その人、先生の何なのよ。」「まあ、ベラミといったところ。いや身もちはめっぽう固い方だ。俺にもさわらせない。」

マリアはまんざらでもないようであった。

奈々は「私結婚します。子供がほしい。」と言っている。

「本当かね。」

「あいては、ウフフ。先生の知ってる人よ。」

匂いの魔女というものは、あいてを敏感にかぎ当てるものらしい。飛べない雌のフェロモンに向って一直線に翔んでゆく雄の蛾のようだ。

三人の紳士は、東武浅草駅角の神谷バーに集って、小夜奈々と聖母マリアの結婚を祝して玉杯を挙げた。玉《ぎょく》でつくった杯は、神谷君秘蔵のものである。

W弁護士曰く、「男と女の結婚だから、それが逆《さかさ》までも法律的に問題はない。姓をどちらにするかは相談だが。財産をどう相続するかは遺言《いごん》によることになるだろう。」税法上からいうと相続の時はどっちがどっちの未亡人ということになるのか。

残橋は不思議な抛物線を画きながら、三人の紳士を月下の魔都に連れていったのである。

蝶々と紅茶ポット――ブラウン神父の登場

私のベッドのななめ右に、マホガニーの書棚があり、ガラス戸の中には鈍い光を放つ銀の紅茶ポットが見える。肩の部分に縄を巻いたような装飾がついて、FBと花文字を組合わせた家紋が刻してある。Father Brown と私は読んだ。これは一九四三年、昭和十八年五月に軍部から近衛さんに贈られたもので、二十年五月に近衛令嬢から私がもらいうけたものである。FBは大泥棒フランボウの署名であったとは奇々怪々というほかはない。

十八年といえば私は中学を卒業し、戦争終結の見込みもなく、あてもなき浪人の浮遊生活をしていた頃である。

海の光が、書棚に反射して、よく見ると、真北にあたるMOA美術館の代赭《たいしゃ》色の壁面と、冠雪してバラ色に染まった富士の頂上と、黒岳の黒い褶曲《しゅうきょく》が映っている。MOA美術館の、ムーア作「王様と女王様」が坐ってこっちを向いているはずである。今日は風も無い。さざ波も立たぬ網代湾の中央に、黒く細長い潜水艦の艦影が浮上して、ユニオン・ジャックの旗を掲げた。ブラウン神父のおでましだな。と私は、遠来の客を迎えるべく、礼服に蝶ネクタイをつけた。蝶ネクタイというやつは、曲りやすくて困る。オールウエーブが平文のモールスで、

「Hi! Konnichiwa Father Brown Kimashita」

と言っている。漁船の交信が混るので、網代漁港ではモールスの方がよい。「OK」とだけ返電したが、浜松対空通信部隊の経験が役に立ったわけで、漁業気象のあいまを縫って、この方法で英艦と連絡をとっていたのである。大英帝国は私に、ブリティッシュ・エンパイヤ勲章というものをくれるそうである。原子力潜水艦はリヴァプールを出航して十七日で網代に着いた。かなりの全速で、どこにも寄港していない。原潜は、網代湾の中央、旧火口部分に投錨してカッターを降した。次いで黄色いドラム缶が一個、これはかなり重く、カッターがかしいで沈みそうになった。カッターはキンチャク網の縦横のロープをさけながら、灯台のある突堤に接岸し、クレーンつきの荷役トラックで、ドラム缶を揚陸させると、原燃公社の黒いヒトデの核マークが山の上からもはっきりと見てとれた。私の城塞から、突堤まで、直線距離で一キロもない。海薔薇荘と称する私の山荘は、網代岬の突端、気象台の上に位置しているのである。ここは鎌倉時代に頼朝御家人が築いた網代城の望楼の跡である。電力会社が電柱を立てるために、庭に大穴を掘ったら、「景徳元宝」という宋銭が大量に出てきたことがある。軍資金には心もとないが、ここに立つと源家の嫡流という意識になるから妙である。頼朝が三浦から房総半島へ逃げたのはもっともなことで、熱海湾から、真鶴岬、その先は三浦半島、水平線上に霞むのは房総半島である。私は夏は信州蓼科、冬は熱海という気温に合わせて回遊魚の生活を送っているのであるが、当地はどこを掘っても海水の温泉が湧出するの

で、海岸の源泉からポンプアップして温泉タンクに入れ、80℃の温泉を給湯している。ところが冬になると、山上の源泉は30℃位に冷えてしまうので、タンクの海水を大量に放水して取替えなければならない。側孔から湯気がもうもうと立ち昇るのはこの時であって、湯気もうもうと立ち昇る曲りくねった急坂を、傘をついて、ヒョコタン、ヒョコタン登ってくる黒衣をたらした人物は、ブラウン神父にまちがいない。私は猫背の神父が、かなり無理をして背を低くするために僧衣の中で膝を曲げ、したがって長杖の傘をついて、あえぎあえぎ気象台のところまで来るのを見下ろしていた。熱海城の方角を帽子を脱いで眺めている神父は、だいぶ後頭部が禿げてしまった。ブラウン神父というのは、実は六尺《フィート》豊かなフランボウという大泥棒と同一人物ではあるまいかと私は観察している。フランボウはスペインの古城に棲んでいたかと思うと、ロンドンで探偵をやったりして、今次大戦にはブラウン神父として軽井沢教会に現れ、英国諜報部の一員として活動していた。六尺豊かといいうけれども長靴や木靴でゆうに三寸《インチ》は身長を高くできるし、猫背というふれ込みも背を伸せば五寸位は高くなる。

フランボウの犯行現場には、交替にブラウン神父が立ち現れ、犯罪者と同じ心理状態になりきっては、きてれつな物証をつまみ上げて、あざやかに事件を解決することになっている。特殊な物証だけを取り上げてそれだけでトリックを推理できるなら、犯行を未然に防ぐのが神父の天職ではあるまいか。蟻地獄のようなすり鉢の中の殺しを見すごすとなればこれは犯罪である。神につかえるものは悪魔に近いのか。「善悪は緯度の問題にすぎぬ」とパスカルは言った。Father Brown であれフランボウであれ戦争は非情の諜報戦に勝つことだけを目的とする。紅茶ポットのＦＢは犯行がフランボウでもあると告げているではないか。あるいは「ふれるべからず」という米英諜報部の暗号であったと考えられる。

ところで、こんな思考をうち切るように、城跡の石垣を切り開いてつくった避難壕《シエルター》のあたりから、

「コニチワ」

とひょっこり神父が顔を出した。黒衣を着ると中身まで聖なるものと信ずるのが制服の魔術である。太平洋戦争から四十年にもなるのに、いまだ矍鑠《かくしやく》たるものである。

「これはHer Majestyから貴君の太平洋戦争終結に対する功績に対して贈られるものです」

といって、O. B. Eと書いた小箱をくれた。十字の金色の盾にかこまれた、ミカエル大天使か何かの勲章である。これは十億円の金塊の返礼ということである。

「ところで荷物は、危険ですから、例の鉛張りのシェルターに収めて下さい。熱帯海水水族館《トロピカル・マリン・アクアリウム》に御案内しましょう。これは一九八一年に、メリーランド州ボルティモアにできた国立水族館《ナショナル・アクアリウム》よりも性能がよい。ボルティモアでは一、〇〇〇、〇〇〇ガロンの塩水をつかっていますが、ここは温泉の排水ですから無限といってよいのです」

と私は網代湾および相模湾に向けて開いた浴室に案内する。ここは東方、北方、西方と三方に海が開けて、冬バラや球根ベゴニアがただ今満開である。片隅にはテーブルや椅子もおいてある。温泉排水を導入しているので、壁面にビルト・インされた水槽の温度は、22℃をたもっているから、サザナミヤッコ、トゲチョウチョ魚、コバルト雀などが群泳している。

「海の魚を山上で飼うというのは一興でありますな」

と神父は童顔で笑った。この童顔というのが曲《く》せものである。悪相の神父を大ぜい私は知っている。ドロボーは童顔であってもおかしくはない。

「夏は、自然海水で底面濾過方式という、このポンプで海水を還流させます。このサンゴ礁のカケラの中にいるある種の細菌が、魚の排泄物を食ってしまうのです。水温が30℃になりますと近海の魚は皆死んでしまいますが、熱帯の海水魚は健在です。海水魚の飼育は、夏の水温を下げるのがむずかしいので、クーラーを入れていますが、冬は安全です。まあ、お茶でも上って下さい」

と私は、四十年も前に近衛令嬢からもらった銀のポットを取り出した。

「やあ、この使徒《アポストロ》スプーンは一九〇五年製のチェスターですな。これは大したものだ」

使徒スプーンというのは、聖パトリックが聖書を右手に開いた像が、スプーンの柄になっているので、紅茶こしの花型スプーンにもこれがついている。一九〇五年というのは、バーミンガム・デートの刻印を神父が読んだので、錨とライオンの次に下が弓形になって⌒型の中にｆと書いた文字があるからである。一九〇〇年がａだからｆは一九〇五年と読める。

「このポットは、近衛令嬢からもらったものですが、Ｗとあるから一九二一年製ですか」

「一寸みせて下さい」

と神父はポットを手にして、ふたを挙げ、取っ手の下にある翼状の銀のビスをグルグルと回しはじめた。銀器は高温になるので、取っ手の薔薇根《ブライアー》の部分が割れやすく、それを取替えるためにネジで抜けるように細工がしてある。

「こんなことをするのは、フランボウめにちがいない」

神父はネジの間から、オブラートに包まれた白い粉末を引き出した。

「あやうく、殺《や》られてしまうところでしたな」

なるほど、私どもは戦中紅茶などは手に入らなかったので、そのまま使用しないで命拾いをしたわけだが、紅茶の湯気のためにオブラートが溶けて、ベトベトした青酸カリの溶液がしたたり落ちるところだった。

「この手でフランボウは大金塊を手に入れたのです。使徒《アポストロ》スプーンはたちまち酸化銀になって黒くなりますよ」

「はてさて、昔のお大名は、こうして毒殺をまぬがれたわけですな。まさに神のお告げです」

私は冷汗に濡れ、底面濾過装置をみつめて、急に眼光鋭くなったブラウン神父の鷹のような眼と、銀器の暗殺計画を見ぬいたところ、はたまた骨董屋でも、めったに読めぬバーミンガム・デートをただちに読解した点で、〈これは神父にできるわざでない。ミリエル神父などはもっとお人好しで、銀の燭台をくれた位なんだから、これこそ大泥棒フランボウにまちがいないわい〉と確信した。

「ところで十七日間の海底生活はさぞおつらい事でしたろう。日本流に、この海水風呂に入りませんか」

「放射能の方は、大丈夫でしょうな」

「バイオの放線菌が働いてくれるから、大丈夫ですよ。ガイガーカウンターを当ててごらんなさい」

「神父と申すものは、地獄の海底にも耐えられる修行をしておりまするので」

「何なら熱海市水道局の水道水のシャワーもあります。塩水の網代温泉はベタベタして気持が悪いから、真湯《まゆ》の方がよいと漁師は言っていますよ」

地下一、三〇〇メートルの温泉水はヘドロの臭いがする。湯治客は、たまのことであるから、塩化ナトリウム含有ときいて有難がるが、毎日これを浴びると独得のアジロ臭になってしまう。それは、アジのひらきの臭いのようで、これが伊豆の海の臭いなのだ。偶然の発見であるが、この温泉水に含まれるヘドロは、低レベルの放射能を吸収してプルトニウムをラドンと化してしまう。

「遠慮なく、シャワーをやりましょう」

と神父はまた童顔にかえった。

「ところで近衛公の令嬢は、どうなされましたかな」

思えば四十年の昔になるが、あの頃、瞳子嬢は二十二、三であったろう。右の頰にカミソリを当てたような傷痕があって、笑うとそれが引きつれるので、つとめて笑わぬ人であった。

この笑わぬ姫が蝶々殺人計画のヒロインであって、二・二六事件に抗して、国軍の解体をはかったワラワヌ姫のことは正史に残して置く必要がある。

姫は、軽井沢山荘で自殺したとされているが、昭和二十年（一九四五）九月に、青酸入り角砂糖で毒殺されたものと思う。この手口はフランボウのもので、銀のポットの細工と同じ手口だ。角砂糖などというものは当時民間ではとうてい手に入らぬものであって、英占領軍からの流出品であろう。

「あの頃、私はローマ法王庁に召喚されておりましてな。フランボウの金塊略取事件には関係ありません。フランボウは山下将軍の金塊引渡命令書を穂高の強盗で手に入れて、横浜正金銀行から五〇〇キログラムの金塊を引き出しました。たくさんの犠牲者がでました。お祈りをささげましょう。それがここにあるとフランボウが教えてくれました」とブラウン神父は底面濾過装置のサンゴ礁を指さした。ブラウン神父とフランボウは双頭一体の獅子であると私は感じ取った。

「英帝国にとって関心があるのは、金塊よりも核浄化能力をもったアジロ温泉のヘドロにあります。英王室生物学会は貴君との核浄化菌についての共同研究を期待しております。

これは英原燃公社の原子力発電から生ずる核排棄物の浄化に偉力を発揮するはずです。金塊一つはその研究費に当てて下さい」

バイオマス（生物資源）を使ってウランを回収する実験は宮崎医大の坂口教授らのグループではじめられている。十年ほど前からウラン吸着能力のあるクロレラ、放線菌の研究が進められ、菌が体内にもつポリフェノール系物質が、吸着能力の源であることがつきとめられた。ウラン濃度三ｐｐｂ（一ｐｐｂは一ｐｐｍの千分の一）の天然海水にタンニンを加えると、一グラムのタンニンに最大二・五ミリグラムのウランが吸着した。また、ポリフェノール系物質を含む、クリの皮、ピーナツ、玉ネギの皮などのバイオマスもウラン溶液から七二—八〇パーセントのウランを吸着する能力がある。吸着能力のあるタンニン、ケルセチン、モーリンのようなポリフェノール系物質は広く植物に分布しているから、バイオマスとしての量に心配はないという。坂口教授はウラン精錬廃水の浄化によって三〇—八〇ｐｐｍのウラン含有廃水からウランを回収する研究を続けておられるが、英原燃公社は、原子力発電の温排水の浄化に、アジロ温泉のヘドロに棲む放線菌を利用しようというのである。

「この放線菌は熱に強いので、缶づめ類の消毒に問題が生じます。高温で滅菌しても死なないし、放射線にも抵抗力がある。無毒性と滅菌法の開発が重要です」

「その研究開発費として、金塊を一本おつかい下さい。一〇〇キログラムですから二億円程になります。他は国庫に返還させて頂きましょう。これは核の平和利用と人類の未来にとって、神の祝福となりましょう」

ブラウン神父は放射能のまったく滅失した水槽の中の四本の金塊と、アジロのヘドロを石油缶に一ぱいを土産にして原潜で立ち去った。

神父が用いたシャワーのカランは六尺《フィート》の高さのところに懸けられていた。下方三尺のところにも懸けられるようになっているのに。こいつはフランボウにちがいない。金塊は引渡した方が賢明である。

「宝は天に積めと申しますからこの金塊は、ローマ法王庁に捧げて、サン・ピエトロ寺院の祭壇の十字架にして下さい。亡くなった近衛令嬢たちの天上の冥福のために」

と私は神父に気前よく言ったのである。私は先年全金塊をグラム六、〇〇〇円で売払い、最近になってグラム二、〇〇〇円で買戻しておいたわけで、放射能などもともとないのだ。私の利益は二〇億円に上るが税務署も遡及できないことになっている。

当時を思いだすと、満州への侵略につづいて、北京への侵攻をはかる軍部に対し、戦争の不拡大を命ずる近衛内閣と枢密院は、猛然たる脅迫にさらされていた。近衛公を日ソ不可侵条約の締結にまでもっていくために、瞳子さんの右頬の傷は、憂国の青年将校平公威《キミタケ》の白刃によって脅迫的になされたものと思われる。この当時、枢密顧問官であった大伯父菅原通敬は、慨然として言ったものである。

「軍部の独走から、日本を守るには、必敗の信念を以て、外圧により、軍閥の解体を待つほかはない」

近衛内閣が総辞職し、陸軍大臣東条が総理となった一九四一年一〇月に、日本の運命は決していたのである。クラウゼヴィッツの戦争論に言うように戦線は無限に拡大してゆくから、枢密院は支那方面軍の満州への撤兵を上奏した。米英との戦争を回避してソ連との不可侵を守ろうとすれば、これは当然のことであるが、陸軍は「満州への撤兵は、遼東半島および朝鮮半島の放棄を意味する。撤兵は断じてできない」といきまいていた。

そのころ少年の私は、大和郷《ヤマトムラ》の菅原の家から、近衛公への「文遣い」を大伯父から托されることがあった。中学が近かったせいもあるし、近衛公の妾宅は私の生家近くの池之端にあって、「池の茶屋」と称していた。これは山王の「山の茶屋」に対する待合であって、私が行くと、丁重に砂糖入りの湯茶を供される。待合とはこういうサービスをする世界であるかと思った。それが瞳子さんで、瞳子さんは近衛公の庶子であるそうだ。憲兵隊の司令部が、池の茶屋の並びにあって、厳重に監視されていたから、近づくものはあまりなかった。黒塗りのロールスロイスが駐《と》めてある時があって、「近衛さんが来ている」と近所に住む私どもは了解していた。「文遣い」は大いに面白かった。

瞳子さんは、ダーク・ミンクのロングコートの下から黄色いスカートをのぞかせ、オパールを連《つら》ねたメダイヨンで胸を留めていた。「これは、キベリタテハである」と生物学を志していた私は、瞳子嬢の騎士になったつもりであった。

一九四三年五月のことであったが、その頃の私の蝶の飼育記録は、大学の「採集と飼育」誌にのせられ、「日本産蝶類文献目録」なる、北隆館刊行の大部の本の、七三二頁に白水九大教授によって記録されている。一九四四年、「クモマツマキテフの飼育」という論文が、事件の舞台となった、前年五月の上高地行を報告するものである。浪人の気楽さで、私は島々谷南沢から、徳本峠《とくごう》を越えて上高地に降り、白樺荘に一泊し、翌日は中の湯温泉に一泊して帰京している。島々谷では、越冬して飛翔しはじめた「キベリタテハ」を大量に採集し、これは胸を圧殺せずに三角紙に収めた。この蝶のトビ色の剛毛が、さながらダーク・ミンクを着た瞳子嬢に似ていたし、黒褐色の地に碧玉の如き青い斑点を連ね、縁は黄色のその蝶が、まさしくワラワヌ姫の化身とも受け取れたからである。この蝶に柳の葉に産卵させ、その生育をみたいという、目的があった。

この蝶は直線的に飛来して、翅を展開して渓谷の石に静止する、その優雅な転回にも似ず、剛強な蝶であって、三角紙の中で獰猛に暴れていた。ベルトの両側に、ピストルの如き三角紙入れを二つ装着した私の姿は、西部劇風の珍妙なものであったが、さらに私は二メートルに及ぶ竹杖の先に捕虫網をつけていた。この竹竿は黒竹で、長さは二メートル半位あり御岳山《みたけさん》で仕入れたものだが、この竹杖の弾性で私は命拾いをすることになった。だいたい等高線というものを無視して計画を立てたのが、私のおそまつだったが、朝五時に島々谷から歩きだして、徳本峠と思《おぼ》しき山嶺の凹みを仰いだ時には夕陽が赤々と峠の雪を染めていた。五月というのに残雪は思いのほか深く、一メートル五〇センチはあり、雪解けのために、下方は空洞状になっていて、ズボリとヘソのあたりまでもぐってしまう。雪中を泳ぐようにラッセルしなければならなかった。穂高には夕陽がまっ赤にあたっていたが、これが消えれば、あたりは真の暗闇となって、凍死はまぬがれない。その時、天来の妙案を思いついた。この二メートル半の竹竿にまたがって、一気に徳沢へすべり降りるのだ。網をしまって、竿にまたがると、これは弓なりに曲って大変に具合がよい。スキーの平底靴をはいていたので、両脚と竿のしっぽでブレーキをかけながらかじを取り、ケモノ道を一気にすべり降りた。山鳥が、ものすごい羽音で翔び出し、ウサギも驚いて飛び出したが、なにしろ無我夢中で滑落《かつらく》し、気がついた時には、徳沢へ流入する川の中に到達していた。眼前の木橋がひどく腐っているので、川床にいることに気づいたのだが、見上げると、山道は、はるか上方の雪の中に九十九折《つづら》に見えた。暮れせまる徳沢池にたどり着くと、今しもひきがえるの交尾のさなかで、全山のひきがえるが集合し、怪奇の姿でオンブしているのだった。

五月、上高地はまだ冬山で、帝国ホテルも温泉荘も板戸を釘づけして、やっているのは白樺荘しかない。私と近衛公の庶子文武《フミタケ》君とは白樺荘で落ちあった。文武君はG医大の学生で、もう一人の軍医は平公威君であった。やがて、軽井沢から、中の湯経由で登ってきたブラウン神父とも、そこで初めて逢ったのである。ブラウン神父は敵性国人として監視きびしく、軽井沢の文化人ともあまり交流できないようであったが、友邦国イタリアはローマの、カトリック司祭であるから、行動の自由はあったらしい。神父は山岳写真家として有名であったので、この時期の入山は毎年のことであった。軍医公威君は、満州から公用できているのだが、何やら極秘の文書を文武君に渡すてはずになっていた。私には、細菌戦術用のペスト菌と発疹チフス菌のアンプルを渡し、「これを参謀本部の井戸へ投込め」というのである。「東条暗殺計画は、対戦車用の地雷でやるそうだが、そんなことをやれば、前線の士気にかかわる。東条には静かに病死してもらうのが、本人の名誉にとっても最善と思う」と彼は言った。

「中国から全軍を満州に撤兵して、あとは中国の内戦にまかせるべきですよ」とブラウン神父が言った。私は前線の状況をまったく知らされてないので、「何を言うか」と思ったが、「満州撫順の石炭液化が成功しそうだから、これで海軍は行動できることになった」と青年将校は強気である。平君は親ソ派の近衛グループの一員とみた。今にして思えば渤海湾の海底油田の掘削によって米英との石油戦争はさけられたと思う。石油への過剰反応はつねに日本を危うくする。

「必勝の信念を呼号している東条も、必敗の信念を説いているわけなのだ。問題は、本土決戦などと勇ましいことを言っている参謀本部のアホどもだ」

「必敗の信念を以て、国軍を潰滅させるよりほか、日本を救う道はない」と私は大伯父の見解を述べた。

「参謀本部には宮様もおられる。東条暗殺計画は宮家も御存知なのだ」

「ところで、東条のあとをだれがやるかが問題だというが、石原将軍をかつぎ出して、戦争終結にもっていこうという空気がある。石原将軍の副官は貴公の親戚だから、今井少将に意中をきいてみてくれぬか」と公威君はいとも簡単そうに言う。

「なる程、今井少将は私の祖母の実弟だが特別な交際はしていない。だいたい私はゾルは嫌いだ」と私はことわった。

早期戦争終結は英国の国益にも重大な関係があって、インド、マレー、ビルマの解放は大英帝国の最大の損失となる筈である。我々の目標は、参謀本部の解体と、東条の病気退陣である。

このように意見の一致をみた我らは、一つのコタツで四方に寝て、十字架の形になっていた。公威氏と文武君はやがて抱き合ってしまい、十字架はトの字になってしまったが、疲労困憊《こんぱい》していたので私は早々に寝てしまった。

翌日は快晴、無風。私は蝶のいない冬山には興味なく、釜トンネルをぬけて中川温泉に下った。釜トンネルは底なだれにふさがれ、出入口の木柵もやっと通れる状態。暗黒の中を、例の竹杖で、トンネルの谷側の壁をたたきながら、明り取りの風抜き穴から、梓川の絶壁へ出て恐るおそるトンネルの外壁を伝ってゆくと、中の湯温泉が湯けむりをあげていた。足のうらは一面の豆がつながって、全面水ぶくれであった。靴はとてもはけないので翌日は宿の下駄をもらって、梓川を下った。奈川渡《なかわんど》近くになると、ヒラヒラと雪が降るように、クモマツマキテフが山の上から舞い降りてきた。雄の翅の先はオレンジ色で、この世のものとも思われぬ、あけぼのの色となった。この時の雌雄のクモマツマキテフの産卵から蛹までの記録が、前述の論文で、日本の高山蝶の最初の生態報告ではなかろうか。

帰京するとすぐに、私は、三角紙の中のキベリタテハが元気であることをたしかめ、軍医にもらったアンプルから、発疹チフス菌とペスト菌を一滴ずつ、キベリタテハの毛むくじゃらの腹部にコテコテとつけて、これを市ヶ谷参謀本部、および首相官邸附近で放した。キベリタテハは、それぞれにテリトリーをもっているので、細菌が無限に拡散する危険はない。越冬の蝶はまもなく柳に産卵して死ぬが、その死体を鼠が食う。鳥にやられるのもあるだろうが、かなりの確率で保菌の鼠が防空壕で暴れまわることになる。リケッチア〔細菌〕は増殖を続けて、効果は滅失することがない。参謀本部の井戸に投込むなんてことは、警戒厳重でとてもできないし、経口投与されたペスト菌から発病しないことは、一九三二年満州を視察したリットン卿（『ポンペイ最後の日』の作者〔エドワード・ブルワー＝リットン〕の孫だそうである）のパンにペスト菌を塗っても効果がなかったと公威君が言っていたので、井戸はだめである。帝国軍隊が厳禁されている井戸水をのむことはない。

　ところが、帰京後数日すると、家に巡査が現れ、「奈川渡派出所のものですが」と警察手帳をみせて、制服姿の巡査は、過日の上高地行の私の足どりを根掘り葉掘り、おふくろにきいている。これはバレたかと、私はちぢみあがったが、私と一しょに白樺荘にとまったＧ医大の学生が「実は近衛さんの息子さんなので」と巡査は声を落し、それがあの日以来行方不明になってしまった。遭難ということも考えられるので、「捜索の相談をしたいので、新宿の中華飯店まで御越しを願いたい」という近衛家の御招待である。近衛家の姉弟とは面識はあるが、立ちいった事情はさっぱりわからぬので、何はともあれ捜索打合せ会に出席することとした。瞳子さんは、「あの二人は同性愛のようなところがありまして、心中ということも考えられます」と、せい一ぱいの恥をこらえて言われたので、そういう可能性もあったかと推理した。

　平公威中尉は近衛家の近親で、先にのべたように、瞳子さんを白刃でおどして、日ソ中立条約を結ばせるに至った憂国の青年将校であるが、ソ連を仲介とする和平工作が彼の任務であったので、中尉は満州から公用で内地出向となっている、行方不明となれば、これは憲兵がうるさいぞと、その方が心配である。つがれた老酒《ラオチユウ》に手もつけられないでいる私に、「遭難したのは、てっきり君だと思いましたよ」とブラウン神父が言った。「君の顔を見るまでは、てっきりあなたがやられたのだと思いました」と山岳写真家は、当日の焼岳《やけだけ》や霞沢の写真を見せながら言った。「なにしろ無謀な山行をやりまして」と私は、足のうらの豆を撫でた。「このハンカチが、焼岳の鞍部のケルンで見つかりまして、焼岳を捜索しております」と巡査。「それで、てがかりは」「ハンカチだけです。足跡も風で消えてしまいました」ハンカチは文武君のものだと瞳子さんが言った。そこでブラウン神父は当日の焼岳の噴気もうもうたる火山流を上から写した写真を見せた。大噴火前の焼岳で、火山流のドームの中は酸欠状態になっているから、落ち込めば死は確実と思われた。これが遭難の第一のコースである。第二は、私が滑落した徳本峠越えのコースである。「心中とすればこのコースが一番可能性が高い。雪の上には足跡も残っている筈だ。野うさぎと雷鳥の糞のほかには何もないかもしれないが」とブラウン神父は推理した。「これは確実に凍死する道です」第三のコースは穂高をめざして涸沢《からさわ》を登ったと考えられる。〈涸沢のケルンに密書が隠してあるのでは〉と私は思ったがだまっていた。第四のコースは私が風抜き穴からはい出した、釜トンネルである。曲っていて先が見えなかったが、暗黒の向うは底崩雪《なだれ》にあう可能性があった。

名探偵ブラウン神父の推理はこうである。「焼岳のケルンにハンカチを置いてきたということは、ケルンに何かあるという信号ですね。それは遺書かも知れないが。まずは徳本峠を捜索してみることです」

私は当日の徳本峠の道標の立った雪の状態や、穂高の残雪の写真を見せた。公威君の死は瞳子さんの顔の傷の怨念ということも考えられる。源平の対決となって私が死の手引をしたと神父が疑っているのも自然である。

「翌日の行動について、あなたは何もきいていませんでしたか」と神父はするどい目を私に向けた。

「私は何もきいていません。ただし私のような蝶マニアでもなければ、この季節に上高地に来て、山へ登らぬということは考えられないから、穂高をめざして涸沢あたりまで登ったとは考えられませんか。そして底崩雪に巻かれて遭難したという可能性は」

もう一つ、憲兵につかまって、満州に拉致《らち》されたとも考えられるが、警官の手前私は黙っていた。瞳子さんはそのように考えていたようである。

とにかく近衛さんの息ということもあり、公用中の平中尉の行方不明も重大で、憲兵隊と県警の徹底的な捜索が行なわれたが、二人は行方不明であった。前年およびこの冬の遭難死体がいくつか発見された位である。この年、上高地附近にはG医大生捜索のビラが大大的にはられていたことは、旧い山好きの人の記憶に新たなところであろう。戦後私が友人と上高地に登ったところ、山小屋の主人も茶店の人もこのことを記憶していた位で、「あなたがあの時の――」と言ったイワナ漁師もいた。

英国諜報部による東条ならびに軍首脳の暗殺計画は、太平洋戦争開戦直後から入念に計画されており、親米英派の重臣が協力するところがあったことは、意外に知られていない。シンガポールに侵攻した山下将軍の陸軍部隊は、ジョホール水道の倉庫から、大量の糧食を鹵獲《ろかく》したが、その中に、巧妙にリプトン紅茶に仕込まれた青酸カリがあり、葉巻のトップや、紅茶ポットに、または角砂糖の中に封じ込めた毒物もあった。これはフランボウのしわざであると、ブラウン神父が言ったように、シンガポール、スラバヤの南方方面軍司令官の厳命として、灰皿に残された煙草を、決して吸ってはならぬという通達も出た。煙草には、大麻や阿片がしかけてあったのである。これは後に判明したことであるが、シンガポールの英国銀行から五〇〇キログラム（五トンともいう）の金塊および内地へ土産とする紅茶・葉巻を積載した伊1号潜水艦が、原因不明のままほぼ全員戦死をとげ、スラバヤ沖を漂流するという事件があった。これはスラバヤ沖海戦として、「米機による爆撃により撃沈」と報告されたが、この時、帝国海軍暗号の乱数表が米軍にうばわれている。帝国海軍の名誉のためにも、艦長以下、紅茶によって毒殺されたものと推定している。フランボウの作戦目的は、バラスト代りにつまれた五〇〇キログラムの金塊にあったが、伊1号潜はあわてた日本海軍によって撃沈せられ、金塊は附近の島に運搬されている。ここからの金塊の足どりは、捕虜交換の病院船に積まれ、東支那海で撃沈せられたという説と、それは錫《すず》のインゴットであって、金塊は比島に送られ、山下将軍の掌握するところとなったという説がある。これは最近マルコス大統領の財産について、さわぎがあったから判明したところで、五トンの金塊がマニラ附近の山の洞穴に隠されていたというのである。ともあれ、その一部はM＆W《マッピン・アンド・ウエッブ》の紅茶ポットとともに軍によって運ばれて横浜正金銀行に寄託され、同行は在外資産接収の肩代りとして、軍票や金融決裁の保証としていた。

ブラウン神父がこの間の情報をつかんでいたことは、紅茶ポットのFBの紋章によって知られるが、

ＦＢはフランボウの暗号でもあると判明してみれば、それが近衛公に贈られた経緯からして、ＦＢによる要人毒殺の意図は歴然としてくる。フランボウの目的が金塊の奪取そのものにあったことは明瞭で、Ｇ医大生らが涸沢のケルンでみつけた山下将軍署名入りの「金塊引渡命令書」を、フランボウがねらったことでも明らかである。終戦直後に、私の小学校の同級生助川君らＧ医大生のパーティが涸沢でテントをはっていたところを何者かに襲われ、三人とも鉈《なた》状のもので惨殺せられるという戦慄すべき事件が起った。当初は熊に襲われたかと思われたが、明らかに山上の強盗で、金と食糧を目的とする犯行であったと新聞は報じていた。だが山行に多額の金品を携行するものがあるだろうか。わずかの金と食糧を奪いに、涸沢まで登る泥棒があるだろうか。これはやはり六尺豊かの怪力フランボウのしわざと考える以外になく、殺しの手口を変え、わざと野蛮な方法で擬装をはかったものであろう。涸沢のケルンには「金塊引渡命令書」と正金銀行発行の「預り書」があったわけで、これは東条暗殺、ソ連による和平仲介の軍資金となるはずであった。東条と山下との不仲は世上うわさされるが、山下将軍の胸中にはソ連参戦の前に近衛公を通じて和平工作を試みようとの計画があったものと思う。金塊がそのような形でソ連に流出してしまうことは英国の国益に非ずと、フランボウは考えたのである。何故私が行かなかったかというと、昭和十九年には十九歳の私も徴兵されることになって、これは東条のせいだが、まが悪く文科に入ってしまったものだから、理科系で徴兵猶予のある助川君に、涸沢のケルンにある信号の回収をたのんだことによる。助川君がＧ医大に進んだのは悲運というほかはない。彼らは同学の先輩の捜索にでかけて遭難した。私は昭和二十年五月に浜松対空通信部隊に入隊し、浜松は猛烈な夜間の艦砲射撃を受けた。浜松貨物駅は粉砕され、はからずも露出した弥生式土器や土師器《はじき》を私が大学に報告し、これが伊場《いば》遺跡という、天平期の壮大な官衙《かんが》の遺跡が発見される端緒となった。多数の木簡が溝の中から出土して、天平八年の記年のある卜辞《ぼくじ》や、馬骨の太占《ふとまに》もでてきた。思えば、これが生物学から宗教学へと学問の方向転換をする機縁となったわけだが、昭和二十二年からはM宮と研究室を同じくして、私は甲骨学を専攻することとなったのだから、運命とはまことに奇なるものである。

話は前後するが、昭和二十年三月十日の空襲で、池の茶屋は全焼してしまい、私は瞳子さんを不忍池の中道まで連れ出して周囲にふりそそぐ焼夷弾の雨をさけた。その時焼失をまぬがれた池之端の家で瞳子さんを救護申し上げたので例の一九二一年と刻された紅茶ポットをいただいたのである。戦中は砂糖はおろか紅茶とてないから、私は殺されないですんだ。瞳子さんは上野から軽井沢へ疎開することになり、私が五月に入営することになったというので、上野駅頭ではちょっと感傷的になって山下の石垣のところで別れの握手をしたのだが、彼女はなかなか手をはなさないのであった。万感こもごもという、こういう別れには、お姫様は何も言わないものらしい。

蝶々殺人計画については、当時参謀本部におられたM宮とは敢えて話をしたことはない。宮様の日常を拝察するに御清潔そのものである。

だが畏友中井英夫氏は市ヶ谷参謀本部にあって、中井氏はチフスのため三週間も人事不省であったと「彼方より」という戦中日記に記しているから、しらみの中でリケッチアは確実に増殖をつづけたとみるべきである。東条暗殺が成功しなかったのは、本人の名誉ならびに日本のために誠に遺憾なことであった。これはM宮により中止せしめられたわけだが、せめて六月に戦争を終結できたなら、原子爆弾も、ソ連参戦もなかったであろう。やんぬるかな。

だが、私にとっての戦争は、太平洋戦争から朝鮮戦争へと継続した。GHQから直接の電話で、網代のシェルターを接収するという。これは防空壕として、石垣の段々畑を四角に切取って、トーチカのようにコンクリートで固めてあったが、内部は原爆にそなえて、家業のレントゲン用の被曝防止の鉛板をつなげてあったのである。東京の方角を厚くしてあった。水爆にやられれば鉛は溶解して役に立たないが、放射線防止には役に立つ。この情報はブラウン神父によってGHQにもたらされたらしい。私は第八軍の医療器の特需で多忙をきわめていたが、八軍《エース・アーミー》はここに核廃棄物を格納するつもりであるという。ドラム缶五個が搬入され、MPが警戒に当っていた。これが原爆かと思ったが、大きさ重さからみてどうもそうではない。朝鮮戦争中のこととて、北爆をとなえたマッカーサーが、鴨緑江に投下するぞとおどかして、マリアナから移送した死の灰が入っていたのである。横須賀や逗子では住民の核アレルギーがひどくて、機密がもれるというので、わざと網代城をえらんだものと思う。実はこの中に正金銀行の五〇〇キログラムの金塊がかくされていたのである。放射能で金塊を守るとはフランボウらしい計略である。フランボウは山下将軍の命令書を、G医大生らから手に入れ、占領軍の偉力で正金銀行の金塊を引出して、これを核のドラム缶に入れて持出したのである。マッカーサーが解任されて、鴨緑江核戦略が実施されなかったのは、ブラウン神父のトルーマンへの働きかけが原因と思われる。これにはローマ法王の親書もつけられていた。神は同時に悪魔である。悪魔はまた神的威力を発揮するものだ。悪魔はチェスタトンが言ったように「自殺することもできない」のである。

核廃棄物の浄化法も確立されていないのに、核戦略を用いることは、危険この上ない。これを実施すれば、第三次世界大戦はさけ難く、水爆が降ってきたかもしれない。

マッカーサー解任劇の直後、ブラウン神父のはからいで放射性金塊は網代城の水槽の底に隠匿せられ、私の水族館に入ったのであった。ドラム缶はマリアナ基地に返送されたが、法王の仲介によって、金塊は英国銀行に正式に返還されることになったのである。これには、いろいろの曲折があって、この金塊が三十数年も放置されたのは放射能の半減期を待っていたのかもしれぬ。私が売却した五〇〇キログラムの金塊には放射能はまったく残留していなかったはずで、それは網代温泉のヘドロの吸着効果によるものであった。英王室生物学会の努力で、放線菌による有害物質の除去ができれば、原子力潜水艦のみならず原子力発電の温排水の自然浄化が可能となる。無心に遊泳している熱帯海水魚は放射能の危険にさらされていたわけだが、追試験をしてみるに原潜が運んできた核廃棄物の滅菌力によって、皮膚病にもならず今までのところはなはだ元気である。新たに買戻した五本の金塊にはWというイングランド銀行の刻印を打って、もとどおりに加工しておいた。

ブラウン神父は、フランボウに違いない。よく見ると銀のポットに打たれたバーミンガム・デートはWとなっていて、この文字だけは大文字と小文字の区別ができない。伊1号潜の全艦海底密室殺人事件はWの文字によって一九二一年以降であること確実であるが、これはWの同じフーツラ・ライトの字体で、一九四六年とも読める。さすれば、昭和二十一年（一九四六）以降の犯行であったということにもなるのだ。

こうして昭和二十年（一九四五）の近衛公、及び瞳子さんの自殺にもフランボウのアリバイが証明されてしまうことになる。

今井少将は「敗軍の将は兵を語らず」と内原訓練所長をしてチューリップの栽培をしていると、祖母は言っていた。

国軍の潰滅によって、日本を再生しようという、瞳子さんの悲劇は今日、ともかくも達成されたと私は考える。私が述べたいのは、二・二六事件の後、われわれは何らなすすべもなく太平洋戦争に突入したわけではないことと、核の完全浄化に成功した時は、再び核戦争の危機がおとずれる時であるという厳粛な事実である。


〈後記〉石を積んで尖塔状に立てた山上のケルンに対して、山男は原始的信仰をもっていて、これを崩すことをしない。かかる原始的心性は崩れたものを積み上げる努力はするが、それを意識的に破壊すればタタリがあると感じている。これは賽の河原に似た原始風景である。密書をケルンの石のなかに隠したのははなはだ有効であって、憲兵の捜索もこの禁忌《タブー》には及ばず、県警も北アのすべてのケルンを破壊する勇気はもたなかった。近衛文武君の遭難について、イワナ漁師の言によれば、彼らは、フランボウの密書を奪おうとする情念に危険を感じ、文武君のハンカチをもって公威君が焼岳に登り、ケルンにハンカチを信号として残したのである。同君はフランボウに誘導され、焼岳の噴気孔に落ちて酸欠死している。怪力巨人のフランボウは死体をかついで焼岳の泥流に投入した。いっぽう文武君は涸沢まで登って、ケルンに密書を隠し、他日を期して中の湯に下山する途中、底崩雪に遭って、梓川の渓谷にのまれたという。崩雪の号音が、釜トンネルにこだまして連続してきこえていたから、私も命拾いしたわけだ。フランボウは私が滑落した徳本峠を越えて軽井沢へ帰っている。がそこに密書はなかった。涸沢のケルンに密書が隠されていると推定した私の推理は、ブラウン神父と一致している。戦後警戒のうすれた涸沢でこれを回収したG医大生のパーティをおそったのもフランボウである。その後焼岳の大噴火により、梓川の渓《たに》は埋まり、大正池も姿を消すほどに変容したので、泥流に巻かれた両君を発見することはもはや不可能となった。

ブラウン神父がフランボウにほかならぬことは金塊引渡しの時に判明した。ブラウン神父は金塊の刻印をみて、「これはWがあやしいな、一九四六とも読める」と言ったのである。「さよう。紅茶ポットと同様の細工でしたよ」と私は童顔で答えたのである。

瞳子さんの墓は、藤氏の氏寺である奈良興福寺にある。同寺には近衛公しかとまれぬ部屋があったが、最近では私でも案内してくれる。一体三面のアシュラ像という寺宝が有名だが、私はワラワヌ姫のおもかげを憤怒の三面に見て香を奠《た》いて来るのである。

Ⅳ

百人一朱

一

日本に於けるSMの始めは、陽成院《ようぜい》である。

伊勢物語の業平《なりひら》の思い人、二条の后《きさき》を母として生まれたロマンチックな人物で、精神的には業平の子であったと思われるが「筑波嶺《ね》の峰より落つる男女川《みなの》恋ぞつもりて淵となりぬる」と百人一首に絶唱を残している。筑波の男女自由婚の歌垣から、男女が一気に流れ下り、合流する恋は渦を巻き、淵となってよどむ。果てはSMの修羅と化するのである。

この歌は、「釣殿のみこに遣はしける」と後撰集に詞書《ことばがき》があり、釣殿院という後の光孝帝の御娘、綏子《すいし》内親王に贈ったことになっているのは後の事情からで、当時小松殿は、御簾《みす》も破れた貧窮のありさまで、内親王も釣りをするために池にさし掛けられた、板敷の釣殿に起居していたのである。

この男女の恋は時代物の内裏雛を思わせる王朝の絵巻であるが、直情的な天皇のことであるから、十二単衣などはかなぐり棄てて、内親王を裸にし、琴の糸でしばって釣殿からぶら下げたり、池に入ってともにミソギをするという、古代の女帝が好んで吉野宮滝でやったように水浴によるタマシズメを行なわれたのである。こうすると、稲霊《いなだま》は次の帝に受け継がれるのである。大嘗《おおにえ》とはアマテラス大神と一緒に寝ることであった。

この天皇は狂気であったと青史〔歴史書〕に記されているが、精神病というのは関白基経《もとつね》のでっち上げで、紀氏と藤原北家《ほっけ》の勢力あらそいなのである。業平も二条后が基経の妹であったばかりに、馴れにし妻と別れ東国流離の旅に出るのだが、夫・清和《せいわ》天皇亡きあとも五十五歳の后は業平の房術忘れ難く、若き僧と浮気して皇太后の位を剝奪されている。

六歌仙の時代といわれる平安初期は、遣唐使がもたらした晩唐の呪術宗教が横行した時代で、空海は雨師《うし》として、小野小町も雨乞いの巫女として呪術的伝説にまとわれている。密教のゴマというのは、大麻阿片等の媚薬を用いた集団催眠である。将門は流れ矢に当たって死んでしまったくらいで、御利益あらたかにも日本人全体が魔術にかかったような心性になった。

十で即位した幼帝は馬が大好きで、小野清和《きよかず》に乗馬を習い、紀正直《まさなお》という道術をよくする者を近づけて、神仙の術にふけったという。道術というのは不老長寿の薬を練って不死を得る当時最新の科学技術である。天皇が学んだのは、中国の帝王学である古代錬金術で、抱朴子《ほうぼくし》によれば九丹とい い、一 丹華（硫化砒素）、二 神符、三 神丹、四 還《かん》丹、五 餌《じ》丹（仙女前までやってくる）、六 錬《れん》丹（昇汞《しょうこう》）、七 柔丹、八 伏丹、九 寒丹（仙童、仙女がそばにつかえる）という化学的方法で幻覚により夢幻の境に至る法をいう。遊仙窟という仙女の世界に遊ぶ話や桃源境の話は道家の理想国である。
中国では、皇帝の命により不老不死の薬を練って、薬の完成と同時に息絶えたという笑えぬ道士もあったが、その製剤をみると、砒素や水銀化合物であるから、これらの劇物を服用すれば七日にして登仙するというのもウソではあるまい。密教が阿片大麻などによる植物的魔術とすれば、これは化学的幻覚で羽化登仙するわけである。長沙の夫人の遺体が二千年経ても生けるが如くであったのは、水銀化合物の故と思われる。

こういう安楽死に至る劇薬であるから、竹取物語でも不老不死の薬は不二の峯で焼かれてしまう。先には道鏡という房術の大家があったが、中国伝来の遊仙の術を陽成帝は愛されたに違いない。仙女が二人出現する幻覚である。ＳＭはその初歩のもので、生きものが好きな幼帝は、蛇に蛙を呑ませ、猫に鼠を取らせ、犬と猿を戦わせたというが、これは幼児的サディズムで、さしてとがむるには当たるまい。蛇はハブであったかも知れず、マングースとの合戦は、沖縄で皆が見物する所。更にハブの粉は強壮剤になるという。虫愛《め》ずる姫君というのもいたのであるから、姫君の側にもマゾヒズムはあった。二条の后も業平に背負われて「露と答へて消《け》なましものを」と歌っている。人を木に登らせて打ち殺したというがこれは眉つばもので、樹上につるすサディズムをいったものである。またいさめる者あれば宝剣を抜いて追い走らせたというのは、中国伝来の手裏剣遊びに宝剣を用いたということである。これは江戸川乱歩の得意とするサーカス趣味である。これを口実として、基経は十七歳の天皇を退位させる。后の父である小松宮を即位させる為に、競馬をやるからと天皇をさそい出し、陽成院におしこめて、退位をせまり、太上天皇にしてしまう。悪逆なのは関白で、天皇は無垢である。

うるさい舅《しゅうと》に立たれては、陽成院が物狂ほしくなったのも無理ではない。

寛平元年（八八九）御悩再発して、琴の緒を以て宮女を縛り、水に沈め、馬をかって、官人の家に駈け入って人を傷つけたとしても驚くには当たらない。恐らく薬湯として、多量の興奮剤を処方された結果と考えられる。

京中の人々恐れおののく事、大方でなかったというが、同情の気持ちもあったから百人一首にも純情の一首を残した。民心は正直なもので磔紂に似たる御振舞とされるが、これは我が国SMのはじめに他ならない。程なく静まらせ給い、陽成院から母君の住んだ二条院に移り、村上天皇の天暦三年（九四九）に八十一歳の長寿を全ぅされている。当時としては異例の不老長寿である。天皇にはマザーコンプレックスの気味があるから、道家の母なる天女に救いを求めたものと思ぅ。

紀正直という人、正直な人であったらしく、吉祥天利生記なるものを書き残している。古本説話集などの古抄本にその異伝が散見するが、晩唐の遊仙の術を以て、夢幻の境を行くがごときSMの秘術を、紙背文書《しはいもんじょ》をたどりながら千夜一夜にわたって伝聞するとしよう。

二

関白藤原忠平の四男・桃園大納言（藤原師氏）は、一条北、大宮西に邸をたまわった。もと呉服を商う中国人秦《はた》氏の邸で、桃が一面に咲いて、

年年歳歳花相似たり　歳歳年年人同じからず

という趣であったが、桃の木は老衰が早く樹齢短いので、代わりに庚申《こうしん》薔薇が生い茂って、特に「したうづ（靴の下にはく白平絹の足袋）」の形をした墳丘のあたりは、テリハノイバラが繁茂して近寄り難い茨の城となっていた。初夏ともなれば、まっ白な野薔薇の花に覆われて、この丘は南に小路がないので誰一人近寄るものもない。棘は茨の冠のように肌を裂くので野犬野良猫も近寄ることなく、野鳥の天国となって営巣産卵し、春昼には、一群のカラ類が蜜蜂のように舞っていた。この寝殿のふし穴に、不思議な小さい手があらわれて夜になると「おいでおいで」をする、という怪異があらわれた。この穴の上に経を結びつけたが、やっぱり招く。仏を懸けても、夜半になると招くことを止めない。そこで矢を一筋その穴に差し入れると、止んでいる。多分蛇かなんかが舌を出したのだろうと、矢の身の限りを穴に深く打ち入れると、その後は招く事が絶えたという（今昔物語ではこの事は西の宮左大臣がやったとしている）。

大納言は殊の外大輪一重の白薔薇を愛したので、ナニワバラという品種はここに生まれたようであるが、大納言の夢に、

春の苑紅にほふ桃の花下照る道に出で立つ乙女

という万葉の大伴家持の歌のような、豊頬《ほうきょう》桃花を映す美女があらわれて

年年歳歳花同じからず　歳歳年年人相似たり

と玉のような声で朗詠した。いぶかしく思うと、「妾は秦の王族、秦河勝の末流である。百年の眠りから覚めてみると、桃園もすでになく桃花も年々同じではない。同じきは人の心で、王身たらんことを求めて汲々としているのが人の心よ。汝の子孫を日本国の頭領となしたいか。はたまた不老不死の国に遊び、鶴となって飛びたいか。桃源の境に遊びたいなら、月明の日に金の杯をもって妾を奉斎せよ。杯には仙薬が満ち、汝は蝶となって羽化するであろう」と告げるのである。まことに半信半疑ながら、金銅鍍金《ときん》の高杯《たかつき》を用意して、茨の棘を冒し、月明の夜、ひそかに墳丘に登り、横穴石窟にこれを供えた。墳丘は「したうづ」というから、子宮の形をしていたのである。

このことは、だれも知るものはなかったが、その年の除目《じもく》〔官の任命式〕に大納言は近衛大将の宣旨を賜わった。

「日本国の頭領となるよりは、羽化登仙したいものじゃ」と上機嫌で大将は言われ、香ばしきこと限りなき、高杯の清水を飲みほされた。ところが、大将任官の大饗《おおあえ》をあさってにひかえて、大納言は急死してしまったのである。夢のお告げを信じていたわけではないが、有毒の科学物質が高杯に流れ込んだのであろう。給料を払えなくなったので使用人はみな散り散りとなり、北の方と若君が広い庭園に住むこととなった。北の方にとって気がかりなのは若君の行く末で「日本国の頭領にな

どうかせめて、せめてどこかの身分になれ。とりあえず宮使えするだけの身分となってくれ。なにもえらくならなくてもよいから、平凡な役人となっておくれ」と口ぐせのように祈った。マザコン気味の若君は、平々凡々な役人を望んでそこそこの身分従四位上主殿《とのも》寮の司《つかさ》となって終わった。何しろ広大な邸宅の維持管理が大変な仕事で、茨の館はいよいよ棘深き子宮の如き城となってしまった。この男さっぱり欲がなかった。高杯のことは大納言からもれ聞いていたので、棘のジャングルに分け入っては石室の奥にある石の辛櫃《からひつ》に手を合わせていた。

古墳の石室というものは、鬼気迫る幽界で、これを冥府と考えた古代人は、少なくとも現代人よりは偉大である。辛櫃の蓋を、テコを用いて押し上げてみた若君は実のところ財宝を期待していたのである。だが、驚くまいか大納言が夢みたという二十五、六ばかりの尼が「色うつくしくして、くちびるの色など露《つゆ》かはらで、えもいはず美しげなる、ね入りたるやうにして臥したり」と宇治拾遺に書いてある。

これは茨姫と言う仙女であるにちがいない。百年の余も生身の姿を保っているとは何たる不思議か。恐らく抱朴子にある九丹を食して不老不死の夢におち、水銀と砒素の化合物で生身のまま不朽となった肉体なのである。若君はこう言って祈った。

「やつがれは俗物でございますから、ひたすら黄金が必要でございます。給料も払えないので召使いども散り散りとなり、この屋敷も維持することができませぬ。私は卑俗な人間でございますから、せめておそばに添い寝がしとうございます」若君は、もっともなる現実派で、まずから衣の色色の十二単衣をぬがせにかかった。紐は古びて切れたので、玉のごとき胸乳《むなぢ》があらわれ出た。冷たきことは氷の如くであったが、柔らかきこと桃の実のようであった。紙燭《しそく》に照らして裳紐《もひも》をゆるゆると解いてみると、花心の部分には丹塗《に》りのかぶら矢が刺さっている。左右の手で毛を押し分けてみるに、これはいたわしや、矢尻は子宮に突入し、膝の間に矢羽根が乱れて見える。これは古代のSM的豊穣の呪術であるらしい。男性の自然の心理として、左右の脚を石棺のふちに押し開いてみると、桃の花の如き花心を貫いて、羽々矢《ははや》が突き立っていた。「南無観世音」と羽々矢を引き抜くと、若君は十二単衣の左右の襟につつまれながら、開中に挿入を試みた。百歳余の婦人を犯したものは数あるまい。かなりの度胸である。

この邸、藤原伊尹《これただ》の手に入り、伊尹はこの塚を取り棄てて、その上に堂を建てようと考えた。塚を掘り崩すと、茨姫の辛櫃があらわれたといい、伊尹は若君の夢をまるごと買いとったことになる。当時は夢も売買されたのである。石櫃《いしびつ》の中は香ばしきこと限りなしというから、香油と朱がつめてあったものと思われる。人々がわいわい見ているうちに、西北から風が吹くと、色さまざまの塵になって美人は消えうせてしまった。あとには金の杯が残っただけである。杯には若君の精が残っていた。それは茨姫が返してくれたのである。買った夢が正夢となった伊尹は摂政となり、太政大臣となるが一年後には没している。石棺をあけたたたりであろうか。四十九歳の豪奢を好む歌人は

あはれともいふべき人は思ほえで身のいたづらになりぬべきかな

と歌っている。謙徳公（伊尹）の歌は、死美人を恋うる歌ではないか。公の建てた寺を、世尊寺という。それはシャカ寺という意味であるが、女体の観世音寺と解すべきか。

三

今は昔、塩釜明神の巫女に、かにや姫と申す女性《によしよう》があった。かにや姫と申されたのは、彼女の髪赤く、不思議な匂いがあって、それは東北の入り江に産する「ホヤ」の匂いと申そうか、「ねずみ藻」という祓禊《みそぎはらえ》に用いるホンダワラ科の褐藻の如くであった。「ねずみ藻」には幼魚が集まるが、彼女が浜に塩くみに出ていると、カレイの幼魚がよきかくれ家とばかり、足の裏に飛びこんだり、股間にもぐり込んだりするのであった。はじめのうちは驚いて叫びだしたりしたのであるがそのうち習性となって、彼女が浦で塩くみをしていると、いずくからともなく小蟹が群れ集まってきて、彼女の赤い毛の部分にはい込んでは、芳香に耐えかねて、赤い陰毛に産卵してしまうのであった。この不思議な「ホヤ」の体臭を恥じて、身を清めるため宮滝でミソギをすると、滝の水が飛散して匂いを伝えるのか、全山の蟹が集まってきて、度胸のいいやつは彼女の大切な穴の中にもぐり込んでしまおうとすることさえあった。自《おの》ずから《》なる枯山水《かれさんすい》の深淵で蟹とたわむれる美女の姿は、村人の盗み見るところで、彼女が一種妖気をたたえた美形だったこともあり、言い寄る男も多かったが、彼女は自らの身を恥じて、塩釜明神の妻となる決心を固め、言い寄る男にはハサミを振り立てて蟹の如く身を隠すこととなったのである。

君をおきてあだし心をわがもたば末の松山波もこえなん（古今集　東歌　みちのくの歌）

とはかにや姫の、塩釜明神への誓いであったのである。

さてもここに、陸奥守藤原実方《さねかた》卿という希代の好きものが現われて、塩釜の歌枕を尋ね、

かくとだにえやはいぶきのさしも草さしもしらじなもゆる思ひを

という結び文を蟹の甲羅に結びつけて、夢うつつのかにや姫の寝所《しんじょ》に送ったからたまらない。蟹は、かにや姫の緋の袴をはい上がり、彼女の開にしのび込み、処女膜をはさみ切って膣の中に棲み込んでしまい、股の唇をはさんでコチョコチョとくすぐった。偕老同穴《かいろうどうけつ》という海綿のような穴の中に雌雄の海老が棲んでいるが、かにや姫の洞穴も蟹が泡を吹きながら、よき棲み家としてしまったのである。気がついてみると、陰し穴から、結び文がのぞいている。かにや姫はそれを口遊んでうっとりと気を失ってしまった。

だいたいこの実方という人物は、天才的なサディストで、行成《こうぜい》（後の大納言）と医心方について議論して、若き蔵人行成卿の冠を笏《しゃく》で打ち落とし、小庭に吹っとばしたくらいである。朝廷における乱冠の罪で、左近中将の官はめし上げられ、陸奥守として飛ばされてきたわけだから、面白くない事おびただしい。「歌枕でも見て参れ」という一条帝の勅諚《ちょくじょう》だからいたし方なく塩釜様をおがみにきて、好き心を起こしたわけである。「陸奥《みちのく》の阿古耶《あこや》の松」という歌枕は、今は出羽の国になっていると実方に教えてくれた老翁は、実は塩釜大明神であったと伝えられているが、これは神官か

らきいたことであろう。

さて、この好き男のあとを追って、かにや姫は笠島というところまでついて行ったようだ。道の傍に一つの祠《ほこら》あり。「これは何の神ぞ」と村人にきくと、「出雲路の道祖神の御女《むすめ》。父の神の怒りにふれて、この国に棄てられた神女《しんにょ》である。下馬して額《ぬか》づかせ給へ」とのこと。

「さようの汚《けが》らはしき神に下馬するやうやはある」と、馬に乗ったまま駆け過ぎたので、馬はたちまちに倒れ死に、実方卿はまもなく死んだということになっている。

「汚《けが》らはしき神」というのは、実はかにや姫の洞穴のことであった。

笠島の祠で巫女姿の「かにや姫」と実方卿は偕老同穴の契りを結んだのであるが、さて一匹の蟹が穴の中に棲んでいることを実方卿は御存じなく、ブクブクと泡吹く赤紫のホヤの如きものの中に亀の頭を押し込んだところ、蟹は出口をふさがれて奥へ奥へと身をちぢめ、子宮口のまわりを逃げ廻ったのであるが、ついに窒息の状態に陥り、亀の頭をはさみ切ってしまったのである。絶頂のところをはさみ切られたのだからたまらない。これまさにSMの極致と申すべきところだが、蟹にしてみれば絶体絶命やむを得ぬ行動で、実方卿の一物は、コケシ人形の首のようにクルクル回ってしまったという。

さてこのかにや姫は、巫女のスタイルであったので、そのまま笠島明神に斎《いっ》くことになったが、なにしろ人里離れた祠であるから、荒くれた好きものに見舞われることもしばしばで、男よけとして陰し穴に蟹を棲まわせていたのかもしれない。事実このあたりの渓流でミソギをする彼女の腰のあたりには沢蟹がすずなりになっていたと村人は盗み見ている。

彼女はまた泡吹く稀有の開をひらいて死者の声を伝えるという妖気いよいよ凄腕なる蟹尼となり、塩釜大明神の安産の法を教えたという。塩釜とは塩を焼く大きな鉄釜のことで、志波彦《しわひこ》様がそれで卜占《ぼくせん》を行なったものである。明神とは神が人間の姿であらわれたもうということで、カニババとは胎児の初めての便をいうが、ここらで安産と塩釜が結びついたものではあるまいか。蟹婆の性的魅力はいよいよつのる一方なので、村人は「こけし人形」という木地《きじ》屋の「木ぼこ」をそなえて、蟹婆の沈静を祈った。

実方朝臣《あそん》も王朝の通人であったが、ＳＭの極致にわけ入ってコケシの首となった。泡吹く赤毛のかにや姫もすごいマゾだったと思われる。その姿はコケシ人形に残っている。

四

小野小町の愛人は在原業平だということになっているが、実のところ良峯宗貞《よしみねのむねさだ》（僧正遍昭）が切なる恋のあいてであった。宗貞は桓武《かんむ》天皇の孫で、仁明《にんみよう》天皇の寵愛を受けて青春時代を送り、蔵人《くろうどの》頭《とう》となったが天皇崩御の悲しみのあまり深草仁明陵で出家したのは三十五歳の若さで、この剃髪も唐突であるが、伝説にいう深草少将とはこの宗貞のことである。

岩の上に旅寝をすればいと寒し苔の衣を我にかさなん（小野小町）
世を背く苔の衣はただひとへかさねばうとしいざふたり寝ん（遍昭）

という石《いそ》の上《かみ》での贈答歌は、二人が野外で契ったことの証拠であろう。この契りはSM的な契りであって、正常のSEXではない。果たせるかな貫之は、「歌のさまは得たれどもまことすくなし。たとへば絵にかける女《うな》をみて、いたづらに心を動かすがごとし」と言っている（古今集・仮名序）。小町の方はべたぼめで、「よき女のなやめる所あるに似たり」と最高の讃辞を惜しまない。これには何かがある、と貫之は感じ取っているのである。

小野小町は参議小野篁《たかむら》の流れという陸奥の郡司小野なにがしの娘で、采女《うねめ》として京に召され、その歌才と美貌で一世を轟かせた巫女的人物である。宗貞少将が小野を見初めたのは宮中の五節《ごせち》の舞の時で、また

天つ風雲のかよひ路吹きとめよをとめの姿しばし見るべく（遍昭集　原形）

と詠んだのは豊明節会《とよのあかりのせちえ》――新嘗祭《にいなめ》の時であった。小町が衣通姫《そとおりひめ》の流れとされるのは、その美形、衣を透して肌輝くごとき歌の上手で、天皇の愛をうけたことによる。五節舞は諸国の娘たちが玉の輿に乗る品定めの場で、深草少将が小町に目をつけたところであやしむ者はなく、巫女はまた高級遊び女《め》でもあった時代だから、だれでも迎える椿姫的存在と見られていた。

田舎からポッと京へ上った娘心に、「天つ風」の歌は天来の声ときこえ、「常乙女《とこ》」でいたいと彼女は神に誓った。舞楽殿の勾欄《こうらん》によって、彼女は寒夜の月を見ていたのだが、そこを覗《うかが》ったのが、当代随一の洒落男・深草少将で、れいの「天つ風」の歌を吟じながら、彼女を抱きすくめた。ドン・ファンというものは向こう見ずなことをするもので、小町は扇で顔をかくしたが、男の目的は衣を透す肌を月明にさらし、少女を逆剝ぎにすることであった。勾欄というものは今日の寝椅子の如く、女体をさかさまにするのに都合がよい。悲鳴を上げるところだが、〝芋粥〟などを食っていたので、たまらずして少女は放屁に及んだ。好色の女は恥ずかしさのあまり逃げだしたということになっているが、宇治拾遺の異伝にはあとがある。「常乙女のままで、お許しを」と申し上げたが、「をとめの姿しばし見るべく」と深草少将も詠じたことなので、月明に処女であることを確認の上、「この不らちな尻のあなめ。穴め」とばかり、尻の割れ目に香油をそそいで長大なる物を、後ろの穴へすべり込ませた。当時の貴族はお釜掘りなど手なれたものであったのである。これは神の妻としての巫女の神秘性を尊重したのである。遍昭とは、月のごとくあまねく照らすということで、月明の中、月の空ゆく如き契りであったと利生記は記す。天女はワキの下か何かでSEXを行なう由で、女性のお釜というのは新鮮にして神秘そのもの、絵にかいた美女というのは、これを言ったのであろう。

女体の美というものを月明の下に極限まで遍昭した少将は、王朝時代にはまれな通人であったと申さねばならぬ。懐妊してしまっては巫女はつとまらぬ。これはしゃれたSUPER SEXである。と同時に、他《あだ》し男の前への侵入を許さない貞操帯ともなった。小町が穴なしであるという風評はこんなところから生まれた。

次の春は大変な旱天《かんてん》続きで、稲の作付けができないほどの水不足となった。雨乞いは国家的行事として林泉苑で行なわれる。小町は雨乞いの舞楽を舞い、

あめにます神も見まさば立騒ぎあまのとがはのひぐちあけ給へ

とうたった。天の川の樋口をあけてくれという意気はまことに壮大である。小町というのは、小さな陰《ホト》ということで、マチとは亀卜の時に、亀甲に穴を掘って、そこにマチガタという十文字を刻むのであるが、この気概から推して健康な東北乙女は十和田湖の女身像の如き大町であったに違いない。時に沛然《はいぜん》として豪雨に至ったというから「雨乞小町」は一躍大スターになってしまった。弘法大師も「喜雨歌」を作っている。ちなみに遍昭というのは弘法大師の遍照金剛という灌頂号《かんじょう》を頂いたものである。こうなると男女の交わりなどは禁忌《タブー》であって、神聖にして犯すべからざる神女とされてしまったわけで、長雨の物忌みの歌、

花の色は移りにけりないたづらに我が身世に経《ふ》る長雨《ながめ》せしまに

という絶唱によって深草少将にせまっている。このもんもんたる常乙女の性の悩みは独身エネルギーのなせるわざである。

良僧正（遍昭）には正妻の外に、二人の二号三号がいて、その一人は若菜をちそうしたという貧しい五条の女で、出家の後も袈裟を洗わせたという。三号が小町だったのではないか。出家のことは正妻には告げず二号三号にだけ教えたという。もとどりを切って与えたのは小町の方で、関寺《せきでら》で尼になったという謡曲の説も、男の髪を抱いて郷里八十島《やそしま》に帰ったという説も本当らしい。苔の衣の歌のように、自由にSM的風流を青カンで楽しんだようだ。「秋風の吹くにつけてもあなめあなめ」という上の句が伝えられている。「小野とは言はじ薄生《すすきお》ひけり」と業平が下の句をつけている。「あなめ。あなめ。いれてたもれ。入れて」という小町に、がまんできる男性果たしてありや。

五

ドン・ファンと称する男の陰には、ドナ・ファナと称すべき女ドン・ジョヴァンニがいるようで、さすれば王朝の好色の女房達は、そのセンスと性戯で妍《けん》を競ったのである。ここに伊勢の御《ご》という、伊勢守藤原継蔭の娘、宇多天皇の寵妃は、『源氏物語』にも、「長恨歌《ちょうごんか》の絵、亭子《ていし》の院（宇多天皇）のかかせたまひて、伊勢、貫之によませたまへる大和言《こと》の葉」と桐壺の巻にあるくらいで、

難波潟みじかき蘆《あし》のふしの間もあはでこの世をすぐしてよとや（伊勢）

とつれなき恋人におもいをもやす歌を残している。ところで彼女は有名なドン・ファン平中《へいちゅう》の恋

人で、せめて「見つ」とだけでも返事をくれという平中に「みつ」というあいての手紙を取って返したというので、後宮では「みつ」と呼ばれたらしい。平中という平貞文の父は、茂世王《しげよおう》の子で好《よし》風《かぜ》といい、右近衛権《うこんえのごんの》中将になったので平中とよばれた。これぞドン・ファン一世で、紀長谷雄《きのはせお》の『紀家集』に収められた、昌泰元年（八九八）『競狩記《きそいがり》』によれば、朱雀大路を進む宇多上皇の競狩《かりくら》を見物している女達に「艶詞《つやことば》」を投げかけ「狼の如く挑んだ」という好色サディストであって、その夜の川島の原の宴では遊女達の「懐を探り、その口を咽《す》ふ」といった好色ぶりであった。王朝の文章で「オッパイ」だの「キッス」だのという表現はここらを元祖とする。

　だいたい女流の作品に肉体に関する表現がほとんどないのは、王朝の美女達も肉体にはそれほど自信がなかったからであろう。だから伊勢の「みつ」チャンがもてたわけである。伊勢の後宮で語られた物語だから『伊勢物語』といわれるので、本来は在《ざい》中将物語という歌物語であった。伊勢の御は亭子院歌合のスポンサーであり、貫之、射恒《みつね》のパトロンである。古今和歌集も彼女の情熱でできたのだろうと思われる。延喜十三年（九一四）三月十三日に行なわれた盛大なる歌合わせは、左は赤色に桜重《さくらがさね》、右は青色に柳重の装束を着て、伊勢、貫之、射恒、興風、是則、友則を読人《よみびと》とする一大盛儀であり、平中好風も方人《かたひと》として参列している。方人というのは「伊勢の海」をかたどった二見浦の「すはま」を並べる役で、楽は黄鐘調《おうしき》「伊勢の海」で「みづら」を結った少年四人がかついでくる。一番に読まれるのは、初春　左　伊勢の歌。

青柳の枝にかかれる春雨は糸もてぬける玉かとぞみる

右は是則で

浅みどり染めて乱れる青柳の糸をば春の風やよるらん

という次第で、伊勢の歌は是則よりもきれいである。歌は左は桜の枝につけ、右のは山吹につけ、鶯の歌は花につけ、ほととぎすの歌は卯の花につけ、夜のは鵜舟ににせて、かがりに入れてもたせた。銀の大壺二つに、沈香《じんこう》を合わせたたきものをし、皆に装束を賜わったという和歌史上最高最大のイベントであった。

平中好風の子が平貞文で、これも平中二世とよばれるマゾヒスティックなドン・ファン。この男、成熟する時が破滅する時であると思いこむタイプであったらしい。舞台は天徳四年（九六〇）内裏歌合で壬生忠見「恋すてふ」と平兼盛が「忍ぶれど」が優劣を競った二十番の大勝負である。この時の歌人に本院侍従が左・十八番に出場し

人しれずあふを待つまに恋死なばなににかへたる命とかいはん

とやって、「さてもありなん」と判者（村上天皇・左大臣藤原実頼）に言わしめている。

本院というのは時平《じへい》のことで、平中と時平は恋のアバンチュールの相棒であり、有名な筥《はこ》の話は

侍従一人の計略ではない。恋で死んじゃつまらない、とまことにドライな女である。芥川が『好色』で書いているように、雨夜をおかして平中が本院の局《つぼね》を窺うと、侍従が寝ていて「そらだきもの」が香しい。「オッパイ」などをさぐっていると、女は「一寸、オトイレ」とか何とか言って、外側から、カケ金を掛けてしまう。塗込《ぬりご》めであったらしく、平中は局から出られなくなってしまう。「朝まで寝ていてやろう。そうすれば侍従と俺の仲は皆が知ってしまうから」と平中は考える。そこでドライな好き者女房の「ウンコ」でもみてやりましょうというアイデアが浮かんだ。女房は「筥」の中に用をするのである。いくら几帳《きちょう》の陰でも、これは臭う。だから香が必要である。塗込めの部屋ではなおさらである。几帳の陰をさぐるとまさしく筥があるではないか。先刻「オトイレ」といったのは、曹司《ぞうし》に群がり、成り行き如何と耳をすましている好色の女房達のところへ「音ヲ入レ」に行ったのである。塗込めの部屋だからカケ金は外側についていたと推理する。筥は金梨地の琴漆塗、丁字《ちょうじ》の香がプンとする。薄香《うすこう》の水が半ばばかり入り、大指の大きさの黄黒いものが長さ二、三寸（六・六～一〇センチ）三切ればかり、ニョロリと曲がった形で入っている。

この製法、黒方《くろほう》という合わせ薫《た》き物で、沈香、丁字香、白檀《びゃくだん》香、麝《じゃ》香などを練り合わせた崑崙方《こんろんほう》という黒い練り物で、とろろを合わせ、あまづらでこね合わせて、大きな筆のパイプに入れてヒリ出したものだと今昔は見てきたようにくわしい。平中嘗めてみるに苦くして甘し、こうばしきこと限りなし。「これは常人のウンコではない。此の世の人にはあらざりけり」と恋い死んでしまったと今昔は書き、好色とはこういうものだとしたり顔に芥川は言う。だが実のところ、平中はこの尿《いばり》りをゴクゴクと飲みほし「ああ吉祥天女、甘露なるかな」とうやうやしく筥を捧げ持ち

君を待つ玉の御筥の香をかげばまんだらまんずの華の香ぞする

と歌った。王朝のドナ・ファナは赤い扇の影で笑ったであろう。

「香木だってかなり高価なものですわよ」

それでいい仲となった侍従はやがて平中にまたがり、深々と尿りをもらすこととなる。平中は女房の尿を吉祥天女の賜物とばかりに吸いつき食いついて飲みほす。王朝のマゾヒズムは狼の如く「成熟する時は破滅する時」なのである。

六

日本の代表的ドン・ファンは在原業平である。ドン・ファンは不可能に挑戦する。業平は大貴族で、母は伊都《いと》内親王という桓武天皇の皇女である。この女性の手印が残っている。墨に掌をつけて押したもので山階寺に香燈読経料として施入した願文の裏に押されている。もみじのような小さい手である。この時業平は九歳か十歳だが、何と墾田十六町余、荘園一処、畠一処の経料である。この長岡の母君は業平を大変に寵愛したらしい。業平の妻は紀有常の娘で、有常の妹が文徳帝の妃として第一皇子を生む。これが惟喬《これたか》親王であるから、業平と親王は従兄弟ということになる。業平と関白基経の娘・高子《たかいこ》との仲はあまりにも有名で、淳和《じゅんな》天皇の大葬に高子の女車に相乗りででかけたところ、天下の色好み、源至《いたる》がこれをみつけて、螢を女車に入れたという話がある。至は源順《したごう》の祖父に当たる人。葬式の時にもイチャイチャしていたので螢を入れたのである。この高子が、筒井筒の童女のモデルであって、

筒井筒ふり分け髪も肩すぎぬ

というロリコン的愛は源氏と童女紫の上のモデルになったと思われる。高子を背負って、業平は駆け落ちする。騎馬で行ったらしいから、バイクに相乗りする若者の気分である。お蔵の奥に姫を入れて、弓簶《ゆみやなぐい》を負うて戸口で番をしていると、鬼が出てきて女を一口に食ってしまった。これは兄・国経、基経がとり返しにきたということだと伊勢物語はいう。ここには惟喬親王と、清和帝との皇位継承がからんでいる。清和帝は二条后を業平から奪ったわけで、皇位継承にやぶれ剃髪した惟喬親王への業平の同情は当然のことである。

その親王の妹（恬子《てんし》内親王）が伊勢の斎宮に立たれた時（貞観元〜十八年・八五九〜八七六）も、業平はおともしていった。この禁男の女宮司は卜定《ぼくじょう》できめられるのだからイヤとは言えないのだが、夢うつつのうちに業平とやってしまった。

君やこし我や行きけむおもほえず夢か現《うつつ》かねてかさめてか

と斎宮は正直に歌っている。業平はどうも「イケナイノヨ」という女性にやられてしまう色男であったようだ。禁断の扉というものはドン・ファンに開かれるものだが、これは命がけのことである。本来ならば死罪にあたいする罪だが、この時は死刑がなかったので、東下りはドン・ファンの贖罪《しょくざい》である。とはいえ、もとよりおめあての住む所求めに行ったのである。東国は後に平将門が平新王と称して反乱をおこしたように、失意の貴族のフロンティアを求めていた。言問の歌は有名だが、業平は陸奥に行ったふりをして、相模の国府を北上し、東山道を武蔵の国府に向かったであろう。すみだ川のあたりは海に面し騎馬でも馬がかくれる位の葦原であったと更級日記は伝えている。おめあては入間《いるま》の郡《こおり》、みよしの里である。ここに在原氏の荘園があった。荘司は王様的な土豪で母は藤原氏であったという。母夢みて、在五中将（業平）にめあわせたいと願った。

　みよし野のたのむの雁もひたぶるに君が方にぞよると鳴くなる

という女の歌の返し

わが方によると鳴くなるみよし野のたのむの雁をいつか忘れん

という相聞がある。この田舎娘のことを京の妻のところへ報告するのか「むさしあふみ」で

とへばいふとはねば恨む武蔵鐙《あぶみ》かかるをりにや人は死ぬらん

と歌ったのは二条后であろう。

業平は将門的に僣《せん》王になることを断念して、東山道を信濃へ越えている。

信濃なる浅間の嶽《たけ》に立つ煙をちこち人の見やはとがめぬ

と人目を気にしながら信濃の郡司のところに一宿する。

この宿の妻は、全然こばむことをしない。すーっと前を開いて男をつつむのである。さて、一物を取り出そうとすると、これはしたり金《キン》がない。翌朝一行のあとを追いかけてきて郡司は扇にのせた松茸を返してくれたという。これは陸奥の金を女にまき上げられたということの洒落であろう。兄・行平も業平の悲恋が原因で自ら須磨の浦に身をかくすのだが、これは源氏物語「須磨」のモデルとなり、「塩くみ」の二少女の伝説が行平にまつわっている。行平は在民部卿《ざいみんぶのきょう》歌合わせという歌合わせの元祖になった歌人で、亭子院歌合わせの原型をつくった人だから業平の所業には行平のロマンも混じっていると思われる。

さて二条后であるが、東宮の后として入内《じゅだい》するに先だって、「恋忘れ」の修法ということをやっている。

これは、塗り込めの持仏堂にこもって、ゴマを焚き、密教の呪術によって恋を忘れようというお祈りである。そんなことをすれば、よけいに催淫効果があるだろうが、基経も妹の入内にカッコをつける必要があったのである。

そのモンモンたる所へ、金《キン》をとられて業平が現われた。だが、塗り込めの格子には勅封の封印がしてあった。「寝ねにけり」と書いた古人《いにしえびと》はウソはつかぬから、一体どんな姿勢でやったのか。格子の井桁は一寸（三・三糎《センチ》）角位しかない。そこに挿入した大砲に、尻まくりして接する外はなかろう。裳《も》という古のスカートはまくり上げること簡単である。これが一番有効な恋忘れの術で、恋人同士というものは、一寸ふれただけで全身もよおしてしまうものだ。

東宮のみやす所の御屛風に、

ちはやぶる神代もきかず竜田川からくれなゐに水くくるとは

と書いた業平は、血涙を以て染めた華麗きわまる歌を残している。

在五中将に対する後宮女房達のあこがれは、業平の命がけの純愛というところに同情の紅涙をしぼったのである。伊勢・古今の文学は政治よりも永しというべきであろう。

七

歌才の誉れ高き女性がすべて美人とは限らないが、おしなべて好色の達人であることはまちがいのないところで、和泉式部という、熟れきった柿のごとき魔女は、二十七歳のプリンスを、兄弟二人までも悩殺してしまった。女性豪とは彼女の事で和泉守橘道貞との間に小式部内侍《ないし》を産み、為尊《ためたか》親王と関係し、ために夫は陸奥守として飛ばされたが長保四年（一〇〇二）に親王がなくなると、その弟・敦道親王と結ばれた。和泉式部日記によると夢幻の愛慾に魂は螢となって飛び交うような情交で、この時式部は三十六だった。さすがにこれでは女主人である彰子中宮の品位に関わると、関白道長も考えたのであろう、家司《けいし》の藤原保昌の妻として任地丹後の国に追いはらった。

この保昌というのがこれまた豪傑で、盗賊袴だれも恐れいったと今昔にある。

あらざらむこの世のほかの思ひ出にいまひとたびのあふこともがな（和泉式部）

というのは病気で死にそうな女が、来世の思い出にもう一度やりたいといっているので、これでは男が衰弱して死んでしまうのも無理はない。

式部が丹後の国への出発に当たって、河原院で歌会をもよおした時の導師は、巨鼻の誉れ高き、禅智内供《ないぐ》であった。内道場供奉《ぐぶ》というのは、こういう時の侍従をするのが務めであって、型のごとき法会《ほうえ》をするのである。さて当日は長雨ふりつづく長梅雨であって、源氏物語雨夜の品定めの如きつれづれであった。つれづれわぶる時の話題となるのは男の品定めであって、当日集ったのは和泉式部と仲のよかった赤染衛門《あかぞめえもん》、大弐三位《だいにのさんみ》（紫式部の娘）、伊勢大輔《たいふ》、相模の六人であった。紫式部と清少納言は世間ていをはばかって来なかったが、大弐三位と相模に男女のあはれをよろしく御指導賜われということであった。和歌というものは男女の仲をやわらげるためにあるので、仏道もまた帝釈天《インドラ》の秘法をもって、男女を極楽に導くのである。インドラは身に一千の男根を有し、このウニの如き男根で一千の女性を同時に至楽に致らしめるというのであるから、その快美は想像を絶するが、曇《トン》仙人の妻を犯したために、身に一千の女陰生じ、セルフサービスを以て一千の二倍の快楽を享受することとなった。これは歓楽極まって哀愁多き世界で「もののあはれ」とはかくの如き「つれづれである」とサド・マゾの極地を禅智内供は説いた。さすれば、最も立派な男性とはいかなる人であろうかと笑いながら赤染が言うと、夕食の膳が出て、お平《ひら》椀に長芋が茹《ゆ》でてあった。長芋は白く長くてお平の椀に余っている。「こういう殿方はいかがでしょう」と赤染は赤くなって言った。和泉は大まじめで、「お平に余るような芋がよいのです」と申す。「あなたは、お平の長芋のように味のないのがお好き、ではないでしょう。業平竹のように、ふしくれ立った青竹がよいのでしょう」と赤染は言う。「本当は行平鍋のようなのがいいのよ。お平の長芋は何回食べても同じで、それを一夜に十三七《じゅうさんなな》つも食べるのはもうたくさん。業平竹でぐっとしめてもらいたいわ。保昌様はそれはそれはふしくれだった業平竹でおいでですわ」と式部は満足気である。

伊勢大輔は大中臣輔親《すけちか》の娘で、父が伊勢の祭主であったので、伊勢斎宮と業平との情交をもれ聞いている。あの時は斎宮の方から、業平竹を求めて逢いにいったので、夢か現《うつつ》かという程よかった。つまるところ、祖霊との夢か現かの性交が神道の秘伝であると伊勢大輔は申す。紫式部が言ったように、中の位の貴族がもっとも優秀であったのは、田舎娘の血を多く受け入れていたからで、長い黒髪の直毛はその出自が蝦夷系であることを示している。ひき目、かぎ鼻の娘からは、優なる男性が産まれる。光源氏はその代表で、末摘花《すえつむはな》の如き黄色の紅花が、紅鼻の巨根を産むことを本能的に知っている。紫式部は藤原為時の娘で二十歳も上の藤原宣時の妻となったが、賢子《かたこ》（大弐三位）を産んで二年ほどで夫をやり殺してしまった。源氏物語は、その男狂いの情念の結集である。

めぐり合ひて見しやそれともわかぬまに雲がくれにし夜半《よは》の月かな（紫式部）

と幼友達の男を恋しがっているが、帚木《ははきぎ》の雨夜に出てくるような、クリクリと小ぶとりの女性であったようで、空ゆく月のような業平体験もあった。

清少はセンスのいい女性で、夫を橘則光《のりみつ》から藤原棟世《むねよ》に乗り換え、行成大納言と「よに逢坂の関はゆるさじ」なんてやり合っているが、中宮定子の歌はだいたい清少の代作である。自分ではかなり美人だと思っていたに違いない。こういう自信に満ちた道長側近の女房達は、寄ってたかって禅智内供を裸身としてしまった。この巨鼻に相対する巨根を見れば見る程感嘆の外なく、「あはれ、あはれ道鏡様の再来か」とふしおがまれた。殿方をあしらうには、「まずこのように遊ばせ」と和泉は内供の巨根に騎乗位《うまのり》になって性教育を行なった。赤染は顔打ち赤らめ、「失礼を致します」と、巨鼻を握って開に押し入れた。巨鼻の孔は開中に没しそうになるが、口唇を蠕動《ぜんどう》させて切れ切れに息を送りこむ、陰中呼吸の術という。大弐三位も小式部もとてもたまらずそれぞれ左右の手を以て開をおしひらいてもらう。左右の足ゆびには伊勢大輔と相模が取りついてそれぞれに息を切らす。「これすなわち、六道輪廻《りくどうりんね》」と和泉は赤染と交替し、大弐と小式部は車がかりとなって伊勢大輔と相模と交替する。「あなや、あなや」と六人の美女達は、「あなや、あなや」と射精に至る男根をうばい合う。精は和泉がいただいてしまった。これまさしく帝釈天のマゾヒズム、インドラのサディズムで、五筆和尚の弘法様もなかなか長安ではもてたはずだと、真言密教の奥儀を感得した事である。背骨に達する程の鼻薬を味わい、

やすらはで寝なましものをさ夜ふけてかたぶくまでの月を見しかな

と赤染は鼻上で吟じた。長雨はれて西山に傾く月が暈《かさ》をかぶっていた。

八

河原左大臣、一名青鬚《ひげ》左大臣は、冠のひもの両側に、青々と美鬚が生えていた。左大臣の奥方は次々に若死にしている。青史は秘して語らぬが、男性は七十、八十の長寿であるのに王朝の女性は概して二十代で死んでいる。医療の不備と、栄養不良が原因とされるが、どうもそうではないらしい。

今昔に典薬頭《てんやくのとう》のところへおしのびで女房があらわれ、陰部のはれものを入院治療する話がある。シップをしたり温方をほどこしたり、毛をかきわけて治療に当たる。特に名を秘したこの女性は、高貴のお方だったに違いなく、ある時消えてなくなる。これは王朝のＳＥＸが烈しい血まみれのＳ

Mであったということの証左ではあるまいか。

河原左大臣、源融《とおる》という人は貞観十四年（八七二）から寛平七年（八五九）まで二十五年間も左大臣をやりながら、関白基経の意地悪で天皇になれなかった人である。悪鬼となって天皇にたたったとしてもいたし方ない。


みちのくの忍ぶ文字刷《ず》り誰ゆゑに乱れそめにし我ならなくに（河原左大臣）

という歌は、忍ぶ草で刷った乱れ文様のプリントだそうで、その石も福島に現存しているが、「捩《もぢ》り摺《す》る」という音韻が潜在意識に投射して、身をよじり、こするという東北女の名器をあらわしている。この歌に感応したのはさすがに在原業平で

かすが野の若菜のすり衣しのぶの乱れ限り知られず（伊勢物語）

と狩衣の裾を切って女に贈っている。

融は仁明天皇の猶子《ゆうし》として東宮と同じ日に元服し、基経が関白となった同じ年に左大臣になっているから東宮なみの待遇である。陽成天皇狂して退位の時、チャンスはあったのだが「源姓を賜わって臣下となったものが帝位についたためしはない」と基経にしてやられた恨みがある。源氏物語では、光源氏に同情のあまり、准太上天皇にしているが、これは前例がないことだと無名草子の作

者も非難している。

光源氏もまた名器の探訪者で、末摘花という紅鼻の女性を愛している。東北の女性には、陰門の括約筋が随意筋となっている名器がまれにあり、これには京女の紫上も敵し難かった。「しのぶもぢずり」とは「キンチャク」「タコツボ」を暗示する語である。

業平が夢中になったのも、二条后の名器に惚れたのである。ここに宇多天皇という名器蒐集《しゅうしゅう》家がいて、京極御息所という名器を発見し、河原院にしけ込んだ。牛車《ぎっしゃ》に同車したというから相当なものである。河原院は加茂川に面し、四丁四方（一×一km）という広大な別荘で、河原左大臣の名はこれによるのであるが、池にはいろいろの魚介を放ち、毎日難波の浦から塩を二十石ずつ汲ませ、塩釜をつくって塩を焼かせた。東北女の塩汲みヌードを観賞するためである。

法皇は月が明るい夜、御車の畳を下ろさせて御座とし、御息所と寝たところ、塗籠《ぬりごめ》の戸を開いて幽鬼が出てきた。法皇「何物なるぞ」と咎めると、「融《とおる》にて候。御息所《みやすんどころ》賜わらん」と容易ならんことを言う。法皇、「汝存生《ぞんじょう》の時臣下たり。何ぞ不礼の言葉を出《いだ》せるや。早《と》く帰り去れ」と宣《のたま》うと、かの霊物、たちまちに法皇の御腰を抱いたので、大いに恐れ、半死半生の体となってしまった。御息所も顔色青ざめ、腰が抜けてしまった。とにかく助け抱き上げて還御《かんぎょ》の後、浄蔵大法師を召して加持祈禱をしたので、やっと蘇生したと古事談に書いてある。

源氏物語で、夕顔が六条御息所の幽鬼にとり殺されたのもこの河原院である。何でこんなに男女の交わりにタタルのかというと、源融のサディズムに原因する。基経の娘・温子《あつこ》が宇多帝の女御《にょうご》となったのだが三十六歳でなくなっている。二条后と同様の名器の所有者であったようだ。笛でも何でも名手となれば名器に執着する。こういう名器を体験すると、凡器では射精に及ばなくなってしまうもので、ストラディバリウスの悲劇である。ミロのビーナスの如き巨尻《おおいど》ではなく、楊貴妃の柳腰を求めるに至る。そこから桐の花に象徴されるふさふさした女の開を去って、少年愛の菊花に至るわけであるが、無理をしてハリマに及ぶと、遂には夕顔の如き死に至る。青鬚の六人の妻たちもかかるヨガリ死の悲運にあったのである。王朝の美学を分析批評すれば、雪は冷感症とナルシシズム。月はメンスから女性に、少年愛に至り、花は生殖と死、紅葉は血汐をあらわすメタファである。

古今集は河原左大臣をいたみ

君まさで烟《けぶり》絶えにし塩釜のうら淋しくも見え渡るかな（貫之）

伊勢物語も、この河原院の「菊の花のうつろひ盛りなるに、紅葉の千種《ちぐさ》に見ゆる折、みこたちおはしまさせて、夜一夜酒飲し遊」んだ故事によって実隆公の詠んだ歌

みちのくは名にのみきくの花もただ都の秋の塩釜の浦（雪玉集）
うちつけに淋しくもあるかもみぢ葉も主なき宿は色なかりけり（近衛右大臣）

紅葉を血汐、菊を少年愛と見立てると、常なつの女として頭中将《とうのちゅうじょう》の思い物であった夕顔を、光源氏が河原院につれ込んだ時、幽鬼にとり殺されて、夕顔がだんだん冷たくなってゆくところなど、

SMの極というべきであろう。これは河原の青鬢左大臣が、次々と塩汲みの女をハリマで殺したことを、暗示しているのである。その為か河原院は亭子院宇多法皇の御料としてとり上げられてしまった。いま枳殻《きこく》邸（渉成園・東本願寺内）となっているが、これは鬼哭《キコク》邸であったのである。

尚、宇多天皇は一度源氏の姓になってから天皇となられた人物である。

九

あひみてののちの心にくらぶれば昔は物を思はざりけり（権中納言　敦忠）

これは時平《じへい》左大臣の三男、実は伯父・国経大納言の息である藤原敦忠の「はじめての女のもとにまかりて、又のあしたにつかはしける」と詞書のある歌で、やった後の方がもっと悩ましいという不忍の恋である。この人の母は在原業平の孫であり、父・国経大納言は関白基経と兄弟で、妹・高子《たかいこ》の業平との恋途をとざした人である。因縁は廻るもので業平の情炎は敦忠にまで遺伝している。時平は若さにまかせた酔余の物語に「今の世に美人の聞えあるは誰ならん」と言うと、平貞文（平中二世である）が「今は世の美人と申すは、殿の御伯父国経卿の北の方のよし承り候」と言った。当代の色好み、平中の言うことだから時平もむらむらとなった。「よし、国経卿のところへ方違《かたたが》へに参ろう」ということになった。平中のいう美人とはどんなものかみてやろうという酔ったまぎれの乱行である。方違えとは方角が悪いと陰陽師の占いに出て、方角を変えるために知人の家に泊まることで、浮気のために大いに利用したものである。国経の方は今を時めく本院時平の君のおいでであるから、大いにごちそうをつくり酒盛りとなり、国経卿は「よい琴を引出物にあげましょう」と言ったのだが、時平は「今宵の饗応には、北の方見参に入り侍らん」と申された。国経卿は「いと安き事」といって北の方をよび出した。今を時めく甥に若い妻をあいさつに召して、内心自慢したい老人の気持ちである。なにしろ、子を身ごもっているのだ、と安心しきっていた。だが深窓の若夫人、平中のいうにたがわず大変な美人である。老人の妻ではやるせなかろう。「今宵の引出物には、北の方を賜わらん」と酔狂に言ってのけたのである。国経も冗談だろうと「ともかくも」といって酔って寝てしまった。時平は平中のさしがねで、北の方を車に抱き乗せて帰ったために、これは冗談ではすまないことになった。奥方は身ごもっているではないか。えいままよとばかり、やってみると、これはめっぽう甘い桃の果で、そのジュースィなることかぎりなし。はらみ女は価千金。はじめての青年貴公子は参ってしまった。

そして生まれたのが敦忠である。女性の側にも言い分はあって、あんな爺さんはいやだわ、若い奔馬の方がよい。おまけに左大臣やがては藤原氏一門の統領となる人に身をまかした方がこの子の将来も約束される、と計算したわけである。だがこの不忍の恋の自由奔放はこの時代が最後で、時平のスキャンダルとなってその政治的生命を奪うことになる。儒教道徳のかたまりみたいな菅公（道真）との対決は、その余波である。

時平もとより愚物ではない。左大臣として、『三代実録』をあらわし、三平の一人として弟・忠平、仲平と並び称される秀才である。菅公は『類聚国史』を編述したが、それは単なる『六国史《りっこくし》』

の抜き書きである。菅公の著作としては『新撰万葉集』にその才学を見ることができる。

ところでこの時代は「新撰」の名を冠する著書が多い。『新撰字鏡』『新撰亀相記』など新しい格式を必要とする革新官僚の時代である。三善清行《きよつら》は辛酉《しんゆう》革命説を上表して、延喜と改元された位で、『延喜式』は忠平によって撰せられる。

時平派は源光、定国卿、菅根《すがねの》朝臣。菅根は延喜帝（醍醐天皇）の舅である。源氏は天皇になれないという前例は、宇多天皇が源氏から登極したのですでにやぶられている。定国卿以下は、菅原氏の右大臣の下につくことに不満であった。その讒《ざん》というのは亭子院（宇多法皇）が朱雀院に位を譲ろうとした時に道真がこれを止めたのは、道真の娘の夫・斎世《ときよ》親王を天皇にしたかったからということにある。道真の生家は天満天神として御苑の前に位置しているが、この小社の出身で右大臣になったのだから、かなり藤原氏の抵抗は強かったろう。反乱罪をでっち上げるのは藤原氏の御家芸であるが、時平のスキャンダルがその引き金となった。

菅公左遷はあまりにも有名であるが、菅公の息・景行は東国にながされて後、平将門の反乱を応援しているから、無実ということはあるまい。辛酉革命説は現実の地方不安を予言しているのであり、時平一族の若死にと一門滅亡は度重なる血族結婚の結果と考えられる。ひとり、他人の妻を奪った際に腹の中にいた敦忠卿だけが、異種族婚《イクソカミー》の成果で、三十六歌仙の一人となったのは奇なりというべきである。

菅公は「もみぢの錦神のまにまに」と歌ったように血ぬられて刑死してしまう。大雷となって朝廷にたたったというのは、偶然であろうが、時平には内心大いにやましいものがあったであろう。清涼殿中、時平一人太刀を抜き、虚空に向かって、「朝廷に仕へたまひし時もわが次におはせしかば、神となりたまふとも、などか我に所をおきたまはざらん」と言ったという。神にも位階があって右大臣は左大臣をこえられないというところが面白いが、延喜八年（九〇八）十月、菅根朝臣は雷に蹴り殺されてしまった。時平公も三十九歳で亡くなり、娘の女御、孫の東宮、長男・保忠も次々に死んでしまう。まいったのは後任の右大臣となった源光で、鷹狩の最中に溺死。延喜帝もこれはいけないというわけで、筑紫安楽寺の墓に天満天神を祭らせ太宰府天満宮とし、右大臣と正二位を贈るが、延長八年（九三〇）六月には清涼殿に大雷おちて、大納言清貫の衣に火がつき、希世《まれよ》朝臣は貌《かお》やけただれ、是茂朝臣は弓をとってゆくと立ちどころに蹴り殺され、紀蔭連《きのかげつら》は炎にむせて気絶してしまった。果たせるかな、平将門と藤原純友による承平天慶《じょうへいてんぎょう》の乱が朱雀天皇をおびやかす。

その後、一条天皇が道真公に北野天満宮天神、正一位左大臣を贈り、更に太政大臣とすることになる。

十

平新皇将門は、女シャマン（昌伎）の託宣によって、「八幡大菩薩の使なり。朕が位を、蔭子《おんし》、平将門に授け奉る。その位記は、左大臣正二位菅原朝臣の霊魂表わす者ぞ。右八幡大菩薩は、八万の軍を赴かせ、朕の位を授け奉る。今すべからく、卅二《さんじゆう》相の音楽を以て、早《すみやか》にこれを迎え奉るべし」ということで、自ら諡号《しごう》を製奏し、将門を名づけて新皇ということになった。そして坂東諸国の諸官を任命する除目《じもく》を行なった。というのは関八州の国司の印鑰《いんやく》を取り上げてしまったのである。これは律令の制度の逆手をとったので、ハンコとカギを奪ってしまえば、役人の任免は自由自在である。官庫の財宝も荘園の所有権も切り取り勝手ということになる。将門の人気大いに上がり、神田明神や国王神社〔現茨城県坂東市〕に祭られているのは、あいての剣をもって敵を切るという、ハンコ行政への反逆の痛快さである。ここに正二位菅原朝臣の霊魂という御霊《ごりょう》信仰をもちだして、朝廷をおびやかしているのはまことに痛快で、これは菅公の子・菅原景行の知慧によるものと思われる。神田明神と、湯島天神とは仲がいいのである。菅公を祭る天神様には亀戸や五条天神があるが、「ここはどこの細道じゃ。天神様の細道じゃ。行きはよいよい。帰りはこわい」と童謡に歌われるように、恐ろしいタタリ神であって、幽冥界への通路を細道といったのである。泉鏡花の異界小説はかならずこの童謡にはじまる。

飛梅《とびうめ》といって梅が大宰府の菅公配所まで飛んでいったり、将門の首が飛んで江戸城大手門前にいたり、将門首塚となったという怪異は、今だに信ぜられていて、日本一地価の高い所だが首塚の上にビルを建てるのはさすがに遠慮している。これ人間心理の深層である神秘的世界のサディズムに至る細道だからである。ことによると天皇制が揺らいだかもしれぬ承平、天慶の乱は、もとはといえば「いささか女論《じょろん》によりて、伯父良兼と将門と、舅甥の中すでに相違う」という恋愛事件に端を発している。良兼の娘を取った将門から、良兼は娘を取りかえし、上総につれ帰ったが、娘は将門のところへ逃げもどっている。将門は太政大臣藤原忠平（貞信公）に仕えていたことがあるが、分家の方だから王孫といってもぱっとしなかった。忠平は延喜の三平の一人であるがたよりにならない。将門の不満は革新官僚制に対する土着土豪の不信であって、実力を以てハンコを奪うという作戦を用いた。将門が純友にくらべて坂東に人気が高いのはこの故であろう。将門はなかなかロマンチストである。貞盛や源扶《たすく》という敵方の妻が、はだかにされて軍兵に乱暴されてしまった時に、

よそにても風の便りにわれぞ問ふ枝はなれたる花の宿りを

という歌を贈り、

よそにても花の匂《かほ》りの散りくればわが身わびしとおもほえぬかな（貞盛妻）
花散りしわが身もならず吹く風は心もあはきものにざりける（源扶の妻）

将門の妻（良兼の娘）もレイプされてしまったのでそのしかえしではあるが、筑波の自由恋愛の遺風は神秘的サディズムとして残っている。

「花が散る」ということは、裸にされて輪姦されてしまったということだが、逆に輪姦されてしまった女性の方は壮絶なマゾヒズムを味わっている色気がある。ここらは戦争とSMという美女と野獣の極限で、美女がたちまち血みどろの肉塊となって飛びついてくるのが戦争というものである。

俵藤太《たわらのとうた》秀郷の直系の子孫が佐藤義清《のりきよ》すなわち西行であって、弓矢の宗家であるが、西行は鎌倉で

はあまり用いられることがなかった。それは坂東武士の中に、秀郷に対する不満が残っていたためで、源経基（六孫王経基）は清和源氏の祖であるが、武蔵介《むさしのすけ》〔介＝次官〕として将門討伐に下向するも、秀郷軍が先に将門を流れ矢で討ち取った後であった。秀郷は将門と同様に反旗をひるがえしながら、貞盛方についたので人気がない。貞盛も官位は昇進したがまったく人気がない。

源頼朝は六孫王の子孫であるから、西行が鎌倉幕府を尋ねて「弓矢の道」を説いたのは奇縁というべきだが、鎌倉時代は至近距離から弓矢で殺傷する「ヤブサメ」などという兵馬の法が発達し、木曾義仲もこれにやられた。将門も、保元の乱の悪左府《あくさふ》頼長も、この狙撃戦法でやられたらしい。あまり名誉なことでないから射手の名は伝わらない。西行は鎌倉で頼朝に発見され、伝家の弓矢の法を説いたのであるが、頼朝は歌の話でもしてほしかったようで、帰りに銀の猫を与えた。金では失礼と思ったからであろうが、帰りがけに子供にねだられると、銀の猫をくれてしまい、大磯鴫《しぎ》立沢《たつさわ》に至って、

心なき身にもあはれは知られけり鴫立沢の秋の夕暮（西行）

という絶唱を残している。これは有心に対する「無心体」の歌である。頼朝の知遇を求めて行ったが失望に終わった空白が出家の身にも迫るという、僧・円位（西行）の空白のマゾヒズムである。

遠藤武者盛遠《もりとお》は源渡《わたる》の妻・袈裟《けさ》に懸想《けそう》し、夫とあやまって、恋人を殺してしまう。袈裟の首を抱いて仏門に入り、後に文覚《もんがく》上人となって、頼朝の知遇を得ている。

文覚は西行の生き方――鳥羽上皇の北面の武士でありながら、後徳大寺（長実）の姫（美福門院）に失恋し、保元平治の乱をよそに吉野にこもって桜をうたったりしているのが、つら憎くてたまらない。

「西行のシャッ面《つら》をはりとばしてやろう」とつねづね言っていた。これ坂東武士の共通の西行観であったろう。ところが実際に会ってみると「俺の方がはりとばされそうなつらがまえであった」と言っている。

なげけとて月やは物を思はするかこち顔なるわが涙かな（西行）

これが神秘なSMの世界である。

十一

麗景殿《れいけいい》の女御（村上天皇妃。代明中務宮《よしあきらなかつかさ》の娘）、宣耀殿《せんよう》の女御（芳子《よしこ》。師尹《もろただ》の娘）、道綱母（兼家の妾。倫寧《ともやす》の娘）は、『クレーヴの奥方』の時代にも比すべき王朝の三美人である。この時代には、天皇も恋をしておられた。蜻蛉《かげろふの》日記を書いた道綱母は、名も伝わらないので失礼しちゃうわけであるが、倫寧は冬嗣の長男の長男の嫡流であるから、兼家の妾というのは、いささか不本意であったろう。王朝の美学は、今日の美人のように覗うことはできないが、女御の方々となれば畏れ多いことであるから、道綱母はまず本朝第一の美形と申されよう。妹は菅原孝標《たかすえ》の妻で、その娘が更級日記を書いている。源氏五十四帖を全部持っていたおばさんがいたという文学の家系である。

延喜・天暦の聖代を通じて、基経の子の三平、時平、忠平、仲平の兄弟が政柄《せいへい》を握ったが、兼家はその忠平の孫で、東三条殿といわれた摂政関白太政大臣である。村上天皇不予《ふよ》の後は、冷泉天皇即位するが、兼家の娘・超子が冷泉帝の女御で三条帝の母である。冷泉院は妄想幻覚になやまされ、「物の怪《ケ》恐ろし」早く退位したいと思われたが、それには、醍醐天皇の皇子達が、左大臣源高明《たかあきら》を中心にして、愛宕の山荘に集まり、朝議を行なうということがあったらしい。「源氏の右の大臣《おとど》の、式部卿の宮の事を思《おぼ》して、朝廷《みかど》傾け奉らんと思し構ふ」ということで、安和《あんな》二年（九六九）三月二十六日、検非違使打ちかこみ、宣命読みののしりて、「朝廷《みかど》傾け奉らんと構ふる罪によりて、太宰権帥《ごんのそち》になして流し遣す」という、菅公左遷に次ぐ大事件になった。この事件は将門の乱よりも、朝廷内部の反乱であるから衝撃は大きかった。蜻蛉日記は身の上だけ書こうとしているのだが、「見奉らんとて、天の下ゆすりて、西の宮へ人はしりまどふ。……愛なしと思ふまでいみじう悲しく、心もとなき涙に、かく思ひ知りたる人は袖をぬらさぬといふたぐひなし」「あまたの御子ども、あやしき国々の空になりつつ、ゆくへもしらずちりぢり別れたまふ」と異例の政変を記している。この事件の仕掛け人は、誰あろう、夫・兼家なのだから、動顛するのも無理はない。兼家は公家悪の代表のような人だが、若い時はなかなかロマンチストで

音にのみきけばかなしなほととぎすことかたらはんとおもふこころあり

と道綱母に歌を贈り

はまちどり跡もなぎさに文みぬはわれを越す波うちや消《け》つらん

と有力な競争者《ライバル》を意識している（蜻蛉日記）。大胆に仮説を立てれば、道綱母には他に思う人があったのではないか。それは源高明の兄弟、醍醐帝の子の一人で、愛宕山に会して「帝《みかど》傾けんとした」宮の一人と推察される。さすれば道綱母が「かく思ひ知りたる人」「かなしと思ひ入りしも誰ならねば記しおく」わけなのであろう。『クレーヴの奥方』のように貞淑に身を守りながら、仏門にすがろうとするが、究極のものは宮への押しつぶされた愛であろう。

そんなわけだから兼家は三晩つづけて来ない。あとをつけさせると町の小路の女のところへ通っている。明け方戸をたたく人があって、夫と知りつつ門を明けさせず帰してしまう。

なげきつつひとりぬる夜のあくるまはいかに久しきものとかはしる（道綱母）

というのは、他に「思ふ」人がある発想である。

忘れじのゆくすゑまではかたければ今日を限りの命ともがな（儀同三司母《ぎどうさんしのはは》）

というのは兼家の長男・中関白道隆にあてた伊周《これちか》の母の歌であるが情炎のもえ方がまるでちがう。

兼家は近江に女がいて、その娘を道綱母に養わせる。門の前を通りすぎて女のところへ通うなど、失敬な話だが、この娘と道綱を結婚させてはと彼女は考える。異母兄妹ということで、これは一寸まずいから、近江の女というのは故宮の愛人ではなかったかと思われる。ところが兼家のさしがねで叔父がこの娘に求愛に来る。「夢やぶれたり」ということで、このあたり蜻蛉日記は『女の一生』のごとくせつない。

考えてみると、兼家が通いはじめたころ、父・倫寧は陸奥守になって飛ばされてしまう。それは父・倫寧が兼家にとって煙たい存在だったからと考えられる。父が諸国の受領を歴任して、経済的には恵まれたようだが、愛にはまったく恵まれなかった。兼家には時姫という正妻がいて、この子、道隆、道兼（粟田関白）、道長は藤氏の黄金時代を現出するのだが、息子・道綱は右大将にしかなれない。息子に愛を注いでもやはりはかないことである。

あはれ今は　かくいふかひもなけれども………不二の御山の鶯は、限りの声をふりたてて、君が
昔の愛宕山　さして入りぬときしかど、………言へばさらなり九重の、内裏《うち》をのみこそならしけ
め………かつは夢かと　言ひながら………あふべき期《ご》なくなりぬとや。いとどめさへや　あはざら
ば　夢にも君が　君を見で………おなじく濡ると　知るらめや露

という長歌を、かみや紙に書き、たて文にけずり木につけて「多武《とう》の峯《みね》より」と言えといって愛宕に贈っている。多武の峯は氏神、談山神社である。宮の兄弟の入道という思い入れである。これ

は彼女のオナニーである。

こういう烈々たる恋の女のマゾヒズムはジャン・コクトオの趣味である。仏門に入るとは死に至る色の道を究めるということで、やるせないけれども、もだえ死にするという、スーパー・マゾヒズムなのである。やるよりもオナニーの方がよいというのは、名誉に殉ずる美人の宿命であろう。

十二

兼家の子に道隆・道兼・道長の三悪道がいて、摂政・関白・太政大臣を兼ね栄華を競ったが、天皇にとってはまことに悲劇的な時代となった。退位させられたり、僧にされたり、王朝はこのあたりを頂点として崩壊に向かう。源高明の左遷も、醍醐帝の何十人という皇子が愛宕山の子《ね》の日遊びに集ったというだけで、一大政権が成立し帝位を傾けんとすとして源（多田《ただの》）満仲《まんじゆう》の密告でやられてしまったのである。京洛では兵杖《ひようじよう》を帯することも禁じられたというから、非武装地帯で遊んでいた時代である。

その満仲の子孫が源頼朝なのだから因縁というものは恐ろしい。道長は射の名手であったといい、武人としての器量で天下を掌握したのであるが、さらに彼は文化力をもって道隆の娘・中宮定子を圧倒した。定子のセンス指南、清少納言に対し、紫式部、赤染衛門、和泉式部が妍を競い、歌合戦となる。この勝負、道長の娘・彰子が後の後一条天皇を産むに至って落着する。

さて、次は妹・超子の産んだ三条帝を降さねばならぬ。この悲運の天子は眼を病んで、御簾《みす》の編緒《あみひも》や月しか見えなかった。つまり、光と影しか見えなかったのである。角膜に異常があったのか網膜がいけなかったのか、御まなこ清《すず》しげでも視力は○・○二位であった。典薬主《かみ》は金液丹を献じたというが、これは金コロイドであるらしく、かなりの劇薬であるから、道長の意を体したものであろう。陰陽師曰く「物怪《もののけ》あらわれて御首に乗り、左右の羽を合わせると見えなくなるが、羽を動かすとすこしは見えるのだ」と言ったという。この帝は十一歳から五年在位されたが、長女・常子内親王が伊勢の斎宮として下られる時、別れの櫛をさされ、「たがいに見返ることもできまいと思われたのに、この院は娘の方をお向きになった。思いもかけぬことであった」と道長が言ったそうである。帝には光をかざしている櫛は見えるので、弁の内侍が櫛を左にさしていると、「我子《あこ》よ。など櫛は悪しくさしたるぞ」と言われた。だが妃の美しい黒髪は見えないとほろほろと泣かれたという。

心にもあらでうき世にながらへば恋しかるべき夜半《よは》の月かな（三条院）

この帝在位中、二度までも内裏が焼けた。これは宮殿を高く造りすぎたせいで雷火にやられたので、平坦な平安京に高殿を建てれば、必ず落雷に見舞われる。時平の大臣もこれにおびえてしまうが、雷公は神だと思っていた時代だから、あの世の道真公も笑ってしまうだろう。眼病で見えない心の目で、「恋しかるべき夜半の月」を歌われている。退位をせまられている帝の心中察するに余りある。

常子（當子と書く本もある）内親王は三条院の愛を一身に受けた愛娘であったが、伊周《これちか》の子・左京大夫道雅と恋仲であった。内大臣伊周は定子皇后と同じく中関白道隆の子で、母・貴子《たかこ》（高内《こうの》侍）の血を引く貴公子で、紫式部もほれぼれしているいい男であった。その息であったから松君道雅も抜群の美男子、しかしマザコンの気味があった。中将の内侍というのが実母であったようで、この母が乳母《めのと》として常子内親王を育てた。乳兄妹《めのとご》ということで格別の親愛をもっていたらしい。

伊周は事を起して太宰府へ下され、道雅は薄幸の貴公子という運命にあった。伊周の罪というのは「太上天皇（円融院）を殺し奉らんとした罪、御門の御母后を咒《のろ》はせ奉りたる罪、公家《おおやけ》より外の人、いまだ行はざる大元の法を私に隠して行った罪」ということで、「大元の法」という天皇の行なう修法で咒ったのはけしからんということらしい。天変・兵乱が占いに出て内陣は頼光ら満仲・貞盛の子孫が固めていたというから、武力を以て鎮圧したのである。占いや修法が武力と同じ威力をもっていた時代である。道雅は内親王が斎宮として伊勢に幽閉された後も恋心やまず、密通のかどで万寿三年（一〇二六）左京権大夫に左遷される。また斎宮の乳母と中将の内侍のしわざだとして乳母は追放され、守《も》り女《め》すなわち目付役をつけて厳重に幽閉されてしまった。

「かの在五中将の『心の暗に惑ひにき　夢現《うつつ》とは世人定めよ』など詠みたりしも、かやうの事ぞかし」と栄花物語は二人に同情的で、「いとかたはらいたきになん」と批判的である。これは道長が三条院に圧力を加えた結果であろう。斎院との密通がいたく定家卿の感動をさそったのは、定家が百人秀歌を選ぶ頃、加茂斎院式子《しょくし》内親王と深い仲にあったからと考えられる。「玉の緒よ絶えなば絶えね」という式子内親王から定家に送られた歌を見て、父・俊成も叱るのをやめたという話がある。

いまはただ思ひ絶えなんとばかりを人づてならで言ふよしもがな（左京大夫道雅）

後拾遺集詞書によると「守り女などつけさせ給ひて　しのびにもかよはずなりにければ」とあるので、勅撰集が愛を認めたことになる。

榊葉のゆふしでかけしそのかみに押しかへしてもわたる頃かな

とも斎宮に歌を贈っているから、禁断の女性への魅力を抑え難かったのだ。さらに

陸奥《みちのく》の緒絶《おだえ》の橋やこれならんふみみふまずみ心惑はす

とやって、御殿の勾欄《こうらん》に結びつけたという。自由恋愛の時代にあっては、禁男の女性にしか愛欲を感じないというのはドン・ファン精神であるが、道雅は先に追放された中将の内侍のところにしけ込んで「いみじういたはりおく」というマザコンにひたっている。斎宮は長和五年（一〇一六）に退位し、同六年四月に密通、その後尼になり男装の麗人のような断髪になった。「いとおかしげなる尼にて、行はせられ」「御衣《おんぞ》の色も冬になるままに、いとどさし重なり、色濃きさまに」色っ

ぽくなられた。王朝の忍ぶ恋はここらが究極で、ドン・ファンは思いを遂げたにちがいない。

十三

王朝の女房は、夫の外にも恋人をもっていた。夫というのは清少納言の夫・橘則光であるとか、紫式部の夫・藤原宣孝のような中流貴族でオンリー的存在である。一方恋人の方は、歌の贈答で妍を競う、上流貴族との交渉で、一発か二発はやらせるが、簡単には許さない社交上のテクニカル性《セツクス》である。経済的には、女性自身に荘園からの年金はあるし、夫に養われる必要はないわけだが、いつでもやらせる気楽な話あいては子供の将来の為にも必要である。夫の方は、妻の才覚で月卿雲客《げつけいうんがく》〔公卿と殿上人〕に名を挙げるならば、自身の出世を考えると、やきもちはやかないのがルールである。殿上人といえども女房達に性的にワタリをつけておけば、後宮におけるハブリがきくから、王朝とは乙な世界である。清少納言の恋人は、まず実方朝臣である。伊周もまたあこがれの定子皇后の兄弟だから、思い人と申すべく枕草子は伊周によって、定子皇后にたてまつられている。そもそも実方中将は蔵人頭《くらうどのとう》であり、若き日の行成大納言は、蔵人にもなれない若輩であった。

一条帝が東山に花見に行かれた時、雨がふりだした。実方中将は、桜の下に雨やどりして

桜狩《さくらがり》雨は降り来ぬ同じくは濡るとも花の蔭に宿らん

とやって、装束も絞るばかりになった。行成は「歌は面白し。実方のふるまひこそをこがましけれ」と言った。つまり「殿上人が女性も交えて大騒ぎしているのにやりすぎだ。ばかげている」と言ったのである。こうなるには清少をめぐっての潜在的敵意があったからで、そうでもなければ、ささいな議論で実方が行成の冠を笏《しやく》で打ち落とし、小庭までふっ飛ばすということにはなるまい。これは西洋ならまちがいなく決闘である。行成は殿守司《とのもりつかさ》を召して「冠を取って参れ」と命じて、冠をかぶり、守り刀から笄《こうがい》を抜き取って鬢《びん》をつくろい居直り、「いかなる事にて候やらん。たちまちにかう程の乱冠に預るべきこそ心に覚え侍らね」と端然として言ったという。これは一条帝も見ておられたから決闘はあずかりとなった。書の名手行成は蔵人にしてもらったが、一方実方は中将の官を召し上げられ「歌枕みて参れ」と陸奥へとばされる仕儀となった。皇后定子はこれを憐れみ、実方の為に「歌枕でも書きなさい」といって懐紙を清少に下されたのである。枕草子は、こうして歌枕集として書き出されるのだが、清少の才筆は、「歌枕」をこえて、最高の美の定型は一つであり、それはこれだという名随筆が成立する。実方は奥州で「さしもしらじな燃ゆる憶ひを」といって死んでしまうのだから、行成大納言にくどかれても清少が「ウン」というはずがない。

夜をこめて鶏の空音《そらね》ははかるともよに逢坂の関は許さじ（清少納言）

これは孟嘗君《もうしようくん》が鶏の物まねで函谷関をあけさせ、秦を脱出した故事によるわけで「ずるい貴方はいやよ」というやんわりとした拒絶である。紫式部が「清少納言こそ、したり顔にいみじう侍りける人」「その行末いかでかよく侍らん」と毒づいているのは、伊周に対する恋のさや当てで、定子をおとしめて彰子を挙げようとする道長一派の謀略である。行成も道長の法成寺に名筆を振るった道長派である。

ところで名門の貴公子の伊周に思いをもやすのは、未亡人紫式部ばかりではなかった。清少の方が定子との関係で近い距離にいたのである。ため息が出そうなのは後宮の女性達全員であった。栄花物語も内大臣伊周のことを「かの光源氏もかくや有けんと見奉る」「御身の才《ざえ》も容貌《かたち》もこの世の上達部《かんだちめ》には余り給へりとぞ人聞ゆるぞかし」（浦々の別れ）と言っている。反逆罪で大宰権帥に左遷された伊周に対する紫式部の憶いは源氏物語に書き継がれ、源氏でありながら光の君は准太上天皇となる。

もともと伊周には太上天皇（花山院）を殺そうなどという大それた考えはなかった。花山院の輿に矢を射かけたというのは大元法の修法で呪術的意味のものであろう。この人、呪術に凝って復讐を呪詛するところがあったらしい。伯父の粟田殿（道兼）などはダンビラを抜いて花山院を落飾〔仏門に入る〕させたのだから実行犯である。伊周は九州までは行かず、播磨に止められ、長保三年（一〇〇一）には大赦により科《とが》を赦され、寛弘二年（一〇〇五）には席次が大臣の下、大納言の上となり、花山院崩御の後は准大臣として儀同三司（つまり三公、太政大臣、左右大臣に同じ）に復権した。

定家が撰んだ百人秀歌五十三番には、

夜もすがら契りしことを忘れずは恋ひん涙の色ぞゆかしき

（皇后定子　長保二・一〇〇〇年崩）

という歌がのっているが、あなたが血の涙を流すかどうか知りたいという漢学趣味には清少の手が入っているようだ。清少は京へ来たにちがいない。これは小倉百人一首では外されて、後鳥羽、順徳御製が入っている。清少は摂津守藤原棟世の妻となって摂津に下向する。この長徳二年（九九六）に伊周、隆家は左遷されているので、清少は伊周の後を追ったのであろう。伊周の復権には清少と紫の後宮における暗躍があったと考えられる。したがって紫式部は、源氏物語という後宮での女房達の長夜の物語のはしばしに伊周の復権を期待し、清少は伊周の後を追いかけて、京に連絡したと思われる。これは清少の定子に子する忠義であると同時に伊周に対する片思いであった。いうなれば源氏物語は復讐の書で、伊周はモンテ・クリストといったところであろう。

伊周の後を追うように清少は京都に帰り、月の輪に住んだと伝えられる。伊周に求められれば清少とて、一も二もなく城明け渡したことであろう。紫と清少の恋の立て引きは清少の勝ちということになるが、伊周は三十七（寛弘七・一〇一〇年）でなくなっている。道長一派に毒殺された疑いは十分にある。

十四

紫式部は藤原為時（正五位下越後守）の娘であるが、名前は伝わらない。源氏物語の女性達も、すべて巻の名で呼ばれ名前はわからない。親戚の藤原宣孝に年若くして嫁したが夫は四十男で、数人の妻妾との間に、式部より年上の息子達もいた。どうしてこんなことになったかは、玉鬘《たまかづら》の巻にあるように、「源氏の君がこの娘（実は頭中将と夕顔の子である）とそい寝をしているうちに、尻松葉でやられてしまって玉鬘が当惑する」といった具合になって娘が産まれてしまい、「結婚して」ということになったらしい。夫は山城守だから京都に居られるし、右衛門権佐《ごんのすけ》だから黒鬚大将的魅力もあって、すかさずやられてしまったものらしい。あげく夫はやりすぎで死んでしまったから、何とかして娘は三位以上の殿上人の妻にして、五位の受領階級から抜けだしたいと願っていた。同じ北家でも道長は大政治家で摂政太政大臣従一位である。父・為時も道長の奔走で越前国司になれたのである。だが北国では文化の華が咲かない。未亡人は道長の縁で京都に帰り、中宮彰子（道長の娘）の家庭教師になったのである。

「いづれの御時《おほんとき》にか」とはじまる桐壺更衣の物語、「須磨にはいとど心尽しの秋風に」とはじまる須磨巻など、七五調の宣叙《せんじょ》調で語られていて、これは後宮の女房達が吟嘯《ぎんしょう》したところの物語で、源氏が紫上をみつけるあたりから、藤式部《とうのしきぶ》は紫式部と呼ばれる程、好色の誉高くなった。道長としてもこの色好みの未亡人を棄ててはおかれない。冷泉帝・朱雀帝など実在の帝《みかど》も描かれているし、一体光源氏とは何者なのであるか。女房達のうわさでは伊周がモデルのようだし、源光は実在の右大臣である。自分のことを「書きますわよ」とやられてはたまらない。そこでリシュリュー的宰相は、紫式部をわがものにしてしまうにしくはないと考えた。紫式部が渡殿《わたどの》の局に寝ていると、トントン

と戸をたたいた道長は彰子中宮の机上にあった源氏物語をみて、

すきものと名にし立てれば見る人の折らで過ぐるはあらじとぞ思ふ（道長）

と梅の枝に敷かれた紙に書いて給わったことがある。

人にまだ折られぬものを誰かこのすきものぞとは口ならしけむ（紫式部）

と、式部はすっぱい返歌をした。未亡人のくせに「人に折られぬ」処女だなんて誰が信用するものか。戸は恐ろしさに開けなかったなんて日記に書いているが、渡殿に並んだ女房達の隣の部屋のうわさが気になったのである。その翌朝、

夜もすがら水鶏《くいな》よりけになくなくぞ槙の戸口にたたきわびつる（道長）

という婉書が来た。

ただならじ戸ばかりたたく水鶏ゆゑあけてばいかにくやしからまし（紫式部）

とやった。その時「源氏物語の巻々を出来上がり次第、一見に供するよう。書けなくなったら一発御見舞申すぞ」というこれは御堂関白道長のおおせである。従わなければクビである。そこで紫式部は玉鬘以下約千枚を一夜一夜書き継ぐこととなった。ここからは吟嘯調でなく、散文的リアリズムで、ひそかに道長の内覧に供したものの如くである。

ここに鬚黒大将という、紫の上の姉の夫がいて、螢宮、柏木などという上品なやり方でなく、強引に玉鬘をものにしてしまう。このダルタニアン的鬚黒騎士は、心理的に右門府の権佐であった亡夫・宣孝ではないか。ところで大宰大弐高階成章と結婚した娘・賢子は、

ありま山ゐなの笹腹風ふけばいでそよ人を忘れやはする（大弐三位）

と太宰府に行ってしまったので母親はいささか不満である。玉鬘に言いよる大夫監《たゆうのげん》を大いに軽蔑して書いているし、道長の求愛も、どの程度本気なのかおそろしいばかりで、梅が枝は催馬楽《さいばら》の曲であるが「薫物合《たきものあわせ》」「書道」など感心な家庭教師的な書き方である。道長が梅が枝を書いた紙に、「色好み」と歌われたお返しをしているようだ。玉鬘——初音・胡蝶・螢……梅が枝と千夜の思いで書き継いだが、道長は政務と陰謀に明けくれて、さっぱり反応がない。源氏がすべての女達を平等に満足させてやるところに紫式部の独身エネルギーがこめられている。夕顔が六条御息所の物の怪にとり殺される河原院には、河原左大臣の悲劇が女の嫉妬恐ろしくでてくるが、源氏はめでたく准太上天皇となり、源高明・伊周の大宰権帥への左遷には、初恋の理想的プリンスの面影がチラチ

ラする。

めぐり逢ひて見しやそれともわかぬ間に雲がくれにし夜半の月かな（紫式部）

の夜半の月のような、「はやくより童友《わらわ》達に侍りける人」は「月にきほひて」帰ってしまう。身分違いの初恋の人は、雲がくれして、月と競うように逃げてしまったのである。これは勅勘の人、内大臣伊周が、実は光源氏で、大宰府に左遷されたことを暗示している。

ところで、「雲隠れ」の巻という光源氏が死ぬところに至って、本当に紫式部は書けなくなってしまった。「雲がくれにし」とはこのことで、約束により、道長に許さねばならない羽目になる。しかしそこは年増の円熟した食欲で、千夜を一夜に食べたので御堂関白もほとほと参ってしまったということである。

宇治には、道長の子の別荘があって、ひそかにここで密会をつづけたらしい。これは後に平等院となるが、女を平等に満足させることが男性の極楽であると式部は言う。「雲隠れ」した八年間に紫式部の青蛾《せいが》も老いた。道長も出家して数々の、政治的陰謀の精進をする。往生とはこういう御堂関白のエクスターゼなので、阿弥陀に五色の糸を結びつけて笑って往生したというが、現世に極楽を実現することが往生だと道長らしい悟り方をしたものである。これは紫式部の理想とする鬚黒大将的ダルタニアン的生き方ではないか。宇治に騎馬で行く匂宮《におうのみや》と薫大将《かおるだいしょう》のあたりは匂いの文学だが、道長の騎士的器量というものに紫式部は「もののあはれ」を感じたのであろう。宇治十帖は寂滅の性文学である。

十五

丹波の大江山に、酒顚童子《しゅてん》という怪盗が鬼どもを梁山泊の如く、百八人の豪傑を集めたという。都に出撃しては女を奪い財宝を盗んだ。そもそもこの丹波というのは京の都の鬼門であって、福知山から大軍押し出せば、織田信長といえども本能寺で殺《や》られてしまった地形である。酒顚童子というが子供ではなく大童子すなわち成人式をあげてない青年である。名前から言って宮仕えを経験し、都の検非違使の作戦を智悉《ちしつ》していてそのうらをかき巨大な盗賊団の山塞《さんさい》をなしていた。土民これに内通し、平将門の如く検非違使を望んで志を得なかった不満青年もこれに投じたから、さながらバルザック「ふくろう党」の如き神出鬼没の内乱が醸成されていた。

藤原純友の海賊団は大宰府を焼きはらい、国税の米を横領して都にせまる勢いであったから、これに大江山軍が急襲をかければ、王朝も壊滅したであろう。道長が家司袴垂保昌《はかまだれやすまさ》を丹後国守に任じ、和泉式部を女房につけて、大江山の彼方の治安を守ったのはリシュリュー的明察である。そもそも検非違使など左右馬寮や近衛府の儀仗兵を合わせても千人位の兵力で、保元の乱をみれば朝廷と仙洞《せんどう》〔上皇の御所〕の兵力はそれぞれ千騎位の小ぜり合い。それで源平二氏の命運が決するのだから、あきれたことである。

勅命を奉じて大江山討伐に向かったのは、源氏の大将源頼光《らいこう》である。頼光考えるに、鬼に対するは山姥《やまうば》でなければ勝味はない。そこで箱根の金時山に棲む山姥の子、坂田金時を起用した。箱根に姥子温泉という湯瀧があるが、熊と角力《すもう》をとっていたという大童子が金太郎で、顔が赤いから金時いもにその名を残す。

碓井貞光も碓氷峠あたりから召し出したのであろう。山姥というのは山に棲む女の妖怪で、能面をみると中々色っぽい。卜部季武《うらべのすえたけ》というのはおそらく伊豆の卜部《うらべ》で、三島大社で亀卜《きぼく》をやっていた一族だから、山姥とつき合いがあったろう。未亡人の四人に一人は性行為をしているということだから山姥とて鬼神の子を産むこともある。これがめっぽう強い。

渡辺綱《わたなべのつな》は摂津渡辺党の嵯峨源氏で、代々一字名を称する。洛北市原野に鬼同丸を退治し、羅生門の鬼神の腕を切り落とした豪傑である。陰陽師阿部晴明の卜《うらな》いによると、鬼神は七日のうちに必ず讐を報ずるというので、綱は七日の物忌みをしている。物忌みとはセックスを断つことである。果たせるかな鬼神あらわれて、おのれの腕をとり返し、腕をにぎってドロドロドロと退散する。西洋にも自分の腕を取り返す盗賊が出てくるが、何ともものすごい話で、大江山は妖怪合戦である。鬼とは中国の鬼神のごとく盗賊をいうのだが、尼鬼というのも今昔に出てくる。これは尼姿の盗賊で、高僧の袈裟を盗んで木へ登ってしまう。お経を読むと木から墜落したというから、鬼は飛行できないもののようだ。お経に感応してしまうから尼鬼なんで、これはなかなか色っぽいから高僧もまよった。こういうゲリラ部隊に対して、正規軍ではかなわないから、頼光は四天王、渡辺綱・坂田金時・碓井貞光・卜部季武とともに山伏姿で大江山へ潜入した。山伏姿とは弁慶のスタイルで、頭にトキンという将棋の駒のようなものをつけ「旅の衣はすずかけの」と錫杖《しやくじよう》をついて行く、山岳仏教の行者の姿で、これすなわち烏天狗である。天狗は羽団扇《はうちわ》をもって空中を飛行する。それが、鬼・尼鬼と違うところで、男性シンボルのような鼻をもつ以上は、おかめ的女性が必要なのだ。大天狗・小天狗となった頼光と四天王は、毒の酒を用いて酒顛童子を退治したが、大勢の女性もまた解放した。金時がいまだに京人形の代表として女性のアイドルであるのは、その女性的肥満児に対する性的倒錯の魅力によるものか。

だから、小式部内侍は、定頼卿の袖を取らえて『『大江山』幾野《いくの》の道の遠ければ」と歌ったのである。「母・和泉式部がいないので歌合わせにお困りでしょう」とせまった時に「まだ文も見ず天の橋立」を即吟したという。大変な才女だが、定頼卿（公任《きんとう》の息）は

朝ぼらけ宇治の川霧たえだえにあらはれわたる瀬々の網代木

という名叙景歌を残している。こういう文化力が王朝を支えていたわけだが、それとて、武力の前にはたえだえの網代木となってしまう。人麻呂歌うところの「もののふの八十《やそ》氏川《うじがは》の網代木」である。

小式部というから、小がらな才女だったと思うが、関白教通に愛せられ、滋井《しげい》頭中将の子をもうけるも、天狗の鼻の如き長大の具に敵し難く、二十五歳で若死してしまう。大江山の鬼神が小式部にとりついたのであろう。死因は鬼胎すなわち子宮外妊娠であるという。

小式部が死んだ後、母・和泉式部は大変に悲しみ、院から返却された十二単衣に、「小式部内侍」

と書かれた名札（籍）をみて、ほろりとするところがある。通い合う母子の愛情まことにあはれである。天井の上で鬼があくび声で「あなあはれ」といったという。

やがて鬚黒大将的な武人が台頭する。源三位《げんさんみ》頼政はヌエを退治して殿上人に出世する。ヌエとは「トラツグミ」のことだという。紫宸《ししん》殿上夜々妖しい声で鳴くので、怪物と思われ、源三位が射落としたところ小鳥であった。ヌエだといって怪物におびえる社会にしろ、遠矢で小鳥を射落とした腕前は大したものだが、虚像におびえる社会に、実力で実像を示せばこんなものである。

源頼光の娘が相模で永承六年（一〇五一）

うらみわびほさぬ袖だにあるものを恋にくちなん名こそ惜しけれ（後拾遺集）

と奔放妖艶の恋をうたっているが、「名こそ惜しけれ」というのが武人の恋の気概であろう。

十六

能因《のういん》は橘永愷《ながやす》といって、左大臣橘諸兄《もろえ》十代の子孫・遠江守忠望《ただもち》の子である。文章生《もんじょうのしょう》になり肥後の進士と号したが、官途にはつかず、歌人として立ち、西行等の隠者文学の先達となった人である。最初は融因、やがて能因と称した。能因の能は、藤原長能《ながとう》に師事したからで、善因（前世の善き原因）との洒落である。たまたま長能の家の前で車の輪がこわれたので、長能を尋ねて和歌の道を志

することとなった。長能は

山深み落ちて積れるもみぢ葉のかわける上に時雨降るなり

と和歌写実の奥義を説いた。能因感服して師弟の礼をとったという。

能因は極めて少食の人で、勧童丸（後の因能である）という童をつれて、大江公資《きんすけ》の家に来ても、薬は食わず、飯《いい》ばかりを食っている。大江公資は相模の夫で、歌人仲間であるから遠慮なく勧童丸を召しよせて、

「あの、紙につつんだものは何か。飯にふりかけて、粉のようなものを食っているが、それでよく身体がもつものだ」

勧童丸曰く、

「これは不老長生の秘薬でございます。勧童丸を愛するには、これがなくてはかないませぬ」と申した。能因には女性は必要なかったのである。この話は公資の孫の公仲の子・有経が清輔に伝えたというから本当らしい。

この話は藤原氏に対する橘氏の皮肉であろうが、清少納言の夫・橘則光が宮廷で軽んぜられているところをみると、能因が官途につかず、歌人として独立独歩の途を歩んだのは彼の反骨であろう。女性というのはややこしいもので大食で、もたもたしていて風流の趣味にあわない。

都をば霞とともに立ちしかど秋風ぞ吹く白河の関

と都で詠んだ能因は、陸奥《みちのく》へ行ったとして家に籠り、顔を黒く日にやいて旅から帰ったていでこの歌を発表したという。歌の調子が軽快ならば、実際はどうでもよいと能因は洒脱に考えたであろう。

嵐吹く三室《みむろ》の山のもみぢ葉は竜田の川の錦なりけり

と、百人一首にも濃婉な声調の歌を残している。M、I、M、U、R、OとM、O、M、I、J、Iの音韻の妙に感じたので、三室山と竜田川の地理的関係はどうでもよいのである。

能因が服用していた懐中の粉薬というのは、漢法のマムシの粉で、京都の公家さんの菜漬の菜では身がもたぬというところであろう。

能因は深く因能を愛した。これフロイトの言う、肛門（法性花《ほっしょうか》）愛というやつで、僧侶はもっぱらこれによって女色を断ったのである。少年愛には、貴族的な作法があって、稚児の方は、湯浴《ゆあ》みをし、香油を塗って、法性花を清浄にたもち、華やかな小袖に綸子《りんず》の帯を、女性とは逆に結び目を左に廻す。寝所には、丁字油《ちょうじ》が用意されている。湯呑茶碗の湯を一口飲み、楊枝で口を濯ぐ。これは潤滑油である。稚児は小菊紙（菊というのは法性花である）を受け取り、衾《ふすみ》の方へにじり寄って、小袖を脱いで添い臥すが、僧がこちらの帯の結び目に手をかけるのを心得て、稚児は自らうるはしく帯をとく。稚児は僧の帯に手をかけるが、僧も会釈して、うるはしく解く。解いた帯を知らせるのは見苦しい。僧の左手が稚児の腰の辺りから入れられると、稚児は心得て、腰を少しく浮かせ、おもむろに手枕にする。稚児の髪は、僧の首のほどに置く、左手は僧の背中に置き、僧は右手を稚児の背より少し下に置く。初めての夜に、稚児の背より下へ手を廻すのは尾籠《おこ》な振舞いとされる。稚児が僧の脚に足をかけるなどは、馴れてからならば苦しくない。僧が稚児の背を指す時は稚児は背を向ける。中指と無名指〔薬指〕で臍《へそ》の辺りを指す時は稚児は前を向く。叡山文庫「聖教秘伝」に指取十の秘事というのがあって、

第一　指取り儀。頭指（人さし指）、中指の二つ取らば只今会はんと思ふ心なり。
第二　大指（親指）、小指二つ取るは口吸はんと思ふ心なり。
第三　無名指、大指二つ取るは戒を破る心なり。
第四　中指一つ取るは人に忍ぶ心なり。
第五　中指、無名指二つ取るは身にて嫌ふ心なり。（イヤ。立たないということなり）
第六　大指とるは母にあへと悪口する心なり。（これはマザコンめということ）
第七　小指一つ取るは我より下人と思ふなり。いずれの指をも浅くとるは今より後に会ふ事あるべからずと思ふ心なり。（これは別れの鳥ということである）
第八　大指、頭指（人さし指）、中指、無名指、小指五つを組み合掌すれば二世までと深く契る心なり。

第九　稚児の陰し処を取ること、なれなれしきことなり。
第十　稚児の陰嚢を指五つながら取ることあり。乙は世の常の法師何と口中に射精《ちら》させることなり。稚児を下人ほどに思ふたる法師の、しわざなり。能く能く心得べきことなり。

これはもともと、高貴の女性を抱く時の心得であったのだが、鳥羽院（保元の乱）の時代には、男女房《おのこ》というものができて、女性では戦力にならぬから、男性を女房に仕立てて、女装して白粉紅かねをつけて、まゆずみをつけ、まったく少女スタイルの小姓が出現した。北面というのがこれで、西行の弟なども若くして急死しているが、男女房であったらしい。その死は痴情によるものであろう。だからして西行は無常を痛感して出家し、吉野山にかくれた。西行にも西住《さいじゆう》という稚児が扈従《こじゆう》している。これがお小姓のはじまりである。

十七

王朝も末になると、だんだん妖艶の世となってきて、堀河院の御時には、殿上人に仰せて、宮仕えの女房達に懸想の歌を詠んでつかわせという勅令があった。そして女房達にはその返歌をかえせという勅により、艶書《えんじょ》合わせということがはじまったのである。金葉集にも載っている俊成卿の父・中納言俊忠は

人知れぬ思ひありその浦風に波の寄るこそいはまほしけれ

と越中（富山県）の有磯浦を歌枕にし、これを色々の風流の紙に書いて、一宮祐子《ゆうし》内親王に仕える女房に艶書を贈った。これが我が国の艶歌のはじまり、紅白歌合戦のはじめである。

さて、これには歌合わせのルールがあって、歌合わせに女が勝てば男性は罰杯《ばっぱい》三斗、男が勝ちとなれば、女は貞操を捧げなければならぬというおきてであった。なればこそ、この時代の女歌人にはヒジ鉄の名歌が多いので、男性の方も相手を選ばねばならぬ。あまり高貴の方では、あとがえらいことになるから、いきおい、平経方《つねかた》の娘、兄は紀伊守くらいが適当で、容姿美麗なるにしくはない。女の方も返歌が大変で、赤染衛門の妹のように、姉さんに代作を頼むわけにもいかず、下手ならやらせなければならんとなれば、「いやだ、いやだ」と色気のない歌も返されず、高度の知性を要するところで、わざと下手な歌を返して、やらせてやる方がよろしいのかもしれない。

音に聞く高師《たかし》の浜のあだ波はかけじや袖の濡れもこそすれ（祐子内親王家紀伊）

有磯の浦に対して高師の浜（越中）をもってきて、浮名高きあなたのあだ波を袖にかければ「濡れちゃいますわ」というところが憎い。

百人一首かるたでは「かけしや袖の」と読むようだが、これは「かけじや」という女の意気込みを示すところで、「かけしや」となると、やられてしまって涙にくれるということになってしまう。

俊成の父・俊忠というのは大変な好き者であったようで、周防《すおう》内侍と手枕《たまくら》で寝た歌がある。春如月《きさらぎ》の月の明るい夜、二条院に宿直《とのい》の人に居合わせて物語をしているうちに、御冷泉院の女房周防内侍が、小声で「横になりたいわ。枕がほしい」と言ったのを聞きつけて、「これを枕になされ」と腕を簾《みす》の下から差し入れた。男の握りこぶしはもちろん内側をむいてたくましい。

春の夜の夢ばかりなる手枕にかひなく立たむ名こそ惜しけれ

周防内侍は即吟でこう歌った。これは相模の

恨み侘び干さぬ袖だにあるものを恋に朽ちなむ名こそ惜しけれ

をもじったので、感じる女として大したものである。これでは俊忠の負けで

契りありて春の夜深き手枕をいかがかひなき夢になすべき（俊忠）

と深く契った仲であるのにと白状してしまっている。遠慮がないのはもとよりできていたからだ。
さて紀伊との艶書合わせは俊忠の負けと決まったが、罰杯三斗ではあまりにも罪が軽すぎるということで、殿上人のすべてに三斗の酒を贈り、孫の宗家（定家）は祖父の名誉の為に周防と紀伊の

名を百人秀歌にとどめたのである。

延喜・天暦の聖代は、貫之・躬恒《みつね》という大家が居並ぶわりには、歌詠みはあまり多くない。王朝も末期になると、すべての殿上人は歌をよみ、すべての女房はきそって歌を詠んだ。余情妖艶の体である。この時代は、遊女や、「くぐつ」というジプシー女も歌を詠み、近江の鏡の宿《すく》の傀儡《くぐつ》たちは

世の中は憂き身に添へる影なれや思ひ捨つれど離れざりけり

と源俊頼の歌をうたったという。俊頼は金葉集の撰者であるが、遊女の歌う自作の鏡の歌を聞いて感銘したとされる。「世の中」とは男女の仲をいうので「こいつばかりはやめられない」と鏡を見るところだ。

室積《むろづみ》〔山口県〕の遊女は「さゞら浪立つ」と歌い、江口〔大阪府〕の遊女は「月は洩れ」と詠じた。手越〔静岡県〕の千手《せんじゅ》、池田〔静岡県〕の熊野《ゆや》、鏡の宿〔滋賀県〕、野上の里〔岐阜県〕、加多〔和歌山県〕の立櫂《たてがい》、浅妻〔滋賀県〕の波枕なども遊女の優なるものである。

俊頼が白河院の方違《かたたが》えのお伴をして、淀の行幸に従ったとき、暁に郭公《ほととぎす》が一声鳴いて過ぎた。ある女房が船の中、忍んだ声で

淀のわたりのまだ夜深きに

と歌ったので、人々感嘆。「新しく詠みたるにはまされり」といったという。

これは天暦の御時の屛風に、「淀の渡りする所に」として

いづ方に鳴きて行くらん郭公淀の渡りのまだ夜深きに（壬生忠見）

を吟じたのである。俊頼も、上の句をつけることができなかったようで、俊頼は連歌が和歌の体を害すると否定的であったが、金葉集巻十には連歌の部を初めて設けて新風を開いた（万葉にも連歌のかけ合いがある）。だいたい世の中、末の頃がよろしいので、世紀末の文芸に天才が出現することになっている。文芸よりも実際に行なう方が更によい時代である。

源頼光が口ずさみに、「たで（蓼）刈る舟のすぐるなりけり」と言うと、これを連歌にして、相模母が「朝まだきからろの音の聞こゆるは」、と上の句をつけたのは感じる女の優なるものである。

蓼食う虫ということもあるが、これはやっぱりできている仲だ。

頼光先生もすみにおけない舟の中のバルカローレ〔舟歌〕である。

十八

天狗というのは山海経に出てくるが、古来中国ではボルネオ産の天狗猿を伝聞して、巨大な具を

有する紅鼻の天狗猿が樹間を飛行する。それが日本にも伝わり、秋葉山や高尾のようにやつでの如き紅葉を羽団扇の如くあおいで飛行する山伏を幻想したのであろう。日本のイカロスは団扇がなければ飛翔できないところが現実的である。天狗の眷属《けんぞく》に烏天狗というのがあって、これは口嘴《くちばし》が突出して鳥のように羽が生えている。この翼によって天狗属は、雲に乗らなくても空中を飛行できる特性がある。これは山伏が山岳で修行し、鞍馬天狗のように、高処から飛ぶ訓練をしたり、義経の軽わざみたいに五条の橋のらんかんに飛び上がったりする術を体得したことによる。したがって山伏の姿でトキンをいただき、タスキをかけた弁慶がすなわち天狗で、小天狗というのがいる以上、巨砲一発のセックスも必要で、おかめ（お多福）の如き大土手《おおどて》でなければ大器を収容することができない。巨根、大土手の「愛号《あいごう》」の声を「あなめ、あなめ」というらしい。「あな」は感動詞で「あゝ」という悲鳴、「め」は「いたや、痛や」というおかめのおチョボロの発するよがり声である。

大江匡房《まさふさ》が江家次第《こうけしだい》に書いているように、小野小町のガイ骨の眼にすゝきが生えて、「あなめ、あなめ」（遊仙窟、アナニク、アナナメ）と歌ったというが、これは「痛い、痛い」とよがっている声とすると、SMの悲鳴と考えられる。これに「ヒョットコ」という火を吹く男「火男」がからんで、陰門《ホト》すなわち火処《ホト》を吹いているわけだが、さすれば炎々と秋葉の火祭りはもえ上がるのである。日本で最初に現われる天狗は崇徳院で、この「瀬を早み」の名歌の主は、生きながら天狗となったという。

事は保元の乱にはじまる。およそ反乱の陰には美女があるので、美福門院という、後徳大寺（長実）の姫・得子《なりこ》が、名の如く美しく、福々しいことからはじまった。この美福門院にあこがれたのは崇徳院のみならず、若き西行・佐藤義清《のりきよ》も騎士的精神でお仕え申し上げていた。西行は弓矢の家系、俵藤太秀郷の子孫であるから、美福門院にしたがって鳥羽上皇の北面となったのである。そもそも西行（はじめ円位といった）は美丈夫でありながら歌もたしなむ風雅の人でもあり、およそ反乱鎮定の役にはたつまいが検非違使にしてやろうと院に言われたものの固辞して受けず、鳥羽殿落成の時、十首の歌を書いて、朝日丸という御剣を賜わった。宮中からも恩賜にあずかったというから鳥羽、崇徳の引き抜き合戦があったと思われる。保元、平治の大乱は、敏感な歌人西行の身のうちを戦《そよ》がせたに違いない。この時の鳥羽殿の北面には、義経を産んだ常盤御前の兄妹で源次兵衛尉《ひょうえのじょう》もいた。西行が出家したのは保延六年（一一四〇）十月十五日のことで、崇徳帝が退位される前年である。西行出家の動機は鳥羽院三銃士の一人、一族の左衛門尉憲康《のりやす》が頓死したので無常を感じたというのであるが、それは表面上の言いわけで、愛する美福門院の生んだ体仁《なりひと》親王を鳥羽上皇が崇徳帝の養子にして、東宮ということにしてしまったことによる。そして翌永治元年（一一四一）には崇徳帝退位して近衛天皇が即位する。新院二十二歳、西行二十四歳の時である。院では男女房という女装の麗男を集めて防衛につとめている。右衛門尉佐藤義清としては、最愛の美福門院の産んだ三歳の子が天皇になったのだから慶すべきことではあるが、失恋の悩みは果てしない。恋するダルタニアンの心境である。同じく三銃士の一人・西住（源次兵衛尉）とともに出家してしまった。だがこれは鳥羽殿方からすれば敵前逃亡である。天中川《あめなか》の渡しで船頭になぐられて頭から血を流したとしても当然であるし、文覚《もんがく》に頭を打割《かちわ》られても当然である。西行が藤原秀衡《ひでひら》に東大寺修復の寄付をもらいに行く途中、鎌倉で頼朝と会談したのは、文治二年（一一八六）八月十五日のことであるから、西行らは四十五年の長きにわたって、保元、平治、源平の衰退の間、単なる歌僧として諸国を流浪していたわけではない。それは上皇方の密使として情報収集に当たっていたと考えられる。

悪左府頼長は保元の乱で敗北するが、何とこの時、主だった者で戦死したのは頼長ただ一人である。これは千騎程度の夜襲戦で、相互に鳥羽殿と白河殿に夜討ちをかければ相討ちになったと考えられるが、情報はツーツーで馬鹿をみたのは源為義一族と崇徳院だけである。興福寺の僧兵などは藤原氏の長者頼長を見殺しにした。崇徳院が怒って天狗になったのももっともである。事は近衛天皇がなくなって後白河（鳥羽院第四子）が即位し、保元元年鳥羽法皇がなくなったことによる。これは美福門院の策略であるとして、崇徳院は白河殿に鎮西八郎（源為朝）以下諸国の兵を集めた。実際は女性の美福門院になしうることではないから後白河と清盛の謀略であろう。その諜報戦に利用されたのが頼長と親しい西行である。これには少納言信西という大学者が参謀となったので、為義以下十八人はことごとく斬罪に処せられた。王朝時代には死刑ということは絶えてなかったことである。義朝はただ一人朝廷側についたが、左馬頭になっても、信西に対する怒りは消えることはない。平治の乱では信西を殺すことでうらみは晴れたけれども、義朝以下悪源太義平等皆殺されてしまった。美福門院と西行は「あなめあなめ」ということになったが西行は平治二年（一一六〇）美福門院の骨を高野山で迎えることになった。崇徳院は保元の乱後、讃岐の白峯に配流となり、女房三人をつけて流されたという。これは女スパイである。新院は舌の先を食い切り五部の大乗経の誓願として、「この大功徳の力により日本国の大魔王となって、天下を乱り国家を悩まさん」と書いて讃岐の海へ沈めたという。爪も切らず、髪も剃らず、生きながら天狗の姿に現われたまうと伝

えている。これはスパイの伝える真説である。西行新院の跡をとむらって仁安二年（一一六七）、

よしや君昔の王の床とてもかからん後は何にかはせん

と天狗のあなめあなめの回向《えこう》をしている。西行もまた天狗の如き具を有する大山法師であった。

十九

常盤御前がマドンナとすれば、義経はキリストである。静御前というマグダラのマリアもついている。北条政子をマドンナだとすれば実朝はなげきのキリストである。鎌倉時代くらい、女性が権力と実力を回復した時代はない。これは女性が荘園という私有地を無税で相続することができたためで、だから女権の確立はもっとも武士道華やかなりし鎌倉時代にある。男性的英雄は、木曽義仲も義経も血みどろのハリツケの目にあうが、義仲の遺児は道元となって北陸武士団の信仰を集めて永平寺を建立しているし、巴御前らの女性軍は、クリカラ谷で平家を撃滅、平家方もオール女性軍船に乗ってついに義経と伊豆、三浦の水軍によって壇ノ浦海戦で全滅するが、女性はほとんど助かっている。巴御前が降参したのは、和田義盛にオッパイをつかまれて、「アレー」とうつむくところを後ろからお尻《いど》に左手を入れられ、落馬するところを運悪く巴形となって男根《まら》の上に串刺しとなってしまったので、あえなくも最期の歓喜の声をあげてしまったのだという。これ柔道巴投げのは

じまりである。こうして巴は頼朝公から和田義盛がたまわって、朝日奈三郎義秀を産む。朝日奈伝説は後にのべるが大力無双の豪傑で島廻りをして怪物を退治する。一目国小人国などをめぐる日本のガリバーである。道元は久我通親《みちちか》の子となっているが、木曾義仲の妻が後妻になって道元を産んだのである。

平清盛も平忠盛の長子ということになっているが白河法皇の御落胤で、忠盛はコブつきをたまわったわけだ。その母・池禅尼が頼朝を助けたので、平家は全滅という運命になったが、そもそも清盛が太政大臣になれたのも、こういう伝説がバックにあったからだ。安徳天皇を産んだ娘の徳子（建礼門院）を戦利品として義経がいただいたことは、当然であるが、義経が失脚したのは、それにうち驚いた鎌倉幕府の、政子のはからいである。徳子という建礼門院は、大原寂光院に閑居していたが、後白河法皇はわざわざ見舞いにでかけている。これが平家物語灌頂《かんじよう》の巻という大原御幸《おおはらごこう》の段で、もちろん御語らいあったことと推測せられる。この時代の女性というもの、そんなにおとなしくないのである。だいたい貞操観なんて野暮なものはない。それは江戸時代の儒者が家父長制維持のためにデッチあげたいかさまである。

さて近衛天皇は崇徳上皇の養子として位にあったが、左府頼長の養子であった。それで頼長は氏の長者を兼ね、兄の忠通をしのぐ勢いとなり氏寺興福寺の僧兵をたのんで兵を挙げたのである。忠通は父の忠実にもうとまれ、

わたの原漕ぎ出でてみれば久方の雲居《くもゐ》にまがふ沖つ白浪（法性寺入道《ほつしようじ》前《さきの》関白太政大臣）

と詠じて風流にかまえていた。だがこの歌、雲居すなわち皇居にせまらんとする左府頼長を詠じているわけで、保元の乱を予感している。

そして次の帝には二十九歳の四の宮・後白河帝をたてることになった。美福門院の産んだ近衛帝の妹に八条院暲子がいて、源氏の黒幕になったが、保元・平治の乱世を乗り切る後白河のような怪物が必要だったのだと思われる。

以降源平のバランス・オブ・パワー、源氏内部の決闘を操作したのは、実は実力者八条院であったのではないか。恐るべきはウーマンパワーである。八条院は美福門院の遺産をもらったから金持ちである。西八条の清盛の情報もすぐにつたわる。それは八条院蔵人となった為義の末子・十郎義盛（行家）から十日に一度、北条館に伝えられた。平相国《へいしょうこく》清盛は助平のために一門を滅ぼした英雄である。常盤の身体を引き替えに義経兄弟をたすけてやった。これは保元の乱の仕置が信西の策により厳しすぎて、平治乱の原因となったので甘い方をとったのである。頼朝は伊豆の蛭ヶ小島に配流となったが、ヒルが一ぱいの小島と思ったのはいつわりで、国府の三島にも近い北条氏の要地であった。北条は平家であるが、千葉介常胤《つねたね》の親戚である。政子が頼朝にほれたのが平家の運のつきとなった。頼朝は画像をみるになかなかの美丈夫であるから、まず、伊東祐親《すけちか》の娘に手をだして、一子をもうけたが、清盛の怒りにふれて男子は殺されてしまった。この墓が八幡野にある。伊東は地震で大変だが、韮山からは亀石峠を越えて騎馬で通ったものであろう。政子とは伊豆山権現で契っている。温泉で泳ぎながら相交わり天下の計を練ったであろう。伊豆は男根を祭るフリーセックスの海女の国である。刀剣のツバに千匹猿という図柄があって、猿は千匹はいないが四十八匹が手をつなぎ空中を飛んで交合している図である。鍔《つば》を裏返せばこれ四十八手の裏表で、あまたの男女がうごめきながら交歓している。ミミズ千匹といったところ。頼朝は大戦略家であるから、千匹猿の図に天文河図《かと》の計を考えたのであろう。

　日本一の戦術家義経の八艘飛びという話があるが、これは空中交合の妙技で、建礼門院も静もこれにはまいった。伊豆の女達は、男根様のヌルヌルになった巨大な木の根にだきついて温泉の中にすべりおりる。これ子さずけのヘノコで、八艘の舟型とはこれだ。この巨根の亀頭の裏側のくぼみは、いたずら男の精液で常にヌラヌラになっている。処女マリアもこのヌルヌルならキリストを懐妊してしまう。この時代男子を産まねば一門破滅ということになるのだからマドンナも必死で八艘《はっそう》飛びをやるわけだ。平相国清盛をハムレット的コンプレックスで「殺したい」と思ったのは義経である。だから空中交合で徳子を宙づりにしてもサディズムはおさまらない。義経を後門で賞翫《しょうがん》したのは弁慶である。弁慶は比叡山西塔の荒法師で義経はその稚子さんであった。義経が「頼朝追討」の院宣をもらって、大物《だいもつ》の浦から船出したのは、恐らく伴の島という紀淡水峡由良の山伏修行の聖地（オノコロ島というのはこれだと風土記逸文にある）へ向かうためで、ここから山伏の道を通って吉野へ入り、大台ケ原の森林を抜けて伊勢へ向かったであろう。大神宮に黄金造りの太刀を捧げて武運を祈り、多武峯《とうのみね》では南院藤室の十字坊にかくまわれ、悪僧十字坊、「豫州（伊予守義経）を賞翫す」と吾妻鏡にあるから義経の人気いよいよあがり、安宅の関を越えて奥州は秀衡の館に逐電してしまった。静は懐妊していたが、その子がどうなったか、それは朝日奈伝説の中で語られる。

二十

朝日奈三郎が巴御前から生まれた時の鎌倉は、男ひでりの女護《にょご》が島であった。すべて男性たるもの平家の女を求めて西国に出陣し、つづいて頼朝の東北遠征にともなって、秋田美人を求めて黄金の都、平泉をめざしたからである。畠山重忠は総軍の先鋒として、工兵隊を組織し、堀を埋め、橋をかけ、城塞の逆茂木《さかもぎ》を破壊しながら進軍した。奥州軍もゲリラ戦を展開してあくまでも抵抗した。為に頼朝は奥州の地侍の総領を安堵、つまり藤原氏のやり方をそのまま温存して、中尊寺の修復に力をつくした。そして千葉氏宇佐美氏他の御家人を藤原氏の遺影に配置して守護とし、反乱を鎮めていった。

義経の首は美酒（しょうちゅう）につけられて鎌倉に送られ、静は有名な、

しづやしづ賤《しづ》のおだまきくり返し昔を今になすよしもがな

と鶴岡八幡宮で白拍子《しらびょうし》の舞をまう。静は妊娠していて、男の子を生んだが、由比が浜に棄てられた。つまり、伊藤入道の娘が産んだ頼朝の子と同じ運命となったのである。

静は政子から禄をもらって、姿をくらましたのであるが、まず尼姿となって安達氏にあずけられ、安房清澄寺に向かったようである。静の素志はもとより奥州をめざしていた。義経の菩提をとむら

い、鎌倉に一矢をむくいるべく、よき男を求めていたことはいうまでもない。

曾我十郎の妻は、大磯の遊女虎御前であるが、曾我兄弟が工藤祐経《すけつね》を討ち果たした後、馬を一頭贈られている。曾我兄弟は自殺、さらし首となったが、虎にはおとがめなく、夫の三十七日に箱根権現で仏事を修し、この葦毛の馬を捧げて施物としたという。虎は善光寺で有髪の尼となった。この頃、尼になったということは性行動を止めたということではない。頼朝亡き後、尼将軍政子は、畠山重忠の子をもうけようと、重忠を裸にして、やろうとしたが、重忠畏れ慎んで物の用に立たなかったので、一族討ち取られたという話を上田秋成が書いている（胆大小心録）。据え膳を食わぬと一族滅亡ということになる。

僧も神主も男のはしくれということで、この時代には大もてである。美しい尼さんに懸想して、女装して、尼の姿となり、尼さんがたらりとしてよく寝入ったところを苦もなくやってしまった僧の話が古今著聞集にある。尼さん大いにおびえまどって何という事もなく、棹を引き外して持仏堂へ走っていき、鐘をカンカン打ちならしはじめた。さてはしくじったかと坊主小さくなっていると、「どこにいるの」と大また開いて合わせに来たので、年頃の思いを充分にとげた。「どうして持仏堂へ逃げていったのか」ときくと、「こんなにいい事を、どうして私一人のものにしてよいものか。上前を仏様に差し上げようと、鐘をならしにいったのよ」といって、そののちは、うちとけて女は憶いをとげ、ひまもなくやりつづけたので、女装はやめ男僧の姿になってやりつづけたという（或る僧尼に恋し化粧して其の尼に仕へて思を遂ぐる事）。

小便をしたくなった僧が「穴はどこかい」ときくと、「その棹の下に穴があるのよ」といった。

法師はいよってさぐり、穴をさぐりだした。ところが屁《へ》も出たくなったので、がまんしてひかえていると、女房「どうしたの」とさぐるので、こそばゆさに耐えず、身をふるううちに、屁も尿《しと》も一度に出た。穴に取りあてたものもはずれて、さんざんにはせちらした。それがやり戸にあいた穴からもれて、そばに寝ていた女房の顔にかかったので、「雨がもってきたわ」とさわいだという（みそか法師との事）。

というような次第で、男ひでりの鎌倉の時代は坊主もやり方題という女護が島であった。男の物は伊勢物《いせもの》というのが最上で、女の物は筑紫《つくし》ものが第一だということになっていた。外宮の権禰宜《ごんねぎ》度会《わたらい》盛広が三河の女を迎えて妻にしたが、その召使に筑紫の女がいた。そこで「そのつくしの女我にわれにあわせ給え。たえがたく知りたいことがあるから」と夫がいうので、「あながちに容貌《かほ》がきれいだというわけでもなし、ふるまいが優雅だというわけでもないのに、何がお知りになりたいの」と三河女の妻がいうので、「ものはつくしものとて第一の物という。されば ゆかしくてかく申すぞ」というのをきいて、妻、「そんなこと世にもやすきことです」といったが、「おとこのものは伊勢ものとて最上の名をえにれども、御身の物は人しれず、小さくて弱くて、あるかひもない物です。つくし女の物もさぞあらん。評判ほどの物じゃありませんよ」といって止めさせたという（三河女を娶る事）。

蔵人某の妻があんまりやきもちやきなので弱った男は亀の首を三、四寸でチョン切って紙につつんでふところに持ち、口論の挙句、「せんずる所、かやうの口舌の絶へぬもこのゆへにこそ」といって、刀を抜いて物を切る風にして、ふところにもった亀の首をなげ出した。その後、しばらくは傷のあとが痛むといって寝てばかりいた。女は「はぬい」（端縫）という裁縫物をして、うずくまっているので、見ると黒い布をあそこに縫いつけている。問いつめると「これは故人《こひと》のためよ」という。「それは切りすてなされた故人のためにあそこに素服（喪服）をきせたのよ」と答えたという（蔵人某妻珍素服事）。

女権は確立したものの、女護が島では、おんなたちが男ひでりで弱ってしまったわけである。

朝日名三郎は、朝日将軍木曾義仲の三男という意味である。そのもてたこと、もてたこと。正治二年（一二〇〇）九月二日、頼家が小壺の海岸で船遊びをやった時に、朝日名三郎は水練の達人ということで、「その芸を見せよ」と命じられた。三郎は船から飛びこんで数丁を往還し、波底にもぐって生鮫三喉《こん》を提げて御船の前に浮かび上がる。万座感嘆。頼家はその日乗ってきた名馬を賜った。これは和田義盛の長男・常盛がほしがっていた馬で、「水練は三郎義秀に及ばずとも相撲なら勝ってみせる」といって、相撲の勝負となったが、勝負決せず引き分けとなったところ、常盛は裸のまま件《くだん》の馬に乗って逐電した。これは大江広元が献した奥州一の名馬であったという。

二十一

朝日名三郎は、その名の如く朝日将軍木曾義仲の名を継ぐ朝日の名であって、巴御前と和田義盛の子である。巴の腹中に御落胤《らくいん》として存在したのかもしれないが、和田義盛（侍所《さむらいどころ》別当）には常盛以下七人の男子があったので三郎と称した。義経が、鎮西八郎為朝にあやかって九郎判官と称したようなものである。そもそも武勇の誇高き女性を、敵方であってもいただいて妻とすることは、坂額《はんがく》御前の場合も同様で、城《じよう》小太郎資盛が越後国鳥坂に城を構えて反乱を起こしたのは建仁元年（一二〇一）五月のことであるが、越後、佐渡、信濃三国の兵をあいてに、矢石を飛ばすこと両脚のごとくに奮戦した。坂額御前は資盛の姨母《おば》で、女性といえども、百発百中の芸、父兄以上であった。合戦の日、兵略を施し、童形の如くに髪を上げ、腹巻を着け、矢倉の上に居て襲いかかる兵を射て、当たる者死んだという。時に信濃国の住人、藤沢四郎清親城の後ろの山に廻り、高所からねらって矢を放ったので、その矢は女の左右の股を射通し、倒れたところを清親の郎等《ろうどう》が生けどりにした。疵《きず》はいまだいえぬが清親は坂額御前を頼家の前につれて参った。頼家はその身体をみせよといって、尻をまくり簾中《れんちゆう》からこれを観賞した。御家人多数参集する中を、女はおくせずその座の中央を通り簾《みす》の前に進んだ。「凡そ勇力の丈夫に比すと雖《いへど》も、あえて対揚《たいよう》を恥ずべからざるの粧《よそ》なり。ただし顔色に於ては、ほとんど陵薗《りようえん》の妾にすべし」と吾妻鑑は絶賛する。阿佐利与一義遠《よしとお》がこの女を預かりたいと願い出ると、「件の女の面貌宜しきに似ると雖も、心の武を思はば誰か愛念あらんや」と頼家は笑って免《ゆる》したので、阿佐利は女をもらい甲斐国に下向した。

女は出羽城介《じようのすけ》繁成の子孫で「野干《やかん》」（野狐）という名刀がこの合戦で紛失したという。三郎義秀と長兄・和田常盛は、互いにはり合って仲がよくなかった。正治二年（一二〇〇）九月二日の水練で名誉をあげた義秀は、頼家から賜わった名馬を、常盛に奪われてしまったが、それは尼御台所《みだいどころ》政子が三郎を小壺に召して酒をたまわり、大船六艘を賜わるということで決着した。和田一門に不穏の動きがある。これは三郎を手なずけておかねばならぬと政子は考えたのである。そこで小壺には青女《せいじょ》〔侍女〕三人をつけて、三郎に酒をすすめ、三人の青女は胡蝶の如く舞いながら、三郎のエボシを打ち落とし、水干《すいかん》を脱し、狩衣のハカマの帯を切ってしまう。相撲の秀手《ほって》、水練の妙手の肉体美は東大寺の仁王さながらの筋骨隆々たる姿で、政子をウットリとさせた。色白きこと母親・巴ゆずりで、桜色に酔いがまわった美丈夫である。政子もたまらず簾中で半裸となり、「母御前、巴はどうしているか」との御下問である。「母は上総国伊北庄《いほうのしょう》にあり、尼となり清澄寺に参っております」「往生極楽の法を法然坊も教えられ御教書を賜わりました。それで義仲殿も往生極楽、三千院に往生極楽院をたてております。聞けば義経の妾静どのも清澄寺で尼になるとか。この世の恩愛を越えて阿弥陀仏におすがりなされ」こういった政子の姿は、往生極楽院の長い両手をさしのべる観音と見えた。だがその背中の色っぽいこと、琵琶湖畔の十一面観音の背中の如くふるいつきたい程であった。下げ渡されたのは名馬の代わりとして、大船六艘を賜わる、という大江広元の書付である。「実朝には入宋《にっそう》して天台山に参りたいという素志があり、その船儀《ふなよそおい》をせよ」と大船六艘を賜わった。これは百人を乗せる大船で、この時実朝入宋していれば殺されないですんだ。

実朝の計画は空しくなったが、建保元年（一二一三）五月、和田義盛反乱の時に、三郎はこれに乗って、鎮西の住人小物又太郎資政を討ち取った。資政は高麗を征した水軍の提督である。三郎は幕府の南門、義時の屋敷、西北の門を囲み、旗を靡かせ、箭《や》を飛ばし、惣門を敗り、南庭に乱入、火を放つ。将軍実朝は法花《ほっけ》堂に、義時と火難をさけたという。「義秀猛威を振い、壮力を彰《あら》はす。既に以て神の如し」と吾妻鏡は述べる。高井三郎重茂《しげもち》（和田義茂の子）は義秀と戦い、互いに弓を棄て、轡《くつわ》を並べ、雌雄を決せんと組み合ったまま馬から落ち、遂に重茂は討たれた。相模二郎朝時《ともとき》は、太刀を取って義秀と戦ったが疵を蒙って命は助かった（兄弟同族の合戦である）。足利三郎義氏は政所の前橋で義秀に逢い、義秀は逃げんとする義氏の鎧の袖を握ったが、義氏は堀の西に馬を飛ばしたので、鎧の袖がちぎれたという。義秀なお橋上に廻《めぐ》り義氏を追おうとしたが、鷹司官（鷹狩りの役人）にさえぎられ、鷹司は死んだが足利義氏は助かった。武田五郎信光も若宮大路で朝日奈に行き逢ったが、信光の男《むすこ》・悪三郎信忠が父に代わらんと馳せ入ったので助けてやったと書いている。足利幕府も、武田源氏も朝日奈に助けられたのである。同族のよしみもあるし、「義時討つべし」という恨みは同じで、この合戦は「建暦三年（一二一三）五月二日三日の戦」として記録されているが、和田勢の戦死者一三二人に対し、幕府方の戦死者五十人千余人手負いという激戦であった。この結果、武断派を一掃した義時は、実朝を公暁に殺させ、その公暁も殺し、ついに源氏を掃滅して、執権となる。最大のマキャベリストは平家である北条義時で、「義盛、上に於て逆心を挿まず。只《ただ》相州にあだせんが為、謀叛を越す」というのはこのことである。義秀が義時を討ちもらしたのは源氏の為、惜しむべきことであった。六艘の大船に兵五百を乗せて由比ヶ浜を脱出した。

朝日奈三郎島廻りの伝説は、一片の真実を含んでいる。安房に渡った義秀は、静御前と往生極楽の交合をして一男子をもうける。この静の子が日蓮房となって、鎌倉幕府に元《げん》がせめてくるぞと警告を発する。日蓮坊は、賎《しづ》や賎《しづ》の歌のように安房の最下層民《センダラ》（スードラ）の子だと言っているが、一漁師の子が清澄から叡山に学べるわけはない。その武士的精神は幕府と対照の朝日奈の精神をつぐもので、関東の武士団は多く日蓮に帰依し、日蓮の日輪信仰や、シャマン大鼓、木曾義仲の復活を信ぜられたであろう。朝日奈は、大船を以て蝦夷、千島を回り、津軽では宇佐美三郎を討ち、一万の大軍で幕府にゲリラ戦をしかけている。

二十二

明恵《みょうえ》上人は平重国という高倉院の武者所の武士の子である。重国は頼朝旗揚げの合戦の時、上総で敗死している。寿永の平氏滅亡の時には、十三歳で自殺して犬狼に食われてしまいたいと捨て身の行を試みたというから自傷の傾向があったようである。美形であったため父が大臣に出仕させようとしたところ、顔に焼け火箸を押しあてたというからすごい。高雄山で出家した後も、ゴッホみたいに右の耳を切ってしまった。これは攻撃性が自己自身に向かう自虐願望で、こういう捨て身によって源氏の世を生きのびることができた。高雄には文覚《もんがく》がおり、かばったこともあって後鳥羽院から高山寺をもらった。後鳥羽院は承久の乱を計画していたから、平家の協力を期待していたのである。承久の乱後、敗北した公卿殿上人の未亡人は、自《おのず》ら高山寺の明恵の下に集った。時すでに平家の支族たる北条泰時の世で、明恵は泰時のブレーンとして貞永式目の法三章を定めている。これは単純明快な武士の刑法で、貴族の法である大宝律令はここで失効するに至る。日蓮が安房で生まれたのもこの頃だが、承久の戦争未亡人は明恵をたよって生命財産の救いを求めた。

明恵上人は正直な人で、華厳の究極の境地であるが、男女一切の区別をとりはらった無限自由の世界を夢み、「夢の記」という自分の深層心理を克明に書き残している。これは建保二・三年（一二一四・五）の性夢の記録である。一、同（十二月）二十四日の夢に云はく、一大堂あり。その中に一人の貴女あり。面貌《めんぼう》ふくら顔にして、以ての外に肥満せり。青きかさね絹を着給へり。女、後戸《うしろど》なる処にて対面。心に思はく、この人の相貌、一々香象《こうしよう》大師（華厳経を集大成した法蔵のこと）の釈と符合す。その女の様など、また以て符合す（香象は青色の香気を帯び、河海をかち渡る巨象である）。この人と合宿《あいやど》、交陰す。……即ち互ひに相抱き馴れ親しむ。哀憐思ひ深し。

といった具合に、二条の姫宮だの若き尼公だのの女性像が、ユングの説くアニマ（魂）のようにあらわれて手を握ったり、寄りかかったりする。承久の乱の失敗の結果、後鳥羽院は隠岐へ順徳院は佐渡へ流されてしまうが、八条院の荘園は順徳院から転々として後醍醐帝の巨額の軍資金となる。その荘園のピンハネのために新補された守護地頭は、土地税制の大変革をもたらした。これは土地革命であった。

明恵が対立した法然は没落貴族の出身であるが、単純明快南無阿弥陀仏ととなえれば、極楽に転生できると説いた。弟子の親鸞は、同じく没落貴族の子で性の問題を夢によって解決している。六角堂の救世《くぜ》大菩薩、顔容端整の僧形《そうぎよう》に示現して、白衲《びやくのう》の御袈裟を服著せしめ、広大の白蓮に端座し善信（親鸞）に告命して云はく、行者宿報にてたとひ女犯すとも、我玉女の身となりて犯せられむ、一生の間、よく荘厳し、臨終に引導して極楽に生ぜしめむ、と観音様は完全に女性となって「犯される」ことを望んでいる。これは明恵がビルシャナ仏の妃と交陰してしまうのと同様で、性を聖の位に高めたわけである。

女性の性感には大体三種類あるといわれている。Aは男性と同様に次第に波状に高揚して、オルガスム全開の後、ゆるやかに下降する型。Bは、次第に上昇して高原状となり、小波動をくり返しながら永続する梯形型《ていけい》。Cはオルガスムを何回もくり返して急下行する型、これは十数回も歓喜するので、体力を要し、男女ともに腰が抜けてしまう。明恵は香象の如きC型で往生し、法然、親鸞はB型の永続極楽を願望しているのである。B型の場合は、長い前戯を要するのでメロメロとなり射精に至らないから死に至る高揚である。

性交は最も重要な人間同士のスキンシップであるのにこれを抑圧することは自然《じねん》に反する。このエネルギーを昇華して仏に向けてゆくのが鎌倉新宗教なのである。潜在意識にくり返し投射される二十五菩薩来迎の金ピカ世界は、終末の意識に幻視幻聴されて、永遠オルガスムに至る。

その法然の恋人は、式子《しょくし》内親王であった。

玉の緒よ絶えなば絶えねながらへば忍ぶることの弱りもぞする（式子内親王）

彼女は源氏旗揚げの挙をなした以仁王《もちひとおう》の妹である。定家は彼女に手をつけ、実朝さえも弟子にしてしまった策謀家であるから、純粋な恋の相手ではない。桐の葉をふみ分けながら訪れたのは黒谷の法然坊であったという。法然は「往生極楽の法」を説いたのである。「隠すは上人、せぬのは仏」だと後白河は申された。法然が式子に与えた手紙をみると哀憐の情が伝わってくる。法然は熊谷蓮生《れんせい》坊（直実）を弟子にしているし、平時子にも手紙を送っている。権力に弱いのは貴族の性質で、九条兼実も法然を召している。それほどの権力につながっても弟子は切られ、彼も配流されてしまう。よほど「けしからぬ」ことがあったのであろう。女性は寛容であったが、戒律を守る立場の男性はおとった。

「往生極楽の法」とは要するに「死に至る性」ということで、女性の死の恐怖をなくし、夢幻のうちに浄土に往かれるということである。そして明恵の例をみても親鸞の例をみても反復によって実現可能な行法である。女性を究極的に救済するのは死にいたる聖性の快楽ということで、実際に此の世が極楽にならなければ、浄土教が流行するわけがない。古今著聞集には、六十許《ばかり》になる老女小松を最愛した坊門院（範子。土御門准母《つちみかどじゅんぼ》）の侍の長、兵庫助則定の話がでているが、「小松まきまき」と笑われようとどうしようと、いい女はいいので、たぶん小松という雑仕《ぞうし》はC型の性感の持主だったのだろう。まき、まきは「巻き巻きで」何回もオルガスムを感ずるということだ。

また同書では、白拍子太玉王《ふとだまおう》の家にいる女（遊女）にある僧がかよっていて、本妻がやきもちをやいた。建長六年（一二五四）二月二日（いやにくわしいが）の夜、この僧が、遊女と合宿して、「ことどもくはだて」（前戯である）やってみると、その女を「するに」、本妻を「する心地」がする。あやしくおそろしく思い、離れて見たが、やはり愛物（愛する）女である。しかし又「すると」本妻をする心地であった。つまり本妻はB型だが遊女はA型だったというようなことで、女の性感が異なるという大事なことを書かないのは、近代心理小説の欠落部分である。

二十三

往生極楽とは、魔薬による安楽死にいたるタナトスの秘法である。護摩を焚く真言秘密の法では、彩木という、大麻と阿片、つまり麻とケシの実を焚いたので、集団麻酔によって極楽浄土の金ピカ世界を幻視するわけで、曼陀羅という諸仏の図は、深層心理の投影に他ならない。これは死（タナトス）の幻視で、微妙の音楽という幻聴もきこえる。神とか霊というものは潜在意識に存在するもので、不断の行によって、極楽の図像を潜在意識にたたき込むことが大切で、だれでもが極楽世界を幻視することはできない。くだらぬ潜在意識しかもたぬものは、死《タナトス》に臨んでも、低次元の幻像しか見ることはできない。こういう深層心理の構造を覚ることが、覚者すなわち仏になることである。唯識はこういうことを自覚してゆく深層心理学である。古代の人は現代の人間よりも、よほど賢明であって、イエスも十字架にかけられる時には、ブドウ酒に没薬《もつやく》をまぜて飲むが、イエスが「エリ、エリ」（わが神よ、わが神よ）といって天上を幻視するのも、主としてこの薬効による。シャカの涅槃（ニルヴァナ）もケシの花の薬効によって、拈華微笑《ねんげみしよう》するのである。明恵はシャカと同じ姿勢をとって入寂したし、西行も「願はくは、花の下にて春死なむ」とタナトス願望を実行している。血を流す十字架像をおがむのはサディズムで、殉教・捨身《しやしん》というのはマゾヒズムの極北である。性の本能（リビドー）を裏返せば死の本能（Thanatos）に他ならぬから、サディズムSとマゾヒズムMは同じものである。

鎌倉時代の人々は現代人よりもよほど現実的であって、江の島の弁天様にもちゃんと、性器がついている。毛はないがこれが天女の実像で、究極の極楽は性《セックス》にあるということを正直に伝えている。鎌倉時代の貴人が、大麻（ハッシシ）中毒にかかっていたことは、元寇に際し、輸入品の乳木《ちぎ》〔護摩に焚く木〕がないので敵国降伏の祈願ができないから、朝廷から分けてほしいという請願があったことでも推察される。護摩を焚くことと、台風の神風が吹くことに因果関係はないが、大衆が動揺しなかったという効果は絶大であろう。それは承平、天慶の乱で実験ずみである。日蓮などは、鎌倉滅亡を予測して、身延へ疎開してしまった位である。

宗教の秘法はみな同じで、ユダヤでは乳香《にゅうこう》（バルサム）をシバの女王がもたらしたミルラであるといい、没薬（ラダナム）は乳香の樹液だというイワバラ（シスタス）を、カンラン科の（コミィファラ）という常緑樹の樹脂で固めたもので、この液状のものをイエスが飲んで「自分は神の子」だという幻視をする。弟子達はイエスが復活し、生き返ったという幻を視る。それらはすべて共観されているので、原始キリスト教徒は没薬の共感呪術にかかっていたと考えられる。つまり共通の潜在意識をもっていたから、集団催眠にかかったのである。神は存在しないという科学的合理主義はまちがいで、共通の潜在意識の中に共通の神観念が実存する。

藤原定家という人は財テクの達人で、征夷大将軍源実朝を弟子にし、御家人の有力者、宇都宮入道頼綱の娘を、息子・為家の嫁に迎えている。小倉山荘というのはこの宇都宮蓮生《れんしょう》の財力で建てられたので、その御礼に、百人の秀歌を撰んで山荘の障子に張りつけたという。これを色紙に書いてもらって為家は婿引出物とした。その時に末尾の二首を後鳥羽・順徳と差し替えて、初めの天智・持統に対応する歌合わせ形式とした。この定家卿御色紙というのは、実物が残っているから宇都宮家の家宝とされたに違いなく、蓮生は新式和歌集を撰んで主人実朝の歌も載せている。

定家は後鳥羽院には評判悪く、「才学たぐひなけれども、心術すこぶる正しからず」と口伝にあるが、鎌倉との情報戦争に敗北して隠岐に流されてしまったことの無念さによるものであろう。為家はそこは如才なく、後鳥羽・順徳を復権してみせたのである。

人も愛《お》し人も恨らめしあぢきなく世を憶ふ故に物思ふ身は（後鳥羽院）
ももしきや古き軒端《のきば》の忍ぶにもなほ余りある昔なりけり（順徳院）

後鳥羽院の「『世』を憶ふ」というところには男女の性もからませている。「人も愛《お》し人も恨めし」とは、背いた女への執念が感じられてもの凄いところがある。「忍ぶにもなほ余りある」執念の源は何か。順徳院は八雲御抄《やくもみしよう》という歌学書も書いた碩学《せきがく》である。何よりも、八条院ゆずりの大財産家で、承久の乱の資金源になった。

思うに、承久の乱は、三浦一族のめぐらした陰謀で、上皇方は挑発に乗せられた感がある。三浦胤義《たねよし》等の在京の少数が、上皇方について、京都守護、伊賀判官光秀を殺したのが発端となった。計画通りに事が進めば、三浦義村、宇都宮等の有力御家人が鎌倉に乱入して、第二の和田合戦となるはずであった。鎌倉武士団の蜂起を命ずる令旨は宇都宮へも行ったが、三浦義村は起《た》たず、かえって北条氏に密告したというのだから話にならない。関東の武士団は北条氏側について、数十万の大軍が京へ押しよせた。結果、三上皇は島流しとなって王朝は解体してしまった。権力と文化との情報戦争の中にあって、定家の態度は後鳥羽院の不興を買った。財テク名人の定家は、式子内親王にも秋波を送って、架茂の財源を手に入れ、大坂住吉大社にも、歌の縁で近づいて、その神体「住吉大社神代記」を見せてもらい、勅封の神体を鑑定している。定家は住吉の遊女にたわむれ、往生極楽の秘術を体験し、女性器を噛みながらオルガスムを永続させる法を式子に伝えた。ために定家は歯を病んで、歯痛にたえかねて、幽玄・有心の感性を磨いたと明月記にある。

二十四

冷泉さんは定家卿の子孫だが、京都御所の西北端、烏丸今出川《からすまいまでがわ》に、俊成卿が出てきそうな門があって、軒端に嵯峨菊のついた家にすんでいる。海松《みる》の金蒔絵の重箱のような入れものに、はまぐりの貝合わせの貝が入っていて、これは白い大きな伊勢の蛤で大きさもほぼ同じものが、もと三六〇あったそうである。貝の内側は金泥《きんでい》で塗られ、さまざまの花が画いてある。高山植物に属する「黒百合」や「水芭蕉」もあるからこれは古代の植物図譜であって、貝合わせをしながら、本草《ほんぞう》の知識を学んだもの。金枝篇（ゴールデンバウ）にかざられた「はまぐり」は、男女の相性を示す。ぴったんこと凸凹の合う貝は一組しかないから、男女それぞれがぴったんこと合うあいてをさがす遊びである。兼好法師が「貝をおほふ人の、我がまへなるをばおきて、よそを見渡して、人の袖のかげ膝の下まで目をくばる間《ま》に、前なるをば人におほわれぬ」（徒然草一七一段）と風流なことを言っているように、みる貝とはまぐりは、意外や手近なところでぴったんこと合うものだと青い鳥が膝の下にいることを暗示している。

小倉百人一首は性（リビドー）を貫いた歌合わせの妙で、抜群の人気がある。

秋の田の刈穂《かりほ》の庵《いほ》のとまを荒みわが衣手《ころもで》は露に濡れつつ（天智天皇）

という、稲米呪術で、水番小屋に神が来臨する「夜這い」の歌にはじまる。稲の受粉ということは、人間の性愛と同じリビドーに共鳴する共感呪術である。アンペラ葺きの刈穂の庵に神を待つ乙女に、みの笠をつけた年の神が夜這いする、これが新嘗《にいなめ》の一夜妻である。

これに合わせるのが

君が為春の野に出《い》でて若菜つむわが衣手に雪は降りつつ（光孝天皇）

という春の初めの祈年《としごい》の歌である。天智天皇の御製というのは、光孝天皇を引き立てるために首《はじめ》におかれたものであろう。

春過ぎて夏来にけらし白妙の衣ほすてふ天の香具山（持統天皇）

は定家の改作によって新古今集に入れられたものだが、これは赤人の

田子浦に打ちいでてみれば白妙の富士の高峯に雪は降りつつ（山部赤人）

と組み合わせて高朗の山気を味わうべきもので、山の神の歌かと思うと六月祓いの歌である。

風そよぐならの小河の夕ぐれはみそぎぞ夏のしるしなりける（従二位家隆）

を引き出すために持統天皇を対比させたところに、定家の家隆に対するコンプレックスが感じられる。

足引の山鳥の尾のしだり尾の長々し夜をひとりかも寝む（柿本人麿）

は、後京極摂政太政大臣良経の

きりぎりす鳴くや霜夜のさむしろに衣かたしき独りかも寝む（良経）

に合わせるので、定家の政治的配慮を示す。定家は遂に正二位に昇り、家隆をしのぐことができた。

奥山にもみぢふみわけ鳴く鹿の声きくときぞ秋はかなしき（猿丸大夫）

これは是貞親王家歌合わせに読み人しらずとして出された歌で、弓削道鏡作という伝説があり、古今集に、大友黒主《くろぬし》の歌は、いにしへの猿丸大夫の次なりとある。この問題の歌は、父俊成の

世の中よ道こそなけれおもひいる山の奥にも鹿ぞ鳴くなる（俊成）

に対応させている。これは為家によって

人も愛し人《を》も恨めしあぢきなく世に思ふ故に物憶ふ身は（後鳥羽院）

と共鳴するようになった。小倉百人一首の結びは

百敷《ももしき》やふるき軒端《のきば》の忍ぶにもなほあまりある昔なりけり（順徳院）

と天皇の歌でうち上げられるが、

陸奥《みちのく》の忍ぶ文字刷り誰ゆゑに乱れそめにし我ならなくに（河原左大臣）

に交響し、忍ぶ恋は悲劇的《トラーギッシュ》な終末に至る。始二首終二首の天皇御製はそれぞれ対極を示していて、

ピラミッド型に高揚する歌合わせは平兼盛と壬生忠見の天徳歌合わせに至って頂点に達する。

しのぶれど色に出《いで》にけり我恋はものやおもふと人の問ふまで（平兼盛）

恋すてふわが名はまだき立ちにけり人しれずこそ思ひそめしか（壬生忠見）

いずれを持（勝）とするかは読む人にまかせられる。この両性具有的な男女の歌合戦はリビドー（性）を追求してタナトス（死）に至る。生殖と枯死、祈年と新嘗、の祭式になっている。赤人《レッドマン》に対して黒主《ブラックマン》がいて、業平に対しては小町がいる、絢爛たる王朝、恋の絵巻である。

さて撰者の定家は

来ぬ人を松帆《まつほ》の浦の夕なぎに焼くや藻塩の身もこがれつつ（定家）

という超絶技巧的な歌をあげ、万葉集の「淡路島　松帆の浦に　朝なぎに玉藻かりつつ　夕なぎに　藻塩焼きつつ」を本歌取りして式子内親王に答えている。「玉の緒よ絶えなば絶えね」とせまられれば、煙になるよりしかたがない。この勝負は式子の勝ちである。しかも「来ぬ人」である。どうみてもこれはできている仲だが、式子の圧勝というところか。花の座はどちらが勝ちか。

人はいさ心も知らず故里は花ぞむかしの香に匂ひける（紀貫之）

花さそふあらしの庭の雪ならでふりゆくものは我が身なりけり（公経《きんつね》）

月の座として「月前恋」はいずれを採られるか。

月みれば千々にものこそ悲しけれわが身一つの秋にはあらねど（大江千里《ちさと》）

嘆けとて月やは物を思はするかこち顔なる我が涙かな（西行）

氷れるSM

零下六〇度の酷寒では、音楽も氷る。それは教会の尖塔にある鐘の、滑車の油も氷り、綱もまた石と化して棒状となり、寒風のため鐘が舞い上がったまま凍結してしまうと、春の雪溶けまで、いかなる努力をしても鳴らすことはできない。河の水が大砲の轟をあげて、千々に割れて動き出す日になると、あちらこちらの教会の鐘は、一せいに鳴り出す。それは氷の大太鼓を打ちならすいんいんたる交響曲の中に、高らかにひびき渡るトライアングルの瀑布のごとき音楽である。

マルコ・ポーロの時代のロシアでは、包《パオ》のような暖室が、慈善行為として六十ペース[*1]ごとに用意されていて、凍死しそうになった通行人は、だれでもその中に飛び込んで暖をとり、次の暖室まで駆けてゆく。駆け足が出来ないと凍死してしまうので、倒れた人を見つけた人は、いそいで暖室に運んで、まず着物を脱がせ、炎々と火を燃している暖室で裸にしてしまう。体が徐々に暖まるにつれて意識が回復し、蘇生するのである。包の屋根には煙出しの窓が一つあいていて、この窓は煙が出なくなると厚いフェルトで閉ざされる。屋内には多量の燃料を貯えてあって、その焚き火のオキを漆喰と木で塗りかためた釜のようなものが暖室なのである。

住民は、蜂蜜と稗《ひえ》で《セルヴィシア》と称する強いビールを作り、何十人も暖室に集まって、盛大な酒宴を催す。大酒宴に同席する貴婦人たちは、尿意を催しても座をはずすことができないから、海綿の中に用便をして、侍女がそれをそっと持ち去るのである。

大酒宴から帰途についた貴族の夫妻が、途中で妻が尿意耐えがたくなってしゃがみこんだところ、何しろの酷寒だものだから、股の毛が草に氷りつき、痛くて身動きができず、「いたいよ。いたいよ」と泣き叫んで夫を呼んだ。夫は妻の苦境に同情して、彼女の上にかがみ込み、自分の暖かい息で氷を溶かそうと、懸命に息を吹きかけたところ、吹きかけている最中に、息づかいの水分がこれまた氷って、そのあごひげが妻の股の毛と絡まったまま氷りついてしまった。今度は彼も痛くて身動きがとれず、いっしょにしゃがみ込んで氷りついてしまった。

東方見聞録にある氷のSMの話は、元代（十三世紀）の見聞であるが、エカチェリーナ女帝の十八世紀にも、同様のことがあったと、九等文官ニコライ・ココツイギンが記している。ニコライは大黒屋光太夫とともに漂流した新蔵という者で、生得怜悧、イルクーツクでロシア正教に帰依し、二人のロシア女と結婚して、日本語教育にたずさわったが、一八一〇年五十歳でなくなった。没後、一八七一年にはペテルブルグで「日本及び日本貿易について」という一著を残している。

その手稿は「極珍秘記」として光太夫に託されたもので、江戸城紅葉山文庫にあった隠密の書である。ロシアのSMの秘儀に関する最古の報告であろう。ニコライは東方見聞録の記事を引いて、ムーシン・プーシキン伯夫妻遭難の話を報告している。

状況は元代と全く同様であって、大酒宴のあと、この頃はビールではなく、ウォトカの宴会であるが、伯爵婦人は馬橇《ばそり》で帰宅の途中に尿意耐え難くなりイルクーツク郊外の白樺林にわけ入って用を足したのであるが、なんせ彼女は波蘭土《ポーランド》の姫君であるから、海綿は持ち合わせず、ルイ王朝風の開放的ドーム型スカートをはいていたからたまらない。白樺の小枝が、貴婦人のロシアセーブルの毛皮のごときふさふさとした股間に氷りついてしまった。「いたいよ。いたいよ」という婦人の悲鳴にプーシキン伯はかけつけたが、泥酔していた伯爵は、腰にした銀製の角《つの》型のウォトカ瓶から、ウォトカを口に含み、それを婦人の股間に吹きつけたのである。

水という液体はことごとく氷ってしまう酷寒のことであるから、ウォトカはたちまちつららとなって結氷してしまった。口唇をもって溶かそうとするのだが、よだれが即凍《い》てついてしまうのである。伯爵は剣を抜いて小枝を切りはらったが、陰毛もポキポキと折れてしまう寒さで、小陰唇も氷室のベーコンのように左右がはりついてしまった。これを解凍するのは容易なことでなく、通りかかったニコライ九等官が救出した時には、二人は氷像のようになってしまっていた。

いちばん近い僧院にかつぎ込み、コルセットのヒモを切り裂いて全裸とされた夫人は、オンドルの前に置かれたのであるが、意識はなかなか回復しない。僧院長は大きなハサミを沢山用意させて、まず伯爵の長髪を切りにかかった。

「凍傷となって、頬の肉がとれてしまうぞよ」

「方々、ハサミで股の毛を刈り取りなされ」

と命じられた。ニコライも恐る恐る夫人のセーブルの毛皮にハサミを入れたのだが、白熊の毛皮をノミで打ち割るようであった。

「このままでは凍傷は骨に達してしまう。ローソクを大小そろえてまいれ」

と僧院長は命じ、赤はだかとなった皮膚に残った毛を、ことごとく燭台の火で焼きはらわれた。

この手術をするため、司祭の椅子にさか立ちとなった伯爵夫人は、毛をむしった白鳥の姿となった。

院長は、「サタンよ退け」とおいのりをとなえられ、火をつけた小ローソクを恥丘の三角に立てられた。おいのりを続けていると、蠟涙《ろうるい》がたらたらと流れて、三角地帯にみなぎった。蠟燭は獣脂であるからおもむろに大陰唇のワレメに流れ込み、少々身を開いたところへ今度は皮のムチを押し込んで、ゆっくりと谷間をしめ上げられた。ムチは弓なりとなってキウキウしなうので氷った小陰唇は、少しずつ花びらを開きはじめた。それは黒バラの花ビラを折らぬようにソロソロと注意深くなされた。

今度は細いのから、次々に太く、火をつけたローソクがゆるゆると、谷間の穴に押し込まれた。ローソクは獣脂で柔軟であるため、引き出されるとギザギザに段々のついた小田原提燈の姿となってでてくるのであった。

ロシアの婦人の膣内は横シワになっていて、後方に弓なりにつぶれているとニコライは体験を記す。

僧院長は、尻の穴にもいと太やかなローソクを立てられたが、それは白熊が口を開けたような祭壇で、次々にしたたり落ちる蠟涙の華にかざられてデコレーションケーキのような恥丘となった。そこで院長が一きわ高くミサの句をとなえられると、不思議なことに、陰核はムクムクと頭をもたげてきて、皮ムチの横から顔を出し、小指の先程にもふくれ上がった。

「よろしい。どうやら助かったようじゃ。今度は人間の生身で乾布マサツをせねばなりませぬ」

並みいる聖歌隊の少年達はペニスを並べさせられ、幼く小さいものから次々に穴へ挿入するように取りはかられた。カズノコ天井どころか、全面カズノコ張りの穴に分け入るので、およそ三挺《てい》にして相果てるもの続出し、ニコライの至福も十挺とはもたなかった。

「蠟の火を消してはなりませぬぞ」

と僧院長は無理な姿勢を強要されるが、ローソクを消さぬようにするためには、自らも股間を焼かれてしまう。

「どうやら精気を回復したようじゃな。ムチで尻をたたき続けるのじゃ」

と院長は鞭を上げて女の尻を打ちはじめた。白蠟のようであった伯爵婦人の小山は、この時感覚をとりもどし、「いたい。いたい」とケイレンをはじめ、ハムの色合いになってきて大ローソクは尻の穴から飛び上がった。

それを見てたまりかねたプーシキン伯は、自らの剣を取り出し、直下につき立てたところ、ムチを当てるたびに膣の内側がひきつりはじめ、これぞ、ミミズ千匹ならぬヒル万匹が、とぐろを巻いてせめ立てたのである。陰門は歯がみして剣に喰いつき、二段じめに奥の院でしめ上げる筋肉のケイレンで、伯爵の剣は横に流れ、子宮の周縁をグルグルと回ったという。ために剣も刃こぼれし、ものの用に立たなくなってしまった。

並みいる三十人の僧達もことごとくものの役に立たなくなって、ニコライも充血による内出血のため、三ヶ月の治療を要したという。

さしもの激痛にもかかわらず、グラン・パ・ド・ドゥの舞姫のように、天上高く飛躍して、伯爵婦人は絶え入ったと申す。

人命救助の医薬の功により、僧院長は司祭に任ぜられ、ニコライも聖アンナ勲章を賜わったということである。


【註】
＊1　一ペース＝約三十センチメートルのため、六十ペースだと約十八メートルとなる。

お伝の毛皮

隣の老人は、高橋お伝の毛皮というものを秘蔵していた。それは陰核の処から左右に分かれて黒々と流れ、上唇から両頬に及び、両顎から顎髯となって垂れ下がる関羽髯《かんうひげ》のつけ髯であった。爺さんは上唇をなめ廻しながら、

「これは、有名な毒婦、高橋お伝のもちものであってな。お伝の刺青を剝製にした時にいただいたものじゃ」

爺さんは、大学の医学部や法医学教室の標本製作をしていて、宮内庁御用達と町会の名簿に大書している剝製屋である。美髯《びぜん》をしごきながら来暦を語るところ、まんざらニセモノとは思われない。髪を濡らした歌麿の海女みたいに毛根を一本一本絵絹《えぎぬ》に植えつけてあるので、何万本か植毛するというその執念怖るべきものである。

「私の師匠という人はな、もと人形のカモジ屋で、御維新前から、大学南校につとめていた。器用な人であったから、外人の珍貴趣味から、小塚っ原のクリカラモンモンの刑死人の屍体を下げ渡し

てもらって、刺青の剝製を作って売っていたらしい。今でも大学には、二、三の名作が残っているはずだから、五月祭の時に見せてもらうといい。背中から両腿《もも》の薄い皮をどうやって剝ぐのかというと、製法は秘中の秘だが、魚の皮を剝ぐように、身の方からたんねんにそぎ落としてゆくのだ。今じゃ、そんな名人もいなくなったが、人間のフグ提灯だと思えばよい。気持ちの悪い話だが、骸骨を土中に埋めておいて、キレイに洗ったやつを医学生に売りつける内職をやっているのもいた。だがね、人間の霊魂は不滅だから、カラはどうなってもいいというわけにはいかない。脳が壊死すれば、人間の意識はなくなってしまうが、どっこい体の方はまだ生きているのだ。馬王堆《まおうたい》の婦人の生けるがごとき肉体のように、何千年も生きることができる。精神はしらぬが、肉体は不滅である証拠に、人類学教室の骸骨や化石人骨は、何万年だって存在しているわけなのだ。ピテカントロプス・エレクトウスの大腿骨なんぞは、骨髄炎をおこした棘と石灰質の痕をのこしたまま化石してしまった。原人は立って歩いたという証拠の品は、骨髄炎で石灰化したために残ったようなものだ」

門前の小僧というか、爺さんの肉体不滅説は坪井正五郎先生直伝と思われた。「高橋お伝は明治九年に夫殺しでつかまって明治十二年に刑死したわけだが、毛皮はこのようにまだ生きているのだよ」と爺さんは「お伝観音」にブラシをかけ、入念に櫛を入れながら、精神滅すれど、肉体は不滅なりというのである。

「お伝の入れ墨というのは、それは美事なものだった。クリカラモンモンの図柄といえば、牡丹に唐獅子、鯉の滝昇り、龍虎に昇り龍下り龍と、得意になって痛い処まで彫ったもんだが、お伝の背中は一面の桜の花だった。義経千本桜の吉野山満開の桜の中に、狐忠信が現われようという寸法だ。

あれは芳年えがく図柄だろう。忠信のコンコンさんの下の方から、九尾の狐の尾が伸びて、尻から前へ、すだれのように下がっているわけなんだ。色白の女が、酒に酔って、千本桜に紅がさし、あられもない恰好をしてごらんなさい。これは大江戸の伝法、粋の極みさね。人間だれでも究極のものには帽子を脱ぐわね。虎は死して皮を残し、お伝死して九尾の尻尾を残した。刺青の剝製は大震災で焼けちまったらしいが、大変なのはこの長髯《ちょうぜん》なのだ。秋田の芸者にパイパンの女がいたもんだが、この毛皮をどうしても借してくれという。芸者は湯の中で客引きをするんだが、これを貼りつけてチラリとやると、男は一コロだ。ところが、お伝のたたりか、この芸者がとうとうやり殺されてしまった。つまりその道の極道の手にかかって、しめ殺されてしまったわけだ。相対死《あいたいじに》というやつで、お互いの頸をしめっこしてハリマで死んだ。極楽死というものでしょう。願わくば腹上死なんてものにあやかりたいもんだと私も思うよ。そういうからみで、警察から下げ渡してもらって、私の手もとにおいて回向をしてやっているわけなのだ」

「お伝の死体にはもっとすごい話がある。こいつを聞くと当分寝れなくなるが、いいですかい。明治初年の死刑というのは江戸のまんまで、三年の裁判で斬罪というむごいもんだが、お伝はものの本によると、死ぬのはいやだといって逃げまわった。こういう時は、二太刀、三太刀と切りつけるんで、肩の入れ墨に太刀傷が残った。バッサリ頸を斬り落とされても、歯をくいしばり、目をむいたそうだ。頸椎を切断されても意識はまだ存在するという、法医学上の大問題になったが、生作りの鯛だってパクパクやるから、死後の生存ということは筋肉の反射だということでかたづけられた。赤ハダカの蛙だって電気ショックで脚をバタバタやるわね。肉体は死後も生存しているのだ。お伝の首は梟首《きょうしゅ》といって、さらし首になったわけだが、首なしの死体は大学病院に運ばれて皮を剝がれた。それは、人間の死は心臓の停止であるとする説の誤りを証明するための、法医学上の実験だった。お伝の性器は解剖されて、子宮と卵巣、膣からクリトリスまで切開され、ボルタ電池の静電反応をテストされた。脳からの指示がなくても、性器は独立した行動を起すのだ。クリトリスに電撃を与えると、子宮は開口して、何ものかを含みこもうとし、膣は蠕動《ぜんどう》してクネクネと身をよじる。

医学生の猟奇の念は、SMの極地、サディズムの極限だ。だから押し絵をつくるような執念で、お伝の毛皮をこさえた師匠には、金羊毛を剝製にしてやろうという、反逆の美学があったのだ。師匠は徹夜で剝製の製作をしていたわけだが、医学生達が帰ったあと、試みに乳首に電極をあててみた。と驚くべし、両手が動いて、何ものかをつかもうとする。そり返った手が障子に当たると、障子の桟を握りしめて立ち上がろうとしたというのだ。当時の大学南校は、まだ和室であった。さすがの師匠もこれには恐怖して、念仏をとなえながら気絶してしまった。なにしろ師匠ののど頸には、お伝の腸がぐるぐると巻きついていたという。師匠は夢中で化け物を殺そうとしてつかみかかったが、死んだ者を殺すわけにはいかないやね。師匠はお伝の肉体に魅入られて死んだようなもので、その作品は、少年の私が引き継いだわけだ。明治二十何年かの、不忍池の勧業博覧会に、このお伝の入れ墨が出陳されたことがある。見た人もかなりいると思うが、股の毛がチョボチョボとついておったはずである。毛が猟奇的にすぎるといって、じきに出展は取りやめとなったがあれは断面が丸い股の毛で、剝製に広げた大腿に附属したものだ。狐忠信も尻尾がなければだいなしだから残しておいた。だが観音様の本尊はこれなんだよ。断面は三角になっている。だから毛切れもするわけだ。

好事家が百万円で譲ってくれといってきたがことわっている。困ったのは私の死んだあとのことだ。お伝の墓にほうむってやろうかと考えたが、百万円となると盗難のおそれもある。こんなものを取った犯人を、警察が本気になってつかまえてくれるものかね。ものは相談だが、こいつの供養を引き受けてはくれまいか。男二人、女一人を喰い殺した毛皮なんだ。大事にしてやってくれないか」

とまあ、こうしたわけで私は時価百万円の贈与を受けたわけだが、こいつはたしかに値うちものであった。怪人二十面相みたいに、関羽髯をつけて、浅草かいわいに出没すると、その道の達人と思われて遊里でも一目おかれるのである。縁起がいいといって向島の芸者も貸してやるだけで玉代は無料だし、松竹歌劇の踊り子達も、あるべきところの毛を剃っているので実戦にはこれを用いる。ラインダンスを踊る時、スリットが細く切れ上がっているので、ヘアが顔を出すので剃ってしまう。パンティがずり落ちるのを待っている客もいるのだが、それでわざと落としたりもするんだが、中はギリシャの女神のようなパイパンだ。

だがこの金羊毛も、家内のものに見せてよいしろものではない。そこで、朱ぬりの太やかな柄をつけて、払子《ほっす》というものをこしらえた。これはインドで蚊や蠅を追っぱらう道具だったそうだが、柄はまさしく、SMのせめ具である。「人生は短し　されど術は長し」

やはり仏性のものがよかろうと考えあぐね、保護司をしている爺さんの娘さんから、菩提寺に納めてもらうことにした。彼女が払子を手にした時の意味深長な眼つきは何ということだろう。

お隣の水洗便所の滝の音を聞くたびに、悩ましきことであるが、お伝の毛皮は、涼風一閃《いっせん》「諸行無情」と俗念を吹払っていることであろう。

（1983・Feb・11）

V

メェゾン・ベルビウの猫——豆本版

一　美景館

橡《とち》の木に橡の花咲き、黄白色に紅のかかった燭台のような花が散ると、栗のような丸いつやつやした茶色の実が落ちてきた。フランスでマロニエと呼ばれるこの木は、上野精養軒の附近に、江戸時代からの巨木があって、江戸時代と同じように、栗のような実を散らした。

森鷗外が住んだ赤松男爵邸のあとはホテルになっているが、鷗外は後に騎馬でこの坂を登り博物館に通ったらしい。この奥に六龍鉱泉という赤茶けた色の温泉があり、地下深くから汲み上げた鉱泉をわかしている。メェゾン・ベルビウ（美景館）とよばれるアパートは弥生会館の奥に面して、クライミング・ローズが花びらを散らしている。白野はこの一室に住んでいた。裏に汗シラズ製造場があり、「汗知らず」の粉の臭いをまき散らしていたが、その匂い立つあたりに高橋邦太郎先生の居宅があって、つぶれそうな旧い二階屋で、母が女学校の同窓だったので教えてもらったことがあるが、娘さんは第一高女に通っている才媛で、女医専をめざしているということであった。先生はＮＨＫ（昔は放送局）に勤めていたが、軍の報道部に徴用されてシンガポールに行っていた。

椿姫の訳者について、祖父は高橋アナウンサーとまちがえていたが、竹蔵という祖父は若いころ高村光雲の弟子だったことがあって、戦争末期、高村光太郎が愛国的な詩の朗読をラジオでやっていたので「光太郎さんだ。イビッタレ坊やが立派になったものだ」と喜んでいた。このじいさん、オリンピックが来るというので、ラジオで英会話の練習をはじめ、インペリアル・ミュージアムの説明をしてやるのだと言っていたが、東京オリンピックにはまにあわず、死んでしまった。祖父が高村光雲から教わったのは、刃物の「研ぎ」であって、光太郎さんも光雲から彫刻刀一式をもらったが、プロの丸刀《がんとう》はやはり出来が違うようで、爺さまはコーモリ傘の骨をグラインダーで研ぎ、丸刀をつくった。昔のコーモリ傘の骨は舶来だから、スウェーデン・スチールで材質がよかった。祖父がそれにヒントを得たのか、舶来の時計のゼンマイの古いのを買い集めてきて、それを細く切って、ダイスで丸め、注射の針をつくったのである。北里柴三郎の指導もうけたが、日本の注射針が優秀だったのは、その材質がＶ２Ａというクルップ製だったからである。アニーリングの仕方は上田萬年先生のところへききに行ったそうである。この国語学の大先生は、エンサイクロペディア・ブリタニカを引いて、鋼鉄は蒼きものがよいと教えてくれたそうである。町工場のおやじまでが最高学府の先生の指導をうけていた、明治二十年代がなつかしい。祖父は１／２・１／３という注射針の規格をつくったが、当初は１／２ミリ・１／３ミリの直径の針管だったそうである。その特売の広告が明治二十年代の東京日日新聞に出ていると業界紙に書いてあった。特売として多量に買えば安くするという広告も祖父の独創らしい。「詩を作るより、田を作れ」と光雲先生に教えられたそうで、明治の彫刻家は、西郷銅像だの正成像などをつくって、会社をつくる程もうかったらしい。光雲は桃の実を彫ることから指導をはじめたそうだが、光太郎作の天津桃の木彫などをみると、まことに天才的で、「うまく出来ないから縁の下に放り込んでやった」と祖父が言っていた天津桃の習作も、もったいないことをしたものだと思う。木彫は、一刀ずつ截ってゆく、木目と切口の交錯の美である。材料をえらぶ眼力が大切で、明治の国会議事堂の玉座のライオンを彫ったそうで、幕かざりの駝鳥の毛が大変なもので、絨毯の毛が長くて、歩くとヨロっとしたものだよと言っていた。江戸旗本の息子だが、陸軍教導団という、参謀本部に出仕して、いわゆる参謀本部の地図の製図《ドローイング》をしていた。明治政府は江戸の町割りを熟知している江戸っ児を地図製作に雇ったので賢明な処置であった。日当は一円玉一枚だったそうだが、当時としては高給で、カラス口を研いでは、脱腸帯や義足の特許の申請をしていた。祖母は京都丹波の人で姉さんが坊城さんのおともをして上京し、本郷壱岐坂の坊城さんにつかえていた。その姉さんが本郷草分けの医療器械店にお嫁にいったので、その後がまに坊城さんにつかえたらしい。芝山子爵の子息がお世話になっていて、幼年学校に通っていたが、帰隊時間におくれて、ピストル自殺をとげたそうだ。明治の貴族はなかなかきびしい教育を受けていたようで、その芝山さんの墓のそばに、じいさんの墓をつくったので非常に満足そうであった。

　じいさんははじめ旗本石川政保三百三十石に養子に行ったが、とびだしてしまったというから、よくお嫁に来たものだと感心する。じいさんは神田山本町で注射の針をつくり、ばあさんはエボナイトをすり合わせて注射筒をつくっていた。九十六歳まで元気だった。じいさんと本郷医療器店主とは従兄弟同士だといっていたから、息子の仲人をしたらしい。その恋女房の娘というのが巨万子である。白野とはまた従姉弟になるのだそうで、DNAは共通している。四つ年上であった。与謝野晶子の弟子で情熱的な歌をよこした。

その巨万子さんに縁談あり、東大出の医学士の写真をおやじがあずかってきた。「さくらのいわしや」の主人にたのまれたのだという。さてつり合う縁と言えば大学メガネの娘本郷医療器の巨万子が適当である。それ以外には心当りがないから、おめあては巨万子だろうということになり、おふくろと白野が行くことになった。何で息子をつれていったのかおふくろ一人ではいやだといったのだろう。巨万子の見合写真をもらって「医者はいやだ。開業医はいそがしくてたまらない」と言うことで帰ってきた。東条写真館の見合写真はまことに艶麗で、豊満そのものであった。口が大きいのはすべて大きいのだといばっていた。つらつら見合写真を見ているうちに、白野はこのまた従姉に惚れてしまったようである。乳房がでかいのは、ばあさんの遺伝らしい。四つも年上では可能性はないが、医者になるのはやめとこう。と白野は静岡高校の文科を受けることにした。

この時に入っていれば吉行淳之介と同期だから、二年修了で長崎医大に入ったろうと思う。そうすれば原爆で講義中に死んだかもしれない。試験というものは落ちる方が生命助かるものだ。兵隊よけに医者のコースへ転じた静高の文科生は三人とも爆死した。吉行は東大英文に入ったが、辞書は赤尾の豆単しかもたず、トリストラム・シャンディなどというものを読んでいたので皆が笑ったそうだ。国文に入った共通の友人がいて、「葦」という同人誌をつくった。

「そも蝶々なんぞ　あんなに高く翔んで
いいものだろうか　囀《てん》囀《てん》々々」

という詩をつくった。

吉行文学のニヒルは、どうも級友の原爆死の恐怖に根ざしているらしい。

一浪して東京の高等学校の文科へ入った白野は、他に医専にも入っていたのだが、巨万子の一声がきいて医者はやめた。ところが東条の考えで、十九歳の文科生は兵隊にとられることになり、文科は二年に短縮、三十人となってしまい、十九歳で入営ということになって全員が寮に入らねばならぬ全寮制となった。かえすがえす理科へ入っておけばよかったのだが、男子の意地で「天にも昇るような気持」で文科へ入ってしまった。それは文甲文乙あわせて三十名という文科生徒の、共通の意気はさかんであった。「天にも昇るような気持」とは級友が言ったので、これは一寸理屈に合わない愛国心であって、堕天使三島が切腹に至ったのも軍隊に入れなかった劣等感である。インフェリオリティ・コンプレックスなんていう劣等感の逆表現であるようだ。

三島の弟さんは迎賓館長になったが、大学時代に、白野の学生服をゆずってくれと三島の母上にたのまれて、卒業までまだ一年あるのに譲ってあげたことがある。母君は御三宝にのせて、結納のようにしてお礼を下された。

この学生服は松坂屋でジャガイモ十kgととりかえたのである。ジャガイモはおふくろの買出しの収穫だから、学生服はおふくろの所有であったのでいささかすまない気がした。

巨万子は時々尋ねてきて、白野の妄執をかきたてた。ものも言わず、抱きついてきて、大きな乳房を押しつけるが、力一ぱい抱いても肉付の割に固かった。むいて見たら、乳房に黒い毛が生えていた。ここまで見せてくれた以上、この女は俺のものなのだと白野は乳首をしゃぶった。「白桃のゆたけきをわれは食い終りけり」という茂吉の歌を改めて思い出した。

戦争に行かねばならぬ息子なら、安心な女性を近づけた方がよいとおふくろは考えたのだろう。

高橋真理子さんもその一人である。

巨万子のような強烈な女を抱くと、より特色のない女は消えてしまうらしい。ファット・フェミニズムというんだそうだ。

セックスと申すものはまことに記憶の累積である。初発のセックスは巨乳、巨万をさけた方が安全である。ファット・フェミニズムの記憶は後を引いて、それより小さいと満足できなくなってしまう。

時は戦中、空襲は三月、五月とやってきて、ベランダの藤棚の花も、いつまでもつかわからない。一種狂気の季節で、命がけの自由《フリー》・セックス時代であった。女の子は結婚を条件として、何も差上ますという愛国的態度を示した。ただし子供ができたら往生である。

そのときは子孫を残そうとする本能に従うか、やめるかである。

白線帽をかぶったら「伊豆の踊子」の逆をやってやろうとかねて思っていた。つまり伊東から木炭バスで行けるところまで行き、あとは歩きで湯ヶ野から湯ヶ島まで登る。のんきなもので四里なら四時間と、朴歯の高下駄で天城をめざして登ることにした。河津からバスはないから湯ヶ野のあたりで踊子のはだかに逢えるかもしれぬ。夏みかんをもいでいるところで、一つもらったが、猛烈にすっぱかったから多分「橙《だいだい》」であったのだろう。四時間歩いたら天城トンネルのところに天城荘の湯があった。トンネルを抜け、浄蓮の滝をみて、湯ヶ島についたら湯ヶ島館はなかなか一人ではとめてくれない。そこで茶代を十五円ふんぱつした。折よく、四修で大学に入ったSが植物採集に来ていたので大学の植物学の採集会と合流して、はなれにとめてもらった。引率は中井英夫の兄貴であった。白野氏はもともと東大の「採集と飼育」の会というのに入っていて、「蝶の飼育」の研究を発表したりしていたので植物学の先生も仲間に入れてくれたのである。Sは四修で一高へ入り、二年で卒業となり、植物学に入ったのである。Sとは中学の水泳部以来のつき合いであった。あんまり急いでどこへ行くと思ったが、かたや大学、かたや高校ではおくれすぎていた。何で理科をうけなかったかと高校の面接で、森脇大五郎先生からきかれた。先生は「採集と飼育」を読んでおられたので、池之端か、そんなあぶないところに住んではいけない。「何をやりたいのか」ときかれて、「民族厚生」などと生意気なことを言ったが、ロマンチックにも、生命がけで文科へ入ってしまった。

戦争とははなはだ性的《セクシユアル》なもので、愛国心とは性欲に近いものだ。

湯ヶ島には、金山の坑夫が徴用されて来ているので、ぼくらは別館にとまることになったが、何とそこでは三人の女性とふすま一つ隔てた一しょの部屋になった。富士紡の女学生の徴用工二人と、寮母一人である。若い娘たちよりも束髪《そくはつ》みたいな古風な髪をしている、寮母の方が積極的であった。寮母は戦争未亡人で乳房がバナナの花のように、つぼみ形をしていた。若い娘たちのよりも形よく突出していた。女性達は、手拭を一枚ずつ前に下げて、横から丸みえのようなすだれ越しに、わざと毛をゆすってみせた。

寮母のおっぱいをまさぐりつつ白野氏は寝たのだが、乳児的行為を以て、性行為に及ばなかったのは不思議であった。寮母は身を挺して、やりたがる娘等を守ったことになる。

吉行と同じく静岡高校に入っていれば、Sと同じく二年修了で、無試験で、長崎医大に入っていたろうと思う。でなければ、みかん山で事件を起こして退学になったかもしれない。友人は夏みかんを盗んだという罪で、退学となったが、京大経済に入れてもらった。このみかん山でやられなければ、長崎医大で原爆死したことほぼ確実である。「こだまは長し、並みよろう山」なんていっているうちにやられたろうと思う。吉行が下町のドン・ファンだといった白野は文科へ入ったので、こりゃあまず兵隊に行かねばならぬが、これは日本男児の美学である。

帰りには食うものがないので、修善寺で「ふかしイモ」を買って食った。よく売っていたもので、何と煙草もなくなって禁煙となっていた。

女学校を出ても、仕事をもたず、花嫁修業をしていると徴用されて軍需工場にまわされてしまうので、徴用のがれに東洋紡みたいな安全なところにあずけられるという時代であった。娘たち二人は、ともに花嫁待機中であるから、いつでも挺身するという守備防衛の体制にあった。釣りで申せば、入れぐいの状態で、一人は美人で、一人はあまり美人とは申せぬが、白野は不美人の方がおとなしくてよいと思った。

美人というものは、わがままで、お高くとまっていて可愛げがない。女房にするなら、寮母のような女がよい。はてしなく純情で、果てしなくつくしてくれる女性をさがすことにした。湯ヶ島館では十五円の茶代をかえしてくれたが、イセエビなんか出てきたから、これはオカミのおごりだナと感謝した。

煙草は配給があって、「朝日」なんていうのをもらった。つまり国家は一人前の男性として、待遇してくれるわけで、巨万子は時々メェゾン・ベルビウにやってくるが、白野の妄執をかきたてて、大きな乳房を押しつけてくる。寮母の美事な乳房に比べると、その割に固かった。むいてみたら乳首に黒い毛が生えていた。それはなめるとジャリジャリしたが、これを見せてくれた以上、彼女は覚悟をきめたのだと思う。真理子さんは八等身のフランス美人だから対抗上日本女性の愛国心で巨万子は、ファット・フェミニズムとなって押し寄せてきたのである。

ファットとは「太った」という意味と、「愚かな」という意味がある。真理子さんは女医専で土中のばいきんをしらべていた。俺もばいきんの一種だ。金でできた注射針を差上げたが、「このモルヒネ用の注射針はこわい」と言って真理子さんが注射をこわがったのは一種のコケットリーであろう。医者の卵が注射が出来なくてはこまるから、注射のやりっこをして、ヴィタミン注射をすると精液を注入されたように顔を赤らめた。だが白野は愛情表現がにがてで戦争は性的《セクシイ》なものだが、注射もまた、はなはだ性的ではあるが、真理子さんに求愛はできなかった。

ペニシリン以来、注射の針先はすべて筋肉先となってしまったが、これを静脈注射に用いると出血が止まらない。静脈先という鈍角の針先でなければならぬ。これは一種のサディスムで、お尻にブツリとさす針を、採血用に用いているのは困ったものだ。

戦争中のこととてベッドもないので客間のひじかけ椅子を二つ向き合わせにして、その間にたち板を渡し、簡易ベッドにして寝ることにした。足の方はチークのひじかけがない方がよかった。空襲の緊急脱出には、幅三尺の敷布団が有効であった。女性がこれに腰かけると、ムズムズしだす。性を感ずるので濡れてしまうらしい。ギャッジ・ベッドという背中の立つベッドがあるが、背中は椅子の背であるから女性は背立する。体重はすべてお尻にかかるので、腹筋はすべてお腹を引上げる方向に収縮する。体重を利用すれば、巨万子の巨大な処女に突入できるであろうと考えた。これは五円銅貨の如くに強靭ではげしく貫入を拒否していた。旧石器時代の洞穴の石像のように、潤滑油が雨のごとくふりそそげば成功するであろう。

さて、巨万子を捧げ持ち、豊満なる毛パイをなめていると、「今日はダメヨ　ダメヨ」と身もだえるではないか。この時垂下した膜の中央小穴からメンスの血がしたたり、全開した大またのまん中に白野氏はヌラリと突入した。中は何とも重畳たる横皺で、カズノコ天井どころか、天辺まで乗りつめると、襞の中に飛び込んだ。思うに先史時代の石人形のようにじん血雨あられである。これはまさしく原始時代のセックスであると、白野氏はV字を刻んだ石人形が原始のヴィーナスであると理解した。

百年を一瞬にちぢめる大感激を胸にして、十九歳の白野氏は戦場に向ったのである。時に昭和二十年八月一日であった。戦友はことごとく女を抱いて来たと言っていた。ファットな女がよいということで皆同感していた。これは子宝を残そうとする男性の本能であろう。

八月一日に白野は浜松の航空隊に入営した。対空通信部隊だという。武器は何もなく、あるのは重たい電信機だけで、サツマイモの草むしりでまっ黒に日やけした。空襲がくるとU字形になった防空壕に逃げ込んだ。広島に特殊爆弾が落ち、ソ連が参戦したと電信があった。通信部隊だから情報も早く、長崎原爆も知らされ、長崎医大へ行かなくてよかったと、生命びろいを嘆じたが、命令はあくまでも本土決戦を叫んでいた。

東へ東へと日の出の方向に歩いて行けば箱根に達する。箱根を越えれば中野の巨万子の家にたどりつくだろう。中野学校を志願して、うまくゆけば、また巨万子と会えるかもしれない。彼女は、「見送りには行かない」といっていたが、やっぱり来なかった。伊豆の女達、あれはよかったな。子供ができたらこまるというところで、ふみ止まっていたようだ。巨万子は荻野式で妊娠しないことを知っていたので、度胸がよかったのだ。

ところが八月十五日に戦争が終ってみれば、立場は逆転する。もとのさやにおさまりたいが、今度は巨万子が許さない。くどき方もまずかったが、四つ年上の女房ではバアさんになったら困るだろう。

「若い子をさがしなさい」と巨万子も言うではないか。「大学へ入ったら結婚しよう」と言ったが、巨万子はあっさりと、見合結婚してしまった。

夏休みが終って、さて新しい軍服に、銀の飛行機をつけて、颯爽と学校へ出かけてみると友人の反応は意外と冷静であった。反軍的な精神が満ち満ちていて、こいつはどうも、俺の愛国心も場違いになってきたかと世の行末をつくづくと感じた。全学連というのを組織したTがいて、反軍運動をやっていた。軍人達は、さっさと転進していた。その変り身のす早さは大したものであった。おかげで教練・体操・武道などというものは一切出なかったのだが、進級できるようになった。だが二年で卒業と思っていたら安倍能成が三年に伸ばしたので、又又卒業は後れることとなった。

ただこの一年半のボーッとしたような安楽の日日は、疾風怒濤の時代で、リリオムというモルナールの劇や、シラノ・ド・ベルジュラックをやったり、歌舞伎をやったり、岩本マリーがベートーヴェンヴァイオリンソナタ全曲をやったり、皆で未完成交響曲をやったりした。女子学生がいっぱい来て花が咲いたようであった。低音《バス》がないので、松田（智雄）さんがチェロで未完成の低音を全部やった。吉行は柿の木坂に世帯をもって、外食券食堂でコンビーフなどを食っていたので栄養不良となり、頬ぺたから白い粉を吹いていた。おふくろが「しじみ」を届けろというから、「しじみ」のおつけを食えばなおるよと言ってフラウに上げた。

前記の「葦」がいよいよ雑誌になって、その校正に天理まででかけたことがある。柏木という天理教の大物参議員がバックになってくれたし、中井英夫が第十四次新思潮を出したりして結構原稿料をくれたりした。

そのうち、ペニシリン用の注射針の注文に応じきれずいそがしくなった。油性プロカインといって血中濃度を一昼夜もたせるために油の中にペニシリンを浮かせて注射器の中に入れ、ペニシリン用の筋肉先の注射針をつけて売るようになったので、科研、明治、森永はじめ三井化学、保土谷化学などフル生産でペニシリンを製造したので、注射針は大いそがしとなった。アニーリングの焼入れカスを取るのがむずかしく、大ていの針は不合格となって、許可が出ないので、針の内面を研ぐ必要があった。白野は文学部のＬの字をつけていたが、おやじにたのまれて冶金工学の教室へ行って、針の内面の電解研磨をする方法を開発してもらった。小川芳樹先生は湯川秀樹の兄さんである。ノーベル賞学者の兄さんは、君達文科の学生は、簡単に言うがね、これは大変だぞ。と言われた。

ステンレスの材質がよくない。当時はメッサーシュミットの脚のカバーのステンレスを引抜いて針をつくっていた。まず太い引抜管のうちに酢洗いしてピカピカにしておく。それを火入れしないで引抜く。それをステンレス・ワイヤーで研ぐことにした。あとはガソリンで洗滌する。だがアルバイトの学生を集めてやってもなかなか生産が追いつかない。化学会社や東洋レーヨンまでが、稼働しはじめたので針やは一大ブームとなった。万有製薬の番頭さんが居ざいそくで、その日の生産品をもっていったりした。つづいて朝鮮戦争がはじまり、第八軍から直接電話がかかってきて横浜の入札に来いという命令である。

注射針だけでなく、手術用の縫合針まで注文をうけて、ステンレス製は型がまにあわないので、スチール製でかんべんしてもらった。メリケン針を曲げて、メッキしたものでも、用途は戦死者の縫合なので、切味なくてよろしいということであった。納期がいそがしく、徹夜の作業となり、メリケン波止場まで木箱をもっていってフォーク・リフトで伍長さんに倉庫へ入れてもらった。なんだか戦場にいるようなオッカナイ疾風怒濤の時代であった。

賠償指定が解除になった飛行機工場の、疎開先の石巻へ、プレーナーを見にゆく必要があって、鳴子から奥の鬼首《おにこうべ》温泉に出かけた。パイパンの芸者をさがしていたが、鬼首の湯にあらわれた彼女は、まっ白い肌に黒髪の如きカツラをつけておった。湯の中まで客引きにあらわれるのが東北の芸者のおくの手であって、手が入れば足もはいるということになる。

ともかく若年の私どもは、スックと湯の入口の段々に立った駒子姐さんのパイパンにどぎもを抜かれてしまった。ああここにも駒子あり。

さて白野氏の一物は、かつてその道の達人柴田錬三郎先生をうならせたことがあって、折紙付のものだが、ニヒルだがめっぽう強い眠狂四郎の円月殺法を、東北のかくれキリシタンのキャラクターとして、今は伝通院に眠る柴錬に伝授したのは外ならぬ白野氏である。

足がはいるかどうかというに、赤チャンはここから出てくるんだから足ぐらいは入るわよ。と駒子姐さんは言うのである。その名も巨万子と同じ駒子も白野氏の円月名刀に青くなったが、「これでは処女にもどってしまう」と痛がるのであった。

白野氏の鼻に、駒子が食いついた時には、歯が生えているかと思われる括約筋であったが、何とスイカをころがしたような妊娠体となってしまった。身動きもできない食いつきである。白野氏は縄文以来の東北の名器にとらわれたような気がした。これは、あのギャッジ・ベッドが必要である。あたら名器も名演奏家を得なければ、天来の妙音を発しえない。白野の円月殺法で駒子は参った。

あれはパイパンだから協定して、やるのはよそうと吉行が言った女子大生がいたが、吉行はどうしてパイパンであると知ったのか、それが知りたい。

毛のあるなきはさぐりてぞ知る（新撰犬筑波集）

というから吉行は「おへそあるのか」というれいの手をつかったのだろう。前の奥さんはこの手でおへその下をやられた。

パイパンならば是非おねがいしたいと思って、ギャッジ・ベッドでもじもじしはじめたときに、前の方から手を入れると、お尻は後ろの方に下ってくる。後ろからおさえると、指二本の上に穴が下りてくるわけで、あとは体重で破花してしまった。円月殺法である。それでもやらせないのは何故かというと、パイパンではなくてクリトリスの囲りに短毛が生えていたので、毛の生え方が恥ずかしいから、股を開けないのであった。白野は可哀そうになってやめたが、

「ノーモア　ヴァージン」

だと言って皆に結婚をせまった。これは素股の名器になるだろうと白野は今でも思っている。

半陰陽というのがあって、こういう男女のインターセックスは最近流行だが、吉行はセルフ・サービスに便利だといっていた。吉行は「下町のドン・ファン」だと言うが、ヘア・ヌードでしかられた女性もパイパンであればよかったのでしょう。

西風《ゼフィルス》に吹かれるヴィーナスの誕生も、ボッティチェリーはパイパンに仕上げている。ミロのヴィーナスもパイパンである。毛は剃っていたのだというが、鬚《ひげ》の手入れが大変であろう。踊子達は苦労して股の毛を抜いている。水泳選手もバックストロークの時は毛を抜く由。

正面からデッサンすれば、女性器などは単なる皺である。カバーがなければ正視に耐えないから鬘《かつら》をつけているわけだ。白野氏は、鬼首の駒子を東京に連れてこようと思った。

名器は東北にあり、縄文人と弥生人の原型が残っている。駒子は大籠《おおかご》の生れで東北かくれキリシタンの子孫であろう。家伝の真珠貝のメダイヨンを持っている。それを陰阜《いんぶ》にはりつけると、サロメの如くになる。祖先は宮城県から、岩手県まで穴を掘ってミサをあげていたらしい。大籠では何百人も殉教した。刑場あとの地蔵には天使の羽の生えた像もある。

何百人も斬首するのはまに合わず、仙台藩は鉄砲で打ち殺したという。真珠貝のメダイヨンにはまんじの如きＩＨＳの文字あり、密室で手まひまかけて磨き出した出山のキリスト像がシャカ風に浮出ている。これは重文ものだと、白野は銀座の画廊に並べてやろうと考えている。

白野は東郷青児のシュール時代の画や、フジタの猫をもっていて死蔵するのはよくないと、長谷川利行の画と一しょに並べてある。

これは松坂屋の展観で式場隆三郎先生にすすめられて買ったものだが、今は一〇〇〇倍位の値になっている。

三　猫

松坂屋で藤田嗣治の猫の墨絵の展観があって、猫がそれぞれ女性のような姿勢でせまってくるので衝撃を受けた。白野が銀座に画廊をひらくに至ったのはフジタの猫に触発されたからである。

高橋邦太郎先生はシンガポールから帰ってこられて、フジタが描いた報道班のスケッチを見せて下さった。共立の先生になった先生にフランス語の入門を教えて頂いた。だがわが真理子さんは女医専で、テラマイシン、カナマイシン、オーレオマイシンのようなカビを土中から検出しようとして泥をのぞいていた。ペニシリンの針は多少実験の役に立ったが、そのうちペニシリンやクロロマイセチンは薬の副作用が強すぎるので製造中止になった。だが今やペニシリンとクロマイしかきかない耐性菌ができてきた。

真理子さんは美容整形をやるといって、形成外科を研究にアメリカへ留学することになり、日本医大の夫君と出かけてしまった。

ここで、改めて医者を断念したのが残念ということになったのだが医者がさじを投げたら、そのつづきをやってやろうと宗教学、神話学の研究をはじめた。

真理子さんは夫君と別れて、男の子をつれて帰朝したが、その子はホテルで水泳中に水死してしまった。フランスで研究したり、王子病院につとめたりしていたが、今は母上と一しょにくらしている。邦太郎先生はフランス語の辞書を書いたのでシュバリエという、レジオン・ド・ヌールをもらった。真理子さんは白野にとってはレジオン・ド・ヌールのようなものだ。どうにも手のとどかない栄誉なのである。東京會舘で文士の集りがあったが、フランスのお客は皆赤いレジオン・ド・ヌールのリボンをつけていた。柴錬も赤リボンには敬意を表して、イギリス製の背広で座っていた。

上野広小路の松坂屋のすじ向いに、白野が「猫」と呼んでいる金銀古物屋があって、「子猫差上げます」と書いてあった。店の姐ちゃんは顔見知りなので、「どんな猫?」ときくと、「どれでもお持ち下さい」と箱の中の猫の子を見せてくれた。純日本風のキジネコという、黄茶色の條《しま》のあるやつで、トラネコという感じである。「しっぽの長いのがいい」と言ったら、純日本系のトラネコの雄をつまみ出してくれた。しっぽはすらりと長い。他のは兎のように毛玉になったしっぽである。こうなっては駒子の手前ことわるわけには参らぬ。「これをくれ」といったら、「ハイ。コレお持ちください」と袋に入ったケズリブシをくれた。これではいよいよことわれない。

白野は古い時計が好きで、モバードだのパテックだのの古時計のゼンマイの研究をしていたので姐ちゃんはすこぶるあいそがいい。

ドラ猫は根津権現の境内にたくさん集っているが、しっぽが長いのはシャム猫系で、しっぽをかみつかれるので、毛玉のような兎の尾になってしまったらしい。

こやつ天井で鼠をとらせてやろうと思って押し込んだら天井板のつぎ目から液体が落ちてきた。おく病なやつで小便をちびったれやがったのだ。

「おまえは立派な日本男児だ」と白野は首輪をつけてやり、綱をつけて美景館の出窓に結びつけた。

さて、このメェゾン・ベルビウの猫は、なかなか利口で小さな赤ん坊用のホーロー引きオマルに、ちゃんと腰かけて用をたすようになった。用が終ると、後ろ脚でオマルのふちをなでて、砂をかけるしぐさをする。これは駒子のしつけであるが、俺もこのようにしつけられるのかなと、まいった。駒子は東京上野にあこがれて出てきたのである。上野はパン助の巣窟になっていて、一発五百円が相場であった。女流詩人が例のベッドにまいって、月三千円で二号にしてくれと言ってきた。六発分である。「吉行のところへ行け」と言ったら、吉行は柔道場のようなところへつれていったらしい。同一平面上の柔道は、精力善用に反する。彼女は子供を下したてでワキガが臭うし、毛は掌《てのひら》大であった。

原始以来セックスに関しては、人間まったく進化していない。ルイ十四世の寝台といえども無用の天蓋である。それは男女の組み合せ方に問題があるので、同一平面上で押え込みに入るのは卍《まんじ》とは言えない。立体的に結合せねば精力善用とは言い難い。

このベッドを万人の為に提供したいといって、白野氏はあえて特許を申請しない。

超弩級の女性に対しては、このベッドを用うるのがよい。駒子姐さんは猫のようにおとなしくなったし、猫の名をキャッペとつけた。

キャッペは日本伝来の猫の貴族である。ライオンにしても虎にしても豹にしても、しっぽは長大である。かみつかれないように、しっぽの短いやつが繁栄しているので、フジタも戦争画をあまりリアルに描いたので、批評家どもにかみつかれて、「腕で来い」と言ってフランスへ行ってしまった。フジタはしっぽの長い猫である。真理子さんがフランスへ行ったのも「日本」に対する反乱であろう。

だがそれは「日本」に対するアメリカのレイプに対する脱出であろう。

キャッペはだんだん成長して、色気づいてきた。奇声を発して綱一ぱいに走りまわり、首がしまって死にそうになる。これは恋の病で狂気じみているが、金具を外して放してやる以外にない。金具を放してやったら弾丸の如く走り去ってしまった。

フェロモンの導くまま、キャッペが白野のYシャツに立てた爪の痛さを忘れ難い。それは真理子さんが立てた注射の針のように忘れ難い。キジ猫の姿をみかけるたびに白野は、しっぽをのぞいてみるのだが、純日本の猫の男子《おのこ》はどこへ行ったのか。キャッペならとんできそうなものだが、この日本猫は愛情には反応しないたちなのだ。

都民の日は動物園が無料となるのでバッジを買って入ってみると、猿山の下の堀の中にキジ猫がいるではないか。なんとしっぽはすんなりと長い。お客が猿に投げる餌のお余りで、丸丸ふとってふくれ上っている。鼠とりの用ぐらいには立つらしく、猿にいじめられる様子もなく、園長につまみ出されることもなく、もとの飼主のことなどまったく知らん顔で、猿の仲間になって安住している。

脱出することは不可能だが、雌のサルもいるから脱出の必要はない。カラスを追い払うのがキャッペの仕事だ。

しあわせというものは、脚もとからズルズルと崩落してゆくようなもので、あと幾日こんな日が続くか。その平安を計っているのが幸福というものらしい。本物はいいな。

白野自身、駒子との仲はいつまで続くのかわからない。巨万子と違うのは強烈なしめ上げで、歯が生えているように食いつくので、いいかげんにしてくれというのだが。

真理子さんは白野にとって、レジオン・ド・ヌールのような赤い星だが、手の届かないフランスの星だ。
特需に追い上げられ、アメリカの軍事力にレイプされて、メェゾン・ベルビウで駒子にしめ上げられている猫は俺自身ではないか。これリビドーのいたせるところと、白野氏は、俺は純日本系のシッポの長い猫なのだと思い返すのであった。

(1965, Sept.11)[*1]

【註】

＊1　本編は豆本『メェゾン・ベルビウの猫』（桑原倶楽部・未来工房　一九九七・三）に収録され、その後『創元推理』第十八号（一九九八・十）に転載された。本書では『創元推理』版を底本としたが、豆本版の末尾には年月日はなく（書き下ろし）と記されている。

メーゾン・ベルビウの猫――アメ横繁昌記

I　バーゲン・ショップの街

1　お染ちゃんの事

桜の木には桜の匂。椎の木には椎の臭。美景館（メーゾン・ベルビウ）の住人、三四郎先生は、鼻口を一ぱいにあけて、葉桜の匂を嗅いだ。メーゾン・ベルビウなる安アパートの庭にも、でかい桜の木がある。「駿河台匂い」という。先生が学生の頃に植えたものだが、こいつ葉ばかり威勢よく繁るが滅多に花は咲かない。大島桜という桜もちの葉になる桜の一種なんだろう。花は白くて小さいがすてきな匂がする。風が吹くと葉桜が匂うのである。

だいたい日本には「匂いの文学」と称すべきものがない。近代文学の作家は匂いには鈍感である。

君らには鼻がないのじゃないかね。

江戸時代の通人は

市中《まちなか》はものの臭いや夏の月

とやったものである。清少納言は匂いの作家である。蓬《よもぎ》が牛車のワダチにくっついて、匂い上るさまをとらえている。やっぱり王朝の美女は違うわい。と三四郎先生は散歩の仕度をする。先生は定時制高校の主事である。最近は教頭といういかめしい名前となった。偉いような偉くないような、ヒマなような大変いそがしいような、変てこれんな稼業である。昼間は何もすることがない。したがって不忍池を囲《めぐ》り、上野町すなわちアメ横をぶらつき、湯島から根津へ毎日のように回遊する。アメ屋横丁と称する日本のヘソの如き、奇妙なバーゲン・ショップの街の興亡変遷について先生は三十五年間ながめてきた。アメ横で働いている生徒も少くないし、アメ横に消えた生徒もいる。これは日本文化史の一大ドキュメントなんではないかな。日本資本主義逸脱史であるな。と先生は立ち上る。立ち上ると椎の花の臭いがムンムンする。この性液の如き臭いについて、先生はもろもろの回想にふけりながら不忍池の北側を歩く。清水堂の石段の両側には大きな「とち」の木が鈴をささげる形で満開だ。これは「日本マロニエ」である。

秋になると、丸い栗のような実を、ある朝一せいに散らす。その日のうちに堅い茶色い橡《とち》の実はあらかたなくなってしまう。だれでも一寸拾いたくなる実である。先生のように三十年来毎日ここを通っていても、拾える年と拾えない年がある。朝三暮四という、猿に橡の実をやる話がある。猿は朝四つがよいということで夕方は三つで妥結する。教員のボーナスみたいである。猿山のボス猿みたいないやな気がして先生は京成電車の穴へ入った。穴から聚楽《じゅらく》へ出たところの国電の線路の下に、バイセン機を回しているコーヒー屋がある。ここのバイセンは特に煎《い》りがよい。ブルックボンドの箱に入っている、セイロン紅茶ものすごい色が出る。営業用の紅茶は色が薄くては商売にならない。上野かいわいのコーヒー店は、だいたいこの店の豆を用いている。二〇〇瓦《グラム》で五〇〇円である。先生は「キリマンジャロ」をひいてもらって、松坂屋の方へ歩く。いわゆるアメ横三角地帯の右側を行くわけである。「アンアンに出た店」という大島君の上衣屋がある。大島君は上野町随一のインテリで、ここの上衣が安いという記事が「アンアン」に出た。本当に安い。五〇〇円、一五〇〇円、三千円とある。品物はドイツ製ベルベットの本物である。次に浦野君の金銀古物屋がある。ここは大抵店がしまっている。開いている時でも半分はシャッターが降りている。ベトナム人と称する万引団にやられて以来、浦野君は用心深くなってしまったのだ。金銀財宝はショーウインドウにはろくなものを置いてない。奥まった座敷のチャブ台の上に並べてある。ここのイスに座って、浦野君が特製のお茶を入れてくれるようになれば、仲間なみである。仲間相場で買える人種となるには三十年位のキャリアを必要とする。そこへ出入りするブローカー仲間とつき合えるようにならないと上野町で面白い買物はできない。

――先生、やっぱりあれは春信でした。

と浦野君は残念そうである。歌麿も本物が出る。だがいかにもきたない本物である。

先生は佐野仁の一つ先を右へ折れる。ここに畳一枚ほどの店をかまえるのが、喜久屋の高級時計専門店である。オヤジは、松坂屋も「先輩。先輩。」という位の、時計学に関する名人である。このオヤジの信用をうれば、松坂屋の大バーゲンは約半値で買える。次に広小路を渡る。バス停の右側に Bargain Shop 富久屋がある。

だいたいこの街の店が、粋《いき》すじのような名前をつけているのが面白い。仲町はもと花柳界であったからだろう。

富久屋は、「時計・カメラ雑貨もろもろ」の大バーゲン屋である。間口は二間しかない。右側が時計・カメラ・テレビもろもろで、左側が万年筆、靴、ハンドバッグ洋装もろもろである。右側に支店長がいて、左側に番頭さんがいる。重役は富久屋の娘の「お染ちゃん」である。先生は長年、お染ちゃんに惚《ホ》れ惚《ボ》れとなっている。

まったくのところ、すてきな春信風美人だ。ほっそりした顔立ちでふっくらとしている。足は春信のえがくように、細くてふっくらしている。

よく、けだしからのぞいている江戸の女の棒のような白い脚があるでしょう。それにこの娘さんは親切だ。先生が買いたそうな顔をすると、

「このパテックは12の所で針が合いませんよ。」

と致命的欠陥を教えてくれる。欠陥商品を買おうとすると世にも気の毒そうな、すまなそうな顔付になる。先生はそういうお染ちゃんに、惚れ惚れとなるのだ。お染ちゃんは、のど首の白いところにキッスマークなんかつけている時があるから、だいぶ御亭主に首ったけである。社長はかなり年配のおとなしい人で、富久屋の仕入れ及び価付けは社長の指示によるものであろう。支店長は端

んぱだけをまける権限を与えられていて、どんなにねぎっても端下《はした》以下はまけることがない。仕入値がいいので、売すじの商品がよく集る。仲間が委託で置いていくのもある。だからまけられないわけなんだが、何のことはない故売屋の観を呈している。仕入値が安ければ、ベラ棒に安いが、仕入値が高いと何年でも売れない。たとえば20金の茶椀三越製85万円というのがあって、金は半値になっちまったが、相変らずガンバッている。85万円の茶椀でめしを食う気になる人は当分あらわれないであろう。

その、富久屋さんの店先に段ボール箱が出してあって、子猫が三匹入っている。

「子猫あげます。」

とお染ちゃんの字で書いた紙がはってある。

このお店のサインはすべて紙にかいてシャッターにはってある。火曜定休、お盆お休みといった具合に、これは毎週書くのじゃないかと思っている。

三四郎先生は、まったく奇ばつな気分転換法に気がついた。それは猫を飼うことである。先生は最近、ドブネズミの疾走になやまされている。これをやめさせるには床柱をけっとばして鼠をおどかす他はない。為に、コブシの床柱がピカピカになってしまった。

「――ひとつ、猫を飼ってやろうかな。美男子がいいね。」

お染ちゃんは

――これが一番美男子かな。

といって、白茶だんだらのドラ猫の子を一匹つまんで富久屋の袋に入れてくれた。

――どうぞよろしく。

といってお染ちゃんはビニールに入った「ケズリブシ」の袋を一つつけてくれた。

――ねこにカツブシ。

――そうするもんかねえ。

三四郎先生大いに感心して、乳ばなれした子猫一匹をもらった。

こやつ大変なおく病者で、先生が当初の目的たる鼠退散のために、天井板をはずして、鼠の巣とおぼしき所へ押し入れたところ、ニー　ニー　鳴いているうちはよかったが、こわさのあまり小便をもらしてしまって、天井板のすきまからやがてのことに黄色い雨もりがしてきたのには、さすがの先生もガックリした。

それで猫は、三女にはらい下げとなったが、三女の菫《すみれ》ちゃんがあんまり可愛がって顔をよせるものだから、子猫はおすみの顔をひっかいた。

「キャッペ」

という名は三女がつけたものであるようだ。

2　子供のおまるで用をたす猫の話

先生には、奥さんと、三人の娘と、老母がいる。先生をめぐる五人の女である。奥さんは高校の先生をしている。したがって猫のしつけは大変にきびしい。奥さんは三女の幼時につかったおまるをもってきた。小判形をしていて直径二〇センチ程のホーロー製で、前に一寸した金カクシがついている。天井裏でそそうをした子猫は、さっそくこの中に入れられてしまった。

——砂ぐらいいれといたらどうかね。

と先生は一つまみ程の砂を入れてやった。砂があると安心する習性とみえて、子猫はそこで長々と用をたし後脚でシュッシュッと砂をかいてノウノウとした顔付である。

奥さんは子犬用の赤い首輪を買ってきた。子犬用のクサリもである。それでもって子猫は柱につながれたので子猫の歩くところ、常におまるありというありさまである。下性《げしょう》の訓練というものは恐ろしいもので、そのうちに猫は必ずおまるで用をたし、おあいそにおまるの両ふちを後脚でチョイチョイとこすってみせるようになった。

食事は「けずりぶし」とごはんである。これは恐ろしいことだな。と先生は奥さんの教育力に内心恐怖の念をいだいている。砂も一週間ほどで取り去られてしまった。

——おまるで用をたす猫なんて、みたこともない。キャッペがオシッコをする姿は、まるで俺みたいだな。

と先生は、下性のシツケに成功して得意満面の奥さんにおそれ入ってしまった。

キャッペは至極普通の白茶だんだらじまの日本猫である。尾は恐ろしく長い。そしてすんなりと伸びている。ここらが美男子の条件であろう。ボブテイルの猫は貴族的でない、と先生は思っている。それから左の目の上の白い毛の中に茶色い斑点がある。丹下左膳にしてもそうだが、左右アンバランスの目というのが個性的でよい。これも美男子の条件にはなるな、と先生はのんきなことを言っているが。

奥さんはノミがいるといって目の色をかえ家畜用のノミトリ粉を買ってきた。これはDDTなのかな。家畜無害と書いているペコカンで体中雪だるまの如く粉だらけとなった猫は、今度は洗剤で徹底的に洗われたので、毛の白い部分は白銀の如く、特にみけんの上などは雪の如く白い貴公子的風貌となった。

——こいつはタキシード・スタイルだ。

と、先生は子猫がタキシードを着用して、シルクハットにステッキ姿でのし歩く夢をみた。こやつの欠点といえば、ひどく胴長なことだろう。これはやはり純粋の日本猫である。腹の毛も雪の如く白く洗い上げられたので、なんともフワフワとして気持がいい。

三人の娘は、キャッペのオナカに性的魅力を感じているらしい。

白毛の中につつまれて、小さな金のたまが二つある。これは立派な日本男子である。

猫はたしかに人語を解する。「ダメ」という制止と、「ヨシヨシ」という承認を理解している。だからおまるの外でおもらしをすることはめったにない。「ダメ」の一言でのそのそとおまるにまたがる。これは異様な猫の動作であるが、「ヨショシ」とみけんをなでてもらって満足そうである。こいつはかなり知能の高い猫である。鎖の範囲からとびだそうなどという無駄な努力をするのをみたことがない。爪が伸びすぎて困るのか、猫のテリトリーの中のじゅうたんの縁は、猫が爪をとぐのでザキザキになってしまった。

こうして、猫と三四郎と五人の女は、メーゾン・ベルビウの住人として、安定したのである。猫の臭の効果であるのか、冷蔵庫のうしろの鼠の巣も撃退されたし、夜中に天井裏を疾走するドブネズミも退散した。まずはめでたし。めでたし。である。

3　紅子ちゃんの事

猫が臭いのは、食事のせいである。と言いだしたのは長女の紅子ちゃんである。彼女は米国ワシントン州の高校を出たので、菜食主義者であり、牛乳にコーン・フレークを入れたのを常食としている。キャッペの食事について、当初は御持参のケズリブシに牛乳をかけたやつであったのが、だんだん離乳食風にコーンフレーク・牛乳かけに変化したのは紅子ちゃんの食性によるのである。

何とも不思議なことであるが、猫は菜食主義者として育てられることになった。レタスだのトマトだの牛乳を食し、オマルで用をたすようになった猫は、その身だしなみのよさに於て抜群の紳士である。どういうわけだかしらないが、鮮度の悪い魚のアラなどはみむきもしないのである。習性というものはまことに恐ろしい。そこで三四郎先生の猫は、あまり悪臭を発しなくなったのである。

だがまてよ。と三四郎先生は考える。俺もまた女五人の趣味によって食性に変化を来しているのかもしれないぞ。風俗習慣ことごとくが、女性にとって望ましい男性のかたまりみたいに飼育されつつあるようだ。

その最大の文化的侵略は米国文化による、日本文化の強姦である。

先生はアメ横の発生とその発展は、まさしくアメリカの占領政策による下町文化の強姦であったと悟るのである。

先生には、三十五年前の上野駅周縁の焼跡の姿がまざまざと目の前に現出する。そこは戦災孤児と焼だされ浮浪者と、引揚者の雑とうする恐ろしい町であった。不忍池の対岸、茅町《かやちょう》の角に、コンクリート製、スペイン風の建築家の建てた家があって、大観邸のとなりにあるこの異様な建物がCIAの拠点となっていたので、このエネルギーをどのように向けてゆくかが、占領軍の重要課題であったと思う。

この地帯はもともと摩利支天様の門前町であって、小料理屋だとかトンカツ屋、歯科医、薬局などが並ぶ小粋な町家が並んでいたところである。ついでにトンカツというものの発祥はこのあたりであるそうで、特にキャベツの千切りをそえたりする独得の豚のカットレットは世界中にないものなんだそうである。桃太郎という店があって、おやじにつれていってもらった記憶があるが、厚さ数センチのロースを低温でむしあげにして、両面をややこがし、(その位にしないと中まで火はとおらない)トンカツソースというトマトケチャップとウスターソースを混ぜたものをぶっかける、焼きカツなるものは珍味であった。旧くは鋤焼《すきやき》・がんなべの明治時代から、アンミツ、お好み焼の昭和初期に至るまで、この地の花柳界文化というものは、はなはだ独創性にとんでおって、山下のてんぷらなんていう江戸ッ子風の味も、この地帯の伝統的創造性によるものであろう。

この地の商人は伝統的な江戸文化に外来のショックを与えて、実に複雑な味をつくり上げてきた。

たとえば、うさぎ屋のドラ焼にしろ、酒悦の福神づけにしろ。カレーライスのつまとして、どうして福神づけが似合わしいのか。まったくわけのわからない異文化との融合がこの地のエネルギーの根源にあるようだ。

紅子ちゃんの意見によると、かの地の青年は皆一ようにジーンズをはいているが、リーバイスという本ものよりも、日本製のリーバイスのにせものの方が縫製が上等で長もちするのだそうである。Gパンという名はアメ横のマルセル主人がつけた名だそうであるが、GIパンティがGパンとなったものだろう。アメ横は米国文化の強姦をうけた街である。闇市の組織は大陸文化の直輸入である。ここには税金もかからず、自由自在な香港的取引が行われていて、税金と店舗費だけは低い。商品の品質はかなり信用してよい。そして確実に安い。バーゲンだけがこの街の魅力である。一坪か二坪の店で月商二億円をあげているというから驚く。一寸オッカないのを別にすれば、治安はあんがいに保たれている。三四郎先生は沖縄ナハの闇市と、上野の闇市は日本を代表する闇市場だと思っている。ここをブラブラ歩いていると、まったくこの世の憂さを忘れてしまう。

この町は戦後、第三国人という朝鮮、韓国、台湾その他の引あげ者集団の治外法権的なブロックとして占領軍のおめこぼしにあづかって存立した。当初は空襲の焼け跡と、強制疎開の都有地の上に、戸板を並べて、ヤミ物資という公定値段を無視した日用品雑貨、豆、イモのたぐい、サッカリン入りの赤い水、アイスキャンデー売りなどの闇市から出発したのである。ナベでもカマでもキセルでも煙草巻き機でも闇市に行けば何でもあった。地下道は四通発達して、浮浪者の巣窟と化していた頃で、敗戦後は占領軍の治安対策の問題となったところである。

アメ屋横丁というのが正式の名称だそうで、イモあめ製のキャラメルを一個五円で売っていた。このあめは、錦糸町附近の鉄砲玉屋にイモアメを横ながしして製したもので、キャラメルに似た包装であるが、厚味が倍位あった。この厚いところがいかにも上野の味なので、たとえば米軍横流しのアメチョコが一箇25円~30円（ラッキーストライクと同値）であったから、これに充分対抗できる国産品であったわけだ。ちなみにパン助はショート五〇〇円であった。こちらの方は前金をとってすし屋に入り、女は座敷に通しておいて、カゴ抜けしてしまうというような危険もあった。

D・D・Tとペニシリンは敗戦日本をとにかく健康にした。油性プロカインというやつで、注射してから24時間もつように油の中にペニシリンを浮かして、太い注射針で、おしりに注射するのである。それは、性病に対する「驚偉的効果の確認」であった。24時間たつと、症状は消えてなくなるのである。

今日、D・D・Tは残効性が問題となって製造中止され、ペニシリンはショックが問題となっているが、とにかくこういう大ショックがなければ日本は立ちなおれなかったろうと思う。

三四郎先生は浜松の航空隊でノミに苦しめられ、ノミの発生を止めるために機械油を床板のつぎ目に塗り込む方法を考案したが、こうすると、ノミの幼虫、サナギはことごとく死滅するのであった。D・D・Tの偉効には舌を巻いた。これが日本の戦力との根本的相違であると三四郎先生は敬服した。

戦後の復興は浅草の方が速かった。それは六区と新吉原の偉力である。ミツマメ屋や小料理屋が雷門から六区への細い通りの両側にできた。

シャン・シャン・シャン・メロディー　歌いましょ
というＳ・Ｋ・Ｄの歌が流れていた。並木道子もＳＫＤのダンサーである。神田の駅前で「りんごの歌」を歌いながら道ゆく人にりんごを投げた。神田から三越への通りにも露店がにぎわっていた。

水あめに、人参のにおい、ニッケイのにおいをつけ、浅田飴本舗は健在である。洋式せともの。ディナーセットだとか、靴などは神田が一流のものを早くもならべた。銀座はＹシャツが早かった。色もののＹシャツ姿でのし歩いた頃のことを三四郎先生は思いおこす。社交ダンスというのをおぼえて、それはつまりブルースと、ワルツと、タンゴの歩き方だけなのであるが、先の尖った靴をはいて、フロリダなんていうところへ、踊子をつれていった。ジルバーなんて曲の時はクリームソーダなんかをのんで敬遠していたのである。

解放されたのは、たしかに女性達である。

「月三千円で二号にして丁戴。」

とまじめな顔でいう女子大生がいた。徳田球一のメイだという野上さんと、三四郎先生は、シルバー・フォックスというウイスキーを飲んだ。こいつはアルコールにカルメをいれただけのものなので、猛烈に酔いがまわった。

サッカリンとズルチンという甘味料は、中国引揚者がもってきたものらしい。そのモンサント製のサッカリンの小瓶をいつももち歩いて、渋谷の、百軒店《ひゃっけんだな》のわびしい喫茶店で、吉行淳之介は、コーヒー色をした液体の中にチョコチョコとサッカリンを入れて飲んでいた。吉行が、顔から白い粉の出る病気になってしまったのは、これらの薬物のせいではないかと思っている。おふくろはそれは黄ダンにちがいないといい、シジミを買ってきて、シジミ汁を飲めばなおるよ。と言った。吉行はシジミ汁を食ったようだが、白い粉は出なくなったようだ。豚の足骨をナベに入れて、ラーメンのだし汁をつくっていた彼のことだから、白い粉はあるいは外食券の悪食のせいなんではなかったろうか。

寺内大吉とカストリというのを浅草橋で飲んだことがある。メチルアルコールが出まわっていたころなので目がつぶれるのではないかと二、三日ヒヤヒヤした。水上勉とも大学前でオデンを食ったことがある。彼は女房に逃げられ、娘さんをつれて弱っていた。娘さんはオデンの屋台にチョコンと座っていたように思う。女房に「損害賠償」を請求するのだと水上君は言うのであるが、そいつはみっともないからよした方がよかろう。というようなことを言ったように思う。

野上さんのことは、猛烈にスマートなパンプスの靴をわが家の玄関に並べたので、まずおふくろがおどろいた。大連帰りということだが、哲学科の先輩のフラウであるということだったので、私は三千円の話にはのらなかった。彼女の体臭がどうにも降参。陰毛がまた掌ぐらいあった。その話をきいて乗気になったのは吉行であるが、柔道場のように広い部屋につれこまれて五体なえしたということである。

そのころの学生はなかなか生活力があった。なにしろ三四郎先生は戦争中に集めた洋楽のレコードを売りとばして生活費にしていた。ビクターのVE盤で四円五十銭位だったのが、売る時は四十円位になった。少くとも星一つ二十銭の原価のものが四十円位で売れたように思う。焼け残ったリヤカーの残ガイに茶箱一ぱいの本をつみ、大学の坂をのぼって、本郷台に売りにいったのを思いだす。本も岩波文庫が山の如くあったのを大学前の玉屋眼鏡店に並べて依託で売りまくった。

文部省が高校の教科書を出したが紙がないので全国に行きわたらない。その時に、三島製紙の社長にわたりをつけて、全文解釈つきの教科書を出して大もうけしたのが、渡辺剛彰《たかあき》君である。彼は記憶術の大家として、弁護士よりも名を成したが、芝白金の王子製紙の社長宅に事務所をひらいて、大したはぶりであった。三四郎先生も解釈の方が本文よりもむずかしい指導書を書いて原稿料をかせいでいた。

世の中活気に満ち、青天井がのぞいていた。

II　ふく屋のお染ちゃんのこと

1　伊豆の柑子

ふく屋のお染ちゃんとの逢初《あいぞ》めは、二人ともハダカであった。西洋ものの本をみてもアダムとイブ以来、ハダカからはじまる小説はないようである。

お染ちゃんとは伊豆の共同湯で逢ったのがはじめである。昭和十九年の夏であったか、河津でバスがなくなってしまったので、天城まで歩くことにした。戦争中のことでバスは木炭バスである。炭をたいてガスを製する、異様な釜がついていた。東伊豆には共同湯が多い。熱海・網代・伊東・熱川・北川から下賀茂まで、海パン姿で釣竿をかつぎ、海で泳ぎながらカサゴを釣ったり、温泉で湯を浴びたりしながら旅をつづけた。

湯ヶ野は「伊豆の踊子」がハダカで出現するところであるが、湯量が少いので、そのころ共同湯はなかった。木の浴槽で、水道栓をひねるとお湯がチョロチョロと出た。天城の大滝《おおだる》から、天城トンネルを抜けると湯ヶ島の共同湯がある。踊り子出現には湯ヶ島の方が適している。湯ヶ島館の隣りにある共同風呂をめざして歩いた。山道の段々畑では、夏蜜柑の採り入れをやっていた。木に登った麦わら帽子の男が、黄色い実をポンポンと、下で受けている籠の中に投げ入れる。「旅の日のモーツァルト」の中で、プラークへ旅するモーツァルトが馬車の中でオレンジを投げ合うシーンがある。石川錬次先生の訳である。この先生にはドイツ語を習っていた。錬次さんは、錬チャンと呼ばれていたが、「旅の日の……」という訳が得意であった。私は、伊豆の踊子のように、ほほ歯の下駄ばきで、伊豆の山々を歩いていた。靴というものは大変に得難いものになっていた。

——一つくれませんか。

といってみたが、実際飢えにたえかねていたのである。木の男は、無雑作に、黄熟した柑子《こうじ》を投げてくれた。三四郎は白線の入った帽子でそれを受け

——ありがとう。

といった。食糧難のそのころ、気前よく夏柑《なつかん》をくれる伊豆の人は有難かった。今でこそ夏柑などは採る人もなく、るいるいと畑に棄ててあるが、夏柑を右手から左へ弾ませながら天城峠をこえた。聞けば河津からは七里あるそうである。七時間位かかったわけで、夏柑は橙《だいだい》ではないかと思う位、猛烈に酸っぱかったが、何にしろ腹がへっていたので残らず食べてしまった。口の中がいつまでもにがかった。プラークのモーツァルトもこんな酸っぱいやつをかじったのであろうか。

それで共同湯ではまっさきに口を漱いだ。暗い木造の建物は、湯ヶ島館ととなりの旅館のまん中にある。着物を入れる棚が、狩野《かの》川の河原に面してあり、中はまっくらである。先客が三人いるということは、棚の浴衣でわかったが、旅館の浴衣だから男女の別はわからなかった。

湯の中には、三人の女がいた。あごのところまで湯にもぐって、若い二人は手ぬぐいをのどにはさみ、縦にフンドシを流したような具合にして乳房をかくしていた。その一人がお染ちゃんである。もう一人は髪をアップにした中年増である。バアさんだと思ったのは、三四郎が年若かったせいだ

ろう。

くし巻き髪のバアさんは、ひさご形の乳房を垂らして、黒いところも平気でみせていた。番傘さして入浴にくる土地の女性はだいたいそんな風である。みて面白いのは男性の方であるらしく、だから、女が胸をかくしたりしてみせるのは一種の求愛というか、コケットリーと解すべきものである。

男が女を評価するのは主として顔立ちであるが、衣裳にあらわれるその女性の趣味・財力といったものも大いに役立っている。ところがこの三人の女達との出逢いについて言うならば、そのような装飾はまったくなかった。

三四郎は、まん中の若い女性は色白で美しいなと思った。お乳は白桃のように丸く、うすい手拭を押し出していた。脚は湯の中で、ずいぶん短く見えた。前髪を一列にカールしているので、丸い顔が一層おむすびのように見える。黒い髪を筒状にまるめたのりまきとおむすびに見えたのは腹がへっていたせいだろう。

右側の若い女性は、痩せているが、なかなか明るい顔立ちの美人である。脚は長く、すらりと立ってみせると後姿がよかった。うすい手拭にはりついて、突出部が黒々とみえた。

お染ちゃんのハダカはあまり食欲をそそらなかった。年齢というものは争い難いものだなと、三四郎は中年増を気の毒に思った。まん中の女性が、全体として大変気に入ったのは、白桃に見えたり、大福に見えたりしたからであろう。

女達は湯本館にとまっているのだが、宿の内湯は、金山の鉱夫たちが大勢集まって宴会でとまっているので、悪ふざけをされるから、ここに逃げてきたのだと言った。

女達はなかなか身許を明さなかったが、あとできいたところによると富士紡績の挺身隊の女工さん達で、中年増はそこの寮母さんだということであった。

つまり、年増は娘たちを無事に監督する職責にあるわけである。彼女は未亡人だといっていたが、三四郎はだいぶ彼女の信用をえたようで、一人旅のため旅館で宿泊をことわられて、困っていたので、彼女等のつれということにしてもらった。三四郎は米はだいぶしょってきたが、湯ヶ島館の別館に、自炊で逗留させてもらうことになった。別館は山側にあるだれかの別荘である。彼女等は母屋の座敷にいたのだが、別館の方に移ってきてしまった。

最初の夜は、宴会の流れで、いせえびなどが出る豪華な夕食だったが、何しろ物のない時で、旅館で昼食は出ず、外に出てもソバ一つ売っていないので、腹がへって弱った。

彼女等が飯を炊いてくれたので助かっていた。三四郎は昼間は、『愛と認識との出発』なんていう倉田百三《ひゃくぞう》の本を読んだり、狩野川で鮎をつかまえたりしていた。狩野川は水温が低く、鮎の育ちはよくなかった。岩をひっくり返して川虫をとっては、海パン姿で釣った。鮎よりも「ヤマベ」が多かった。釣るのはめんどうになって手でつかんだ。少々生ぐさい魚が掌の中ではねると、女達を抱いたような気分がした。火をつかって塩焼きにすることもできないから、そのままサシミにして食った。鮎は生ぐさく、藻の匂いがしたが、味はほとんどなかった。あとは山菜である。つわぶきでもアシタバでも何でも食ってしまった。一寸した蕃人《ばんじん》の生活である。彼女等は倉田の本をみつけて、スゴイことが書いてあるとキャアキャアさわいだ。寮母さんは長い髪をアップにして、サザエのつぼ焼のように巻いていた。この髪型はまことに古風でバアサンくさく見えたが、その髪をすく時は、太い肩の肉が動いて髪の毛が櫛できしんだ。ドガの髪洗う女のデッサンのように、背中に光の波がしたたり落ち、春の潮にゆれる褐藻類《かっそう》のように髪が流れた。その髪の毛の先をつかんで水を切るしぐさは、

栗の花四十路《よそじ》過ぎたる髪結ひのひぐれはいかにさびしかるらん

という白秋の歌を想い出させた。実のところ、三四郎には四十路過ぎたる髪結ひというものの実感がなかったので、この栗の花の歌は何だかわからなかったのである。これはまさしく大正の古風な女であると思った。男女の愛は、器物愛好癖に近いものであるようで、倉田は、全人格的愛なんてことを言うが、原始の状態では、感性的なものがまっ先に来るので、精神などというものはあまり意味をなさない。寮母さんは大砲の弾丸のような乳房を両側に突出させていて、八の字型に左右に振分けていたが、これは握ると大変具合がよかった。

寮母さんは身を以て乙女達を護る姿勢と見えた。つまり三四郎が若い女性達に近寄ろうとすると、身体を張って乙女達の純潔を守ったわけである。だが若い三四郎には、娘達を旗のようにヒラヒラさせながら、海底で餌を呑み込もうとするアンコウのようにも思われた。

坑夫たちの団体に、更に東大植物学の採集旅行の一団も加わったので、三四郎たちはついに一つの部屋に寝なければならない仕儀となったのである。

床の間に近く三四郎がねると、寮母さんはその隣りに陣取った。更に十センチの間隔を置いて、白桃が寝て、それに接してお染ちゃんが寝ることになった。

夜がふけると川瀬の音が高く、寝つかれないまま大の字になると、三四郎の右手は柔い寮母さんの胸のあたりに落ちたのである。彼女は全然拒否しなかった。むしろ、黒い部分を押しつけてきたのである。匏型《ひさご》の乳房を握っていると、

——こんな、いい気持、はじめて。

と女は言った。はじめて。というのは大変刺戟的である。戦死した夫からも受けたことがない愛撫だということになる。三四郎は、愛とはフェラチオの深さによるものだということをその時はじめて知った。

——わたしは、子供はできないから、安心して。

とも言った。若い娘達はふとんをかぶって寝たふりをしていたが、寮母さんがあまり「クン・クン」と言うので、深いタメ息をもらした。

——文科のやつは、もてるなあ。

と、植物学科の大学生になった友人が、湯舟の中でひやかした。この杉山君は、中学は同期だったが四年修了で一高に入ったので、二年でもう大学生になっていたわけである。

——もうじき兵隊に行かにゃならん。

と三四郎は、この世の名残りに、湯舟の中を泳ぎまわった。文科の学生は十九才で兵隊にとられ

ることになっていた。

女工さん達は、サザエさんのような髪型をしていた。額の上で一列に巻いて、うしろは内まきにしている。何とも異様なスタイルだが、パーマネントは禁止されていたのだからやむをえない。湯から上ると、おかめさんといった顔立ちだが、三四郎はアイちゃんという、白桃をつぶしたような娘が、やさしそうで一番気に入った。もう一人のお染ちゃんは、後髪を長くタテロールにして、夏の帽子をかぶるとめっぽう明るい、光り輝くような美人になった。

文明というものは、まことに非情のものである。三四郎は、もっともみにくいものにはさまれながら、

――君が一番すきなんだ。

なんて、となりのアイコちゃんの白桃にも手に入れた。お染ちゃんは、美人らしくツンとしていたが、唇にガーゼを当てて、その上からセップンすることを許してくれた。

つまりはそれだけのことである。三日ばかり原始的共同生活をした。

龍宮の浦島が三日めには帰りたくなった気持がよくわかる。三四郎は全弾うちつくして帰航する艦隊の気持で、家に帰って安らかに寝たいと思った。

飢えというものは色気も何も失なわせるもので、配給制の煙草が切れてしまったのが、帰心《きしん》をかきたてた。区役所から、一片の紙が来るならば、感心な顔をして死ににゆかねばならぬ。棄身の寮母さんの行為は、死にゆく男への、つかのまの厚意であったのかもしれぬ。

敗戦に向って崩れ落ちようとする、つかのまの天国であった。

――煙草の切れめが縁の切れめということか。

と三四郎は狩野川にそって修善寺まで三里歩いた。月ヶ瀬、嵯が沢と稲田は次々に広くなり、ふり返ると、鉱石のような雲が、天城に集まっていった。

伊豆の記憶は、伊豆の柑子のように甚だしく酸っぱく、にがいものである。配給の煙草が切れたのでやむを得ず、清潔な気分になった。どうして、一番欲しいものを手に入れなかったのか。娘もその気になっていたではないか。と残念無念の憶《おもい》がした。

娘たちは、写真を送ってきてくれた。この古い写真をみると、三四郎は夢みるような哲学的フェイスで空を仰いでいる。

へんな髪型の娘さんたちと並んでいるバアさんは、寮母さんである。憶いだしたが杉山君もここにはうつっている。

お染ちゃんからは、電話もかかってきた。

これは寮母さんの作戦だな。

と三四郎はにがい思いがした。現実に文明をつきつけられてみると、おおい難い年輪の差である。お染ちゃんの勝利は確実的であった。

その年、特別甲種幹部候補生という制度ができて、最初から見習士官になれるようになったので、三四郎も学習院まで試験を受けに行った。だが、胸中の厭戦的気分はおおい難く、学習院の校門から逃げ帰りたい気持をおさえ難かった。

この厭戦というか必敗の信念というか。この気分は、反戦などと勇ましい旗を掲げる気にはとうていなれない種類のものである。いわば死刑囚のつぶやきのようなもので、癌を宣告された患者と似たようなものである。


三四郎は十九年の冬、浜松の対空通信部隊に入営することになったが、飛行機に乗るか、地上で受信する方になるかは生死の別かれ道である。兵隊の服の胸には、飛行機のマークをつけていたが、三四郎は下士官用の銀色の翼をつけていた。人間死にゆくことになると、いささかのカッコよさを衒《てら》うものである。

三四郎は新潟県の新発田の連隊に配属されどういうわけか、連隊旗手を仰せつけられてしまった。連隊は大陸へ移動する予定であるらしい。内地では、浜松も艦砲射撃をうけ浜松の駅が吹飛んでしまった。東浜松では、伊場遺跡という天平時代の駅舎と官衙《かんが》の遺跡が出てきた。三四郎は、あとの半生を伊場遺跡の調査についやすようになるのだが、その時は、異常な文字を書いた土器と木簡の出現について大学に報告し、兵舎に発生するノミの大群をぼくめつするには、床板のスキマにすくったノミの幼虫を、機械油を浸して殺すべきであるという発見をした。連隊旗手に任命されたのはそういったことによるものかと思われるし、多少語学ができるので暗号解読に便利であると思われたのであろう。

六月の艦砲射撃は恐ろしいものであった。暗夜、どこから飛んで来るのかわからぬ砲弾が炸裂する。兵隊たちは、負傷者の急護にあたった。このような航空基地の至近から、艦砲射撃が行なえるということは、日本の航空戦力が破壊されつくしたということである。通信部隊の本隊は滋賀県日野に移動をはじめ、三四郎はじめ、逓信省現役で召集された通信士たちは、新発田から大陸へ移動を命ぜられていた。この部隊のいいところは、情報がきわめて正確急速につかめることで、ソ連の参戦、原爆の投下とその偉力、特殊爆弾に対する退避の方法など、かなり正直に命令をうけていた。

三四郎先生の念々の願望は、何故三人の女性を同時に満足させることができなかったのか。ということであった。

この遊仙窟《ゆうせんくつ》的願望は山上憶良も歌っているから、日本男性古来の願望であろう。なにしろ俺はまもなく確実に死ぬ身の上である、だから女は犯さぬというのは一種のやせがまんにすぎぬだろう。実際は、かなり現実的に計算している女達にコケにされているのにすぎんのではないか。三人のうち唯一人を選んで一対一で深くなってゆくのもよいが、それは後々痛恨を残すだろう。二対一でいくならば、谷わたりということになるが、女同志のケンカさやあてとなるであろう。三対一でやるという肉ぶとん的発想はかなり神仙的で超現実的であるところが面白い。三四郎はこの世の思い出に、三人の女を同時に愛してみたい、愛することができるのではないかと思うようになった。

三人の女は男をコケにして楽しんでいるように思われた。十三回までは憶えているが、十四回目は感覚がない。これを三等分すれば十分体力的には持続できるだろう。これは一種のスポーツ的な爽快さがある。

2　われら魚食族

三四郎先生の生れは東京下町であるので、いわゆる江戸前の魚を食って育ったことになる。人間を草食性と肉食性に分ければ、肉食性にはちがいないが、魚食性とでもいうべき育ちをしたわけであろう。

下町には行徳《ぎょうとく》・浦安の行商がまわってきて、かれらは時々、生きたカレイやメゴチや黒ダイをもってくるのである。タライに塩水を入れて、その生き魚を泳がせるのが大好きであった。

江戸前の魚というのは種類がきまっていて、ハゼ、メゴチ、車エビ、ワタリガニ、ケエズ（黒ダイ）に、白魚、サヨリ、アナゴ、ギンポのたぐいにサバ、セイゴ、ボラなどからメバル、タイといったものである。だいたいスシ種や、テンプラ種だと思えばよろしい。江戸の前でとれるから鮮度はきわめてよろしい。日本国中、スシは江戸前ということで、京都や大阪でも堂々江戸前とやっているし、ニュウヨークやパリでも江戸前とやっているので、これは世界的料理の水準に達しているわけだろう。

それに伊豆のワサビと、遠洋・近海のマグロ、カジキと東京湾のアカガイ、ミル貝がのれば申し分ない。浅草ノリも風味をそえ、ウニ、イクラなどの東北風珍味も加われば、いうことはない。われら魚食族の食文化の粋というべきものであろう。元来、マグロのニギリというのは、かなりでかいもので、長さ六糎《センチ》位はあって、経四糎位にふとったもので、一つ二つ食うと満腹するものである。

小さいのを二つ並べたり、具の影にメシがかくれてしまったりするお上品なやつは、山の手のギンザ族あいてに星ヶ岡茶寮あたりで考えたものであろう。スシを食うマナーなんてものも出来上っているようだが、元来、バクチ場でツマンだものだから、メンドウなマナーは必要なかろう。シビマグロが本来だが、キワダマグロの子にキメジというのがあって、こいつが一番うまい。大トロ、中トロなどといっているがビンナガの大トロなどよりも、小あじなメジマグロの方がよいと三四郎先生は思っている。これに、イカ、タコと、シャケが加わればまさにこの世の珍味この上なしということになる。

クジラは捕獲禁止ということになったが、三四郎先生の残念はこのことに尽きる。西鶴永代蔵のケチの代表みたいなのが、塩くじらのすいものをムコ殿候補者にごちそうするところがあるが、さすが関西の商人でうまくてやすいものを心得ている。

くじらの油身、黒皮つきのやつをタテ切りにして塩につけてある。内側の方はカタくて不味《ふみ》だから、これはサラシクジラにする。皮ぎし三、四センチのところの油身を、すいものにし、みそしるにする。何のことはない鯨汁であるが、その味は「うまい」とつぶやくにたりる。

こういううまいものを鯨油にして、ランプ用の燃料にした米国人は、およそ食味にかんしてはおよそ野蛮人という外はない。かれらはまぎれもなく肉食性動物である。イルカやクジラを可愛そうだというのはかれらの身勝手な感傷で、野牛や、鹿こそ可愛そうだと思う。許し難いのは、食文化に対する米国の干渉である。学校給食の惨状に至っては言うべきことばもしらぬ。これは、米国の余剰小麦と脱脂粉乳を日本国民に売りつけようとする陰謀である。給食世代はだから完全に植民地族である。かれらは魚の味を知らず、オレンジジュースにポプコーンで生きている。メーゾン・ベルビウの猫といえども、牛乳とポプコーンではやりきれぬ。

かれは、ヒモノのアジのやけるにおいで、ホロホロと、涙を流した。本当に、ネコは泣くものである。

3　われら海人族

われら海人族の文化の源は、壱岐・対馬である。壱岐では月の神（月読命《つくよむ》）をまつり、対馬では日の神（天照大神《あまてる》）をまつる。ともに舟行の神である。壱岐の、漁港のスシヤに入って驚いたのは、すいものにキンメダイのあら汁が出た。これは漁師の船上の料理で、伊豆のあたりではホーボー、銚子のあたりではカサゴなど何でもえものをぶつ切りにして、みそ汁にほうりこんだものである。

魚は、ヒラマサとタイを主にしていた。ヒラマサはブリの類であるが肉に赤味がさし、歯ざわりがプリプリとかたい。伊豆宇佐美の魚屋は、こいつをサッとおろしてくれたが、何とも気持のよい歯ざわりである。シマアジもうまい、カイワリもうまい。ここらになると、海人族でなければ微妙な食味をあじわうことはできまい。われら肉食族を軽蔑する理由である。牛肉などは、いくらやすくてもいらないのである。鯨はさらにやすくてうまいし、伊豆や壱岐・対馬ではイルカの肉を魚屋で売っている。マンボウのキモも売っている。

漁師のオバサンの意見によると、魚のうまさは、マンボウのキモに限るということだが、対馬ではクロハギといい、白味にまぶしてスミソにして食う。伊豆でもマンボウを食するが、大きなマンボウの腹のあたりだけを四角に抜いてあとはすててしまう。何ともぜいたくな食い方だが、ドクトル・マンボウもこれは知るまい。キモは脂がものすごくてたしかに珍味にはちがいないが、三四郎先生は、ブリのエラの方が旨いと思う。対馬の旅館では、これが何だかわからず、トリのとさかかね、ときいて笑われたことがある。

まず珍味は、カワハギのキモの方が軽くてよい。ウマヅラハギのキモも大きくてうまいが、これは一寸磯くさいので、すててしまうようだ。だが本当にうまいのは、キモである。伊豆網代の魚屋のばあさんは、いまだにハマチのことをイナダといっている。ハマチというのは関西から入ってきた養殖ハマチの名で、元来はイナダであろう。イナダが大きくなるとハマチになる。それが大きくなるとブリになる。だからハマチの養殖あみから、かなりのイナダが脱出しても漁師は平気である。一まわりしてくればブリになってしまう。寒ブリの値段はハマチの数倍である。久里浜沖でアジをつっていたら、つれたアジをブリが食った。大へんな大とりもので、乗合の客のつり糸はこんぐらかってオマツリ状態になったが、でかいブリをつり上げた勇士に感動して、一同祝杯をあげたのである。

三四郎先生は、網代に釣小屋をもっている。磯のゴモクづりが目的だが、最近では、つれた魚を飼うことに熱中している。

将来は温泉の排水を利用して、熱帯海水魚と称する、ツノダシ、トゲチョウ（チョウウオ）などを飼ってやろうと思っている。

いまのところは、メバルだのカワハギだのヒラアジなどである。海の魚は、たとえばいわしの幼魚でもネオンテトラよりも美しい。

ビードロというソラスズメ（ダイ）は世にも美しい青色をしているが水槽に入れると黒い色にかわってしまう。丈夫なのはメジナのたぐいで、ポンプを止めておいても一月位は水たまり状の水槽で生きている。

網代で一番感動的なのはタイをつることである。特に黒ダイはむずかしい。黒ダイをつり上げるには、先ず鈎《ハリ》を選ばなければならぬ。これは漁師の買いにゆく、漁村の露地の中の釣道具屋にいって、めざす黒ダイの大きさに合わせて鈎を買う。鈎は大きくてはいけない。長さ一センチ以下で、太さは二ミリ位のギゴワなものである。鈎先からカエシ迄が四ミリ位で、非常に鈎先が細く長く鋭利となること絹バリのようでなければならぬ。目の下一尺程の黒ダイは強烈に引くから、太い鈎は打ち物でなければ、曲るか折れるかしてしまう。

東京で売っている石ダイ鈎なんかはバカデカすぎて目のいい魚は食うわけがない。さりとて、チャチなキス鈎ではかみくだかれてしまう。チダイが食いだすのは五月頃だが、初島まわりに出漁して終日かけてチダイをねらう。この時の鈎も漁師にまかせた方がいい。糸まきのついた手づりでやるのが一番敏感にあたりをとらえられる。三浦沖でイサキ釣りのシャクリざおにマダイが食いついたことがあるが、水面によってきた、赤青ルビーの如き魚体は壮観であった。目の下一尺ほどの黒だいのブチになった腹も美しい。タモに入れると感動ここにきわまる。

浜の子供等は堤防でイカをみつけるとウマそうだなあという。タコでも食いてえ、食いてえ、といっておっかけてゆく。日本人の釣は食の文化と一体になっている。くえねえ魚は釣っても仕様がないわけだ。沖縄の水中をのぞく船にのったが、黒ダイやカマスをみつけて感動はするが、スズメダイ、ヤッコダイだの赤い魚はまったく軽蔑して船を止めもしなかったのが漁師らしくて感心した。カマスはシャビキ仕掛けで、自転車のチューブみたいなのをつけた鈎を引っぱっているとモー然とかみついてくる。赤根の沖にカマスの集るところがあって、釣れ出すとヒモノのねだんがたちまち安くなる。一枚百五十円位である。ウマヅラハギは八十円であるから、食味からすれば下魚《げざかな》のウマヅラの方が美味である。世の中不思議なもので、魚にも位というものがあるらしい。

だいたい珍味というものは、変なものである。まず、ねだんが安いということが通人の好むところである。高ければうまかろうではあたりまえのことではないか。「からすみ」はうまい。それはあたりまえである。「うに」はうまい。それもねだんとの折り合いである。

イカの口のところをカラストンビという。上がカラスで下がトンビのくちばしみたいだからだろう。ここが一番うまい。しおからにもならんから網代では、カラストンビばかりを縄に通して干してある。これはほとんどタダでくれるが（一本で十円位）これをカジっている時が一番ハッピーである。こいつをひょうたん池にはきだしながらイカのジュウジュウ焼きをよく食った。なつかしい焼跡の六区の味である。

三四郎先生は蓼科山にも方丈の庵をつくった。だが海人族が山へ入る時は用意が大変である。先生はまず、カマスのひらき、ウマヅラのみりんぼしにイカのカラストンビを網代で購入し、富士から身延線経由で甲府から茅野《ちの》に入る。夏は蓼科、冬は熱海と回遊するが決して優雅なんてものじゃない。それは自然との格闘である。実は、三四郎先生の恐怖体験によれば、核戦争から身をまもるには、かかる住所不定以外にはないと確信しているのである。それでもやられてしまうかもしれないが、分散することによって一つが生きのこる可能性がでてくる。三四郎先生は長女を米国ニューヨークに、二女を千葉姉ヶ崎に、三女を、おそらく東京に置いておくことになるだろう。

これは遺伝子の分散保存ということであって、それ程深い考えに発したわけではないが、まず今日の安定感を得ればそれでよいわけなんである。

三四郎先生は日本国政府をまったく信用していない。だから貨幣は播州赤穂の藩札にも及ばぬただの紙片れである。こんなものをむさぼる気にはサラサラならない。日本国はいずれ財政破タンするから、その時は戦時中のように、輪転機を回してドカドカお札を刷るにちがいない。

その時になっても残るのは山林といささかの自由であろう。生命あってのものだねである。われら魚食族、海浜にすなどりして生きのこるであろう。何よりも貝塚数千年の歴史がこれを証明している。黒ダイやスズキは身をうすくそいで、これが刺身の原形なんだが、これに清水をぶっかけて「洗い」にして食する。これなどは高邁にして純粋、粋の極地であると思うはいかに。

さて蓼科山における先生の食物は、スワ湖のシジミとワカサギ、それに虹マスの焼き魚ということになる。ここでうまいのはキノコの季節なのだが、スワ湖の大きなシジミ汁もすてたものではない。虹ますもうまいが、センギをかいぼりしてつかまえるイワナほどではない。この時サンショウウオもとれるが、小さなやつは生きたままるのみにしてしまう。

蓼科山荘の庭先には、マイズル草やフシグロセンノウの咲く渓流があるが、先生はそこでハダカになり流れる水でフロの代用とする。これもまた塩気がぬけてよきものである。

さて冷静に網代のカマスと蓼科の虹マスを比較してみればわかることであるが、イワナ・虹マスの身はふわふわと柔かすぎて、とても海魚の海のにおいに及ばない。先生は、ひもの一枚を焼いても伊豆の海のにおいをかぎわけることができる。これはおそらくエサとする海草やもえびのにおいなのであろう。小田原・大磯となるともう海のにおいが悪くなる。新島の青クサヤとなるムロアジあたりが、一番伊豆のにおいをただよわせている。

4　精神と肉体について

女には精神なんてものはない。あるものは性欲と食欲だけである。というのは戦災を体験した世代の哲学であるが、されば男性にも精神なんてものはないのではなかろうか。健全なる精神は健全なる肉体に宿るとは、ラテン語の格言だが、これにはどうもウソがありそうである。世の中には健全なる肉体のみあって、精神などははなはだ貧寒なる人物が多すぎるし、瀕死の肉体をかって大文学をなした正岡子規や、長塚節なんていう人もいる。

思うに性欲と食欲とはかりにかけるならば、人は問題なく性欲を棄てるであろう。戦争中の事を思えば、ことがらは明白で、食なければ人格なしということであろう。食がなければ恋愛もなくなる。ただし若干の食があれば、人間は生死の関頭《かんとう》でもセックスを求めるもので、これは種の保存の最大関心事となるもののようだ。枯れかかった植物が花をりっぱにさかせ結実すると同時に枯れるなどは、いたましき生殖の努力なのであろう。

満州引揚げの時に、男装をした看護婦と、泣きながら重なって寝た男の話をきいたことがある。看護婦たちは男装がばれて、翌日はみなごろしとなってしまった。死を前にしても、できることは、やっぱり抱き合うことなのである。

これは恋愛精神なんてものではなくて、皮膚感の快適さを求める地獄絵図なのであろうが、ともかくオッパイは柔く、オシリは丸いということで殺されてしまうこともあるのだ。三四郎先生の四季回遊も、おそらく皮膚感の快適さを求めて、暑い夏は清流に身を洗い、寒い時は温泉にもぐり込む。これは、芭蕉、西行も求めた魚族の習性なんだろうと思う。何しろ都会のコンクリートジャングルの中では定住できない人間もいるのだ。ハゼやメゴチのような連中は都市に住むこともできよう。うが、青魚の類は適当な水温の変化を求めて回遊しなければ息ができぬのだ。三四郎先生は息をするために口をあいて回遊しているカツオのような肉体なのである。精神などというものは恐らくヒレのようにバタバタしているだけのものなんだろう。

純粋な愛というものは、猫の愛に見ることができる。それは、おなかの柔毛を前足でつっぱっては鼻をなめたり生器をなめたりする皮膚感覚である。人間は金銭に目をくらまされるから、純粋に皮膚感覚だけの愛を知ることがない。知ることがないからいろいろ無い智慧をしぼって恋愛論をこしらえる。スタンダールの結晶説も要するに、虚妄の偶像だとみとめているのである。信頼するに足るものは皮膚感だけである。要するに口舌の感というものは、人をうらぎることがないということである。

蓼科山荘の戸棚を整理したら、チョコレートの箱の中に昔の七円の郵便はがきが大事にしまってあった。みると、41・7・31 網代局発のはがきが入っている。

おげんきですか。ねこもおげんきですか。
ねこをすてないですか。8月4日か8月5日にたてしなにいきます。
きのううみへいって、うきわをかぶってひとりでおよげました。あじろにいって、ねこはおっこちなかったですか。きょうはパパがしたでねています。
えもうまくなりました。

そして「花」「船」「山」「魚」の画があって、（すみれ子）とある。その下に「ねこ」がチョコンと座っている。41年といえば菫子は六才である。みどり子は十三である。

毎日泳いでいます。私の顔はもうまっくろ。魚もとりました。カワハギ・メジナです。
とった魚は、下の家の水そうの中でスイスイ泳いでいます。はやくてとれなかったのですが、ちょうちょう魚や、カゴカキダイもたくさんいました。

なんて書いているのはみどり子である。小学校の六年生である。このはがきは東京の家に出したものらしい。紅子は白樺湖に行っているようすである。一枚のはがきから猫の歴史があざやかによみがえった。ねこが二階の柱に、つながれているので、「ねこはおっこちなかったですか。」ときいているのである。「ねこをすてないですか。」というのはバアさんがねこを棄てちゃうよと言ったからであろう。

5　遊仙窟綺譚

遊仙窟は、唐の則天武后の頃、張文成《ちょうぶんせい》の作といわれている。聖武天皇の天平五年（七三三）、山上憶良七十四才の作になる「沈痾自哀《ちんあじあい》の文」も引用しているから、文成が二人の神女と契る話は、万葉びとの心を深くとらえたものであろう。この漢文は大へんな難解の書で、大江維時《これとき》が、嵯峨天皇の命により、木島明神から「遊仙窟読み」を授けられたという神秘的伝説につつまれた書である。木島の社頭、林木欝々たる処で、蜘蛛の糸の動きによって、返り点、訓点を知ったというこの話は、五嫂《ごそう》・十娘《じゅうじょう》という二人の貴妃に張郎《ちょうろう》が愛される物語である。十娘が

觜《くちばし》の長きは嗍《す》はんが為に非ず

項《うなじ》の曲れるは攀《よ》ずるに由るに非ず
但《ただ》、脚を直ちに上げしめば
他自眼雙《まなこなら》びて黐らん。

と歌えば、五嫂も

向来《きょうらい》太子《いいとと》不遜《ふそん》にして　漸々《ぜんぜん》として深く入れり。

と歌ったりする。脱ぐのは十娘の方である。

情来つて、自ら禁ぜず、
手を紅褌に挿《さ》しはさみ、
脚を翠被《すいひ》に交《まじ》へ
両脣口《りょうしん》に対《こた》へ
一臂《いっぴ》頭を支へて
妳房《だいぼう》の間を拍《う》ち搦《ずさ》へ
髀子《もも》の上を摩挲《まさ》す。

ともっぱらよがるのは十娘の方で

一たび嚙めば一に意に快《こころよ》く、
一たび勒《いだ》けば一に心を傷ましむ。

こういうところは、木島明神に教えられなくてもすぐにわかってしまうが、嵯峨天皇もなかなか風流人である。

鼻の裏痠㾜《しゅんせい》、心中結繚す。
少時《しばらく》にして眼花《かす》み、耳熱し、脈脹《の》び筋舒《ゆる》む
始めて逢ひ難く、見難く、貴ぶべく　重んずべきを知り、しばらくの間に、数廻《あまたたび》、相接す。

ということで、千古の名器を得た張郎は、十娘と数回相行うのであるが、五嫂の方は、指をくわえて見ている感じである。ここらが古典の神厳なるリアリズムというべきところで、数回のセックスに及ぶというのであれば、何故に五嫂に寂しくお茶をひかせたのであろうか。

三四郎先生は漢文の先生であるから、その残念の感が、セックスに及ぶよりも妙なのであろうと考える。ここには待たせる快楽というものがあるようだ。張郎と十娘の交情だけであれば、世の常の恋愛小説、別に古典の名に値しないし、嵯峨天皇も興味を感じられないところであろう。そばでヒリついている五嫂がまつわるから、この話は神仙的なのである。伊豆では実際遊仙窟のようになった。バアさんとは、十三回は交わったが十四回からは感覚もなく腰も抜けてしまった。こうなる前にほこ先を転ずるべきであったが、微妙な女心の牽制があって、目かすみ、脈脹び、筋舒んでしまった。これは失策といわねばならぬ。三人の女は猛獣である。サーカスの調教師の如くでなければ事は成らない。

先生は新発田連隊の見習士官で、昭和二十年の敗戦もまじかの八月、浜松の対空通信兵をつれて連隊が満州に移動することとなり、用船の手配に新潟港まで「公用」という腕章をつけてでかけた。八月の六日であった。

長靴に下士官スタイルの長剣を下げた青年下士官である。国軍の精鋭らしく、胸に銀の飛行機マークをつけていた。対空通信部隊で飛行機にはのらないが、飛行機マークをつけていると特攻隊の如く勇ましかった。ところが、列車は、阿賀川の鉄橋附近でグラマンの機銃掃射を受けて炎上、やむなく徒歩で新潟港へ向った。新潟も爆撃されて、火炎天に中《ちゅう》し、めざす暁部隊の用船もどうなったかわからない。後できけば、広島の原爆投下も天候次第では、新潟に投下されたかもしれないというぶっそうな軍事都市である。三四郎見習士官は、命令であるから、何としても新潟港に向うべく、阿賀川を下って、海岸づたいに新潟港へ出ることにした。新崎《にいざき》、松浜あたりの砂丘に登ってみると、新潟は一面の火の海である。猛煙は天に中し、信濃川河口まで行ったが日が暮れてしまった。港では数はいの船舶が炎上しつつある。製油所のあたりは大爆発を繰り返していた。こういう時には鎮火するのを待つ外はない。やむなく、附近の農家で休息することとした。弁当用の軍隊のニギリメシと若干の乾パンと酒があった。そのころの軍隊には食糧といっては酒しかなかったような気がする。

農家の娘が三人いて、お茶を入れてくれたので、乾パンだの煙草だのを与えた。娘たちはタクアンとキンピラゴボーを出して三四郎のてのひらの上に乗せてくれた。これが農家のサービスである。掌にのせなければ遠慮して食わないからであった。

新潟美人ということをいうが、娘たちは三人とも色白で、まゆも濃く、やや精悍でうすの如き腰をしていた。軍隊というところはお茶のない世界である。見習士官は一年ぶりにお茶をのんで、「シャバ」の味だと思った。

水筒の中には、忠勇の大吟醸を入れてきたので、それを娘さんたちとともに飲んだ。いろりの火は、焼ける新潟港のようであった。いや日本じたいだ。世界をあいてにするいくさに、明日はない。そんな気が皆していた。

挺身隊で、松根油《しょうこんゆ》を掘る作業をしているのだそうだが、それは飛行機の潤滑油になるのだそうである。ヒマシ油をとるためにヒマを植えたりしていたが、そんなことでまにあうのだろうか。そのうちに娘たちはもともと新潟の芸者達で、疎開をかねて、農家に分宿しているのだということがわかった。

つぶし島田のカツラをかぶってペンペンやるのが本職である。戦意の高揚には、佐渡おけさの方が役立ちそうである。松の油をしぼっても、まわすプロペラがもうないのだ。軍の機密に属するが満州に移動してもやっぱり助かるまい。ソ連の参戦によって、機甲部隊は怒濤の如く南下しつつあった。生死はいつでも同じことだ。炎の中を尋ねまわっても、めざす船は焼けてしまっているのだ。その夜は風呂へ入って、娘さんたちの農家へとまることにした。

風呂を上ってみると軍装がない。女達がかくしてしまったのだ。代りに女物の浴衣が出ていた。しごきも赤い。まあ、これもいいではないか。とつんつるてんに女物の浴衣をきて、さてしかし、胯下がないのにはまいった。これも女達が洗濯してしまって軒下に干してあった。しばしの女御ヶ島である。

6 轟沈

「世の中は、しばし美人の膝まくらか。」と見習士官は、嫂さんの厚い膝に頭をのせた。

頭をのせるつもりだったが、やや寸法をあやまって嫂さんの胸のあたりに頭がとまってしまった。嫂さんの大きい背中に右手をまわすと、嫂さんはうつむいてきたので自然に唇が合わさってしまった。おっぱいをつぶしては申しわけないので、左のやつをひっぱり出して胸の上にのせた。上からおっぱいをたたいてみて、「いいおっぱいだ。」と本音のところを申し述べた。次にやることは鼻の先に横たわるまっ白い乳房にすいつくことしかない。女は湯上りで浴衣をきているので何とも美しくみえた。つぶし島田のかつらをかぶっているのだが、えりあしが誠にすずしい。かつらには、ヒスイのような緑の玉のかんざしと、ベッコー色のくしがさしてある。女は右手のうちわであおいでくれたのだが、三四郎がえりあしをほめるのでカツラをぽんと脱いだ。「地毛の方がきれいだね。」と三四郎はえりあしの後れ毛をかき上げながら「匂い上る」とはこういうのをいうのだろうと、タオルを巻いた新潟美人に敬意を表した。さて、これは母の国にいるような安心感だが、大事なものがはるか遠ざかってしまった気がする。だが右手を下ろしてみると、割れめは意外に近いところにあった。ロダンは愛し合う男女を描いているが、あんな行儀がよいみてくれの姿勢はどうもリアルではないだろう。これはそうしないわけにはいかないじゃないかとばかり、女のお尻をもち上げると、女はまるで蛙がとぶような姿勢でペチャンと三四郎の上に腹ばいになってしまった。蛙のように女が吸いついたのは私の胯間なのである。そうなれば三四郎の方だって同じように、目の前にひらいた大輪の花の特にめしべのあたりに顔をうずめないわけにはいかない。女と三四郎は同じようなやりかたで愛撫しあうのである。三四郎がめしべの先をまわると、女もおしべの先をまわる。女が奥までのみこむと私も深く深く井戸の底までとどけと潜入する。女がマストの頂上を横ずりすれば、三四郎も三角の孔をさがして横ざまに舌をうごかした。大きい土手は大味だがザラッとするくじらのようなヒゲがよい。小さいヒレは何と小味なことだろう。女は感情を示して気持のあいさつに、時々門をしめあげ、息もたえだえといった声を出す。三四郎もたえかねて、女の二つの山の突出部にかみついた。まったくこの脂肪の突起はかじられるためにあるようだ。この二つの突起物を用いて女は三四郎自身をはさみこんでしまった。

「嫂さん一人でずるいよ。」

と湯から上った中の妓が胯間にもぐり込んできた。

「おまち。プロペラを回そう。」

と嫂さんはくるりと向きをかえて、ほかけ舟の形になった。

「あっいいね。枕におなり。」

というと、三番目の妹が頭のところに丁字形にねそべった。三四郎の頭は三女の腹の上にある。

「これは、天国じゃ。」と三四郎が大の字になると右手が二つのビーナス山にのっかり左手は浅い谷間に達した。中の妓は嫂の腰をだいて、茶うす方式でプロペラのようにまわす。嫂さんはたまらず前にたおれてきたので、女の物がへそしたにはりつく感じである。

「あっ、轟沈。」と嫂さんはクライマックスに達してしまい、席を中の妓にゆずった。三四郎は中の妓をのけぞらせて空中で回転し、そのまま後ろにのけぞった中の妓に止めをさした。

「一ぷろあびてくるよ。」

と三四郎は風呂にとびこんで、ヌラヌラしたところをよく洗った。特に、ヘソの下が濡れそぼっていた。なるほど女は男の下腹で感じるわけなのだ。浴衣をきて、今度は三女にさかさ観音になってもらった。三女は皿パイで幼なかったが、疲労してくると淡い味の方が好ましかった。三女ははずかしがって脚をよう開かなかったが
「こうすんの。」

と嫂さんが膝つき前かがみの姿勢をなおしてやった。お尻の御面相がまたことごとくちがうのである。パイパンかなと思ったが、まんなかにチョロチョロと発毛して、透明な味がした。もちろん処女であるはずはない。

と思ったが、もしかしたら処女だったのかもしれない。

「痛いのかい。」

といったら「ううん。」といったが一寸痛そうに孔《タガ》をしめた。「痛い痛い。」といいながらやっぱり轟沈した。

こういう「轟沈プロペラ」を三回やったように思う。一番機襲来、二番機撃墜、三番機ヨーソロといった号令をかけてやった。

元気なものである。ある限度をこえると、直立はもどらなくなってしまうものだという発見をした。

「轟沈、轟沈、凱歌は挙がりゃ
つもる苦労も　苦労にゃならぬ
うれし涙に　潜望鏡も曇る夕日のインド洋
曇る夕日のインド洋」

と歌いながらやった。

「この世の終りだ」「明日は地獄の釜の音」

消えそうないろりの火で狂ったように乱れる女達は新潟の芸者だから、あんな芸当ができたのかもしれない。男の火を消えさせない接待の技法も並大抵のものではない。この皮膚感だけは信じてよいものだろう。

金も、名誉も、地位も全く空しくなって、愛すらも言葉でなくなる時に、アーラヤ識のような宗教的な感覚だけが存在する。

三四郎はこの時以来、唯識論を信じるようになった。

人間は、猫と同じように皮膚感覚で行動しているので、戦争のためにとか、平和の為にとかいう哲学で行動するものではない。


三四郎先生はこの世の終りの地獄の釜の音を聞きながら轟沈を実行したのである。

「こちらはベェルリンであります。ニィッポンの皆さんに諏訪根自子さんのヴァイオリン・コンツェルトをお送りします。フルトヴェングラー指揮によるベェルリン・フィルハーモニー・オーケストラが演奏いたします。曲はブルック作曲、ニ短調ヴァイオリン・コンツェルト。諏訪根自子さんは、ゲェッペルスから贈られたストラディヴァリウスで演奏されます。」

とラジオが言って、突然荒しのような曲がおこった。ラジオは空襲警報をきくためにスイッチを入れたのである。ベルリンは陥落寸前である。高揚するヴァイオリンは、なぐりつけるように、大きくなったり、小さくなったり、荒しのような雑音の中にきえてしまった。これは地獄の釜の音だ。いよいよ日本も最後だな。と、三四郎先生は、いろりの火が次第々々に消えていくのを見ていた。いろりにくべられたオガクズがまわりから黒くなっていって、中心の生のオガクズを焼いてゆき、いきなりパッともえ上る。三四郎先生と三人の芸者の運命もこんな具合であるなと、まぐろのように腹を並べた三人の女を、次々に見守った。

御落胤が三人同時に生れるかもしれないなと、終戦後、三四郎先生はくだんの農家を尋ねてみたが、三人の娘たちはそれぞれの田舎へ帰ってちりぢりになってしまい、名前も知らないのだから尋ねようもなかった。それぞれおよめに行ったようなので、尋ねられても困っただろう。

「男なりゃこそ五千尺空の」

という航空隊の歌も空しく三四郎先生は、上野へもどってきた。

メェゾン・ベルビウは上野の安アパートである。医療器屋の店も工場も焼けてしまったので先生とおふくろさんは家作であったこのアパートの一室にヒーターをかかえてくらすことになった。

愛とは母親に抱かれるようなものである。母親の乳房にすいつくように、それは純粋に皮膚感覚だけのものである。古来の恋愛小説はすべて信用できない。

7　戦争とジャガイモ

三四郎の軍隊の遺物は、オフクロがジャガイモととりかえてきた。松坂屋では、物々交換会がもよおされていて、学生服の上衣が、ジャガイモ5kgととりかえますとかいてあった。そこで、そのジャガイモ5kgが三四郎の学生服となった。靴は左右がチンバである。実は、ゴムぞこの黒短靴の右方のツギメがほころびたので、修理に出したところが、靴屋が焼夷弾で焼けてしまい、左方だけになってしまった。靴屋が、焼けあとから別の右足のを拾いだしてくれたので、こっちは革ぞこである。かかる珍妙なスタイルで角帽をかぶった入学式の写真がある。角帽は横浜の叔父さんの家の土蔵に入っていて助かったのだが、主屋の方は焼け、おばあさんは焼け死んでしまった。そういういわくつきのブカブカの角帽をかぶって、入学試験の発表を見にいった。

「ヤア、合格おめでとう。」

と後ろの方から高等学校の級友に声をかけたが、どうみても先輩の貫禄があった。ジャガイモについては、中学生の頃、「戦争とジャガイモ」という芝居をやったことがある。「君の名は」で有名になった菊田一夫の脚本である。

「われらはいま
はるばると
祖国の田舎
ふるさとから
少年フリッツがもってきた
じゃがいもを食う」

というドイツの兵隊の話であった。紙幣というものは、まったくの紙きれで、ジャガイモが交換価値の規準となることを私は学んだ。

アメ横三十五年の歴史は、ここに始まる。

アメ横すなわち、あめ屋横丁は、米軍の占領政策の一環として東京の治安のために温存された、巨大なヤミ市である。ここには第三国人という治外法権的組織があって、警察力も取締を遠慮していた。米国にはラス・ベガスのようなとばく自由のまちがあり、共産中国にも香港のような自由都市がある。上野《ノガミ》はそういう発想から生れ、浮浪者、引揚者、復員兵らを吸収して、男女パン助の横行するカスバと化していった。だがこの街は何ともきたない。

三角地帯は強制疎開あとの都有地なんであるが、一坪ほどの区割りの店がぎっしりならんで、上海ダンヒルと称するライターや、ヤドレーのブリヤンチンポマード、シャネル№5なんてのを売っていた。シャネルは本物を小瓶に分けてアルコールで水割りしたものである。その他に、アメ横流しの、ウイスキー、チョコレートその他何でもあった。米国製の家庭用品一式をうる店、ワニ皮、トカゲ皮のベルトを売る店、何よりも米軍の服や勲章を堂々と売っていた。Gパンというのも、ジーンズにつけたこの町の名前だそうで、ゴルフ用品毛がわ屋から、時計・宝石、洋モクに至るまで、横流し品だから免税である上に、店舗の税もかなりゆるやかなものであったので米本国より安い品が集るらしく、外人もわざわざここに買出しに来た位なのである。アメ横繁昌の原因は、第三国人による商品の信用を重んずる商習慣であったと確信する。仕入現金、販売現金というドライな商法と、並びたつ同業者との競争から、ばかな高値はつけないという紳士的商法が当った。生鮮食品においては、特にこれははなはだしく、北海道、東北から集荷するので、鮮度の方はともかくも、値段に於ては、都内いずれの魚屋よりも安いのである。

御徒町《おかちまち》附近の時計宝飾屋にしろ、末広町《すえひろちょう》の電気商にしろ多かれ少かれ、アメヨコ商法の影響の下に成長したのである。都内一流デパートの銘柄商品は、ここではまず半値と思えばよいであろう。ここはまたイミテーションの横行する街であるが、ホンコンや九州にイミテーションの専門家がいるらしく、先の上海ダンヒルにしろ、カルチエのライターにしろ、側だけとりかえたロンジン、オメガの時計にしろ、一定の水準はたもっていて、しかも安いのであるから、これはブランド商品に対する一種のブラック・ユーモアとも思われた。

「星の流れに　身を占って……」

パンパン諸嬢が、活躍する舞台である。

「こんな女に誰がした」と歌うと、「自分がした！」と復員兵たちは怨念こめてつぶやくのである。国家は信用できない。国家の印刷した紙幣は単なる紙きれにすぎない。日本政府の発行したお札に至っては、播州赤穂の藩札の方がましである。赤穂はつぶれても60％は銀で保証されたが、この紙きれには何の保障もない。

政府文部省の教科書に至ってはまったくもって信用できない。こんなものを暗記していったいどうなるというのだろう。

教科書の歴史なんてものは、まったく信用できない。まちがいないのは考古学ぐらいのものである。それがまた、物から形而上の人間精神の問題となると黙して語らないのが学問より仁義とされている。ここらにメスを入れてやろう。三四郎先生の宗教学はこうしてはじまった。

亀の甲がある。古代人はそれに四角い穴を掘る。穴の中央に十文字に町形というみぞを刻る。平安以後にこの十文字は┿の字となって五条のマチガタを入れる。

これら手前からト・ホ（上）・カミ（右肢）・エミ（左肢）と焼いてゆく。中央がタメである。この五ヶ所の亀裂で吉凶を判断することができると古代人は信じた。

物から心への移りゆきが、物に印せられて残っている。これは大変なことである。

更に上代、新石器時代に属する縄文中期の住居址からは、爐石に線刻した、太陽雷火、森・水・火と人間を示す画が画かれている。これが宗教のはじめではないか。三四郎先生は日本人の心の歴史を、唯物的にたどってやろうと決意した。

小説というものを単純に図式化してみると男女関係についてみるならばそのプロットは

(I)　男—女　一対一　1：1

(II)　男＜女 女　一対二　1：2

その逆

(III)　男 男＞女　二対一　2：1

というように大別されるであろう。

一般に(II)と(III)の複数は、2n, 2n+1 で表わされるから

(II)′　1：2n, 2n+1

(III)′　2n, 2n+1：1

これに中性を加え、子供ないしホモを加えてゆくと、

(I) 1：1：1
1：1：2n, 2n+1

(II) 1：2n, 2n+1：1
1：2n, 2n+1：2n, 2n+1

(III) 2n, 2n+1：1：1
2n, 2n+1：1：2n, 2n+1

という具合にきわめて有限の組合せしか存在しない。

今時、一対一の惚れた惚れたの話などは、「君の名は」などがそうだが「すれちがい」以外にはドラマにならない。

あるいは一対一が分裂して別の一対一に移りゆく離婚話の過程に於て、一方が不承知で(II)の過程に移りゆくトラブルにすぎない。

アンナ・カレーニナは十九世紀最大の恋愛小説とされるが単純な(III)のプロットで、リアリズムといわれるが大体こんな単純な図式で人間欲情するものではない。アンナはウロンスキー以外にも一週間に一度位は恋愛を感じただろうし、ウロンスキーに至ってはしょっちゅうキョロキョロしてい

たにちがいない。

だから小説のリアリズムとは、かなりデッチ上げの図式化である。

たとえば戦争と平和のように舞台を壮大にしてナポレオンも木の葉の如く、アンドレイ・ボルコンスキーも死んでしまうという形で展開していっても(II)および(III)の複合と考えればよいわけである。

近代文学とは要するにリアリズムではなくて、デッチ上げられた劇的男女関係を軸にして、宗教的倫理の矛盾、英雄の矛盾を描いてゆくわけで、作者の思想は、きわめて独善的且、独断的である。性格などはまったくデッチ上げの虚偽の人間像なのである。

東洋の古代文学は人間男女の相愛を、もっと皮膚的感覚としてとらえてゆく。この方がよりリアルであり、永遠性があるではないか。西欧近代文学は王様や将軍の騎馬像のように高くそびえてはいるがいいいかげんなものだと三四郎先生は思った。


かかる唯物的精神史をアメ横三十五年の歴史として書いてみようと三四郎先生は思い立ったのである。

このごろスタイルや体型において西欧型の脚の細長い女性が、ファッション雑誌にはんらんしているが、こういう体型の女性は閨房《けいぼう》に於ては、バッタをおしつぶしているようであがきがよくない。

本当に具合のいい女というものは、胴長、短足で乳房突出してつかまえやすく、陰部巨大にして抱容力あり、殿部突出して、充分に男性自身をしめ込むのがよい。こんなことは誰でもわかることであるが、スタイル雑誌にあやまった美学を教えられ、減食などしている女性は気の毒だ。女は大根足に限るのである。

さて、メエゾン・ベルビウの猫の話にもどらなければならない。三四郎先生は猫にもホモっ気があることを発見した。ある春の日、朝から、ゴロゴロと雷公の如くうなっていたキャッペは、雄猫のよび声をきいたのである。

あまりのことにくさりを外してやると、キャッペは弾丸の如くてすりをかけ、塀の上におっこちると狂気そのもののかたまりとなってとなりの黒猫に突進した。ものすごい叫びとうなりで、近所中がびっくりしたが、キャッペは塀の曲り角から転落し、ゴロニャン・ゴロニャンと、トタン塀にかき登ろうとわめきつづける。

びっくりしたのは黒猫の方で、これは大変とばかり逃げた。キャッペのしぐさというものは、身心ともに雄の黒猫にささげんとする風情で、雌猫に対してはけっしてそんな哀願的嬌声を出すことはないのだ。

Ⅲ　アメ横三五年の唯物的精神史

セロテープというもの、セロファンテープというわけなんだろうが、これに始めておめにかかったのは、封書の一辺が切られていて、Opened, Inspected と黒字ですられたセロテープで封がしてあったのを思いだす方もあろう。

これは占領軍が情報管理の必要から、中央郵便局に集る手紙類を、開封して、英訳していたわけなのである。

友人のKが、このアルバイトをやっていて、面白そうなのをさがして開いて訳すので、中にはまっ赤な赤チンで赤い原寸の赤チンを画いた北海道出張中の御主人から留守宅あての手紙もあったよという。今なら「札チョン」哀歌である。

情報管理という占領行政の手法も新らしかった。そこで占領軍にとって最大の関心事は外地引揚者や復員者の思想情況はどうかということで、具体的手法としてはこれらが集合する上野駅周辺の治安をどうするかということであった。

OFF LIMITS

というタテカン表示も目新らしいもので、ここから先の囲いの中が許可されないという、米国式「立入禁止」なのだとK君が説明してくれた。この看板は、大体いかがわしい場所の入口に掲げられ、たとえば吉原かいわいや、上野ガード下などの私娼、公娼、うごめいているあたりで、MP（憲兵）が立っていた。軍需品の横流しや、勲章の売買禁止などはこの憲兵の仕事で、夜の女（闇の女）をつかまえてケンバイ〔検梅〕したりするのは日本警察の仕事であった。

ところが、男娼というものは、売春ではないからおかまいなしなんだそうで、第三国人の闇取引もおかまいなしの無税という治外法権が上野アメ横にはまかり通っていたので、この辺は、米国占領軍が、手心を加えて、情報管理をやっていたようだ。


（未完）

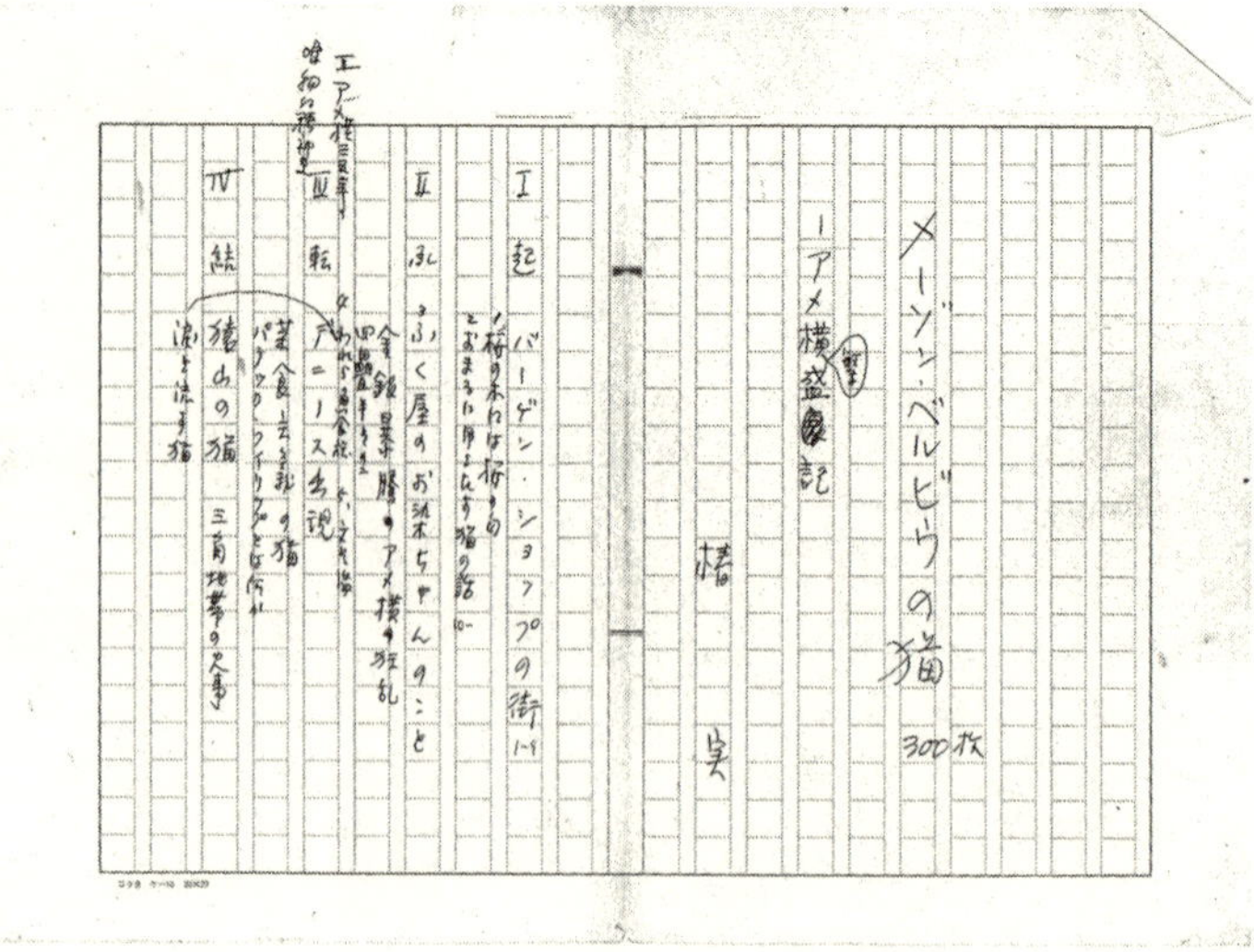

【註】

本編は著者が「メーゾン・ベルビウの猫」として構想・執筆した複数の未発表草稿の内、もっともまとまった分量をもつ一編。原稿の冒頭（上図参照）には次の章立てが記されているが、八十九枚で未完。

メーゾン・ベルビウの猫　300枚
―アメ横繁盛記　椿実
Ⅰ　起　バーゲン・ショップの街
　　1　桜の木には桜の匂
　　2　おまるに用をたす猫の話
Ⅱ　承　3　ふく屋のお染ちゃんのこと
　　金銀暴騰・アメ横狂乱
　　四畳半その二
　　4　われら魚食族　5　文学論
　　涙を流す猫
Ⅲ　転　Ⅱ　アメ横三五年の唯物的精神史
　　デニース出現
　　菜食主義者の猫
　　パテック・フィリップとは何か
Ⅳ　結　猿山の猫　三角地帯の火事

附編

私と中井英夫氏

中井英夫氏、ムシュー・ナカイとしたのは《ムシュー・ステファヌ・マラルメに》と献詞をつけた「栄光製造機」の作者、ヴィリエ・ド・リラダンに対して、S・Mすなわち英語教師マラルメが感動のあまりリラダン伯に書き送った書簡によるものである。一八八三年に、パリ　羅馬街八七番地からS・Mはこんな風に書いている。

《暗澹として親愛なる苛刻の人よ。……媚薬を滴一滴と嚥み込んだ次第です。……この書は、あらゆる「高貴なるもの」への一生涯の犠牲を示してゐることを想はしめるが故に実に悲痛なのですが、まことに、充分に、（そしてこれは尋常の評価ではありませぬ）あれほどの悲哀と、孤独と、苦い幻滅と、大兄のために作り出された禍難の数々とに、価してゐます。大兄はこの作品の中に世の常ならぬ「美」の大量を投入されました。……

噫《ああ》、故旧ヴィリエよ。小生は感嘆の情を禁じ得ませぬ。ムシュー・ステファヌ・マラルメが特に厚く御礼を申上げます。S・M》

（齋藤磯雄氏訳リラダン『残酷物語』「解題」による）

私はこんな具合に、精神の貴族、中井英夫氏の諸作について、これは現代の残酷物語《コント・クリュエル》なのであると申上げたい。あるいは惨酷物語と申すべきか。

ところは、西荻の安アパートで、時は昭和二十一年の頃であったろう。戦後の闇市が、西荻駅の北に広がって尽きんとするあたり、中井氏は姉上と同棲している様子であったが、「ただ今、彼女は売春をしてきたところだよ」と申された。つまりこれはコレスポンダンツ勤務の姉上が、夫君とナニをして、そこばくの金をもらってきたということなんだろうが、当時の世相に於ては、まさに惨酷なる文学的表現であった。マーケットには、面白いコーヒー屋があって、主人自作の裸婦像が黄色い肉体を横たえていた。モディリアニの「腕をあげて横たわる裸婦」の模写なんだが、これはまた更に情感あふれる隠毛《ヘア》であって、隠毛《ヘア》を描かない裸婦《ヌード》などは、とうてい絵画とは申せないのではないかと確信させる底のものであった。中井姉がまたNude Sitting 1917の如く、ふるいつきたくなる暗澹の美女で、《座れる美女》に、「売春？　よろしい」などと言われると心臓が飛び出す程の衝迫を覚えるのであった。

中井氏は「短歌研究」のボス的編集者として、「乳房喪失」に異様な惨劇の美学を感じとったのであるが、リラダン伯のように、女性を「耳のきこえぬ人」《見知らぬ女》とはみないで肉体の惨劇を、骨になるまで追及するのである。《真珠姫》（『夜翔ぶ女』）をごらんなさい。「パリじゃ大《おお》五枚って相場ですけど、お二人のことだから、三枚にまけとくわ。さあ、一人ずつ、いらっしゃい」と真珠の如き姫はのたまう。真に騎士的行動というものは、この際どのように対応すべきであろう。

ニッコリと笑って突撃すべきところ、蒼白の笑いを浮べて自殺《セルフ・サービス》することになりそうである。

中井氏に嫁さんをもらえとすすめた事がある。有名な食味研究家の娘さんで、大学のピアノの先生である。双方の性的窮状をみるにみかねて、いやがる中井氏をむりにつれていったのだが、「形影相弔うバアサンがいるので」といって辞退された。予が考うるに姉上のことがあったのではないか。難病のあげく姉上の骨を郷里の墓に、ドスッと埋葬するところまで中井氏は書いている。骨肉相食《は》む身内の惨劇は、リラダン伯も白貂《しろてん》の紋章の影にかくして語らぬ。リラダン伯の残酷は主としてブルジョワに向けられて、貴族である身内に向けられることはない。二十世紀末の日本国では、すべての市民が小ブルジョワと化したから、貴族は己れの骨肉を食《は》む惨酷に至ったのであるか。

なにしろ中井氏は結婚話を固辞されるし、女性の方からは「是非に」と所望されるし、私は冷汗に濡れた。

新思潮をはじめた頃、中井氏は太宰治に執心していて、太宰を口説き落して、「朝」という短編を書いてもらった。太宰のところに女の子が泊って、「燭台は高きに置け」とか何とか言ってローソクを高くとぼし、少女は事無きをうるという、好短編だが、全集では、随筆・小品並の軽い扱いをうけていて気の毒である。太宰の作品は『晩年』と、このあたりの詩的小品を絶頂とすべきものだと私は勝手にきめているのだが、その「朝」の原稿を「買え」と彼は言うのだ。こういうときに騎士的に対応するには如何すべきかと考えたが、ボイテンゾルフ植物園長中井猛之進《たけのしん》博士（中井氏の父上である）の著書と、『晩年』初版本と、『伊豆の踊子』著者署名本とをかかえて、大学前の井上書店に行き、そこばくの金にかえて、私は太宰の「朝」の原稿を手に入れた。太宰はたんねんな人で、原稿を消す時は、周囲を丸くかこみ×の斜線でていねいに消し去っている。校正係もこれならまちがえない。大したものだという事を学んだ。こいつを額に入れて感心しているうちに、斎藤茂吉の歌稿と取り替えろということになった。

茂吉先生もたんねんな人で、当時のザラ紙のような原稿用紙に毛筆で入念に書いている。熱っぽくひねった字である。

吾の棲む代田《だいだ》の家の二階より白糖《はくたう》のごとき富士山が見ゆ

という歌がよかった。代田の息子さんのところへ、疎開先から帰ってきた頃の作である。

これらの原稿は五十万円位するであろう。原稿料をそんなに払ったはずはないから、作家惨酷物語である。

だが、中井氏の真珠姫は大《おお》三枚で身を売るという。大一個《おおいっこ》は一万円のことであるから、大三枚は30,000フランというところか。リラダン伯の時代ならナポレオン金貨が千五百枚である。インフレであるから金貨三枚といったところがパリの貞操の相場なのであろうか。お姫様だろうと女は金貨三枚で何とかすべきもので、自殺するなどはもっての外である。

中井氏は、あ・ら・とうそねえずと藤村風に

月の光は冷たきを

あはれ人恋ふわれゆゑに

と歌ってみせる。月蝕領とは、藤村もフジムラの菓子のように食ってしまう冷酷の世界なんだろうが、太宰みたいに花を撒いて遊んでいるうちに、「朝」の女の子みたいなのと心中してしまうことなかれ。フラオ・カール・ドルシュキという古風な白薔薇の棘で、現代小ブルジョワの骨をつき刺すシニックを期待する。銀座の山崎で「銀座百点」というタウン紙をもらったら、氏の「天蓋」という、世田谷の老女が銀座にポッと出てきた話が載っていた。何故老女なのか。私は老女の乳房から、乳汁を吸い出してみせたような、惨たるものを理解する。聖母の乳《リーブフラオ・ミルヒ》は老女の乳のように苦い味であった。

　フランスの没落貴族のように惨として生きることが、中井氏の美学の骨法であるようだ。「どん底」の男爵などはまだ甘さが消えていないというべきであろう。

聖母月の思い出

『宇宙論入門』稲垣足穂　新英社　という本の扉に、

椿　実様

笑留

著者

と書いてある。奥付をみると、

昭和22年10月25日印刷
昭和22年11月1日発行　定価45円
配給元　千代田区神田淡路町2―9

日本出版配給株式会社

となっている。昭和22年といえば、その三月に旧制都立高等学校を卒業し東京大学文学部哲学科宗教学科というところへ私が入学した年である。

「笑留」セウリウとは「笑いながら留め置く」という水滸伝の謙辞で「笑納」ということであろう。笑いながら留め置くなんて申訳ないことであるが、この書には東大天文学教室　鏑木政岐《かぶらぎまさき》博士の推薦の辞がついていて、

「一般に科学的宇宙観は、天文学的観測に甚き、数学的論理と物理的推理の許《もと》にうち立てられた世界観であって、之を平易に解説することは至難な仕事である。本書の著者は古くから天文学に興味をもつ文学者にして、その流暢な筆致と巧妙な比喩を以てたくみに効果を挙げている。内容に多少の誤謬と科学的推理の逸脱のある点は敢てとがむる程度でなく、寧《むし》ろ文学的作品としての風格を備えている点は、広く推称に値するものと思う。」

と書いてある。足かけ五年間、タルホ先生が努力した宇宙論は、「多少の誤謬と、科学的推理の逸脱があるが、敢てとがむる程度でなく」文学的風格で推薦されているのは愉快であった。宇宙論《コスモロジー》というより、これは宇宙観《コスモゴニー》と称すべきもので、人はどのような宇宙観を有するも自由であるから、五十六億七千万年後の弥勒《マイトーレア》の浄土を幻想するのも自由自在である。五十六億七千万という数は気が遠くなりそうで永遠ということであろうと思っていたが、ゴッホの画一枚がそのくらいするので、永遠も身近なことになった。Cosmogony 宇宙発生論・天地創造説は、社会的鋳型 Social pattern に

よって決定されるわけで、タルホ先生が東洋の一島国に生まれたのは幸せなことであった。

第一に、日本人の宇宙観として、人間は死なないのである。ヨミの国へ出かけても、また帰ってくるわけで、小野篁《たかむら》のようにエンマ大王に戒を授けて帰ってくるのも自由である。何よりいいのは、転生輪廻が可能なことで三島由紀夫も彼の唯識説にしたがって、そのうちタイの王女に生れかわっているであろう。

タルホ先生も尼寺へしけ込んだ粋な男であるから、僧正遍昭のように、ネエちゃんに袈裟でも洗わせていることであろう。

タルホ先生に言わせれば、三島由紀夫にはグロテスクがない（現代詩手帖 Vol.13-1 思潮社 1970）と言うが、介錯された三島の首はグロテスクそのものであった。三島はタルホを日本で唯一の天才だといっていたが、その推賞するところは、ヴィタ・マキニカリス。天体嗜好症。出発。フェバリット。

であって、「終戦ラッパの鳴り響いたあとの秋空に行なわれるような、非常に透明な光景で、何の音もしない」（クナーベン・リーベ）「稲垣さんの人物は重力に支配されていない」といって感心している。「一番立派なのは『弥勒』だと思う」といい、これはフェヒネルの影響だろうと言っていた。昭和二十三年のことだから、私も三島さんも二十三歳の若者でクナーベともいえないが、ヘルム・アフロディテのような男根付き、キュピッドにすぎなかったようだ。

「三島には垂直性が全然ない。それであいう卑俗なものを書いている。つまり、精神性がない」（同前、89〜90頁）とタルホ先生は言われるが、それは時間性がないということで、ベルグソンが、創造的進化で、生の飛躍《エラン・ビタール》なんていっているが、天文台の中で、「今何時かな。時間がない。汽車に乗りおくれるぞ」と言ってとび出したという話なぞタルホ先生はされるのであった。

三島さんの十代作品集などをみると、恐るべき大天才は「いろは歌」を各章のかしらに据て「世々に残さん」（昭18・8・16）と定家の歌で止めている。

於《お》奈《な》之《じ》久《く》者《は》許《こ》己《こ》呂《ろ》等《と》米《め》家《け》留《る》伊《い》爾《に》之《し》敝《へ》乃《の》
曾《そ》乃《の》名《な》乎《を》左《さ》良《ら》者《ば》世《よ》々《よ》爾《に》能《の》古《こ》佐《さ》武《む》

ここらで切腹すれば、誠に不朽の大天才、鬼才の名を世に止めたことであろう。おしむらくは彼は永く生きすぎた。できれば各章の頭をいろは歌にして完成すべきであった。昭和十八年の頃、私は擬古文で「狭霧物語」などを書き吾妻鏡を読んで妖鬼の乱舞する小説「実朝」などを書き斎藤茂吉先生から「大いに感深く候」という評をもらったりしていた。その前には、折口信夫先生の東京日日新聞の選歌に再三えらばれたりしている。これは中学生の頃だから昔の国語教育はずいぶん高い水準にあったと思う。

そういうわけで、第14次新思潮No.5は私が飾画を書き、吉行淳之介「花」三島由紀夫「落葉の歌」稲垣足穂「河馬の銃殺」と私の「ビュラ綺譚」がのっている。

この原稿をたのみに行った時に、稲垣さんは『宇宙論入門』をくれたのではなかったか。稲垣さんは、持参した新思潮二号の「メーゾン・ベルビウ地帯」を読んで、「最初を読めば、すべてわかる。君は佐藤春夫のようだ」と大変気に入って下さって、「聖書のような石に刻んだような文体をめざせ」と言われた。この文体論は今だに私の石碑となっている。

その後の来信によると、

「シュールレアリスム風のもの、出来てゐます。でも三十枚はいまのところとてもかけません。出来ている分は十八枚です。「鳥と汽車」とでも題しますか」

というわけで三十枚の原稿依頼をしたところ十八枚の「鳥と汽車」ができたということである。

この原稿を、玄文社の女の子が山の手線の網棚に置き忘れて、紛失してしまう、という大事件がおこった。女の子は泣くし、当時の事とて新聞広告してさがすというわけにもまいらず、ともかく私が行って「あやまれ」ということになった。まさに平身低頭恐縮のていでいる私の為に、新たに書いて頂いたのが『河馬の銃殺』である。河馬の銃殺は、一〜六章までで「町にはいろんなふしぎが起った」という書き出しで、美術学校教授からスフィンクスの話をきくことになるのだが、河馬も出てこなければ、銃殺にもならないで(未完)となる。

つまり、始めがよければ、それで完全にわかるはずの小説なのである。私は勝手に、ローマの政治家がおっぱいのたるんだカバの如き美女に銃殺され、ミイラになってゆく姿を幻視するのであるが、「鳥と汽車」は永遠に行方不明である。

この未発表原稿が何とか世に出ることを期待するが、これは題を見ただけで三十枚の黒いものが汽車のようにつながって、鳥のように飛んでゆくではないか、十八枚で切れたとしても空想はそれをおぎなって余りある。これぞ、題だけの、「失われたる名作」であると考えよう。時間よ止まれ。

これが弥勒の浄土なのである。さて、新聞・テレビによって、この作が出現したとしよう。賞金は百万円では少いかな。まさか、五十六億七千万円ではあるまいが。
だが私は、タルホ先生があまりいいことを言うので、
「これは、あまりにもったいないから、紙に書いておいて下さい」
とおねがいをして
聖母月
と題するシャコンヌ風一曲を原稿用紙の裏に書いてもらった。
さて、この未発表原稿、稿料を私がもらっていいものかどうかと考えているのだが、いずれ、全集には載せてもらいたい歌である。

聖　母　月　　　　稲垣足穂

なみだの谷も　愛の花咲き、
香りもゆかしく　よろこび充《みた》す、
皐月のきさいを　さつきは歌ふ

ひと年めぐりて　百合咲く五月
マリヤ祝しませ　祝せられませ

これは教会の踊りに合わせて歌う歌であろう。

マドンナの月は百合咲く五月であるが、木靴の音がきこえそうな歌である。

この歌を歌うには、今の日本の五月はあまりにも騒がしい。騒がしい中で五十六億七千万年という瞬間がまぶたを横切る。これぞマイトーレアの浄土ということであろう。弥勒は現に実存するのである。それをうたがう人に説明するなら、マリア信仰は、女陰に対する信仰だとする説がある。そう言えば、中世騎士の楯も女陰と百合の紋章で飾られている。聖母信仰というのはキリスト教よりも、もっと古い母子神の信仰から来るもので、それは土偶という、万国共通の古代の大地の神につながるものであろう。悲母観音もまた同一の妣神《ははがみ》信仰で、エディプス・コンプレックスに根ざす原始母神像であろう。

ふたたび言うに、宇宙観はその民族の社会の鋳型を抜けきれないものであるからタルホ先生も三島由紀夫も日本人の宇宙観をもっていて幸せだった。原罪に苦しめられたり、一日に何回も祈らねばならぬなどという非生産的な悪しき宗教的原像の中に、生まれてこないでよかったと私は思う。不死の日本人の産業的成功はその宇宙観によるものだと私は考えている。

「女はそのようにできているから簡単だが、男はなかなかむずかしい」

とタルホ先生は申された。少年愛《クナーベン・リーベ》というのは、日本人の宗教的禁忌《タブー》には抵触しない。大祓《おおはらえ》祝詞によっても罪ケガレとはされないのである。少年愛は売春ということにもならぬそうである。

電飾

「天体嗜好症」という小説の中で、タルホと友人オットーは、「ハーヴァード氏の月世界旅行」というキネオラマの概念について話し、Uranoia とオットーが命名した奇妙な永遠癖に罹りはじめる。Urania というのは母なしで生まれた杖をもつ九人目の天才女神《ミューズ》の同性愛を言うので、Uranismus は少年愛《クナーベン・リーベ》を意味する。したがって「天体嗜好症」とは同性愛嗜好症という意味を秘している。

「外見は天文台を模した円屋根。この小屋の背後からは、赤い月が懸っている晩方には、本当にその月の方へ通じているように見える鉄骨製アームが斜めに高く伸びて、そこに——と言いかけて彼（オットー）は月旅行 Travelling to the Moon と電飾で表わされた空中文字を指先で書く」。電飾文字とは、百箇以上溜《た》められた豆電球が次々に輝くものであるらしいが、電飾《イルミネーション》で示されるのは、月世界通いのケイブルカーが昇降している重力のない世界で、太陽の暗示のない世界だとタルホはヒュネカァ「月光発狂者」を引用している。電飾は看板で、月世界旅行は円屋根の内部につくられたキネオラマにすぎないのだが、旅順海戦館よりも遙かに素晴らしい、大仕掛けなものだ。とオットーは続ける。
キネオラマというのはタルホが江戸川乱歩全集6の解説に書いているように、明治四十三、四年頃に出現した活動写真館の余興で、舞台正面の白幕の向うに造られた模型の旅順港外の景で、波を蹴って日本海軍の駆逐艦や水雷艇が現われ、砲台火を吹くと轟音が全館をゆるがせ、砲弾落下の水煙の大入道があっちこっちに立上るという仕組であった。タルホは乱歩の「機械学的傾向、日常性を超えて、自分の好みに合った別箇な人工世界を我手で造り出そうという情熱」に感心している。ロボットを考えたのはチャペックである。タルホも月ロケットを夢想した天才だから、月の裏側、地球からもっとも遠いクレーターをUraniaと名付け、タルホの海と命名したい。かつて三島由紀夫はタルホを日本で唯一の天才と言い、それは重力がなく何の物音もしない世界で一番立派な作品は『弥勒』だと言った。（昭和四十七年・五「うえの」No.一五七　椿實全作品附録）

宗教とは古代の宇宙論で567×10^{7}年後に地球は消滅し、人間の遺伝子もあとを留めないという地球終末論《エスカトロギー》である。宇宙はヒョウタン型をしていると考える壺中天《こちゅうてん》（後漢書）のホーキング理論も、佐藤勝彦先生のインフレーション理論のように、シャンデリヤ型と考えるべきか、月天文台からの送信によって観測すべき時が来るだろう。宇宙は無限箇存在し、生成された宇宙はただちにインフレーションを起し、巨大な宇宙となり、現在の豊かな構造をもった宇宙へと進化したと考えるのは自由である（天文学会発表平成三年五月十四日）。

「光りあれと言いければ、光りありき」とは古代のエネルギー理論だが、タルホも『宇宙論入門』という本をくれた。昭和二十二年のことである。（「聖母月の思い出」タルホスペシャル別冊幻想文

学③）

我が「煌《きら》めける城」は網代山上、気象台の上の海薔薇荘と称する小屋であるが、私は寒さにヒーターをかかえながら冬の皆既月食を観測した。月が地球の影に入ると、その部分は赤い紫色の球体であることがはっきり見えた。月の裏側を基地として天文台をつくったら、星は五角のブリキ板ではなく、銀河宇宙の中心はビヤ樽型に見えるだろう。

網代山上から眺めると、百万弗《ドル》の夜景と称する熱海の街が、錦が浦、熱海城の向うに、すり鉢形に、十国峠にせり上って、これはまさしくキネオラマの電飾のように、うす緑とオレンジ色を茶筅《ちゃせん》でかきまわした熱海の灯の中から、海上花火大会の花火があがる。尺玉は箱根の山々より高く開花して音速だけおくれ、三秒後にズシンと炸裂する。クライマックスは八月十六日に行なわれる網代湾海上花火大会で、水中花壇という仕掛が艦砲射撃のように打ち出される。電飾の永久花火の中に何で花火が必要かというと、これはお盆の迎え火なので、多賀湾に面した海岸では一せいに迎え火がたかれる。山すそのトンネルを縫って、伊豆急のＲＥＳＯＲＴ21という列車が走ってゆく。これは星空を天井に写して走る展望車だ。通行止になるので熱海までずーっと車のテールライトがつながる。三島は、「キタ・マキニカリス」、「天体嗜好症」、「出発」、「フェバリット」をタルホの代表作にあげているが、タルホは三島には「垂直性がない。精神性」がないと、グロテスクのなさを卑俗だと断じている（現代詩手帖昭和四十五年一月号Vol 13-1）。だが三島もタルホも女性のVと結婚してしまったからイカロスは堕落してイカロス海に溺れてしまった。それは台風十四号にとばされて来た迷蝶メスアカムラサキの涙の白斑となったと考えよう。

「哀れなる哉、イカルスが幾人《いくたり》も来ては落っこちる」とジュール・ラフォルグの詩（梶井基次郎「Kの昇天」）を言うと、タルホ先生顔色を変えたのを思いだす。「僕のユリーカ」と叫んで、「貴女に」なんてグロテスクな献辞をこの本に書いたのがいけなかった。あわれメスアカムラサキの♂にも似たるタルホ蝶、この蝶の♂は紫色に輝くが♀は似ても似つかぬカバ色のV。ランボオならぬイルミナシオン。

無意識のロマン

学は鷗外を継ぎ、才は芥川の落し子と申すべき鬼才澁澤龍彦は、府立五中の後輩で、田端文士村のはずれに生れた。澁澤君は踊るが如き龍の署名をする。「君は澁澤さんの一族だそうですが」ときいたら「そういうことになっております」と答えられた。君の指には「クジャク石」の緑の指環があり、マルキース型のカボションというのか、これが澁澤文学のキーワードをなす、緑の玉なのである。立風書房が私の全作品の出版記念に、精養軒で吉行・中井の旧友と、三十年ぶりの再会をさせてくれた時のことで、昭和五十七年五月二十八日であった。

澁澤君には『暗黒のメルヘン』というアンソロジーに、「人魚紀聞」を載せてもらった御縁がある。君が吉行淳之介編集する「アンサーズ」に昭和二十三年の頃勤めていたことを「ああモッタイない」という『マルジナリア』の一編で知ったが、破天荒なイニシエーションを受けたもので、「ああもったいない」と言わざるをえない。原稿料というものを一切払わずに雑誌を出そうという意気込みであった吉行は、澁澤君の編集長であったわけで、

「読者が一番知りたいと思う事柄を、課題として提出なされば、それが如何なる分野のものであろうと、権威ある解答を紙上に発表する雑誌であります」とミエを切っている。昭和二十三年二月号では、獅子文六・丸木砂土が「エロの批判」をやり、「世界好色文学考」を中谷博早大教授、式場隆三郎が「精神分析」、有田三郎が「ヒスイの話」を書いている。私が巻頭に書かされたのは、四十歳の子爵夫人と結ばれた話で、現在は八十歳であろう茨姫のことだから、事実は幻想よりも現実的でない。「それはモッタイないわ」と澁澤君は同時に言うかもしれないが、君がサドの大研究をはじめたのは「アンサーズ」の毒薬のせいだろうと思う。君は三島由紀夫に『音楽』(昭・40)という心理学小説〈精神分析における女性の冷感症の一症例〉を書かせ、フロイト・フロム・ロジャースまで読ませてしまい、『サド侯爵夫人』(昭・40)を書かせたのだから、これは文学史的な衝撃といえよう。

フロイトのいう「無意識」は箱庭療法などで観察ができるらしいが、これを幻想文学として表現することはシュール・レアリスムの原点である。非論理の「無意識」を論理的に書けば、三島の『音楽』のようなものになるが、君はそれを「ねむり姫」「うつろ舟」という夢みるような好短編に仕立てた。芥川が「鼻」で試みた「近代人の心理を宇治拾遺の説話に投影する」という方法は、心理を「傍観者の利己主義」という固定観念でとらえている。だが実際には鼻という男性器の象徴が伸びちぢみするところに読者は潜在意識において共感する。それが笑であって、笑うからおかしくなる。原典の作者は鼻もたげの童の失敗と「我ならぬやんごとなき人の御鼻を落したらどうするか」としかられてグチをいうところで少年愛を暗示し笑わせている。澁澤は「無意識」を落語的幼児体験に還元し、童話・落し話の世界から、人間の深層心理をフロイト・ユング的に、流動的に捉えなおそうとする。心理学の方が心理小説よりも分析的に進んでしまったので、ネオ・フロイディアンの方法によったのである。これはベルグソンの「意識の流れ」にそって、プルウストが「失われた時」を索めていったように、童話的深層心理を、幻想文学に結晶させたのである。リビドーによって力学的に動いている意識の深淵《デプス》は当然エロティックなものとなるが、それはメルヒェン的な甘美な夢に止まらず、「ねむり姫」は野犬に両手を食われてしまうというサディスティックな場面に展開する。百年眠っていた茨 姫《ドルンレエスヒエン》は、その名の如く棘（Dorn）ある存在であると、深層心理は反射する。こういう意味で澁澤は鷗外・芥川を越えて不壊の古宝玉と化した。

　繰り返すようだが、澁澤の無意識を解くキーワードは玉である。「山から産する石のタマを玉といい、海から産する貝のタマを珠という」（ねむり姫）。珠名姫という「蒼味をおびる」までに透きとおった、或る種の貝の真珠層を思わせるような皮膚の色をしていた中納言の姫君と、つむじが三つある「つむじ丸」という御落胤との貝あわせの話になる。これが王朝末期の「ねむり姫」であって、芥川の王朝物よりは、そのころの霊魂観を美事にとらえている。澁澤君は私の「新撰亀相記」などにも眼を通しているようなので、タンゲイすべからざるものだが「メンリン」と称する珍玉があって（花妖記）これは鶏卵よりやや小さめな、卵形の白っぽい玉で、緬鈴と呼ばれるのは緬甸《めんでん》（ビルマ地方）に産する鉱物の一種だからなんで、ひとの肌の温気と湿気をうれば、生けるごとく自然に動いてやむことがない。「これをもって婦人の開中に納入するならば、その快美の感、男子に接するよりもはるかにまさり、いかに身を持すること堅き婦人といえども、一刻ならずして春をさけび、精を洩らさざるものはない」という珍宝である。玉は霊魂に外ならないが、果して西洋人にこの東洋的無意識が共通するものかどうか。

霊魂の入れ物が玉手箱であって、その乗り物が「うつぼ舟」である。箱からは男の首がでてくるのだが、首は「自我」「人格《パーソナリティ》」をあらわすであろう。首は交換自由で、ラブレー「パンタグリュエル」のように簡単につながる。だが澁澤の首は、また髑髏と化して、鎌倉極楽寺の矢倉で拾った大館《おおだち》次郎の髑髏で盃をつくり、この盃で女に酒をのませると、女は後ろ向きにひっくりかえり、みだれた裾の中から這子《ほうこ》のようなものが這い出して、いきなり蘭亭の右足の親指にがぶりと嚙みつく。オイディプス王みたいな、父の男根への復讐のすごさはぜひ原文を読んで頂きたい神秘体験だが、「去勢恐怖」の無意識の穴へ、澁澤はどんどん入ってゆき、男根を抜きとられたあとがスースーする（護法）とか、内臓の入れかえをやると、机の上に蛙の卵のような、ゼリーのような半透明の円いものがのっていて、「ああ、これかい。これはきみのたましいさ。」と護法が言う。そこで女房の首を取替えて、小さくちぢみあがったおのれの男根をかえしてもらう。これは去勢恐怖というより、美形と性的欠陥とはコレラティヴな関係にあるという小町伝説らしい。銭洗いの岩窟で龍と交わるお紺という美形は、非常な力で男のものをぷっつりと食いちぎってしまう。このお紺の首が女房にくっつくと、女房の意識と人格は消滅してしまって、お紺は死ぬ前に一個の大きな卵を生みおとす。卵は雷鳴の中、二つに割れて中から一匹のミヅチが飛びだした。「龍は卵生にして思抱す」（本草綱目）というのである。踊る龍にあらわれた澁澤君の深層心理を理解することができた。龍彦という名前は深く彼の自我意識にかかわるものだ。

「うつぼ舟」と言えば小岩妙見堂の影向《ようごう》の松に、北斗七星を降臨させて、音吉という大工が星舟に乗って鎌倉へ翔ぶ話（きらら姫）がある。日蓮法難の頃へ話は飛ぶのであるが、この小説の中にはきらら姫は一向にでてこない。きらら姫は星舟の杓子《スター・ディパー》に外ならないのだ。

「よかったよ、そんな女に会わないでさ」と音吉のおふくろが言うが、「小松屋（湯屋）の仕舞《しめ》い湯へ駆けて行こうとすると」といった江戸弁が大変きいている。澁澤君はやっぱり時空を超越した江戸っ子である。

さて「うつろ舟」という問題の力作は、「常陸国はらどまり村に、享和三年五月八日の昼下り、ふしぎなものが流れついた。」とはじまる。考証というものはこの位がよろしい。舟は香盒《こうごう》のように平べったく、直径三間あまり、上部はガラス障子で隙間もなく松脂《まつやに》で塗り固め、底部は南蛮鉄の板を筋金のように張りめぐらしてある。のぞいてみると年のころ二十ほどの女人、色白きこと雪のごとく、まなこ青く、金髪長くうしろに垂れた、つまり羽衣の天女である。女は左の脇の下に二尺四方ばかりの筥《はこ》をかかえた、龍宮の乙姫でもある。ここまでは貴子漂流の伝説であるが、プレイボーイの長助が異人の観音様をおがみに行こうとすると、女の大事なところには歯がはえていて、お道具を嚙み切られてしまうぞとおどかされる。これは去勢恐怖の説であるが、女の歯を砥石で磨りへらすか、歯を抜いてやればよいのだそうだ。さて、十六になる仙吉、うつろ舟にもぐり込んで南蛮の銘酒を飲むと、女は鞠を投げるように自分の首を投げてよこす。首のない女が筥に近づいて、仙吉自身の首を取り出す。鞠投げのように首はとび交うが、女の首は女の胴体につながり、仙吉の首は仙吉にもどった。そこで女のリードで交合ということになるのだが、女は「ちょっと向うを向

いていてくださいね」と言って笘にまたがって小水を流す。小水は澄んだ声で、

諸行無常　是生滅法　生滅滅已　寂滅為楽

と法文をとなえたという。陰々滅々、ショギョー　ムジョウと小水の音がきこえるにいたる法悦の子宮願望と申そうか。女は「夢ちがえ」の姫のように男の精を吸いつくし男は生首となってしまう。「菊燈台」の人魚との交接もすごいが、「画美人」では金魚風美人が揺曳《ようえい》し、「ダイダロス」という工人伝説では、実朝渡宋の夢やぶれた廃船に、天平美人の繍張《しゅうちょう》があって、カニとなった陳和卿《ちんなけい》がハサミ切ると、衣とともに美人は消滅し、首のガラス玉がぱらぱらと散る。玉はかくして消えるのである。澁澤君は『ねむり姫』の扉に「オルタンスをさがせ」とランボオ「飾画　古代」を引いている。オルタンスは「優しい牧神《パーン》の子で、両性の棲む腹に、心臓は鼓動する。夜が来たら、さまようがいい、物静かに、この股を、あの股を、左の脛《はぎ》を動かして。」とある。（ランボオ「地獄の季節」小林秀雄旧訳・旧版岩波文庫）

『ねむり姫』は著者自装であるから、オルタンスは桃色の玉にかこまれた如来のごとき緑の髪の女性であろう。ビアズレイの装画には及ばないが、サロメの首と、実朝の首と、その深層心理の色合はだいぶ違うのは明らかである。「無意識」は社会の鋳型《ソシアル・パターン》によって異るから西欧の悪しき倫理的鋳型をもたぬ日本人は自由自在な未来の文学の可能性を担っている。澁澤龍彦はその無意識のロマンの先駆をなしたのである。

三十五年目の拾遺

椿　紅子（椿實・長女）

『椿實全作品』（立風書房）が世に出たのは昭和五十七年二月、一九八二年である。インターネット・プロトコル・スイートが標準化され、それを採用したネットワーク群が世界規模で相互接続する「インターネット」という概念として正規に提唱された年となった。しかしまだ、ウォール街でも、アルファベットと異なりデジタル化が困難な日本語での交信はファクシミリに頼っていた。

二〇〇二年の椿實没後に遺された資料の整理を行ったが、関連の情報はまったくデジタル化されておらず、少なくともその存在をネットに上げておかないと事実上消滅するだろうと痛感した。第二次大戦後に日本で発行され、占領軍による検閲のため提出された雑誌類が、米国でプランゲ文庫の一環としてデータベース公開されたことにも刺激され、近代史にも文学界にも疎いながら無手勝流で記録をとっておいた。その中に、本人が構想していたと想定される「全作品拾遺」が遺されてあったのを発見した。既にいくつかの媒体に書いたことではあるが、以下、本書の背景として記す。

平成十四年三月二十八日、椿實没。この年は桜の開花が早く、急ぐように春分の花見へ行った後に心筋梗塞を発症、救急搬送後一週間入院したが意識を取り戻すことは無かった。もちろん後の整理について申し送りなどあろう筈もない。

遺したものに自分達を真っ先にあげるのは図々しいが、まず色の名称に子の付く名前の三人の娘がある。原型は『全作品』に収められた小説「苺」などに認められ、同作の主人公の妻は桃子である。珍しく起承転結のある作品で、私は出生前の赤子として辛うじて登場するが名前はまだ無い。別の小説には藍子も居る。さらに徹底して色の名称を名前に持つ家族を中井英夫が生み出す訳だが、私はそれにも不案内であった。

夏が過ぎた頃にようやくモノの整理に手をつけた。父が一歳になる頃から育った家は台東区池之端（旧池之端七軒町）に、戦災にも焼け残って現存していた。そこから文京区根津に『全作品』出版と同年に移り住んだが、家財道具と共に本や原稿などは少しずつ移していた。引越し荷物として整理し一度に移したのではなく、徒歩で往復できる距離を古い乳母車などを使って運んでいた。その結果、根津の家には古くは小学校時代の成績表に始まり、父自身が保存しておきたいと考えたであろう品々が堆積していた。晩年の父には瘋癲老人的性癖が現れ、大事な物は黒鞄に詰めて先々へ持って歩く習慣があったが、三島由紀夫や柴田錬三郎などからの葉書や斎藤茂吉の写真等もその中に入り、無人の時が多い家に置くのは心配で額装品や一部の原稿などを早い時期に駒場の日本近代文学館へ寄贈した。

秋口から蔵書に手をつけた。寝室兼用の書斎の書棚とそれに付随するクローゼットの棚には、書類・書付から瓦・石、骨まであらゆるものを二重三重に詰め込み、押し込んであった。その他の部屋にも手当たり次第に書棚があり、階段下の下駄箱の奥にも本が充満していた。しかし、蔵書の位置や置き方に全く意図がない訳でもない。最も身近で目立つガラス付き棚は直接の関連のあった方々（三島由紀夫、吉行淳之介、中井英夫、澁澤龍彥など）の特等席、その中に花の育て方、蝶や熱帯魚の図鑑などが混じるのが父らしい。もう一方のガラス付き棚には宗教学関連とその他の自著が纏めてあった。『椿實全作品』や、収録作品の初出を含む昭和二十年から二十五年頃の雑誌、『全作品』がキッカケとなって出た幾つかの出版物もあった。

しかし、この部屋には衣類が充満した棚で塞がった後側にもう一つ納戸があり、その中は二重の本棚に囲まれていた。大学時代から図書館を利用せず、宗教学・哲学・民俗学・心理学などの本が岩波書店のカタログさながら揃い、中には同一の本を二冊三冊と所有しているのもあった。また、森鷗外の『水沫《みなわ》集』のように明治時代の書物や戦前出版された古文書復刻版などもあり、一瀬直行や梅崎春生の初版などは父の嗜好を表した。興味深いのは、あたかも他人の眼から隠すようにして、安部公房、大江健三郎、遠藤周作、島尾敏雄、北杜夫、辻邦生などの著作のハードカバーが納戸の手前の方に多数集めてあったことである。年齢的には同年代もあるが、自分より新しい時代の読者に注目された小説の動向は気になったのだろうか。家族との話題にしたこともない。この納戸の中、特に下の方は埃に埋もれ、非常に狭く暗く、足の置き場も無いような棚の隙間にPCを持ち込んで本の所在と最低限の著者・タイトルや主な出版年のエクセル・ファイルを作成した。あまりに汚いため、何度か全部を処分したい気持に駆られたが、その度に真っ黒な中から大切そうなものが見つかるので整理を続けざるを得なかった。

作家としての椿實に関係する第一の発見は終戦直後の雑誌類であった。父が亡くなって「作家」と呼ばれるのは、吉行淳之介達と文学で交流し、戦争が終結すると早くもその翌春に発刊された同人雑誌『葦』に少し遅れて関わったのが発端である。旧制静岡高等学校（現静岡大学）の文科出身者が中心の『葦』に椿が加わったのは府立五中（現小石川中等教育学校）同級で岩波書店に勤務した熊谷達雄の推薦によるものだ。根津の家に昭和二十一年三月発行の『葦』第一号は一冊だけあった（日本近代文学館に寄贈）。校正と思われる鉛筆の書き込みがあるが、吉行淳之介作消しゴム印による朱文字の定価三円は入っていないものである。活版印刷で紙数制限三十二頁というささやかな体裁から、終戦後早い発行の背景が見えるが、他に先駆けたその創刊号は二千部を印刷して書店委託でもどんどん売れた。ところが用紙供給が緩和されページ数が増えるに従い、二号三号と家に残る売れ残りの部数が多くなるのは何か哀れである。印刷所との交渉に吉行と奈良まで出向くなど、実務面でも苦楽を共にした『葦』での活動に続き、旧制の府立高校（戦中に都立高校と改称、現首都大学東京）の縁で誘われ加わった第十四次『新思潮』編集に携わったのがキッカケで、父は一時商業雑誌に小説を書いた。『新思潮』のタイトルは経歴と重ねよく引用されるが、私が実物を見たのは初

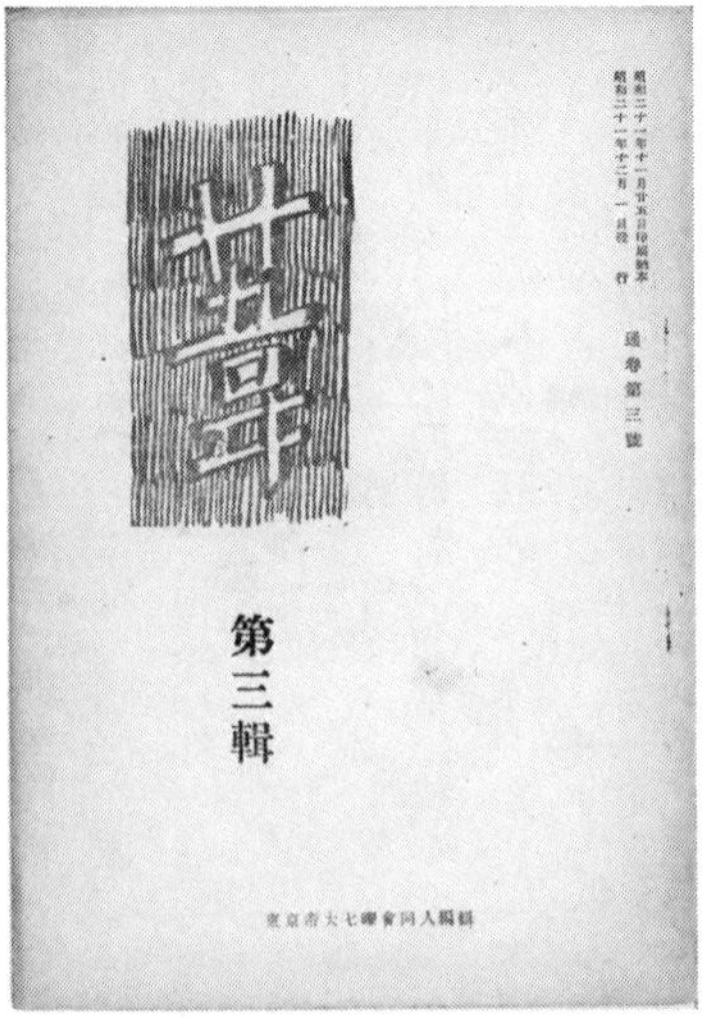

「泣笑」を寄稿した『葦』第三号
（昭和21年12月）

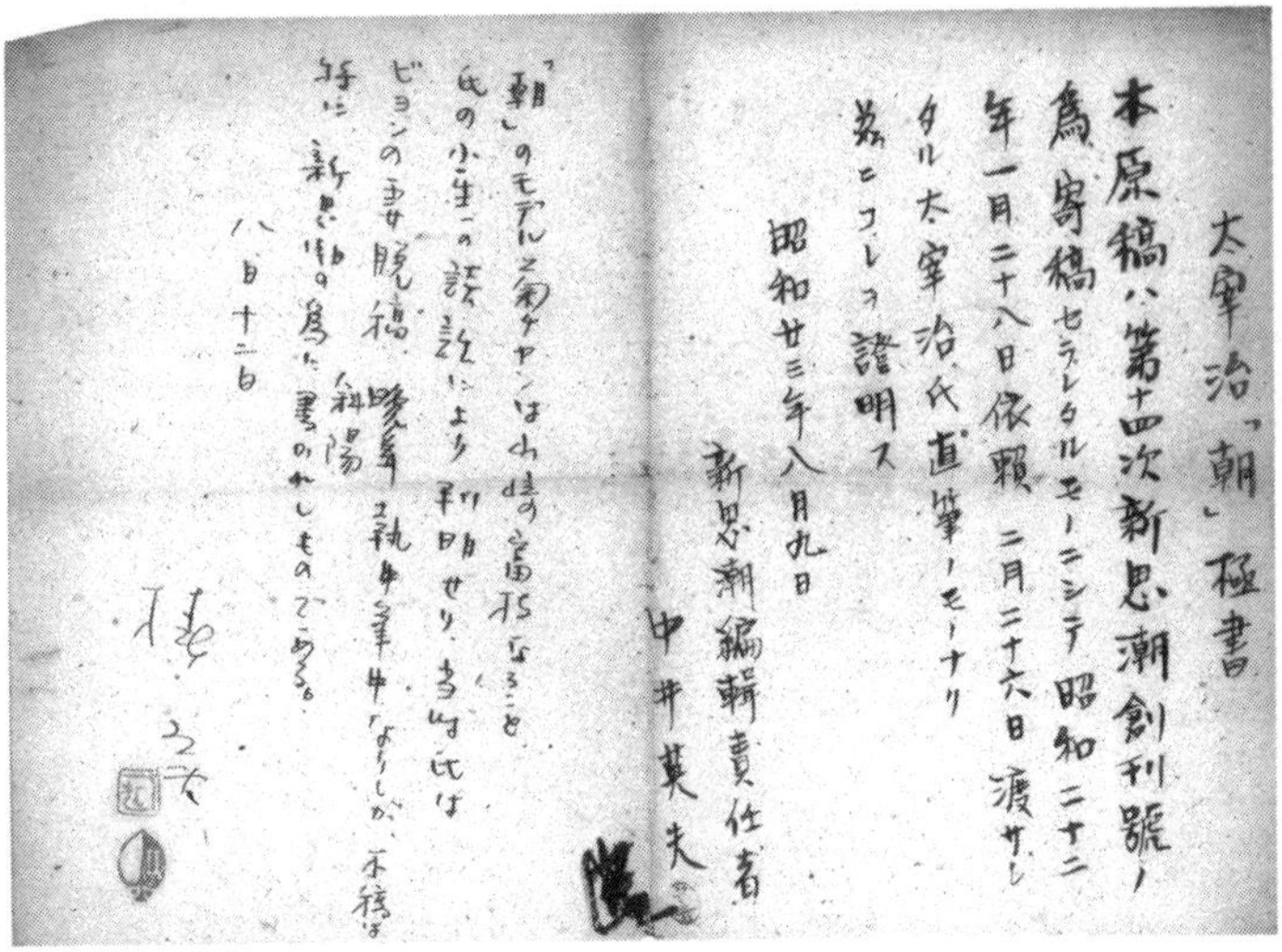

太宰治「朝」極書

本原稿ハ第十四次新思潮創刊號ノ為寄稿セラレタルモノニシテ昭和二十二年一月二十八日依頼 二月二十六日 渡サレタル太宰治氏直筆ノモノナリ

茲ニコレヲ證明ス

昭和廿三年八月九日

新思潮編輯責任者

中井英夫

「朝」のモデルキクちゃんは山崎富栄なることを氏の小生への談話により判明せり。当時氏はビヨンの妻脱稿、斜陽執筆中なりしが、本稿は特に新思潮の為に書かれしものである。

八月十二日

太宰治「朝」（『新思潮』創刊号・昭和22年7月）の原稿をめぐり、中井英夫とともに記したもの

めてだった。『新思潮』はもともと一高出身者の雑誌の名称で、当時「空いていた」のを使用前に仁義を切りに行ったという話を中井英夫が書いている。この雑誌は同人雑誌よりは商業雑誌に近い性格で太宰治の「朝」などを初出した。第二号（昭和二十二年九月）に掲載された「メーゾン・ベルビウ地帯」が父にとって世に出る契機であった。他の商業雑誌の自作掲載号の保存も含め根津には全部で七十冊内外の古い文芸雑誌があった。これらは手の届く所にあったが私達は見たことがなく、手許にあるとも知らなかった。

旧宅から運ぶには恣意的セレクションが働いたようだが、中で最も早期に外部に発表したと思われる散文が、『助川君追悼級会雑誌』（昭和二十二年）収録の「我身ひとつは」である。『葦』三号に発表した小説「泣笑」と似た傾向で、吉行によると「泣笑」は「その

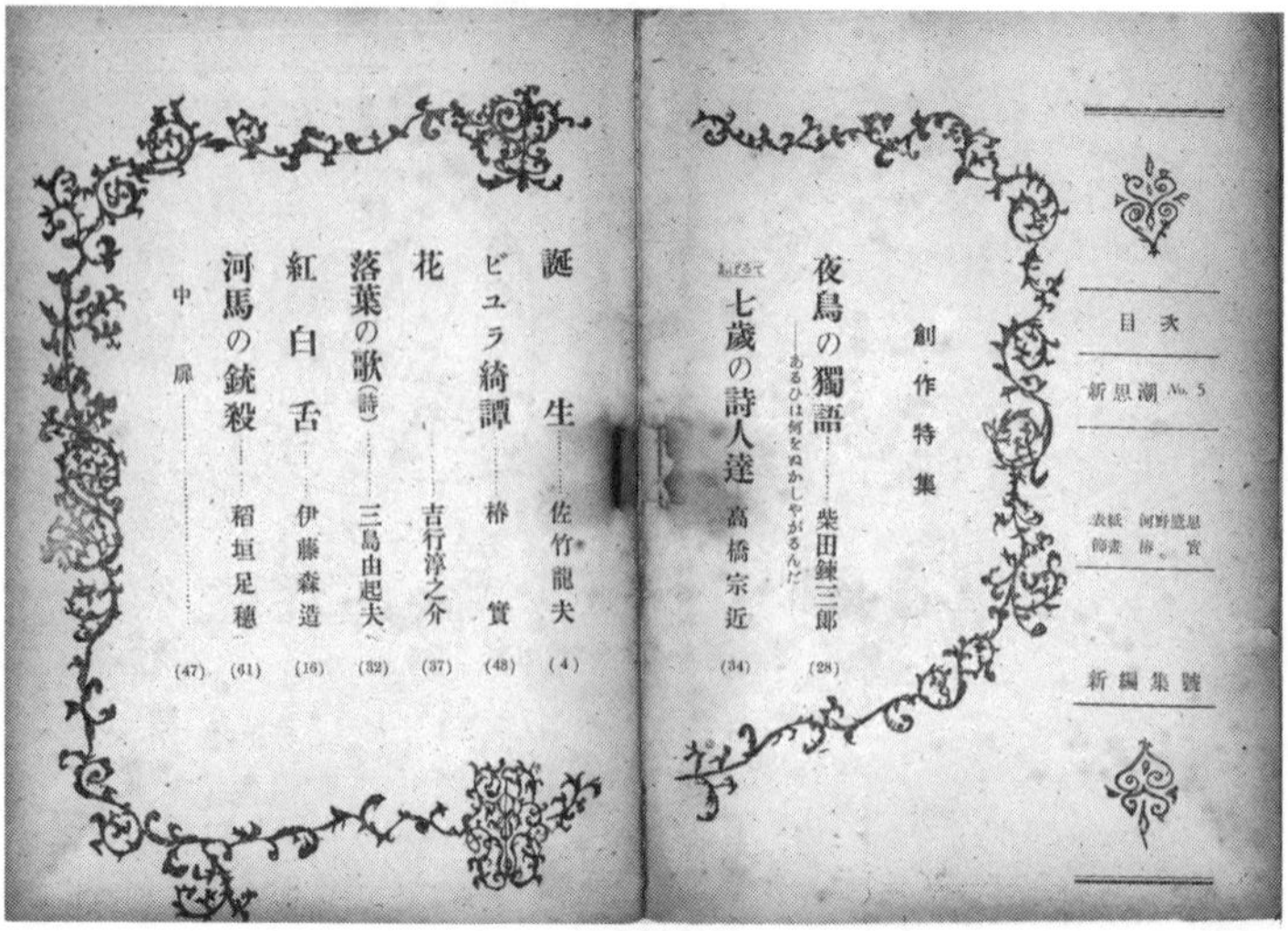

目次

新思潮 No. 5

表紙 河野鷹思
飾畫 椿實

新編集號

創作特集

「ビュラ綺譚」を寄稿した『新思潮』第五号（昭和23年9月）目次。
飾画も著者

成婚記念写真(昭和24年5月8日、上野精養軒)。前列左から四人目が著者、五人目が妻・
妥子。後列左端が柴田錬三郎、右端が三島由紀夫

後のものとは大きく傾向が違う」ことになる。級会とは第一師範女子部附属小学校竹富会で、現在の学芸大学附属竹早小学校の昭和十三年卒業、男女それぞれ一組だけの少人数であり、私にも身近な方達だった。

同人雑誌や同級生と合作の文集だけでなく、独りで本を作ることにも早期から取り掛かっていた。旧制中学時代の手稿のノートは歌集、句集、日記、観察日誌などでタイトルや挿画に凝っている。中でも「潮流」と題した旧制高校一年の日記二冊の装丁には随分手間を掛けた様子だ。父は幼時から絵を描くのが好きで、自作ノートの他、手近な紙切れにも花が描いてあったりした。ノートの一冊にある旧制五中在学時のアカタテハ、クモマツマキチョウの蝶の飼育日誌は、帝国大学理学部で出されていた『採集と飼育』に収録され、文章が本格的に公になった最初である。編集者の一人が私のＩＣＵ（国際基督教大学）在学時の学長・篠遠喜人だったのは奇遇だ。父個人での本作りは、大学院修士論文の『東大本新撰亀相記』からが本格的に自家出版と呼べるものだろう。古文書の解題でオリジナルと見比べなければ意味をなさず、今でいうファクシミリ版になっている。その後も一九五〇～六〇年代頃に三回に亘り自分で活字を拾い歌集を印刷していた。重いローラーでインクを引く印刷機械や沢山の活字が池之端の家にあった。第一歌集は出征前に書き溜め纏めた歌が中心で、第二歌集の『絵画風小景詩』、第三歌集の『海邊にて』に詠まれた風物は家族にも馴染み深い。また、自家出版に近く珍しかったのは『国文法要説』。勤務先の東京都立第四商業高等学校定時制で広報委員会に関わり、一九五六年に発行した。当時国文法の参考書が無いので自分で作った、と義弟に語ったようで、簡潔に纏まり便利そうだ。論文抜き刷りの体裁だが四十円という定価も付く。

これら様々の発見をしつつ整理を一段落して廃棄物を処理する日、義弟が「椿實全作品拾遺」という封筒を発見した。ドア横の大きな書棚の上にポンと置いてあり、自分が非常時に持ち出すつもりか、他人にも必ず見つけられると期待したかのようだ。同様に「椿實宗教文学論集」もあり、そちらは殆ど同一物が別の場所にも保管してある用意周到さだった。更に「メーゾン・ベルビウの猫」というタイトル、ビニール・カバー付き封筒で格別大切に保管された未完の草稿もあった。副題は「アメ横繁昌記」で「三〇〇枚」と表紙にあり、章立てしたアウトラインと原稿用紙に九十枚程書かれた文章だ。内容には一九六〇年代半ばの家庭風景、居着いた仔猫を姉妹で飼ったことなどが含まれる。漱石の猫の家から目と鼻の先でネコものを書きたかった意欲は強く感じられるが、この原稿では作品としては纏まらない段階を表して終わる。一部は一九九七年発行の豆本『メェゾン・ベルビウの猫』(桑原倶楽部・未来工房)の前半に反映されたが、その段階でも残りは未完成であった。さらに、一九九八年十月号の『創元推理』に豆本とほぼ同内容の「メェゾン・ベルビウの猫」が転載され、末尾に(1965, Sept.11)と記されている。

ここで、遺されたものを記録せねば、との合意が遺族の間で自然に出来た。「お父様への愛情が感じられる」と優しい評価をいただくことがあるが、実態は、父が独りで抱え込み公にしなかった資料があって申し訳ないためだ。また、一九八〇年代の再評価に気を良くしたためか、中井英夫はじめ古くからの友人達に既に指摘された自己陶酔癖がかなり増幅された形で発言や著作に散見され、独り歩きするのに危惧を覚えたからでもある。甥と私とがある日に得た結論は「椿實の話でいかにもありそうなことには創作がある、しかし奇想天外な話には裏付けがある」であった。椿實の二十

『椿實全作品』刊行を祝う会（昭和57年5月28日、上野精養軒）にて。左側手前から澁澤龍彥、中井英夫、吉行淳之介。右側は著者夫妻と三女・すみれ子（提供＝本多正一）

歳代作品の特異なスタイルが短期間に完成されたと見える軌跡は変わらず、少ない作品から「幻の作家」として評価されるのは幸いだ。父としてはある時期に執筆に戻りたく、しかも割合簡単に出来ると思っていたのかも知れない。それが資料を手許に留め、人に見せなかった理由とも解釈できる。一方、媒体がコミュニティ雑誌でも啓蒙雑誌でも、好きな内容でエッセイや評論に類するものは相当数書き、宗教学会では一九九〇年代を通して割合頻繁に論文発表を行い、教育関連の活動も残した。マックス・ヴェーバーには特に興味があり原書がかなり集めてあった。花や昆虫、美術や音楽への興味も生涯変わらず生活を潤していた。若くして小説を書くのに苦労は少なかったようだが、社会的活動の広がりから小説では表現し切れないテーマが多くなると、ロマンの領域に留まることは難しかったのか。宗教論文や教育関連の仕事も丹念に残したことから、父の中で創作の比重のみが格別に高かった、とも思えない。

二〇〇三年、こうしたいくつかの記録や原稿目録、作品の再録などを一周忌に合わせ、『椿實の書架』（皓星社）という小冊子にまとめてお配りした。またその内容をインターネットに公開し、少しずつ加筆していた翌〇四年の夏、佐賀章生の兄の孫に当たる若い方の電子メールが来信した。『葦』に作品が残る佐賀は、特例として文科出身学生も進学・兵役延期できた長崎医科大学へ静岡高校から進学し、原子爆弾投下の犠牲となったひとりである。ハルビン生れで戦時中も実家は大陸にあった。年齢は病気休学した吉行淳之介より更に一年上、椿より二年上である。旧制の学制は複雑で、とくに戦時中に誰がいつ進学進級したのか、個別の事情は判りにくいが東京では、昭和二十年五月二十五日の空襲で吉行が詩のノートとドビュッシーのピアノ前奏曲集レコードを持ち出したが、フランス語の旧師岡田弘に預けた原稿類は焼失した。戦時には書き溜めたものを互いに預け合うことがよくあったようで、椿も終戦前の夏近くに出征した時、のちに第一歌集になったノートを友人に預けた。吉行によると佐賀の戯曲「葦」を「長崎の焼け跡から医大の生き残った友人が持ち出し」たことが、戦後の同人誌名の由来となったのだ。この頃の習性が残って、椿は「椿實全作品拾遺」や「椿實宗教文学論集」を見つけられ易い場所に分散し、内容を明記して複数のコピーを置いていたのかもしれない。

『葦』創刊号の編集後記には、焼け残った各人のノートから相当の量の作品が集められる状態で、

「戦争中とて終戦後とて我々の目指す方向は変りはしない」とあえて各作品につくられた年月日が記された。戯曲「葦」は第三号の次号予告にあるが、四号は結局出なかった。一九六〇年代の静岡高校同窓会戦没者遺稿集に作品や書簡が当初は含まれたのだが、戦時の学生や遺族の思いが交錯し訴訟にまでなって（「地のさざめごと」裁判）、現在佐賀の創作を入手するのは容易ではない。『葦』二号の「晩夏」を紐解くと、全体が「何となく美しい気分にひたつてゐる」ハルビンを舞台とした明るく、異国の香りが匂い立つ作品であり、わずかに結尾の数行にこうした「青春の爛熟期の気分を背景としたなつかしい」心象が、いつかは認められなくなると暗示される。佐賀が長崎へ行った理由は徴兵延期だけではなく、文化の交錯する故郷への想いがあったのだ。戦時をかいくぐって生き延びた末、終戦の僅か数日前に散った作者が郊外の下宿では長閑な時を持つこともあったことも知り、少し救われる思いだった。

私はシアトルの高校へ短期交換留学したが、自分と同年生れのアメリカ人男性が全員徴兵制の対象であった最後の年で、オフタイムはサタデーナイトフィーバーでも誰がいつ徴兵されるか、その一時的回避手段、例えばフットボール等のスポーツ奨学金での進学、戦地へ赴かない沿岸警備隊への志願などのほうが最大の関心事だった。再渡米して大学へ入ったのは、介入したヴェトナムで戦闘状態が激化し、最大戦力が投入された頃だった。反戦機運が渦巻くなか、強くそれに同調もできず、同年の若者がジャングルで戦わざるを得ない状況は常にヒリヒリと私を刺し、それは一九七三年の米国民への戦争終結宣言まで続いた。

戦時を生きた若者達に、時空を超えて思いを致しつつ、本書を送り出す。

初出一覧

Ⅰ

金魚風美人　日本短歌　一九四九・八

色彩詩　短歌研究　一九四九・八

石の中の鳥　未発表／『椿實の書架』皓星社

夜の黄金　未発表

乳房三十年史　未発表

Ⅱ

プロタゴラス先生その他――或る古典学者のノートより　風刺文学　一九四八・二

我身ひとつは　助川君追悼級会雑誌　一九四七／『椿實の書架』

白鳥の湖　モダン日本　一九四九・二

たそがれ東京　同　一九五〇・三

花の咲く駅にて　朝日放送台本（一九五〇・三頃）

Ⅲ

神桃記　うえの　一九八二・六

黒いエメラルド　幻想文学　一九八三・四

人魚不倫　小説幻妖　一九八六・十一

紅唇――ニオイエビネの物語　銀星倶楽部　一九八五・三

蝶々と紅茶ポット――ブラウン神父の登場　井上ひさし編『ブラウン神父ブック』春秋社　一九八六・十

Ⅳ

百人一朱　S&Mスナイパー　一九八八・六〜一九九〇・五

氷れるSM　同　一九八七・五

お伝の毛皮　同　一九八七・八

Ⅴ

メェゾン・ベルビウの猫――豆本版　桑原倶楽部・未来工房　一九九七・三／創元推理　一九九八・十

メーゾン・ベルビウの猫――アメ横繁昌記　未発表

附編

私と中井英夫氏　別冊幻想文学　一九八六・六

聖母月の思い出　同　一九八七・十二

電飾　太陽　一九九一・十二

無意識のロマン　別冊幻想文学　一九八九・二

カバー・表紙写真　本多正一
装幀　間村俊一

（撮影・本多正一）

椿實（つばき・みのる）一九二五年東京生まれ。四七年、東京大学在学中に中井英夫、吉行淳之介らが創刊した第十四次「新思潮」に「メーゾン・ベルビウ地帯」を発表し、三島由紀夫、柴田錬三郎らの激賞を受ける。教員のかたわら小説執筆、神話研究を続け、八二年『椿實全作品』を刊行。二〇〇二年三月二十八日、死去。

本書は初版壱阡部発行の内

862 ／1000

メーゾン・ベルビウの猫
二〇一七年二月十三日　第一刷発行

著者　椿　實
発行者　田尻　勉
発行所　幻戯書房
〒一〇一―〇〇五二
東京都千代田区神田小川町三―一二
岩崎ビル二階
TEL　〇三（五二八三）三九三四
FAX　〇三（五二八三）三九三五
URL　http://www.genki-shobou.co.jp/
印刷・製本　中央精版印刷

定価はカバーの表4に表示してあります。

ISBN978-4-86488-113-5　C0093